KB197965

데뷔 못 하면 죽는 병 걸림

데뷔 못 하면 죽는 병 걸림 9

1판 1쇄 발행 | 2024년 12월 08일

펴낸이 | 권태완 우천제
펴낸곳 | (주)케이더블유북스
편집자 | 한준만, 이다혜, 박원호, 이고은

출판등록 | 2015-5-4 제25100-2015-43호
KFN | 제3-31호

주소 | 서울시 구로구 디지털로31길 62 에이스아티스포럼 201호, KW북스
E-mail | paperbook@kwbooks.co.kr

ⓒ백덕수, 2021

ISBN 979-11-415-1205-7 04810
979-11-415-1202-6 (set)

※ 파본은 구입하신 곳에서 교환하여 드립니다.
※ 저자와 협의하여 인지를 붙이지 않습니다.
※ 이 책은 (주)케이더블유북스와 저작자의 계약에 의해 출판된 것이므로 무단 전재 및 유포, 공유를 금합니다.

데뷔 못 하면
죽는 병 걸림
9
백덕수

안녕하세요. 백덕수입니다.

퇴고를 하며 문대와 친구들을 다시 만나 무척 즐거웠습니다.
이 친구는 어떤 마음으로 이런 이야기를 했는지, 이런 행동을 했는지
다시 한번 알아가는 기분이라고 할까요.

단행본을 통해 처음으로 이 이야기를 만나시는 분들도, 다시 만나시는 분들도
문대와 친구들과 함께 즐거운 경험을 하셨으면 좋겠습니다.

신나고 만족스러운 탐독이길 바랍니다!

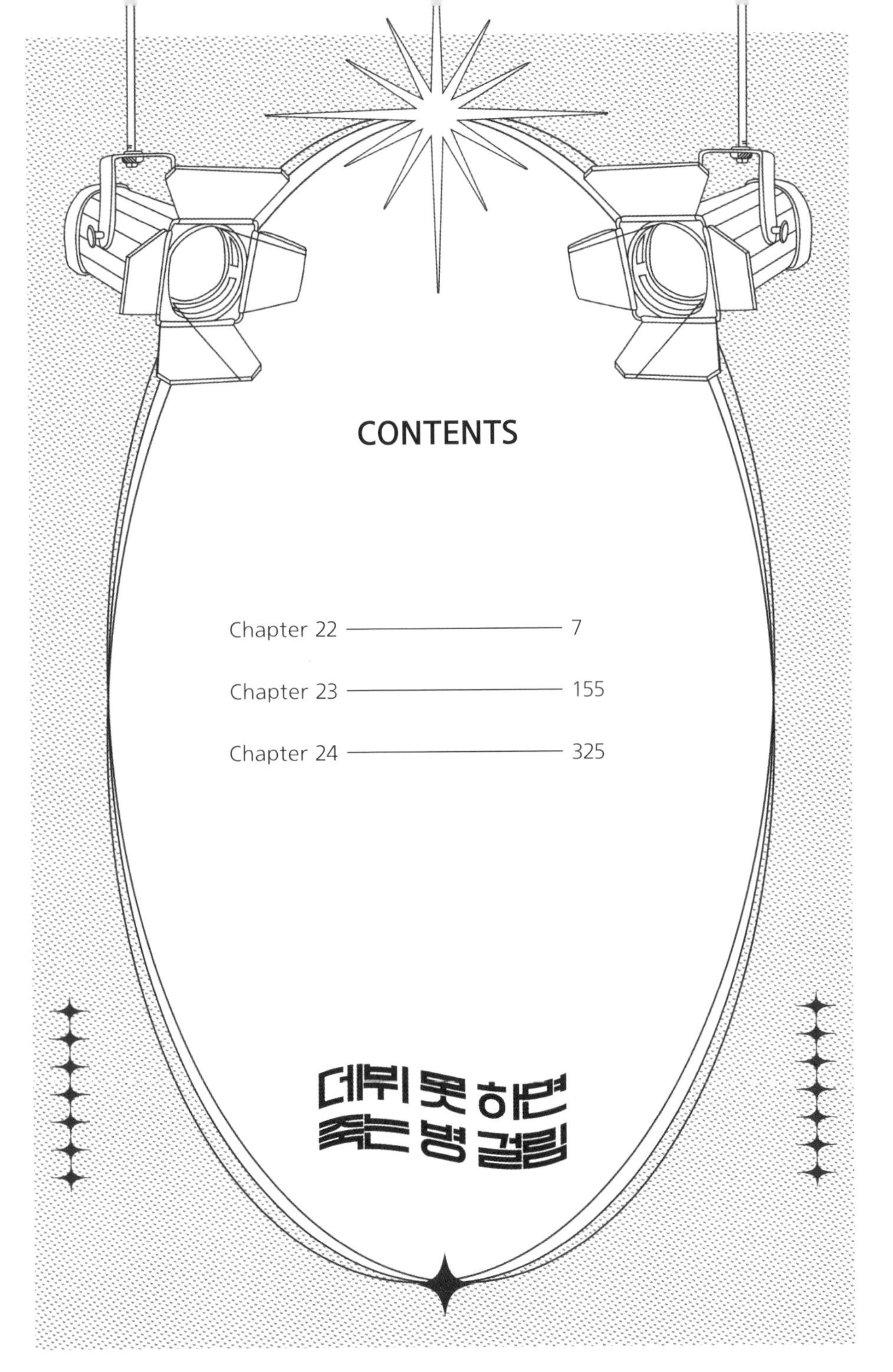

CONTENTS

데뷔 못 하면
죽는 병 걸림

CHAPTER 22

〈티홀릭의 쇼 비즈니스〉 테스타 편.

워낙 최근 인지도가 좋아서 다들 한 번쯤은 클립으로라도 본 예능 프로그램이기에, 사람들은 기대하거나 예상하는 그림이 있었다.

-티홀릭 아재들 테스타 엄청 놀려먹겠네ㅋㅋㅋㅋㅋㅋㅋㅋ

-아 애들 엄청 귀여울 것 같아ㅠㅠ

-편하게 잘 놀다 와!

웃긴 티홀릭. 그리고 그동안 보지 못했던 게스트의 생생한 리액션!

게스트를 부를 때 이 프로그램은 주로 티홀릭의 웃긴 행동과 그에 대한 게스트들의 리액션을 웃음 요소로 잡았기 때문이다. 그 사이사이를 능수능란하게 게스트가 출연한 목적인 홍보로 때워주는 것이 호평의 이유기도 했다.

게스트의 팬과 티홀릭의 팬이 모두 상부상조하며 만족할 수 있는 최적의 그림!

그러나 이번 테스타의 화는… 분위기가 사뭇 달랐다.

[M세대여 Z세대의 매운맛을 보아라!]

[차유진 : 저 호랑이예요!]
[하진태 : 그렇구나. 우리 차유진 친구는 호랑이구나.]
[0×년생의 호랑이 발언에 정신을 못 차리는 그들]

티홀릭은 초반 자기소개 때부터 사정없이 밀리더니, 기어코 본인들의 리액션으로 분량을 채우기 시작했다.

-ㅋㅋㅋㅋㅋㅋㅋㅋㅋㅋㅋㅋㅋㅋㅋㅋㅋ
-미쳤다 테스타 Z세대 광기ㅋㅋㅋ

절묘한 편집은 모든 것을 세대 격차로 해석하며 가장 웃긴 대화와 리액션만을 싹싹 긁어모았다. 평소 이 예능과는 색다른 맛이었으나, 웃긴 건 분명했다.
'테스타 애들이 진짜 개성이 넘치긴 하지!'
대학원생은 선공개에 이어 본편 초반을 보면서도 몇 번이나 폭소했다. 그 와중에 티홀릭의 안식처는 오로지 문대뿐인 것 같은 것도 괜히 뿌듯했다.

[박문대 : 그럼 한 소절만….]

박문대는 미친 듯이 폭주하는 두 막내의 고삐를 잡고선 차분하게 해야 할 일을 풀어나갔다. 투어를 홍보하고, 티홀릭과의 연관성을 언급하고, 곡도 한 곡 부르고….

박문대의 팬들은 기특해하며 그 광경을 앓았다.

-문대 연상미 무슨 일이야
-사실 우리 애가 따지자면 막내라인이거든요 완전 막내라인 대장이에요ㅠㅠ
-문댕댕 다 컸구나

정말 예능에 출연한 아이돌 리더의 정석이었다! 결국 화면에서 폭주하던 세대 갈등은 서서히 잡혔다.
게다가 본 게임에 들어가자 티홀릭은 다시 분위기를 휘어잡았다. 입 모양으로 단어를 읽는 미니 게임을 이긴 그들이 쉬운 주장을 잡았다가, 역으로 '설득당해야 하는' 룰을 깨닫고 망연자실하기까지.

[10억 받기 VS 조난 당하기]
[MC 김막내 : 자자, 상대의 주장을 잘 활용해서 '왜 내가 설득당했는지' 확실히 대답해 주세요~]

예능에서 기대할 법한 웃긴 반전이 알차게 들어 있었다!
"아하하학!!"
차유진과 김래빈이 미니 게임에서 망했을 때도 웃겼는데, 심지어 그게 잘한 일이라니!
화면의 차유진도 자신의 멤버들에게 엄지를 들어 올리고 있었다.

[차유진 : 우리 좋아요! 김래빈! 잘 졌어!]

[김래빈 : 네 입 모양이 너무 빠르고 부정확해서 진 거니까, 사실 이 이득은 네가 불러온 거야!]

[칭찬해 주는 거 맞지 얘들아…?]

그 깨알 같은 리액션들이 티홀릭의 절망과 맞물리자 더 웃겼다. 그리고 박문대는 또 깔끔히 상황을 정리했다.

[박문대 : 다들 잘했어. 여기서부턴 우리가 이겨서 잘해보자.]

[차유진 : Go TeSTAR!]

[김래빈 : 옙!]

-유치원 선생님 같은데욬ㅋㅋㅋ

-이 컷만 자르면 스포츠 경기인 줄 알겠다

-박문대가 어른스럽네

채널 앱에서 시청자들은 한바탕 웃은 뒤, 훈훈하게 팀 분위기를 칭찬했다. 동시에 저렇게 침착한 박문대가 티홀릭의 얼토당토않은 말에 어떻게 당황할지 기대하기도 했다.

-티벳여우 드디어 나오나요ㅋㅋㅋ

-얘 나름 똑똑한 것 같던데 어떻게 반응할지 기대됨

-이성적인 게스트일수록 더 당황함 내가 봤음ㅋㅋㅋㅋ

그리고 이 기대치는 티홀릭이 깐족거리며 게임을 끌고 가는 동안에는 금방 충족될 것만 같았다.

박문대가 본색을 드러내기 전까지는 말이다.

[박문대 : 저희 팀원들은 10억보다 조난을 고를 것 같습니다.]

박문대는 진지한 얼굴로 개소리를 했다.

"…??"

대학원생은 순간 자신이 잘못 들었나 했다. 그러나 박문대는 미친 듯이 폭주하며 말도 안 되는 소리를 뻔뻔한 얼굴로 늘어놓기 시작했다.

방금 전 티홀릭의 개그용 뻔뻔함과는 궤를 달리하는 수준의 진지함이었다. 왜냐하면, 이기려는 게 아니라 본인들이 지는 쪽 주장을 밀어주고 있었으니까!

그 진정한 심정을 대변하듯, 자막까지 달렸다.

[박문대 : 지금 이 한 코너만의 문제로 신념을 내려놓을 수는 없으니까요.]

[광기]

-씨발 박문댘ㅋㅋㅋㅋㅋㅋㅋㅋㅋㅋㅋㅋㅋㅋㅋㅋㅋㅋㅋㅋㅋㅋㅋㅋㅋ

-티벳문대 얼굴이 이렇게 나와?

-이게 무슨 개소리야~~~~~

심지어 테스타 멤버들이 하나씩 동조하는 장면은 개그나 다름없었다. 대화 한 번으로 설득이 완료되었기 때문이다.

[그게… 그렇게 납득이 된다고?]

게다가 박문대의 논리구조 자체는 간결하고 알아듣기 편했다.
경험상 조난이 더 뜻깊었다는데 뭘 어쩌겠는가!

-설득력 있어서 더 킹받네
-알겠습니다 조난이 최고 결코 조난 반드시 조난

그리고 여기에 티홀릭이 휘말려서 반박하며 상황이 평소와 완전히 반대로 뒤집혀 버렸다. 사실 테스타의 말에 맞장구를 치다 확 뒤집는 것이 맞건만, 예상 못 한 개소리에 휘말려 들며 리액션적인 반박부터 나온 것이다.

[마틴 : 여러분! 우리 제발 현실적으로 생각을 해봅시다…. 조난이 좋다는 게 말이 돼??]
[김래빈 : 이 주장을 현실적 관점에서 살펴보면 더 말이 됩니다. 앞서 문대 형께서 말씀하셨듯이, 저희가 조난 당해 봤자 현대문명 속입니다!]

그리고 쭉 스쳐 지나가는 자료화면.
테스타의 섬 조난 예능 컷들이다.

[경험자의 주장]
[얻은 것 : 예능 대박, 다음 앨범 타이틀, 돈, 명성, 깨달음]
[☆와, 조난이 10억보다 좋다!☆]
[솔깃한데요…? by 제작진]

제작진이 승복해 버린 순간, 시청자들도 인정했다.

-이건 주장이 잘못했다
-ㅅㅂ 애들 진짜 좋았나봐ㅋㅋㅋㅋ
-오 테스타 섬 예능에서 끝내주는 조난을 경험했나 본데ㅋㅋㅋㅋㅋㅋㅋㅋㅋㅋㅋㅋㅋ
-스톡홀름 증후군 아니냐 조난과 사랑에 빠진 거지

물론 자료화면을 보지 못한 티홀릭은 굴하지 않고 열심히 다른 논리를 폈다. 중요 쟁점은 '그래도 위험할 수 있다! 사람이 크게 다칠 수 있다!'였다.
하지만 박문대는 슬픈 눈으로 이렇게 중얼거렸을 뿐이다.

[박문대 : 그건… 조난이 아니라 슬픈 사고라고 봐야 하지 않을까요.]
[하진태 : 조난도 사고야아아악!!]

-ㅋㅋㅋㅋㅋㅋㅋㅋㅋㅋㅋㅋㅋㅋ

-진태 목에 핏대 선닼ㅋㅋㅋㅋㅋ

티홀릭은 분명 설득당해야 하는데, 정신 차려보니 자신들이 어떻게든 지려고 노력 중인 이 상황에 혼란스러워했다.

제작진도 마찬가지였다. 빨려 들어가는 우주와 은하 배경을 편집해 넣은 제작진들은 흔들리는 자막도 거창히 넣었다.

[Z세대… 무섭다!]

-묶지 말아주세요

-아니다 문대가 문대가또한 것뿐이다

-팝콘닭발좌 어디 안 갔구나 초심이 살아있어

그리고 대학원생은 깨달았다.

'문대… 4차원 캐릭터였지.'

최근에 멋지고 센스 있는 모습만 보느라 잊고 있었는데, 그녀의 아이돌은 첫 등장부터 〈POP☆CON〉을 춘 비범한 성격이었다….

결국 이 과정에서, 티홀릭의 마지막 반발은 진지하고 논리적인 접근으로까지 발전해 버렸다.

[마틴 : 하지만! 그건 테스타의 경우잖아요! 우리 팀은 아닌데? 아닐텐데? 우린 조난 싫어요!]

그러나 차유진이 해맑게 물었다.

[차유진 : 선배님 조난 당했어요?]
[마틴 : 아, 아니요]
[차유진 : 그럼 진짜 싫은지 몰라요! 해봐야 알아요!]
[!!!!]

박문대는 입을 떡 벌린 상대팀에게 깍지를 낀 채 차분히 말했다.

[박문대 : 차라리 같은 직종인 데다 직접 경험해 본 후배의 증언을 신뢰해 보시는 게 합리적이지 않을까요.]
[차유진 : 맞아요. 경험 중요해요!]
[김래빈 : 과연 지혜로운 말씀이십니다.]

-지혜 같은 소리하네 진짝ㅋㅋㅋㅋㅋㅋㅋ

채팅이 교차하며, 화면의 멍청해 보이는 티홀릭 멤버의 얼굴 위로 거대한 도장 자막이 찍혔다.

[듣고 보니 맞는 말이군…!]

그렇게 티홀릭은 껍데기뿐인 승리를 얻게 되었다….

[MC 김막내 : 자자, 이제 정리할 시간입니다~ 여러분, 설득된 이유를 준비하셨나요?]

결국 티홀릭은 자신의 입으로 개소리를 선언했다.

[하진태 : 조난은… 우리가 아이돌이라서! 새로운 경험을 통해 성장과 금전적 이득의 기회를 제공한다….]
[하진태 : 그러니까… 조난은! 단순한 10억보다 내년 우리 목표로 삼을 만하다! 으아악!]
[MC 김막내 : 오케이~ 아주 설득력 있네요!]

그 말이 나오는 순간 제작진들 사이에서 박수가 나왔다. 폭소로 인한 것이었다.

[하진태 : 웃지 마 이 사람들아!! 이게 웃겨?? 우리 내년에 조난을 목표로 삼게 생겼다고!]

그 와중에 테스타 셋은 고개를 끄덕거렸다.

[박문대 : 비록 졌지만 잘 싸웠다고 생각합니다.]
[마틴 : 뭔 소리예요, 지려고 최선을 다했으면서!]
[ㅋㅋㅋㅋㅋㅋㅋㅋㅋㅋㅋㅋㅋㅋㅋㅋ]

온화한 테스타 멤버들의 얼굴을 카메라가 하나씩 잡아주는 것은 콩트가 따로 없었다.

"아, 진짜!!"

대학원생은 깔깔 웃었다!

박문대는 그제야 표정을 슬쩍 풀고 '즐거웠습니다' 같은 말을 하기 시작했다. 어디까지나 예능이라는 표시에, 김래빈만이 어리둥절한 표정을 짓다가 충격을 받는 것이 한 번 더 웃음을 준 후….

다음 코너가 왔다.

[게임에서 이기면 홍보가, 지면 벌칙이 주어진다.]

[과연, 테스타에게 주어진 벌칙은??]

지금까지 벌칙은 주로 우스꽝스러운 밈 재현이나 개그용 무대였다. 대학원생은 함박웃음을 띤 채 두근거리며 벌칙 판을 응시했다. 핑핑 돌아가던 벌칙 판은, 천천히 기세를 늦추더니….

[!!!!]

충격적인 벌칙을 공개했다!

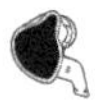

"아~ 오늘 촬영 잘됐다."

"고생 많았어요."

"감사합니다!"

나는 두 놈과 함께 꾸벅꾸벅 티홀릭 놈들에게 고개를 조아렸다. 이 놈들은 카메라가 꺼진 순간, 분위기에 휘말리던 것이 거짓말처럼 침착해졌다.

'역시 예능용이었나.'

서로에게 막말을 폭포수처럼 터뜨리던 모습은 사라지고 그냥 오래 본 직장동료 같은 태세로 돌아왔다는 뜻이다.

'저게 비결일 수도 있겠군.'

그때, 촬영 중에 제일 핏대 세우며 열심히 떠들던 놈 하나가 슬쩍 말을 붙였다.

"말 잘하던데, 혹시 예능 쪽 관심 많아요?"

"…?"

라인 섭외인가. 나는 깔끔히 대답했다.

"예능 좋죠. 음, 그런데 소속사 정책상 앨범에 더 집중하려고 합니다."

"아아~"

놈은 단번에 이해했다. 그리고 물을 마시며 천천히 말을 이었다.

"이건 선배로서 하는 조언인데… 그룹이 음악 활동만 하면서 오래오래 잘되긴 어려워요. 좀 아이러니하지만 오래 그룹 하려면 각자가 잘돼야 하더라고요."

"음."

"사람들이~ 빨리 질리고 마음이 한결같지가 않아."

경험담인가.

마침 내 옆에서도 비슷한 대화가 오가고 있었다. 김래빈이 챙겨 온 티홀릭의 앨범을 조심스럽게 내밀고 사인을 받고 있었기 때문이다.

"감사합니다, 선배님…!"

"에이~ 이런 걸 가지고 뭘. 뭐 다른 거 필요한 건 없고?"

"그, 그럼! 오랫동안 그룹 활동을 지속해 온 원동력에 대한 조언을 주시면 감사하겠습니다!"

김래빈은 눈을 반짝였고, 티홀릭 멤버는 머리를 긁적였다.

"음, 너무 서로에게 기대하지 말자?"

"예…?"

"우리가 서로 마음이 맞아서 친구 하자고 한 게 아니니까. 같은 팀으로 묶여 있기 때문에 가깝게 지낸단 걸 잊지 않으면 좀 편하지."

제법 진지한 조언이었다.

'옆의 놈이 네 친구는 아니니 안 맞아도 그러려니 하라는 뜻인가.'

김래빈이 차유진과 투닥거리는 걸 보면서 여러 생각이 든 모양이다. 그래도 아무래도 김래빈의 분위기 때문에 안 하던 소리가 튀어나왔는지, 티홀릭 멤버 스스로도 약간 당황한 눈치였다.

"그렇군요!"

그러나 김래빈은 이 말을 자체적으로 해석했다.

"그게 바로 가족과의 유사점이었습니다. 가족을 스스로 고를 수 없는 것과 비슷하군요."

"…??"

"비록 친목을 목적으로 하여 만난 것은 아니지만, 그 안에서 진정한 연대감이 자랄 수 있다고 믿습니다!"

"어… 그래요. 파이팅!"

티홀릭은 희한하다는 얼굴이었으나, 그동안 별 캐릭터를 다 만났는지 따지려 들진 않았다.

'…웃긴 녀석.'

나는 피식 웃고, 내 앞의 예능 인맥 제안 비슷한 것을 한 놈을 도로 쳐다보았다.

"그래도 아직은 그룹 활동에 집중해서 열심히 해보려고 합니다."

놈은 어깨를 으쓱했다.

"그래, 그래. 소속사가 그렇다면 별수 없죠."

나는 적당히 예의 바르게 대화를 마무리한 후, 사인을 갈무리하던 김래빈에게 다가가서 물었다.

"벌칙, 사흘 내로 준비할 수 있겠어?"

"문제없습니다."

김래빈은 밝게 웃었다.

이번에 받을 벌칙은… M세대 유년기의 로망.

애니메이션 주제가다.

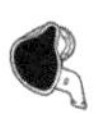

〈티홀릭의 쇼 비즈니스〉에서 벌칙으로 주는 무대 혹은 콩트는, 당연하지만 개그 목적이다. 최신 유행 아니면 스테디셀러로 잘 먹히는 유명한 밈을 가져와서 재해석하거나 그대로 재현하는 것이다.

'지금까지 절반은 티홀릭이 했지.'

사실 게스트를 이기게 해주는 경우가 잦아서 더 많을지도 모르겠다. 그리고 이 새끼들이 워낙 웃기게 잘 뽑아왔기 때문에, 게스트들에게 연출이나 코칭이 잘 들어가도 '원조'는 티홀릭이란 인식이 강하다.

그렇다면 이 무대를 구성하는 것에 있어서 가장 주의할 점은?

"다음은 드럼 사운드를 주고 비트를 재구성해 본 시안입니다."

우르릉!

잘 빠진 배기음 같은 반주가 울리자, 차유진이 눈을 번뜩였다.

"이거 멋있어요! 이거 해요!"

"잠깐."

나는 차유진을 멈췄다.

"다른 것도 들어보고."

"넵, 그럼 3번을 재생하겠습니다."

주의할 점은, 무작정 훈훈하게 잘해서는 안 된다는 점이다.

'그냥 잘하면 재미가 없다고 할 거야.'

시청자들이 기대하는 건 웃긴 무댄데, 웃음기 없이 잘해 버리면 '이런 것까지 빤다'고 생각해 버릴 확률이 높았다. 단 일주일밖에 시간이 없는 상태에서 혼신을 갈아 넣어서 만든 것은 그 사람들이 알 바 아니니까.

그런 스토리가 먹히려면 서바이벌이어야 하지, 일반 예능 프로그램에선 어림도 없는 소리다.

그렇다고 무작정 웃음만 목표로 하는 것도 최상책은 아니다.

'이 벌칙에서 웃긴 놈들이 한둘도 아니고.'

못 웃기고 숙연해진 놈들 찾는 것이 더 빠를 것이다. 연출진이 수완이 좋아서 잘 짜더라. 테스타도 마찬가지로 이 추세를 따른다면 프로그램의 좋은 평판에 흡수되어 버릴 뿐이다.

-역시 티쇼비 가차없군 테스타까짘ㅋㅋㅋㅋㅋ

-아 너무 유쾌해 테스타가 이런 거 하는 거 볼 줄은 몰랐어

-티쇼비 우리 애들 또 불러주세요 약속...*^^*

대충 프로그램에서 기대하는 반응 각이 나오지 않나?

'우리한테도 추천 명단까지 줬고.'

나는 제작진이 준 '추억의 애니메이션 주제가' 후보들을 쭉 눈으로 넘겼다. 모터사이클 경주 만화, 그리스 로마 신화 만화, 추리 만화….

'방금 들었던 건 추리 만화 오프닝….'

김래빈은 이걸 잘 빠진 하드보일드한 맛의 근사한 리듬으로 바꾸었다. 한마디로 전혀 웃기지 않는단 뜻이다. 멋지기만 하지.

그다음 곡도 마찬가지였다.

"이거 음악 좋아요!"

"그러게."

그다음은 그리스 로마 신화 만화 주제가였는데, 듣기 좋게 편곡해 놓으니 이지리스닝 인디 밴드 곡이 따로 없다. 그때야 내 실수를 알았다. 일단 편곡을 보고 방향을 잡자는 건 순서가 잘못된 생각이었다.

'애초에 방향성 코치까지 해줬어야 했어.'

'테스타 무대에 맞도록 애니메이션 주제가를 편곡'이라는 오더에 김래빈은 정말 그런 편곡만을 뽑아온 것이다. 하나도 우스꽝스럽지 않게, 세련되게.

'아니, 애초에 이놈이 저퀄리티의 웃긴 편곡을 만들기도 힘들 것 같은데….'

물론 감각이 있는 놈이니 레퍼런스 몇 개만 접하면 쭉 뽑을 수야 있겠다만, 본인이 특화된 항목은 절대 아니다. 특히나 '재밌을 것 같다'며 굳이 후보곡 전부의 편곡 시안을 뽑아온 이 상태라면… 높은 확률로 낙심할 것 같은데.

"어떠십니까? 아직 세부 조정과 믹싱은 들어가지 않아 다소 투박하게 들릴 수 있습니다만, 중요한 전달감은 다 들어갔다고 생각합니다!"

"그래. 확실히 듣기 편해."

"감사합니다!"

그래. 이놈 이거 완전히 신났다.

'시간도 얼마 없는데.'

괜히 쓸데없는 소리 했다가 김래빈이 '웃긴… 음악?' 같은 소리를 하며 혼란 상태에라도 빠지면 골치 아파진다. 나는 일단 김래빈이 뽑아온 세 곡을 다 듣고 고민에 잠겼다.

영상의 목적.

'위튜브에서 바이럴을 탔던 애니메이션들만 후보 곡으로 올린 이유는?'

이놈의 세대 이야기는 그만하고 싶다만… 어쨌든 그 유행 동영상을 봤던 Z세대, 혹은 어릴 때 만화 자체를 봤던 M세대를 다 노린 선택이다.

결국 키워드는… 컨텐츠적 의미에서의 공감대와 화제성.

'음.'

내가 턱을 문지르고 있을 때였다. 차유진이 거침없이 물었다.

"문대 형! 이거 마음 별로예요?"

"…!"

이런.

"…! 부족한 점을 지적해 주시면 시정해 오겠습니다!"

김래빈은 소스라치게 놀라더니, 무슨 이등병처럼 각이 잡혔다.

'너무 말이 없었나.'

하긴, 눈치가 좀 있는 놈이면 내가 썩 만족하지 않았다는 걸 알아차릴 만했다. 김래빈이라 방심했군. 이럴 때일수록 반응이 편해야 분위기가 안 심각해진다. 나는 어깨를 으쓱했다.

마침 방법도 떠올렸고.

"편곡은 좋은데… 너희가 알 만한 만화 곡은 아닌 것 같아서. 혹시 아는지 궁금한데."

"몰라요!"

"명탐정 아서는 시청한 적 있습니다만, 다른 것들은 명성만 들어봤습니다."

차유진이 해맑게 물었다.

"형 이거 알아요? 봤어요?"

…그렇군. 박문대도 이놈들보다 겨우 두 살이 많을 뿐이다. 나는 상식적인 대답을 내놓았다.

"…위튜브에서 봤다."

"오우."

"그렇군요. 무대를 위해… 과연 준비성이 철저하십니다!"

오해하게 내버려 두자.

“어쨌든, 제작진분들이 준 곡들도 괜찮은데, 우리랑 딱히 관계있는 곡들은 아니라서….”

나는 미끼를 던졌다.

“우리랑 관련된 곡을 하면 더 재밌지 않을까.”

“그런 곡이 있습니까?”

“저 〈Billy's exciting animal tale〉 좋아요!”

처음 듣는 미국 만화가 튀어나오는군. 나는 고개를 저으며 말했다.

“2000년대 전후 만화면서 한국에서 유명했던 걸 골라야 해. 그게 벌칙 조건이니까.”

“우우….”

‘추억의 애니메이션 주제가’니까. 그런 의미에서 차유진의 감성은 기각이다.

‘이쯤이면 되려나.’

대신, 나는 내가 방금 떠올린 후보군의 위튜브 동영상을 놈들에게 보여주었다. 분명 이것도 틱택톡에서 창작 제스처 때문에 밈이 됐었지.

“그러니까… 이건 어때.”

“…?”

이거면 김래빈의 의욕을 떨어뜨려서 기어코 우스꽝스러운 편곡으로 갈 필요는 없다.

‘그렇다고 우리가 우스꽝스럽게 분장할 필요도 없어.’

다른 방향으로 웃길 수 있다.

‘무대는 안 웃긴데, 상황 때문에 웃기게 만드는 거지.’

맥락으로 만드는 유머. 편곡하는 본인도 이게 웃기다는 의식을 하지 않고 편하게 몰입해 만들 수 있도록.

"이건… 아."

역시, 김래빈의 표정이 밝아졌다.

"그렇군요. 확실히… 뜻깊은 도전이 될 수 있습니다. 잠시만 기다려 주십시오!"

그리고 김래빈은 헤드셋을 쓰고 작업에 들어가 버렸다.

'…원곡도 없이 맨땅에?'

어쨌든, 확실히 불은 들어온 모양이다. 나는 고개를 끄덕였다.

'됐나.'

그때, 바로 옆에 있던 마지막 유닛 멤버가 진지한 표정으로 입을 열었다.

"형."

아, 이놈이 난관이 될 수도 있겠군.

장담하는데 이건 차유진 취향은 아니다.

"왜."

"형이랑 김래빈 정말 이거 좋아요? Really?"

"어."

그러자 차유진은 동영상을 한 번 보고, 김래빈을 한 번 보고, 마지막으로 나를 보고 나서 한숨을 푹 쉬었다.

"맙소사!"

어쭈?

"이건 웃기는 게 목적인 코미디 무대야. 이 정도면 양호하지."

"알아요! 우…."

차유진은 아쉬운 얼굴로 몇 번 입맛을 다셨으나, 곧 어깨를 으쓱거렸다. 항복 선언이었다.

"형. 이건 정말로 팀을 위해서 하는 거예요. 내 인생에서 이런 걸 하게 될 줄은 몰랐어요."

나는 피식 웃었다. 알았다, 새끼야.

"여기서 피치를…."

김래빈은 열심히 키를 조정하고 반주를 맞춰서, 1분 24초짜리 편곡을 반나절 만에 내놓았다.

그렇게 급한 새벽 연습이 픽스되었다.

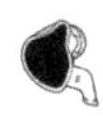

장면을 돌려, 막 테스타와 함께하는 궤변 토론의 본방 분량이 끝난 시점. 실제로는 일주일 텀을 둔 후 벌칙을 촬영했으나 방송에선 자연스럽게 테스타의 정신 나간 패배 이후 벌칙 컷이 이어졌다.

물론, 중간광고 이후에.

[테스타가 준비한 벌칙 무대는?]

[60초 후 공개]

이미 해당 상술에 익숙해진 사람들은 그 틈에 여러 가지 예측이나 떠들었다.

-클래식하게 디오니소스님의 흥 책임지는 무대에 한 표

ㄴ티홀릭이.. 이미 했어..

ㄴㅋㅋㅋㅋㅋㅋㅋㅋㅋㅋㅋㅋㅋㅋㅋ

ㄴ이쯤되면 존경스러움

추억의 애니메이션이라 하면 떠올릴 법한 여러 웃긴 노래와 컨셉이 있었다. 그리고 이 프로그램의 행적상, 안 웃긴 적이 없었기에 그들은 이미 기대하는 연출과 느낌이 있었다.

-무조건 90년대 후광 연출 들어갈 듯

-제발 얼굴은 살려주세요

ㄴㅋㅋㅋㅋㅋㅋㅋㅋㅋㅋ

일부러 B급 촌스러움을 살린 저세상 감성 말이다. 이 프로그램은 어설프게 망가지지 않는 대신, 이런 웃긴 감성의 재현을 충실히 잘할 줄 알았다!

하지만 중간광고가 끝나고 화면이 돌아왔을 때.

-?

테스타 3인은 그냥 말쑥한 교복 차림을 한 채 스튜디오에 서 있었다. 뒤로 돌아선 테스타에게 꽂히는 조명도 최신식 감성이 여전했으며, 다른 필터는 들어가지 않았다.

-엥
-테스타 벌칙 맞지?

그 순간, 밝고 쾌활한 반주와 함께 노래가 시작했다.
센터의 박문대가 돌아서면서 상징적인 제스처를 한다.

[노래로 전하는 사랑의 꿈
지금부터 시작해]

-?????

2001년도의 마법소녀 애니메이션, 〈멜로디엔젤〉의 변신 테마곡의 제스처 그대로였다.
멜로디로 마법소녀가 되어 마법의 노래로 적을 정화하는 유의 고전적인 마법소녀 만화. 그 교복을 과장된 분장 없이 현실성 있게 재현한 테스타는 진짜 마이크를 쥐고 라이브를 시작했다.

-이거 머임
-라이브?

[Magical lights up!]

이 만화는 야심 찬 애니메이션 전문 방송국의 투자로 번안이 아닌 창작곡도 붙었었는데, 지금 나오는 것이 바로 그 곡이었다.

바로 주인공 그룹의 테마곡!

그것을 지금 듣기 딱 좋게 깔끔히 편곡한 것이다. 추억의 주제가, 20, 30대 거의 모두가 아는 멜로디가 원본 그대로의 감성으로 재생되었다.

[순수한 노래에 사랑을 담아
날아가는 마법의 Heart bullet!]

저 가사와 동작 때문에 한동안 진짜 총알을 맞은 듯 쓰러지는 동심 파괴용 반전 개그 동영상이 유행했었다. 덕분에 10대도 원본 동영상을 알았다.

하지만 테스타는 그 밈을 사용하거나 연출하지 않았다. 그냥 원작 애니메이션을 충실히 재현했을 뿐이다.

심지어 후렴에서는 무대 소품으로서 보기 좋은 망토와 장갑까지 걸치고 나와서 무대를 이어 간다. 정확히 〈멜로디엔젤〉의 풀 변신 장면에서 망토가 나올 시점이다.

[마음을 열어줘 LOVE
오늘은 소원을 빌 거야!]

테스타는 정말 열심히 잘했다. 실제 만화의 재현율과 근사함으로 따지자면, 인터넷에 올라온 그 어떤 동영상보다도 좋았다. 노래와 표정, 군무까지 과연 직업인다웠다.

그래서 더없이 웃겼다.

-???????

-ㅋㅋㅋㅋㅋㅋㅋㅋㅋㅋㅋㅋㅋㅋ

-야 테스타 진심임ㅋㅋㅋㅋㅋㅋㅋㅋㅋ

-토론도 과몰입하더니 벌칙도 과몰입ㅋㅋㅋㅋㅋㅋㅋㅋㅋㅋㅋ

-마법소년 짬밥 어디 안갔음

원곡자에 대한 넘치는 리스펙!

데뷔곡이 〈마법소년〉인 이들이 '노래 부르는 마법소녀'를 전심으로 커버하는 진정성!

진정한 과몰입이라 웃길 수밖에 없었다. 티홀릭 멤버 하나가 '그렇게까지…?'라고 말하는 듯한 눈으로 백그라운드에서 팔짱을 낀 게 잡히는 것까지 한 폭의 그림이었다.

-ㅅㅂ 진태 동공지진ㅋㅋㅋㅋㅋㅋㅋㅋㅋㅋㅋㅋㅋ

-재능낭비도 이쯤 되면 인정해주자 장인임

-테스타 이것도 진심이잖아 대체 왜 진심인건데

이건 시청자의 입장에서는 직전에 본 토론에서부터 연결되는 '진심' 감성의 절정이었다. 사람들은 속수무책으로 폭소했다.

[멋. 진. 꿈을 그려봐
세상이 아름다워~]

CG 반짝이 효과는 딱 한 번 들어갔는데, 그것마저도 만화와 동일한 연출이라 더 골 때렸다.

그리고 무대 후반부 짧은 간주, 프로그램 전통적으로 소감 자막이 들어가는 그곳에 나타난 멘트가 최고봉이었다.

[멜로디엔젤 페페르토 선배님 멋진 곡 감사합니다. 존경합니다. by 박문대]

[노래로 사람을 구하는 컨셉에서 일맥상통하는 목표를 느껴 열심히 커버했습니다. 응원합니다! by 김래빈]

[처음 봤는데 다들 좋아해요. by 차유진]

-대체 뭘 응원한다는 거임

-미쳤냐곸ㅋㅋㅋㅋㅋㅋ

-박문대 말랑달콤도 팬이더니 멜로디엔젤은 심지어 선배님이냐고ㅋㅋㅋㅋㅋㅋ

-Z세대인줄 알았는데 동년배 갬성

-차유진 자막은 왜 또 만화 감상문인데 아 진짴ㅋㅋㅋㅋㅋㅋㅋㅋㅋ

무대는 멋지게, 해석은 웃기게.

테스타 3인은 그렇게 끝까지 진지한 자세로 무대를 마쳤다.

-테스타 진짜 무슨 일이냐

-캐릭터 독보적이넼ㅋㅋㅋㅋ

그리고 박문대가 원했던 방향으로 버즈량이 늘어나기 시작했다.

"으하하하핰!!"

큰세진이 거실에서 폭소를 터뜨렸다. 스마트 TV의 거대한 화면에서 망토를 휘두르는 다 큰 세 놈이 보였다.

[♡마법의 Heart bullet!♡]

"……."

벌칙 무대의 위튜브 편집본이었다. 거실 한복판에서 아동용 애니메이션 커버 무대를 재생하는 건 사실상 공개 처형이다.

"꺼라."

차유진이 튀어나와서 멱살 잡기 전에.

"아 왜~ 프로의식 돋보이고 너무 좋은데?"

그러나 큰세진은 실실 웃었다.

"세진이도 한 프로의식 하는데 어휴, 참여를 못 해서 너무 아쉽네~"

"너 정글 갔다 왔잖아."

다른 놈들이 망토 입고 재롱 떨고 있을 때 단독광고 찍고 예능 출연한 놈이 혓바닥 긴 것 좀 봐라. 물론 이놈이면 정말 아쉬워하고도 남을 놈이다만.

"그러니까 말이야, 한 2주만 텀 있었으면 어떻게든 시간 냈을 텐데…."

큰세진이 아깝다는 눈초리로 슬쩍 TV를 보는 게 느껴진다.

"반응이 진짜 좋네."

그건 부정할 수 없는 진실이었다.

[테스타 막내즈 과몰입ㅋㅋㅋㅋ]

[Z세대에게 속수무책 당하는 M세대 아이돌ㅋㅋㅋㅋ]

[박문대 소나무 인증 방송.jpg]

[진짜 미친 것 같은 오늘자 티쇼비 테스타]

토론부터 쌓아온 캐릭터가 벌칙까지 빵 터지면서 완전히 버즈량을 잡아먹었다.

'우리 거야.'

이건 프로그램 덕이 아니라 출연자 때문에 발생한 화제성, 즉 테스타의 이미지에 귀속될 것이라 목표 달성이라고 볼 순 있다만….

"이거 봐, 문대문대 혹시 마법소녀 보는 게 취미냐는데?"

"보겠냐."

"으하하학!!"

…이 나이 먹고 저 짓을 했다는 게 좀, 그렇긴 하군.

'팝콘은 X발 다들 줘보기라도 했지.'

다행히 시간이 좀 지나자 무대 자체에 감탄하거나 중독된 사람들이 속출하기 시작했다. 잘 만들긴 했으니까. 무대까지 우스꽝스러웠으면 흑역사행이었는데 예능인이 아닌 가수 이미지도 성공적으로 굳힌 점은 만족스럽다.

-음원 주세요

-이걸 정식음원으로 안 내는 건 90년대생의 추억을 농락하는 일이다 진짝ㅋㅋㅋㅋ

-박문대 덕분에 원키로 했네 역시 메보 소중해

나나 차유진의 무대 활약에 대한 칭찬도 보였으나, 역시 능력치에 대한 주된 주목은 김래빈이 받았다. 벌칙 영상 끝에 쿠키로 인터뷰가 삽입되었는데 김래빈이 편곡 과정을 대단히 솔직하게 대답했기 때문이다.

[문대 형님께서 (편집) 뜻깊고 좋은 곡을 추천해 주셔서 즐겁게 작업했습니다. 좋은 기회 감사합니다.]

[(편집) 총 5시간이 소요되었습니다!]

-5시간 만에 20년 묵은 애니메이션 주제가 편곡을 뽑아 버린다?

-와 편곡 김래빈 단독ㄷㄷㄷ

-그 와중에 박문대가 추천ㅋㅋ 넌 정말 진심이었구나

-그냥 천상계네 하루 만에 편곡 뚝딱

테스타에 적당히 관심이 있어 예능이나 보러 들어왔다 얻어걸린 사람들 반응도 컸지만, 팬들까지도 좀 놀란 것 같더라.

-김래빈 대체 무슨 일임 마이리틀중세토끼 대천재인 건 알았지만 이 정도면 인간이 아님

ㄴ아무래도 그런 편이죠 토끼니까

ㄴㅋㅋㅋㅋㅋㅋㅋㅋ

-래빈이 그냥 아이돌을 해도 괜찮은 걸까? 역시 나라를 줘야 하는 게 아닐까

이 정도일 줄은 몰랐다는 것이다. 오래된 아동용 애니메이션 주제가를, 그것도 마법소녀 주제가라 쉽게 우스꽝스러워질 만한 곡을 홀로 다듬는 솜씨에 다들 혀를 내둘렀다.

'그동안 공동 프로듀싱이 대다수여서 김래빈의 역량이 좀 평가절하된 감이 있지.'

"래빈아 이것 봐라~ 너 천재래!"

"과분한 칭찬에 정말 감사하지만 더 노력하여 정진하겠습니다!"

김래빈이 무슨 전자동 로봇처럼 순식간에 대답했다. 표정이 비장한 걸 보니 아무래도 이놈도 인터넷 반응을 봤는지 또 기합이 과하게 들어간 모양이다.

'뭐, 언제나 잘하는 놈이니까.'

사실 반응이 과한 게 아니었다. 김래빈의 능력 분포는 이 업계에선 치트키 수준이다. 특히 스탯으로 표기되지 않은 작곡 관련 능력은 발

군, 심지어 특성 '마에스트로(S)'를 달고 있어서 속도까지 빠르지.

오더 내려오는 대로 쭉쭉 뽑아내는 실적이라니, 현대사회에서 가장 선호하는 직원상 아닌가. 눈치가 좀 없다만… 우직하고 성실하니 그것도 장점으로 볼 수 있다.

'이렇게 보니 새삼 운이 좋았군.'

〈아주사〉 출연 때야 데뷔가 급한 데다 그 뒤로도 줄줄 '상태이상'이 달려 있는 미친 미래를 몰라서 개개인의 장기적 가치를 평가하지 않았다. 하지만 데뷔하고 보니, 서바이벌로 이렇게 구색 다 맞고 능력 좋은 조합은 거의 기적이다.

'한두 놈 정도는 양아치 새끼가 있을 줄 알았는데.'

나는 어깨를 으쓱했다. 어쨌든, 이제 티홀릭과 직접 붙어서 안 밀렸으니 하반기 화제성도 안정적이다. 이대로 연말 시상식 시즌까지 잘 관리만 하면 되겠지.

류청우가 웃으며 덕담을 말한다.

"그러고 보니 이번 활동도 곧 끝이네. 다들 고생 많았어."

"그러게요."

국내 스케줄은 광고, 행사도 새롭게 잡히는 일정 없이 마무리 단계다. 남은 건 콘서트와 다음 앨범 준비 정도. 깔끔한 성공이었다.

"이제 콘서트용 음원 편곡도 우리 래빈이가 멋지게 해주겠네~"

"기대에 부합할 수 있도록 근사한 곡을 만들어보겠습니다…!"

분위기는 괜찮았다. 당장 급한 문제도 없고, 결과물을 발표해 고평가를 받은 직후에 누릴 수 있는 성공의 여운이다. 나는 고개를 끄덕이며 TV 화면을 돌렸다.

'딱 긴장 풀고 즐길 타이밍이지.'

큰 건들은 다 지나갔으니 그래도 괜찮을 것 같았다.

그러나 우리 중엔 이 타이밍을 썩 누리지 못하는 놈도 있었다. 그놈 입장에선 '큰 건수'가 아직 산재해 있었기 때문일 것이다.

얼마 후, 국내 마지막 행사가 끝난 뒤 며칠간의 짧은 휴식기.

똑똑.

"문대야. 혹시 래빈이, 봤어…?"

"음."

조심스럽게 노크하고 들어온 선아현이 마찬가지로 조심스럽게 물었다. 그런데 내용은 뜬금없었다. 김래빈의 행방이라니. 나는 만들던 기획서에서 눈을 떼고 대답했다.

"아니. 왜?"

"아, 그… 요, 요새 방에 잘, 안 들어와서."

"……."

설명을 들어도 여전히 뜬금없다.

일단 선아현은 김래빈과 룸메이트였다. 둘 다 방에 잘 붙어 있는 타입이라 아마 자주 얼굴을 볼 수밖에 없을 텐데, 방에 안 들어온다는 것부터 희한했다. 그놈이 외출이 잦을 성격은 아닌데 말이지.

"나도 오늘 본 적 없는데, 한번 물어볼까."

"아, 그, 그래야겠다. 잠시만…!"

"아니, 잠깐."

내 손에 스마트폰이 있는데 굳이? 나는 자신의 방으로 돌아가려는 선아현을 저지하고 내 폰으로 메시지를 넣었다.

[어디 있어]

그러나 답장은 오지 않았다.

"……?"

보통 5초 내로 깍듯한 답장이 오는 놈인데.

"흠."

"다, 답장이 없어…?"

"그러네."

나는 전화를 걸었다.

뚜-

"……."

하지만 이놈, 전화도 안 받는다.

'뭐지.'

휴대폰을 두고 어디 숙소 내부의 베란다에라도 있을 가능성은 있다만… 숙소에 있는 게 아니라면 외출했다는 건데.

'김래빈이 외출하는 걸 본 사람이 있나?'

나는 곧바로 거실에 나가서 다른 놈들에게 김래빈을 목격한 적이 있는지 물었다. 차유진과 큰세진은 외출. 남은 건 류청우와 배세진이다.

"래빈이? 그러고 보니 오늘 본 적이 없는 것 같은데."

거실에 있던 류청우는 마찬가지로 의아한 것 같았다.

그리고 배세진. 이놈은 눈을 피했다.

"오늘… 방에서 나간 적이 없어서."

"……."

"그, 무슨 일인데??"

"…김래빈이 안 보여서요."

나는 어쨌든 상황을 이해했다. 김래빈은 소식 없이 증발한 거나 다름없었다. 이건… 아무리 휴식기라도 이상한데. 차유진이면 모를까 그놈이 인사도 없이 나가서 전화를 안 받는다고?

"전화도 안 받는다고 했지."

"예. 회사에 한번 연락해 볼까 하는데요."

나는 선아현에게 마지막으로 체크했다.

"김래빈 혹시 마지막으로 본 게 언제지?"

"어제, 저녁에 보고 쭉 못 봐서…."

"잘 때는?"

"내가, 일찍 자서… 모, 모르겠어. 미안해. 룸메이트인데."

"사과할 건 아니야."

"그래! 미안할 건 아니지!"

나는 배세진에게 위로를 맡기고, 회사에 전화하기 위해 다시 스마트폰을 들었다.

그때였다.

[김래빈]

"…!"

본인에게 전화가 왔다.

"어, 어…!"

"래빈이야?"

"예."

나는 바로 전화를 받았다. 기다렸다는 듯이 말이 쏟아졌다.

–부재중 확인하여 연락드렸습니다. 늦어서 죄송합니다…!

"아니, 괜찮다. 그것보다 지금 어딘데."

–예? 아, 잠시 회사 녹음실에 나왔습니다!

류청우가 조용히 말을 얹었다.

"래빈아. 휴일이라도 연락은 하고 가. 오늘 널 본 사람이 없어서 다들 걱정했어."

–오늘….

잠깐 전화기 너머가 조용해졌다. 뭐지?

그러나 곧 힘찬 사과가 들려왔다.

–죄송합니다! 제가 경솔했습니다!

"그럴 것까진 없고…. 어쨌든 작업 잘하고 와."

–예!

김래빈은 몇 가지 정중한 감사 표현을 한 뒤에야 전화를 끊었다. 배세진이 한숨을 쉬며 중얼거렸다.

"별일 아니었네."

"그러게요."

"래빈이가 작업하느라 연락을 깜박했나 보다."

무슨 영감이라도 와서 뛰쳐나갔던 것 같다고, 내부적으로 이야기가 정리되었다.

'끝인가.'

나는 어깨를 으쓱한 뒤, 쓰던 기획서나 마무리하기 위해 걸음을 옮겼다.

그리고 몇 시간 후 저녁.

안경을 쓴 김래빈은 들어오면서 고개부터 꾸벅거렸다.

"작업실에서 앞으로의 계획을 점검하고 왔습니다. 오래간만에 긴 시간을 낼 수 있으니 이 기회를 놓쳐선 안 된다는 생각이 들었습니다!"

"그래."

"심려를 끼쳐드렸다면 죄송합니다."

"아, 아니야. 혹시 불편한 점이 생긴 건가, 걱정이 들어서… 그, 그렇다면 꼭 이야기해 준다면 좋겠어."

"전혀 불편하지 않습니다. 저야말로 불편한 점 있다면 꼭 말씀 부탁드립니다!"

두 놈은 배려심 넘치는 말을 하며 화기애애하게 대화를 나누었다.

'뭐, 됐나.'

나는 어깨를 으쓱하고 스쳐 지나가려 했으나, 그 순간 가까이서 김래빈의 얼굴을 확인했다.

"……."

저거… 너무 퀭한데? 안 그래도 인상이 썩 좋던 놈은 아니라 눈에 보인다.

'흠.'

숙소에서도 자주 음원 작업하는 놈이다. 잠깐 곡 좀 만진 걸로 저렇게 되는 놈이 아닌…….

'설마.'

나는 선아현과 대화를 마치고 가려던 놈을 잡았다.

"김래빈."

"예?"

"너 밤샘 작업했냐."

"……!"

"선아현이 어제 일찍 자서 못 본 게 아니라, 너 아예 숙소에 안 들어왔었지."

"……그, 그게."

누가 봐도 들켰다는 얼굴이다. 김래빈은 우물쭈물했지만, 곧 슬그머니 대답했다.

"그… 몰두하느라 시간이 이렇게까지 흐른 줄 모르고 보고를 드리지 못했습니다. 죄송합니다."

거짓말 못 하는 놈답게 사실대로 털어놓는다. 뭐, 밤새우는 게 하루 이틀인 직업도 아니니 어련히 알아서 하겠다만, 지금은 굳이 그럴 시즌이 아니라는 게 찝찝하다.

"무슨 작업을 했는데."

"콘서트 음원과 다음 앨범 준비를 했습니다!"

나는 떠보기 위해 말했다.

"굳이 안 그래도 괜찮아. 시간이 급한 게 아니니까."

콘서트까지는 시간 여유가 꽤 된다. 다음 앨범은 더더욱 괜찮다.

"넌 작업 속도가 빠른 편이니까 굳이 철야까지 할 필요는…."

"그런 요령에 기댈 수 없습니다!"

"…!"

김래빈은 자신이 상대의 말을 자르고 말대꾸를 한 것에 스스로 충격을 받은 것 같았다.

"죄, 죄송합니다! 그, 이번에는 빠르지 못할 수도 있으니 좀 더 대비해 두고 싶습니다……."

"……."

역시 영감이 와서 미친 듯이 달린 게 아니라, 부담감 때문이었나.

"그래, 알았다. 그래도 무리하진 말고."

"예…."

김래빈은 고개를 주억거린 뒤, 천천히 걸어서 자신의 방으로 걸어갔다. 선아현은 자리에서 떠나지 않고 그것까지 쭉 지켜보았는데, 얼굴을 보니 '걱정된다'라고 적혀 있다.

"신경 쓰이냐."

"으응."

선아현은 비슷한 결론에 도달한 것 같았다.

"부, 부담이 심한 것 같아서…. 나도, 전에 저런 적이 있던 것 같아."

"음, 그래."

인터넷에서 다 자신이 천재라고 떠드니 다음 결과물에 더 신경이 쓰일 수밖에 없겠지. 매번 앨범을 내기 직전이면 온갖 가능한 결과를 다 생각하던 놈 아닌가.

'그래도 지금까지 잘해온 놈이지.'

기우는 기우일 뿐이고, 또 시간이 흐르면 결과를 보고 자신감을 회복할 것이다. 지금은 주변에서 걱정하지 말라고 해봤자 반박부터 생각난다. 나는 일단 놈이 하고 싶은 대로 하도록 제어하지 않는 쪽으로 가닥을 잡았다.

그러나 이번에는 변수가 있었다.

며칠 후, 콘서트 편곡을 놓고 진행하는 블라인드 테스트에서… 김래빈의 편곡이 최종 탈락했다.

당일 회의장에서도 김래빈은 긴장한 기색이 역력했다.

—괜찮아 래빈아, 지금까지 잘했잖아.

—그럼요~ 혹시 안 돼도 우리가 듣는 귀가 없는 거지! 근데 안 될 리가 없다?

—맞아, 김래빈 노래 좋아요!

—…감사합니다.

그나마 다른 놈들의 격려를 듣고 나서야 안색이 좀 좋아졌었지.

하지만 막상 뚜껑을 열어보니….

—그럼 이렇게 2, 4, 5번으로 가는 거죠? 오케이. 그럼 우리 래빈이 번호가….

—……3번, 이었습니다.

—…!

놈의 편곡은 순위에도 못 들고 끝난 것이다. 말 그대로 탈락이다.

이렇게 안일하게 설명하자니 우습다만, 누구도 짐작하지 못했던 일이다.

'김래빈의 편곡이 최종 탈락…….'

지금까지 이놈의 편곡은 '반드시'라고 불러도 괜찮을 수준으로 최종안에 들어갔었기 때문이다. 물론 전면 채택되지 않은 적은 있다. 하지만 적어도 시안의 결정적인 일부는 반영되었으며 최종 작업에도 꼬박꼬박 참여했었다. 그러니까 멤버들도 버릇처럼 다음 작업 이야기를 했지.

—이제 콘서트용 음원 편곡도 우리 래빈이가 멋지게 해주겠네~

그런데 이번에 데뷔 이래 최초로 실패한 것이다.

'그것도 저놈이 며칠간 잠도 못 자고 매달린 게.'

"……."

나는 메일로도 도착한 '콘서트 편곡안 블라인드 투표 결과' 자료를 한번 쓸어 넘기고 화면을 껐다. 그리고 팔짱을 낀 채 몸을 젖혔다.

'여러 연유가 있겠지.'

방향성이 달랐다든가, A&R팀이 취향에 맞아서 좋은 시안을 쏟았다든가, 그쪽 작업 시간이 넉넉했다든가.

그런데 왜 하필 지금이냔 말이다.

'김래빈한텐 X발, 가장 결정적인 순간에 슬럼프로 등 떠민 거나 다름없는데.'

그렇다고 당장 투표로 나온 결과를 뒤집는 건 멍청한 짓이다. 그놈 성격상 기분 좋아할 리도 없고, 마음 챙기겠다고 퀄리티를 떨어뜨릴 순 없으니까. 아무 효용 없이 상황만 악화하는 거지.

하지만 이대로 두는 것도 멍청한 짓이었다.

"……."

나는 자리에서 일어났다. 오전의 콘서트 회의 이후, 조용히 방에 들어가 박힌 놈을 찾아가기 위해서였다.

하지만 멀리 갈 필요도 없었다. 김래빈은 거실 소파에 앉아 있었다. 옆에는 제법 단호한 차유진과 걱정 어린 표정의 선아현과 난감하다는 얼굴의 큰세진이 붙어 있었다.

차유진이 김래빈에게 뭔가를 내밀었다.

"김래빈, 이거 먹어."

김래빈은 외투와 양말을 걸친 채였다. 누가 봐도 나가려는 놈을 붙잡아둔 모양이다.

"안 먹어. 나 잠깐 작업실에…."

"작업실에는 왜."

"…!"

대화하던 놈들이 나를 돌아본다. 김래빈은 침을 삼키더니, 낮은 목소리로 중얼거렸다.

"단점을 수정하는 작업을 하지 않으면, 다음 시도에도 사람들이 만족할 만한 결과물을 만들 수 없으니까…."

"김래빈 다음에 잘해! 한 번 안 될 수 있어. No problem, 괜찮아!"

그러나 김래빈은 차유진의 말에 짜증도 동조도 하지 않았다.

"괜찮을지 안 괜찮을지는 확정되지 않았어."

단지 조용히 읊조렸다.

"하지만 이번에 실패했으니, 안 괜찮을 확률이 더 높아졌다고 볼 수 있어. 그러니까 확률이 감소하려면 더 준비해야……."

"……."

"……."

짧은 침묵이 흐른 뒤.

"래빈아, 좀 쉬는 게 어때?"

"마, 맞아. 지금 콘서트까지 시간도 많이 남았고… 체력을 비축해 둬야 해…!"

순식간에 말이 쏟아졌다. 저거 그대로 작업실에 보냈다간 무슨 일 날 수도 있다고 생각한 거겠지.

'내가 보기에도 그래.'

차라리 화내거나 분하게 여기면 모르겠는데, 저건 강박 증상 같다. 큰세진은 아예 놈의 옆에 앉아서 어깨를 두드렸다.

"원숭이도 나무에서 떨어질 때가 있는 거 아니겠어? 우리 무대만 생각하면서 좀 쉬자~ 휴식도 중요하다니까?"

"……."

이건… 거들어줘야겠군. 나는 입을 열었다.

"지금까지 안 쉬고 달렸으니, 머리를 좀 쉬게 해줘라. 근육도 휴식할 때 붙는데, 넌 너무 안 쉬었어."

"……."

"쉬어라."

결국 김래빈은 마지못해 고개를 끄덕였다. 나는 한숨을 참았다.

타이밍이 안 좋았다.

그리고 며칠이 지났다.

김래빈은 약속대로 작업실에 가진 않았지만, 안색은 여전히 좋지 않았다. 아직 첫 실패의 충격이 가시지 않은 것 같았다. 그래도 투어 홍보 영상을 촬영하는 등 바쁜 시간을 보낸 뒤, 아직 시안이 나오지 않은 몇몇 무대들 때문에 다시 느긋해졌을 때 즈음.

'조용하군.'

바뀐 스케줄에 제대로 적응하지 못한 건지, 내 몸이 새벽에 깼다.

'물이라도 마실까.'

나는 룸메이트가 깨지 않도록 조용히 방 밖으로 나왔다.

그리고 예상치 못한 것을 발견했다. 거실 베란다 밖에서 새어 나오는 불빛.

"…!"

창 너머에서 왔다기엔 지나치게 광원이 가깝다. 전자기기의 불빛 같은데…….

'침입?'

설마 옥상에서 밧줄 타고 내려오는 미친 짓을 하는 새끼가… 음, 있을 법도 하군. 나는 사고의 폭을 굳이 제한하지 않고 조심스럽게 접근했다. 여차하면 신고할 수 있도록 긴급 연락망을 띄워놓고.

하지만 밖에 있던 것은… 사람은 맞았으나, 낯선 사람은 아니었다.

"김래빈."

"…!"

타일 위에 앉아 있던 김래빈이 소스라치게 놀라며 돌아보았다.

"혀, 형님."

헤드폰을 낀 모양새나 화면에 뜬 프로그램은… 누가 봐도 작업 중이었다. 이 새끼 새벽에 몰래 베란다에 나와서 쭈그리고 앉아서 작업하고 있던 것이다.

"너 뭐 하냐."

"그게…."

"곡 만지고 있지."

이래서 낮에 피곤해 보였던 거였나.

안색이 회복 안 될 만도 했다. 이 멍청한 놈이…. 나는 베란다 문을 닫고 성큼성큼 걸어 들어가서 놈의 앞에 섰다.

"저는…."

김래빈은 황급히 자리를 치우려다가, 키보드를 마구잡이로 누르게 되었다. 그리고 노트북 창이 바뀌었다.

"…!!"

김래빈은… 작업과 동시에 모니터링 중이었다.

[콘서트 편곡안 블라인드 투표 결과]

내가 며칠 전에 본 메일과 동일한 제목의 단체 메일을.

'이건….'

김래빈의 최근 꼴을 보면, 저걸 다시 보면서 자극을 받고 의욕을 챙기자는 생산적인 생각을 했던 건 아닐 것이다. 안 그래도 충분히 충격을 받았을 테니까.

그리고… 저 메일에는 단순히 투표 결과만 나와 있는 게 아니었다. 합리적인 조합 방향을 잡기 위해, 각 번호를 왜 골랐으며 왜 고르지 않았는지 익명으로 적었다.

하지만 말투를 보면 대충 짐작하게 되는 것이다.

-4번 제일 재밌어요

-2, 5번 매끄럽고 듣기 좋아용~ 화이팅!^^

-다 좋았지만 5번이 가장 자연스럽습니다. 1, 3번은 취향을 탈 것 같아 고르지 않았습니다.

"……."

우리가 네 곡이 제일 괜찮았는데 운이 나빴다 같은 가식적인 소리도 못 하게 된 이유다. 멤버들도 저 투표 다 같이 했거든.

…그리고, 나도 거기에 코멘트를 번호마다 하나씩 달아놨었다. 하필 김래빈의 후보곡 아래에도.

-사운드가 과하다

"……."

김래빈은 이 며칠간 그 동료평가를 옆에 띄워놓고 묵묵히 반복해 읽고 있던 것이다. 그리고 이 말 중에 김래빈의 곡이 좋단 놈은… 단 한 명도 없었다.

'X발… 진짜.'

설마 이걸 반영해서 작업하려고 있던 거였나, 이 새벽에.

"들어."

나는 놈의 앞에 앉아 눈을 마주쳤다.

"다수결이 언제나 옳은 건 아니다. 실제론 네 편곡을 대중들은 더 좋아할 수도 있는 거야."

"……."

"이번 결과에 그렇게까지 신경 쓸 것 없어. 그냥 콘서트 편곡 하나일 뿐이니까."

김래빈이 불쑥 대답했다.

"그렇지만, 형도 제 편곡의 질이 떨어진다고 판단하셨습니다."

"……."

"과하다는 피드백을… 문대 형께서 주셨지 않습니까."

"내가 작곡가도 아니고, 내 말을 무조건 믿을 필요 없어. 다른 놈 말

보다 네 감각이나…….”

“아뇨!”

김래빈은 고개를 푹 숙였다.

“곡에 대한 형의 판단은 언제나 객관적이고 훌륭했습니다. 빗나간 적이 없었는데, 제가 편곡을 제대로 하지 못한 겁니다….”

“…….”

머리를 한 대 맞은 기분이다. 이놈이 이것 때문에 더 충격을 받았구나.

‘곡에 대한 내 판단력이 유독 좋은 걸 눈치채고 있었어.’

특성, ‘잡아채는 귀(A)’ 덕이었다. 설마 스킬 같은 비정상적인 일을 깨달은 건 아니겠지만, 음악 관련 감각이 좋은 놈이라 바로 알아차린 것이다.

-문대 형의 선택은 언제나 훌륭하십니다.

본인이 제일 객관성을 신뢰하던 평가자에게 혹평을 받았다고 생각한 것이다.

‘하…….’

입맛이 씁쓸했다. 거짓말하지 않겠다. 사실 지금도 이번 김래빈의 편곡이 썩 좋다고 생각하진 않는다.

‘김래빈치곤 너무 전형적이었어.’

그냥 A&R팀이 내놓은 건 줄 알 정도였다. 그리고 이 특성은 내가 상태창으로 얻은 것이니, 확실히 보장된…….

‘잠깐, 상태창?’

그 순간 문득, 내가 경험한 몇 가지 사례가 머릿속을 지나간다.
'……'
나는 다짜고짜 김래빈의 상태창을 불러왔다. 아니길 바랐지만, 거기엔 못 보던 단어가 맨 마지막에 추가되어 있었다.

!상태이상 : 도돌이표

망할.

[도돌이표]
–길 잃은 제자리걸음.
: '특성 : 마에스트로(S)'의 반작용. 감각 저하

"그, 그런데… 과하다는 말씀은 곡에 구성이 너무 많다는 뜻입니까? 그럼 여기서 조금 덜면… 이건 혹시 어떻게 들리는지 말씀해 주실 수 있습니까? 전보다 괜찮습니까? 나아졌을까요?"
"……"
이건… 이건 안 되겠다. 이놈 완전히 멘탈이 나간 게 분명했다.
이젠 알겠다. 김래빈이 그동안 비판에 견고해 보였던 건 대안을 바로 떠올리고 내놓을 수 있었기 때문이었다. 그런데 지금은 완전히 그 체계가 붕괴한 것처럼 보였다. 의존적이다.
'X발……'
나는 놈이 내미는 헤드폰을 받았지만 쓰지 않았다. 대신 되물었다.

"…너한테는 어떻게 들리는데."

김래빈이 낮은 목소리로 훌쩍이는 게 들렸다.

"잘 모르겠습니다…. 사람들이 좋다고 했던 점을 최대한 많이 반영해서 기대하실 만한 결과물을 내놓으려고 했는데…… 제대로 한 건지, 모르겠습니다."

"네가 하고 싶은 걸 해."

"제가, 뭘 하고 싶은 건지도 구체적으로 구현되지 않습니다…."

이것도 무슨 소린지 알겠다.

'균형이 깨졌어.'

이놈에게 다른 사람의 의견을 성실히 수용하려고 하는 겸손한 면이 있다는 건 안다. 하지만 동시에 자기 능력에 대한 믿음이 있었다.

자기가 좋으면 좋은 거고 별로면 별로라는 본능적인 레벨의 확신. 그래서 피드백을 줘도 알아서 걸러 받아먹든 자체적으로 해석을 하든, 본인의 판단을 토대로 흡수해 온 것이다.

자기가 이해한 대로, 영감 받은 대로 쭉 달리는 스타일.

'기본 성격이야.'

티홀릭의 발언도 자체적으로 가족으로 해석했던 것을 봐라.

그런데 이번에는 양상이 좀 달라졌다. 상상 이상으로 좋은 평이 불특정다수로부터 미친 듯이 쏟아지자, 그 직접적인 포화에 압도당한 것이다.

'오히려 확신을 잃었어.'

실망시키면 안 된다는 생각, 완벽한 성과를 내야 한다는 압박감이 즐거움을 박살 냈다. 거기서 마이페이스적 성격을 잃어버리니 곡에 개성이 없어진 것이다.

그런데 혹평을 받으니, 완전히 당황하며 또 그 평가를 지나치게 신경 쓰게 된다. 이놈 인생에 처음 있던 '능력의 실패'니까.

'악순환이군.'

나는 욕을 참았다. 그리고 금방이라도 울음을 터뜨릴 것 같은 놈을 진정시킨 뒤 노트북을 압수했다.

"일단 이건 그만해라. 이게 아니어도 할 일이 많고 넌 능력 있는 놈이니까. 일단 놔."

"……."

"못 할 것 같아서 하는 말이 아니라, 너 이러다 불면증 오면 더 큰일 난다."

"하나만 완성하고 나면…."

"안 돼."

나는 노트북을 압수했다. 그리고 갈등하다가 말했다.

"…재밌어서 하는 거면 내가 참견할 일은 아니다만, 지금은 이게 네 컨디션을 망치고 있어. 너 잠도 못 자잖아."

"……."

김래빈은 고개를 푹 숙였다. 나는 놈의 어깨를 두드리다가, 내가 이런 일에 더럽게 재능이 없다는 것만 깨달았다.

'X발.'

대책이 필요했다.

김래빈은 그 새벽 후로도 스케줄에 성실히 참여하긴 했다. 하지만 전의 재기 발랄한 느낌은 박살이 났다.

그리고 그걸 눈치챈 놈 중 하나는 내 방에서 이유를 찾아냈다.

"박문대, 그거 쟤 노트북이지?"

큰세진이 진지하게 말했다.

"차라리 그냥 하게 내버려 둬. 저러다 애 잡는다."

"……."

나는 거칠게 머리를 휘저은 뒤, 한 박자 늦게 대답했다. 며칠 동안 쳐내고 다듬은 해결책을.

"그럼 산장 좀 섭외해 봐라."

"…? 뭐?"

농담이 아니었다. 난 김래빈의 '상태이상' 내용을 떠올렸다.

거의 산업용으로 봐도 좋을 법한, 곡의 제작 속도를 늘려주는 마에스트로 특성의 반작용. 김래빈이 가진 특출난 감각의 저하.

'결국 성과와 능률에 집착해서 반작용이 난 거지.'

그럼 간단하다.

테스타 성과랑 아무 상관없는, 생산성 없는 창작만 좀 해보자고. 그래서 나는 내 평생 고려도 해본 적 없는 쓰레기 같은 효용의 힐링 코스를 기획하기 시작했다.

바로 자기 계발용 합숙이다.

"그냥… 아예 산으로 한번 가보자고."

목적지가 아니라.

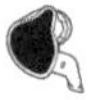

덜컹.

이동하는 자동차 안은 조용했다. 널찍한 밴 차량의 좌석에 앉은 멤버들은 제각기 노래를 듣거나, 스마트폰으로 일을 하는 것 같았다.

"……."

김래빈은 오늘의 스케줄과 자세한 예습법을 떠올리려다가, 관두었다. 도무지 사고가 생산적 방향으로 움직이지 않았다. 그리고 그런 본인에게 죄책감을 느꼈다.

'이런 태만함이라니.'

그건 속된 말로 '마음이 몹시 지쳤다'로 정의할 수 있었으나, 그 자신에게는 게으름으로 다가왔기 때문이다.

'…다들 열심히 일하고 계시는데.'

그리고 그때야 불쑥 오늘의 일정에 대하여 매니저와 멤버들이 말하던 장면이 떠올랐다.

-외곽 스튜디오에서 촬영인 거죠?

-네. 그렇습니다.

-그러면 좀 오래 걸리겠네요~

확실히, 차에 탑승하고 나서 제법 오랜 시간이 흐른 것 같았다. 자청하지도 않았건만 그 시간 내내 방향성을 잃은 불안이 끝없이 왕복했기 때문일지도 몰랐지만 말이다.

가만히 있을 때가 가장 힘겨웠다. 전에는 이럴 때면 다양한 계획과, 문득 생각나는 악상을 기록하는 것으로도 순식간에 지나갔건만.

"……."

김래빈은 다시 재생되는 실패의 기억을 피하고자 고개를 돌렸다. 푸른색이 훅 시야에 끼쳤다.

'푸른색?'

반 시간 만에 본 창밖은 산을 옆에 낀 큰 도로 위였다. 밴은… 고속도로를 달리고 있었다.

"…?"

외곽으로 간다고 했지만, 이렇게 고속도로로 진입하면 완전히 다른 지역이 목적지가 되는 것 아닌가? 김래빈에게 면허는 없었다. 하지만 지방 행사를 다녔던 기억이 있기에 타당한 질문을 떠올렸으나, 곧 참았다.

'질문할 처지가 아니야.'

시키시는 대로 열심히라도 하자고 다잡으며, 김래빈은 다시 자기 멋대로 떠오르는 예측과 걱정에 휩쓸려 조용히 좌석에서 굳었다.

"……."

그리고 그의 옆자리에 앉아 있던 박문대는 슬쩍 그 모습을 체크한 뒤, 도로 고개를 돌렸다.

'눈치 못 챘군.'

그리고 또 얼마 후.

"오, 도착했다."

멈춘 차에서 멤버들이 내리기 시작했다. 김래빈은 버릇처럼 그들을 따라 내렸으나, 곧 멈칫했다.

그들이 내린 곳은 도로 한편에 있는 산 중턱 속이었다. 있는 건 낡고 운치 있는 집 하나뿐인데, 그것이 그나마 목적지 같았다.

'자연 친화적 컨셉인가…?'

그리고 김래빈이 자신의 숙지가 부족했다는 것을 거듭 탓하기 전, 매니저는 다시 운전석에 올라타며 멤버들에게 고개를 꾸벅였다.

"그럼 전 밑에 가 있겠습니다."

"옙! 나중에 연락드릴게요!"

"…??"

이것도 상당히 이상한 일이었다.

'촬영 중에 동행하시지 않는 건가?'

자체적으로 일터에서 일을 처리하도록 맡기다니, 테스타의 전담팀이 출범한 이후로 처음 있는 일이었다! 김래빈은 이 낯선 상황에 순간 무력감도 잊고 주변을 살폈다. 단풍이 들어 울긋불긋 아름다운 가을의 산속에선 시원한 바람이 불어오고 있었다.

꽉 묶여 있던 매듭이 느슨해진 듯, 마음에까지 바람결이 술 불어왔다.

'서울에도 이런 산이 있구나.'

그는 자신의 짧은 식견과 편견에 반성했다. 마치 자신이 지내던 강원도의 태백산맥 줄기 중 하나 같은 멋들어진 풍경이 아닌가.

그때, 고개를 돌리던 그의 눈에 도로표지판이 들어왔다.

[설악산 ↑ 32㎞]

"……??"

김래빈은 혼란에 빠졌다. 설악산은… 강원도에 있다. 그러니까, 여기는 서울 외곽이 아니라… 진짜 강원도였다!

이쯤 되면 자책에 찌든 사람도 저절로 입을 열게 되는 것이다.

"죄, 죄송하지만 목적지 설정에 오류가 있었던 게 아닌지 여쭤보고 싶습니다!"

기겁한 김래빈의 외침에 멤버들이 그를 돌아보았다.

"왜?"

"이곳은 서울 외곽이 아니라 강원도의 산속 같습니다!"

"맞아."

"예?"

류청우가 온화하게 대답했다.

"여기가 목적지 맞아, 래빈아."

"…??"

김래빈은 다시 혼란에 빠졌다. 그러자 매니저가 탄 차를 도로 보내 버린 박문대가 그제야 김래빈을 돌아보았다. 존경하는 형님은 웃고 있었다.

"촬영……."

"우리 촬영 온 거 아니다."

"그럼…?"

"그냥 산에 들어온 거야. 자기 계발 수양 좀 해보자고."

박문대는 입 밖에 내기도 싫다는 듯 빠르게 대답했지만, 마지막에는 또 슬쩍 웃었다.

"이건 작곡 캠프다."

김래빈은 입을 떡 벌렸다.

예스러운 벽돌 산장 안으로 들어가자, 부자연스러운 최신식 TV 하나 외에는 친근한 산장의 모습이었다. 그러나 김래빈은 여전히 정신을 차리지 못한 채로 꽃무늬 벽지로 덮인 거실 한복판에 멍하니 서 있었다.

"김래빈, 앉아!"

"와~ 진짜 MT 온 것 같다. 그렇지? 예산대도 딱 거기네."

"과, 과일 먹을래…?"

그리고 정신을 차리니 배 한 쪽을 손에 들고 뜨끈해지기 시작한 장판 위에 앉아 있었다.

"…?"

이게 대체 무슨 일이란 말인가. 자신을 제외한 모든 사람이 태연하다는 것도 제대로 눈치채지 못한 채로, 김래빈은 박문대의 말을 분석하며 고뇌에 빠졌다.

…작곡 캠프.

'분명, 내가 작곡을 계속 시도하는 것을 탐탁지 않게 여기시는 것 같았는데….'

너무 답답한 나머지 제대로 할 때까지 성과를 확인하겠다는 뜻일까? 순간 무서웠지만, 그건 어쩌면 자신이 바라고 있는 일인지도 몰랐다.

'계속 형의 피드백을 받아 정제하면, 예전처럼 좋은 곡을 쓸 수 있을지도 몰라.'

대단히 고통스러울 수도 있겠지만 도리어 마음이 조급해졌다. 지금부터라도 당장 곡을 써서 당장 평가를 받고, 지금의 이 무력한 상태를 벗어나 이전의 상태로 돌아가고 싶었다….

그래서 김래빈은 주방에 갔던 박문대가 거실에 들어오자마자 당장 외쳤다.

"저, 작곡 캠프라는 것은 대체 어떤 의미신지 여쭤보아도 되겠습니까…?"

"말 그대로야."

박문대는 가방에서 장비를 꺼냈다. 익숙한 자신의 노트북이었다.

김래빈은 긴장에 뻣뻣해질 것 같으면서도 얼른 그것을 받기 위해 손을 내밀었다. 툭. 휴대성보다 성능에 신경을 써서 묵직한 무게감이 내려온다. 그는 떨리는 목소리로 말했다.

"그럼… 지금부터 제가 곡을 쓰면, 다른 분들께서 피드백을……."

"너만 하는 건 아닌데."

"예…?"

박문대는 멈추지 않고 가방에서 새 노트북을 꺼냈다.

"오, 문대 플렉스야?"

"저 빨간 거 가져요! REDMAN ~!"

그리고 손을 뻗는 사람들에게 하나씩 배부했다.

"다들 각자 알아서 작곡할 거야. 그리고 부정적 피드백은 금지다."

"…!"

"캠프 중엔 외부에서도 피드백은 못 받아. PC 톡 안 깔았어. 메일은 금지다."

폭군이 따로 없었으나, 김래빈은 반박할 문구도 떠올리지 못했다. 박문대는 마지막으로 자신도 노트북을 꺼내서, 적당히 TV를 등지고 탁자에 폈다. 탁.

반사적으로 김래빈은 그것을 따라 자신의 노트북을 열었다. 그리고 지난번에 껐던 그대로 화면에 뜨는 자신의 프로그램을 보며, 그제야 약간 떨리는 목소리로 물었다.

"그럼, 어떤 용도의 곡을…."

차유진이 끼어들었다.

"용도 없어!"

"…!"

"박문대가 말했잖아. 캠프라고."

배세진이 덤덤히 말을 맺었다.

"그냥 만드는 거야."

외부가 차단된 산장에 2박 3일 동안 처박혀 있는 건 생각보다도 전폭적인 지지와 함께 통과되었다.

'…산장이 이렇게까지 가정집 같을 줄은 몰랐다만.'

나는 베란다에 놓인 인삼주를 확인하고 눈을 꿈틀거렸지만, 참았다. 큰세진과 류청우는 진짜 어디 시골 친척 집 같은 산장을 잡아 왔다.

'차라리 배세진한테 맡길 걸 그랬나.'

그때 마침 배세진이 입을 열었다.

"…여기 분위기 정겹다."

"그, 그러게요."

"……."

취소하겠다. 내가 했어야 했군. 하지만 계획을 짜는 게 내 몫이라 별 수 없었다. 이렇게 비생산적인 일을 잘해보려는 건 또 오랜만이라 시행착오가 있었거든.

나는 김래빈을 쳐다보았다. 놈은 어쩔 줄 모르겠다는 얼굴로 자신의 노트북과 사람들을 휙휙 둘러보고 있었는데, 그럴 만도 했다. 다짜고짜 알아서 뭐라도 혼자 작곡하라면 그렇지.

그러니까 작곡 주제 후보 정도는 나도 정해왔다.

"우리 각자가 테마를 골라서… 재밌게 해볼 만한 게 뭐가 있을까 고민해 봤습니다."

나는 고개를 돌려 TV를 틀었다. 이 집에서 유일하게 최신식인 스마트 TV로 위튜브가 연결되었다.

작곡 주제 선정엔 몇 가지 조건이 있었다. 첫 번째.

–테스타의 일이 아닐 것.

지금 김래빈은 곡에 테스타의 커리어가 될 요소가 있다면 아무리 피드백이 없다고 해도 가상의 반응이라도 만들어서 신경 쓸 상태다.

'순수한 취미여야 해.'

같은 의미에서, 두 번째.

–앞으로도 테스타의 일이 아닐 것.

한마디로, 공식적으로 우리와 엮일 가능성 자체가 없어서 쓸데없는 생각을 할 여지도 안 줄 거란 뜻이다. 물론 혹시 공표되더라도 꼬투리 잡힐 일은 없어 불안하지 않을 만한 주제여야 한다.

'그럼 범위가 극적으로 좁아지지.'

그리고 마지막, 가장 중요한 점이다.

–흥미가 생길 만한 것.

〈아주사〉 2차 팀전 때부터 저놈 취향은 분명했다.

'영감.'

곡으로 만들고 싶을 것.

그래서 내가 1번으로 뽑은 주제는…… 이거다. 나는 리모컨으로 위튜브를 조작했다. 그리고 로그인 후 재생 목록을 클릭했다.

전자음과 8비트 소리, 그리고 검은 화면 속에 뜨는 문자.

[Welcome to SECTION 127]

[wARNinG! ※L21※]

"127섹션 후속작의 보스 테마 BGM입니다."

"오오~"

바로 우리가 데뷔 초에 콜라보했던 웰메이드 게임, 〈127섹션〉의 후속작이다.

'이건 절대 일로 못 써먹지.'

저작권에 걸리니까. 그리고 차후로도 이 저작권 문제가 해결될 일은 없다. 깔끔하게 엔딩 맺고 빠졌으니까. 다들 또 하면 뇌절인 걸 알고 있다.

'하지만 재밌지.'

왜냐하면….

"마침 2탄의 각 보스가… 저희가 콜라보했던 1탄 튜토리얼 멤버에서 따왔다고 하더라고요."

이것 때문이다. 연관성과 창조성.

'무슨 평행 세계에서 온 원념 같은 소리를 했던 것 같은데.'

어쨌든, 확실한 건 지난 작업의 기억이 떠오르면서도 부담은 없는 선택이라는 점이다.

[Sold OUT - II8: BGM]

화면에서는 마침 내가 트레일러에서 맡았던 캐릭터, 'B11'에서 따온 첫 번째 보스의 소리가 나오고 있었다.

"각자 맡았던 캐릭터의 BGM을 하고 싶은 대로 편곡해 보는 게 어떨까요."

"오, 흥미로운데? 문대 레크레이션 강사 같다, 야~"

어제 브리핑 다 듣고 만장일치 투표했던 놈이 호들갑은. 그러나 이 구조 자체는 필요했다. 각자가 작곡을 시도하는 구조 말이다.

진작 이랬어야 했다.

'너무 김래빈에게 부담을 몰아줬어.'

당장 내가 이 중에 노래 스탯이 제일 높다고 혼자 1절을 다 부르진 않지 않나.

프로듀싱 안에서도 마찬가지여야 했다. 음원 파트에 대해서는 피드백만 때릴 게 아니라, 더 적극적으로 제작 자체에 참여하고 숙련도를 높여야 했는데 미룬 것이다. 김래빈이 워낙 잘하니까.

'곡이 가장 중요한데 그러면 안 됐지.'

김래빈에게 혼자서 테스타 음악의 정체성 같은 소리를 듣게 하면 애초부터 안 됐다. 컨셉과 장르 틀을 짜는 수준이 아니라 구체적으로 한 번은 만져봤어야지.

나는 내 노트북에 깔린 작곡 프로그램을 확인한 뒤 생각했다.

'이 퍼포먼스가 좀 부담감을 더는 효과도 있었으면 좋겠는데.'

그래. 어쨌든 저놈 반응부터 확인해 봐야겠다. 나는 고개를 들어 김래빈을 살피며 입을 열었다.

"그리고 다음은…."

아니, 다음도 필요 없겠군. 나는 입을 닫았다.

김래빈은 스마트 TV의 영상을 뚫어져라 보고 있었다.

작곡 캠프는 그렇게 곧바로 시작되었다. 종목은 〈127섹션〉 후속작의 보스 테마 BGM의 편곡 60초 내 분량.

"와, 게임 노래들은 왜 이렇게 중독성 있을까요?"
"구간이 반복되니까 더 그런 것 같기도 해."
목숨 걸고 할 일도 아니니 멤버들은 분위기 조성 겸 느긋하게 대화를 하며 작곡 프로그램을 켰다.
데뷔 때 자체 프로듀싱으로 마케팅 칠 때부터 소속사가 형식상 작곡 프로그램 사용법 기초 교육은 해줘서 다들 기본은 안다. 문제는 그것도 한 3년 묵으니 별 소용이 없었다는 점이지만.
"으음."
"여기 순서 왜 있어요? 저 알려줘요!"
"이, 일단… 탑 노트를,"
'개판이군.'
나는 내 노트북 화면을 내려다보았다. 일단 원음을 따서 넣고 정리해야 하는 건 안다만… 뭐 제대로 숙지한 정석은 없다.

―문대야, 혹시 이거 어떻게 불러오는지 아니?
―…기초 강의라도 보고 가죠.

그렇다. 막말로 우린 그냥 X밥이었다. 다들 알고 있었다만 일부러 정도 이상으로 빡세게 공부하고 오진 않았다.
'그건 목적에 안 맞지.'
이건 취미생활이니까.
"큼, 미안한데 이건……."
"드럼머신 그룹입니다!"

"…고마워."

나는 김래빈이 눈도 깜박이지 않고 빠르게 노트북을 조작하다가도 주변의 질문에 성심성의껏 답하는 것을 보았다. 그러다가도 다시 노트북에 빨려든다.

"……."

정신없는 주변 환경이, 도리어 작곡 중 번뇌할 여유를 주지 않는 것이다. 그게 제법 괜찮아 보였다.

나도 마우스를 옮겨서 적당히 베이스를 쌓기 시작했다.

그리고 얼마 후.

"세 시간 끝! 자, 이제 서로 들려줍시다~"

"와!!"

어차피 김래빈을 제외하면 거기서 다 거기인 놈들에, 세 시간짜리 작업물이니 별 부담 없이 돌아가며 곡을 재생했다. 그리고 예상대로 완성도는 개판이었으나… 의외성 넘치는 개판들이 튀어나오기 시작했다.

"으하하하!"

"이거 멋져요!"

"그래, 멋지다!"

조정이 하나도 안 된 날소리가 블루투스 스피커를 타고 터진다. 산장이라 다행이었다. 리조트였으면 쫓겨났지. 나는 차유진의 돌아버리게 과격한 편곡을 들으며 고개를 저었다.

"형 어때요?"

"어 천둥 같다."

"히히."

칭찬이 아니지만 좋다니 됐다.

고개를 돌리니, 김래빈은 동공을 떨고 있었다. 당황한 모양이다.

그래도 피드백을 주긴 쉬울 것이다. 상대가 더 잘하는 사람인데 주제넘게 구는 게 아닐까 따위의 쓸데없는 생각 대신, 마음껏 조언하고 이야기할 수 있으니까.

마침 다음 타자로 재생된 선아현의 곡을 들으며, 옆자리 김래빈도 결국 입을 열게 되었다.

"어, 어떻게 생각해…?"

"그…."

게다가 무조건 좋은 말만 해줘야 하지. 솔직히 대답해야 한다는 부담감이 한 번 더 상쇄되는 것이다. 김래빈은 열심히 진지하게 사운드를 몇 번 재생해 보더니 칭찬을 짜내려 혼신의 힘을 다하는 것 같았다.

"원곡보다 화성이 두터워서 부드럽고 아름답게 들립니다…!"

그렇겠지. 원곡은 8비트였으니까.

"그렇구나…. 고, 고마워."

그래도 전문가의 칭찬인지라 선아현의 얼굴이 밝아졌다.

"맞아, 보스보단 주인공 느낌인데? 역시 아현이야~"

"…듣기 편하네."

정말 동아리가 따로 없다. 김래빈이 슬그머니 말을 붙였다.

"맞는 말씀입니다. 기타가 듣기 좋으니 볼륨을 약간 더 키워도 아름다울 것 같습니다."

얼씨구. 이젠 좀 다듬어주고 싶기까지 하나 보군. 일단 평가 압박에서 벗어난 건 확실한 것 같았다. 이 초보자들의 편곡에도 칭찬하다 보면 자신감이 붙겠지.

그리고 얼마 지나지 않아, 김래빈의 곡을 재생할 타이밍이 왔다. 일부러 맨 끝이나 앞에 안 넣고 중간에 넣었다.

"오~ 래빈이~"

"예. 재생하겠습니다."

김래빈은 약간 들뜬 얼굴로 마우스를 조작했다. 그리고 거미줄처럼 촘촘히 짜인 음이 흘러나오기 시작했다.

"…!"

가요 형식은 아니었다. 뉴에이지에 가까운 매끈한 구조. BGM이었을 당시의 짧은 구간들을 잘 배치해, 배경과 테마라는 본연의 맛이 충실히 지켜졌다.

하지만 곡의 해상도가 달랐다.

'…이렇게도 들릴 수 있다니.'

사람 귀에 들어와 머릿속에 남는 해당 곡의 정수를 쭉 뽑아서 이상적으로 구현한 느낌이다. 그리고 초반 30초가 지나자, 색다른 요소가 섞이며 곡이 상승한다.

"…!"

"이거 우리 곡이에요! Right?"

바로 우리가 만든 콜라보 OST, 〈Bonus Book〉의 본인 랩 파트 시그니처를 따와서 섞은 것이다. 어딘가 서글프게 들리는 단조가 거미줄 같은 구조에 물방울처럼 떨어진다.

캐릭터 서사적으로도 딱 매치되는 데다가, 곡이 전개되는 쾌감이 훌륭했다.

"이야~"

"래빈아, 이거 너무 좋은데??"

그래. 좋다.

대중에게 팔아먹을 법한 가요는 아니다만, 내가 거미줄 따위의 표현까지 해가며 표현할 정도로 곡은 좋았다. 그리고 아무리 긍정적인 피드백만 주기로 했다고 하더라도 제스처와 목소리에는 진심이 있었다.

"이거 듣기 좋아!"

김래빈은 쏟아지는 감탄에 약간 당황하는 것 같았으나, 약간 울컥하는 것 같기도 했다.

나는 짧게 평가했다. 다른 말도 필요하지 않았다.

"원곡보다 더 원곡 같다."

"…!!"

김래빈은 번쩍 고개를 들었다. 나는 고개를 끄덕였다.

"…감사합니다."

목소리가 떨리는 게 들렸으나, 굳이 지적하진 않았다.

김래빈은 1분짜리 편곡의 재생이 끝난 후에도 노트북 화면을 들여다보며 터치패드 위를 매만졌다. 우리는 잠시 놈을 가만히 두었다.

그리고 김래빈이 정신을 차릴 때쯤, 공개처형이나 다름없는 다음 놈 순서가 왔다.

"음~ 다음은 분대!"

바로 나다. 내심 한숨을 쉬었으나, 이 지옥을 자처한 건 나였다.

'짧고 굵게 끝낸다.'

그리고 재생을 눌렀다.

우웅.

뭐, 이 캐릭터는 드론이 상징이었으니 전자음을 더 살려서 불길한 소리처럼 들리도록 만들었다. 그리고 지직거리는 그… 이름 복잡한 악기 효과도 줬고.

주변에서 고개를 끄덕인다.

"괜찮은데?"

그러냐? 동정은 필요 없다. 완벽한 프로의 곡 다음으로 이걸 듣고 있자니 개 뒷걸음질이 따로 없다. '잡아채는 귀'가 비명을 지르는 것 같단 말이지.

나는 감흥 없이 팔짱을 꼈으나, 맞은편의 김래빈이 손을 들었다.

"요소가 재밌고, 멜로디 수정에 센스가 기발하신 것 같습니다…!

"그러게. 문대가 감각이 있나 봐."

김래빈까지 빈말을… 잠깐. 나는 놈의 얼굴을 보았다.

김래빈은 직전, TV로 주제를 확인했을 때처럼 곡에 집중한 얼굴이었다.

"…?"

진심인가?

놈은 아예 내 노트북 앞으로 오더니, 찍은 노트까지 확인한다. 그리고 주먹을 움켜쥐었다. 마치 마우스를 잡고 싶은 것처럼 말이다.

"형! 혹시 실례가 안 된다면 이 곡을 제가 약간만…."

"그래."

김래빈은 얼떨떨한 표정으로 나를 올려다보았다.

"다듬어주면 나야 좋지."

놈의 얼굴에서 주체할 수 없다는 듯이 미소가 커졌다. 인상 안 좋은 놈답지 않게 해맑은 얼굴이었다.

첫날 작곡 캠프는 그렇게 김래빈의 편곡 강의로 컨텐츠가 변경되었다.

-네가 쓴 VST 중엔 거칠고 강한 소리가 많으니 여기서 레벨 조정을 하면….

-WOW!

김래빈은 신나게 멤버들의 편곡의 장점을 살릴 조언을 뿌렸고, 멤버들은 꽤 즐겁게 자기 곡을 고쳤다.

그리고 내 곡은… 뭐, 김래빈이 거의 무슨 개조를 하던데. 신기한 건 또 원본 느낌은 남겨뒀더라고.

-편곡에 사용하신 발상이 훌륭하여 방향성이 또렷한 덕에 빠르게 진행되었습니다!

그건 다시 말하면 네 손에선 뻔하게 고칠 불균형을 나는 못 알아차렸다는 뜻 아니냐. …뭐 어쨌든, 본인이 만족한다면 됐다.

김래빈은 그렇게 7가지 테마곡을 전부 본인의 버전으로 고친 다음, 만족스럽게 저녁을 먹고 그날 캠프를 종료했다.

그리고 지금은 새벽.

"…음."

아직 알람이 울리기 전에 나 혼자 일어났으니, 마침 오늘의 일정을 미리 점검해 둘까 한다. 나는 발에 차일 것 같은 놈들을 피해 이불을 밟고 주방 식탁에 앉았다.

그리고 머리를 휘저었다.

'오늘은….'

동요와 아이돌 타이틀을 하나씩 골라다가 합칠 생각이다. 물론 아이돌은 쟁쟁한 후배 중에 골라서 우리가 도무지 공식적으로 못 써먹도록 할 거고.

'그리고 시간이 나면, 류청우가 등산화까지 챙겨왔으니….'

"형?"

"……."

그때, 하필 부엌 쪽에 이불을 펴놓고 자던 놈이 눈을 떴다.

김래빈이다.

"자라."

"아뇨. 괜찮습니다…."

그리고 굳이 비척거리며 일어나서 내 맞은편에 앉는다.

"저, 꼭 감사의 말씀을 드리고 싶습니다."

지금?

"제 자의식이 비대한 것일 수도 있으나, 느끼기엔 제가 작곡에 대한 역량을 회복할 수 있도록 많이 배려해 주셨다는 생각이 듭니다…."

"배려는 아니야."

나는 고개를 젓혔다. 그리고 며칠 전에 노트북 압수할 때 해야 했던 말이 나왔다.

"우리가 슬슬 작곡에 취미 붙이긴 해야 했어. 멤버가 일곱인데 한 명한테 음원 부담을 다 몰아주는 게 비정상이지."

"……."

"그러니까 네가 작곡하기 싫다고 때려치워도 괜찮아. 다들 안 하고 있었는데 무슨."

그러나 김래빈은 힘겹게 입을 열었다.

"하지만, 많은 분께서 기대하고 계십니다. 회사의 직원분들과 A&R팀 분들도 제 곡을 기다리고 있다고 하셨습니다…."

"네가 못 쓰면 그 사람들이 실망할까 봐?"

김래빈은 머뭇거렸다. 긍정이라는 뜻이다. 나는 한숨을 참았다.

"래빈아. 너 무대도 잘하고 랩도 잘하는데 왜 이렇게 하나만 잘하는 것처럼 구냐."

"…!"

"너 곡 쓰는 게 재밌어서 하면 좋고, 안 하면 방법을 바꿔도 이 그룹은 어떻게든 굴러간다. 곡이야 사면 돼."

김래빈은 고개를 들었다.

“물론 네가 말도 안 되게 좋은 곡을 만드는 건 사실이고, 네 덕에 엄청난 도움을 받고 있지. 우리는 그걸 고맙게 생각해야 하는 거고.”

나는 담담히 말을 이었다.

“하지만 네가 안 해도 잘못은 아니고, 망하는 것도 아니야. 다른 옵션이 있다는 걸 늘 잊지 말자.”

“…네.”

김래빈은 양손을 꽉 쥔 채, 고개를 숙이고 대답했다.

“잊지 않겠습니다.”

그 대답에는 물기가 있었다만, 확실히 후련함도 있었다.

‘부담감이 심했던 게 맞았군.’

계속 잘 만들 때는 피부로 와닿지 않았지만, 한번 미끄러지자 겁을 먹은 것이다. 본인의 평판이 박살 나고 팀에 엄청난 피해를 끼칠 수 있다는 걱정 말이다.

‘그러고 보니 〈아주사〉에서 악편 당했을 때도 그랬군.’

2차 팀전 당시에 이놈이 확 주눅 들어서 무작정 피드백을 수용했던 게 생각났다.

‘…설마 그게 원인이었나?’

뭐, 지금 추측으로만 알아낼 수 있는 건 아니니 넘어가고. 그래도 어쨌든, 이렇게 다시 좋은 곡 만들고 무력감에서 좀 벗어난 다음에 말했으니 약간은 숨통이 트이겠지.

나는 김래빈이 진정할 때까지 기다렸다. 녀석은 셔츠로 짧게 얼굴을 닦아낸 뒤, 결심한 듯 잠긴 목소리로 다시 입을 열었다.

“저… 그렇지만, 하나만 말씀드려도 되겠습니까.”

"그래."

어디 보자. 나는 '현재 멤버들의 작곡 실력으로는 제 공백이 무척 치명적일 것입니다.' 따위의 말까지 예상했다.

하지만 김래빈이 진지하게 말했다.

"앨범과 활동 프로듀싱에는 전 멤버가 함께 참여하고 계시기 때문에, 제가 일방적으로 도움을 드린다는 표현은 과한 것 같습니다…!"

"……."

진짜 한결같은 놈이다.

"그래."

나는 픽 웃으며 팔짱을 풀었다.

"고맙다."

"아닙니다."

김래빈은 꿋꿋하게 대답했다. 그 너머, 해가 뜨며 빛이 들어오는 베란다가 보인다. 어둠을 밀어내는 것 같다.

'잘됐나.'

그리고 황금빛으로 빛나는 원통형… 음.

[大 15만 小 7만]

[현금가]

나는 무심코 말했다.

"한잔할까."

김래빈이 내 시선을 따라 인삼주를 확인했다. 그리고 밝은 표정으로 외쳤다.

"네! 따라 드리겠습니다."

"…?"

안 된다고 할 줄 알았는데. 그러나 김래빈은 의아한 얼굴이다.

"예? 인삼주는 심신에 좋다고 하셨는데…."

"…할머님이?"

"예!"

그래. 그것참 맞는 말씀이시군.

나는 다른 놈들이 다 잠든 새벽 6시 반, 김래빈과 인삼주를 마셨다. 오랜만에 마시는 알코올은 기억보다 짜릿하진 않았으나 맛은 좋았다.

"시, 신경 쓰이는 게 있으세요?"

"아니. 뭔가… 배치가 변한 것 같은데."

나는 아침에 일어난 배세진의 말을 무시했다. 증거는 없다.

대신 적당히 주먹밥으로 아침을 때운 뒤 다음 일정을 진행하려던 순간, 어제 만든 곡들을 한 번 더 재생하며 희희낙락하던 놈 중 하나가 입을 열었다.

"음… 래빈아. 이거 공개 아예 안 하는 거 말고, 한번 인터넷에 올려볼까? 우리만 듣기 아까워서."

"…! 테스타의 SNS 계정에 말입니까?"

그걸 못 하게 하려고 이렇게까지 한 건데 말이지.

…원래는 마지막 날에 캠프 끝나고 하려고 했는데, 말이 나왔으니 진행해 볼까. 나는 자연스럽게 다음 단계로 이동했다.

"그냥 위튜브 계정 하나 만들어서 올리죠. 우리 이름으로 안 하면 되잖습니까."

"아, 그러네."

"그래, 그러면 되겠어!"

배세진은 본인이 더 신나서 외치더니, 빠르게 계정 하나를 만들었다. 잘하고 있다. 나는 순서를 되새겼다.

캠프 1단계.

1. 중간 피드백 없이 쭉 취미용 곡을 만든다.

그리고 다음 단계. 바로 무라벨 검증이다.

"어허, 잠깐만~ 우리 화면 이미지부터 고르는 게 어때요?"

…다만, 이건 내 예상보다 훨씬 스케일 큰 검증으로 번지게 된다.

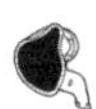

작곡 캠프 둘째 날. 편곡은 폭소 속에서 진행되었다.

"으하하하!"

"완전 바보예요!"

동요와 아이돌 곡을 합치는 작업이 생각보다도 멍청한 행동이라 여러 가지 괴작이 나왔기 때문이다. 심지어 곡은 제비뽑기로 뽑았거든.

'절대 공개 못 하겠군.'

이건 혹시라도 우리가 만들었다는 게 밝혀지는 순간 '후배 조롱하냐'로 논란감이다. 나는 '꿈꾸는 곰돌이'와 'Hacker'를 합친 내 결과물을 재생해 보다가 미련 없이 껐다.

[곰돌이~ 고고고곰돌이!]

뭐라 말할 수 없는 희한한 쓰레기였다.

다만 김래빈은 여기서도 꽤 재밌는 결과를 뽑아냈다.

"오~ 래빈이, 이거 비트가 골든에이지 곡이지?"

"그렇습니다. 벌스의 비트를 빌려서 좀 더 화려한 느낌으로 완성해 보았습니다!"

"……그래서 '나비야'가 이렇게 들린다고?"

배세진의 되물음이 이해될 만큼, 김래빈의 매시업은 독특하고 훌륭했다. '나비야'가 트렌디하게 들리다니.

다 같이 망하고 부담 덜게 하려는 거였는데, 도리어 김래빈을 더 신나게 만든 것 같다만…… 뭐 오히려 좋은 일이었다. 나는 개그 연마장이 된 작곡 캠프를 둘러보다가 자리에서 일어났다.

"문대문대, 어디가~"

"닭 보러."

점심용으로 압력밥솥에서 조리 중인 백숙을 확인하려는 생각이었다. 그러나 예상치 못한 놈이 따라붙었다.

"나도 가요!"

차유진이었다. 백숙을 치킨보단 안 좋아했던 것 같은데 놀러 와서 신났나 보군. 나는 어깨를 으쓱한 뒤 놈을 달고 가스레인지로 향했다. 마침 옆 베란다에 감쪽같이 진열되어 있는 인삼주가 눈에 들어오자 새벽의 음주가 떠올랐다.

'스프레이를 이렇게도 쓰는군.'

옷 갈아입고 양치에 구강청결제까지 썼으니 아무도 모를 것이다. 그 작은 병으로 취할 일도 없지 않나.

'……잠깐.'

나야 그렇다만, 다른 놈은?

"들으면 들을수록 세진 형께선 동요에서 가장 중독성 있는 멜로디만 사용하신 것이 정말 탁월한 선택이셨던 것 같습니다!"

"으하하! 그래? 래빈이 막 계속 듣고 싶어~?"

"네, 굉장히 흥미롭습니다!"

"……."

설마 김래빈이 저렇게 말이 많아진 건 취기 탓도 있는 건가.

'뭐…… 긴장 푸는 건 좋지.'

어쨌든 아무도 모르지 않는가. 나는 유리창 너머의 인삼주를 지나쳤다. 하지만 그때 차유진이 숙덕였다.

"형, 저거 마셨어요?"

"……!!"

저 새끼가 어떻게 알았…… 아니, 일단 부정한다.

"무슨 말인지 모르겠는데."

"거짓말! 저 안 믿어요."

차유진은 씩 웃더니 냉장고를 손가락으로 가리켰다.

"아침에 보니까 냉장고에 빈 병이 하나 생겼던데, 저기 있던 이상한 술 맞죠?"

"……."

"콜라 찾다가 발견했거든요."

원인이 그거였냐. 여기서 제일 식탐 많은 놈다운 발견법이었다. 닭 다리라도 하나 더 달라고 하려나 싶어서 쳐다보니, 차유진은 의외로 어깨를 으쓱했다.

그리고 김래빈을 슬쩍 쳐다보았다.

"재랑 대화하면서 마신 거죠?"

"그래."

"역시! 재가 오늘 더 편안해 보이더라고요. 때론 알코올이 사람 입을 열어준다더니."

"누가 그랬는데."

"음, 저희 외할머니가요?"

왜 저놈과 김래빈이 전 소속사 때부터 잘 지냈는지 알 것 같군. 나는 인삼주를 칭찬했다던 김래빈의 할머님을 짧게 떠올렸다가 지웠다. 차유진은 목소리를 낮추고 말했다.

"김래빈 많이 편해 보여서 좋아요."

제법 기특한 소리였다.

"많이 걱정했나 본데, 직접 말해보지 그랬냐."

차유진은 어깨를 으쓱했다.

"우린 같은 학년이잖아요. 자존심 문제가 있죠."

〈아주사〉 때 울면서 김래빈을 찾아온 놈이 할 말인가 싶다만.

'그건 또 다른 분야냐.'

어쨌든 나는 그냥 고개를 끄덕이고 닭이 든 압력밥솥이나 살폈다. 차유진은 또 따라붙더니 이번엔 엄지를 치켜들었다.

"형 대단해요."

백숙이?

"형이 전부터 김래빈이 작곡할 수 있도록 많이 서포트해 줬잖아요."

"그냥 본인이 잘한 건데."

솔직히 동요를 가요로 만드는 저놈이 어딜 가도 잘 벌어먹고 살았을 것이다. 그러나 차유진은 팔짱을 꼈다.

"아니요. 전 회사는 별로 똑똑하진 않았거든요! 김래빈은 확실히 재능을 가졌는데 작곡을 자주 안 맡겨줬었어요."

"음."

"그런데 형은 처음부터 믿어줘서 고맙다고 김래빈이 자주 이야기했어요."

매번 서로 소리만 지르는 줄 알았는데 그런 이야기도 했냐. 상태창에서 마에스트로 특성을 봤다고 말하기 민망할 만큼 훈훈한 내용이었다. 하지만 차유진의 이야기는 거기서 끝나지 않았다.

"원래 운동선수와 예술가는 언젠가 슬럼프를 겪어요. 그러니까 형이 특별히 더 부담을 줘서 김래빈이 슬럼프에 빠진 건 아니에요."

"……."

"김래빈은 분명히 이 말을 하고 싶었을 테니까, 제가 미리 대신 말해

주는 거죠. BFF로서!"

……이걸 격려 받을 줄은 몰랐는데 말이다. 그것과 내 등짝이 무슨 연관이 있는진 모르겠다만, 놈은 내 등을 두드렸다.

"그리고, 저것 좀 보세요. 형의 마법 같은 술까지 일했잖아요. 솔직히 존경스러운데요?"

거참. 나는 웃고 있는 놈을 보다가, 다시 한번 김래빈을 확인한 후에 짧게 대답했다.

"고맙다."

"히히."

"하지만 술 이야긴 다른 사람한테 하지 마라."

"알았어요! *친구들을 위해서 비밀을 지킬게요."*

차유진이 눈을 빛내며 말했다.

"근데 나도 같이 마셔요! 그거 조건이에요."

인삼주를? 별로 좋아하지 않을 것 같다만, 색 때문에 무슨 디저트 와인 맛으로 착각한 모양이군.

"언제."

"NOW! 아니, 밤에요!"

나 참. 나는 픽 웃고 대답했다.

"그래. 마시든가."

차유진이 웃으며 주먹을 내밀었다.

그때, 음울한 목소리가 끼어들었다.

"뭘 마셔."

"……!"

넌 또 왜 거기서 튀어나오냐.

배세진이었다. 놈은 찜찜하단 듯이 차유진의 주먹을 보더니, 곧 뭔가 깨달았는지 경악한 얼굴로 외쳤다.

"너……! 너 인삼주 마셨구나!"

망할.

"아니, 그게……."

"김래빈! 너 박문대랑 저거 마셨어??"

"아, 예! 아침에 함께…… 아."

김래빈은 내가 '다른 멤버들이 소외감을 느낄 수 있으니 굳이 말하지 말자'고 했던 말이 떠올랐는지, 쑥스러운 얼굴로 대답했다.

"죄송합니다. 저녁까지 참았어야 했는데…… 저녁에 꼭 새로 차리겠습니다!"

"그……!!"

배세진은 얼굴이 붉으락푸르락해졌으나, 참아냈다. 오.

"……그래."

"알겠습니다!"

"뭐야, 무슨 일이야~?"

"저녁에 인삼주를 마시는 건에 대해서 말씀 나누었습니다!"

"이, 인삼……?"

"아, 저거 말이구나."

멤버들은 오묘한 얼굴이었으나, 굳이 따지고 나오진 않았다. 내가 금주한 지도 꽤 된 데다가 지금 김래빈에게 뭐라고 하긴 내키지 않겠지.

이렇게 넘어가는 건가. 뭐, 배세진도 사정이 있다는 걸 짐작한 모양이었다. 그리고 나도 이젠 술 마신다고 큰 감흥이 드는 것도 아니니까 괜찮다.

'이렇게 저녁에 자연스럽게 한 번 더…….'

그때, 배세진이 내 어깨를 잡고 말했다.

"넌 안 돼."

"……."

야.

"형 보세요! 이제 괜찮아요. 와인 조금 마셔도 문제없어요!"

"저건 와인이 아니라 증류주야!"

차유진은 결국 울상을 지으며 숙덕였다.

"형, 미안해요."

됐다…….

나는 이후 산장을 떠나는 순간까지 추가적인 알코올을 단 한 방울도 입에 대지 못했다. 그래도…… 뭐, 전반적으로 괜찮은 캠프였다.

산장을 나설 때, 김래빈의 노트북은 내 가방이 아닌 김래빈의 손에 들려 있었으니까.

그렇게 2박 3일간 외부와 단절되어 있던 작곡 캠프에서 귀환한 뒤, 우리는 콘서트 준비에 완전히 스케줄을 다 때려 박고 있다.

물론 자투리 시간이 아예 없다는 건 아니다. 나는 기어코 큰세진이 배경 화면까지 뽑아 업로드한 127섹션 편곡들의 반응을 짧게 모니터링하곤 했다.

결론적으로 말하자면, 예상보다 반응이 좋다.

-이 사람 뭐임

-OK I'm not lying This is SOOOOO interesting

-지렸다

-폐허 공장 뭐 하냐 당장 돈 박아야지 이런 게 보스방에서 나오면 ㅅㅂ 개간지 쩔 듯

워낙 글로벌 매니아가 많은 게임 시리즈라 그런지 주기적으로 커버를 검색하는 사람들이 유입되며 은근한 입소문이 난 것 같다.

'퀄리티를 봐선 그럴 줄 알았다만.'

일부러 안 묻히고 검색에 걸리기 쉽게 키워드도 잘 넣어놨고.

그리고 당연한 말이지만, 김래빈이 편곡한 테마곡이 가장 반응이 좋았다. 아무리 김래빈이 우리 것도 재창조 수준으로 다듬어줬다지만, 본인이 직접 다 짜 넣은 게 더 퀄리티가 좋겠지.

그리고 반응은…… 주로 천재라는 이야기였다.

-기성 작곡가 예상한다

ㄴ문외한이 당당하시네요 업계 사람이 보면 견적 나옵니다 아직 프로씬에 진입 안 한 천재성 있는 어린 친구 같은데요

ㄴ좆문가 새끼 아무 소리나 지껄이네ㅋㅋㅋ 내가 딱 보니 짬 있는 재능충 편

곡자임

나는 일부러 김래빈이 이것들을 찾아보는 것을 내버려 두었다. 아니, 같이 보기도 했지.

"그렇다는데."

"예, 그, 다소 부끄럽지만 감사한 말씀들입니다……!"

김래빈이 댓글을 보면서 슬럼프에서 벗어났다는 자기 확신을 굳히길 바랐으니까. 이런 댓글들은 얼핏 보며 김래빈에게 슬럼프를 준 대중의 고평가와 비슷하나, 약간 결정적인 차이점이 있다.

'뉴페이스지.'

높은 기준이나 배경지식이 없다는 점이다. 다른 의도 없이 그냥 편곡에 관한 순수한 칭찬 피드백이니 그대로 원동력으로 치환될 수 있다.

그리고 이번에는 욕을 먹더라도 파장이 두렵지도 않다. 어차피 익명이니까. 게다가 거기서 도망칠 구석도 있다. 초보자와 함께 만들었으니까.

망하든 잘하든 이 선에서 끝이었다. 더해서, 다른 놈들이 작곡에 대한 흥미를 지속적으로 가지도록 만드는 효과도 있고.

나는 몇 번 배세진이 자신의 곡 피드백을 찾아보는 것을 보곤 했다.

"……왜, 왜!"

"아뇨."

뭐, 나도 내 편곡 반응을 찾아보기도 하니 남 말할 때는 아니군.

어쨌든, 그래서 콘서트 하는 틈틈이 부담 없는 피드백을 보는 맛이 있었다는 것이다. 그 덕분인지 김래빈은 자신이 편곡에 참여하지 않는 첫 번째 콘서트임에도 불구하고 쓸데없는 생각 없이 잘 집중하는 것 같았다.
그리고 도리어 이 점을 활용하는 놈도 있었다.

"문대문대."
"……?"
안무 연습이 막 끝나서 귀가하기 직전, 큰세진이 태블릿PC를 들고 말을 걸었다.
"음…… 우리가 이번 콘서트에선 래빈이 일도 있고 해서 음원 쪽엔 거의 직접 손 안 댔잖아?"
"그래."
"그래서 편곡이 더 빨리 나올 테니까…… 남는 시간에 다른 요소에 더 힘을 주는 게 어때?"
오.
"어떤 식으로."
"이런 식으로~"
큰세진은 화면을 켜더니 세트 리스트를 보여줬다. 기존 것이 아니라 본인이 직접 선을 그어 변경한 시안을.
"……!"
"괜찮지?"
그랬다. 나는 거침없이 대답했다.
"좋네. 내일 회의 때 올려볼까."
"오케이~"
큰세진은 씩 웃었다.

'생산적이군.'

나는 물을 마시며 파일을 공유받았다. 하지만 그날의 안건은 이걸로 끝나지 않았다.

"저기…… 댓글이 달렸는데."

연습이 끝난 귀갓길, 배세진이 화면을 하나 보여준 것이다. 거기에는 슬슬 눈에 익은 우리의 편곡용 익명 채널 댓글창이 떠 있었다. 하도 추천수를 많이 받아서 최상단에 올라간 그것은…….

정식 초대였다.

-안녕하세요. T1 플레이즈입니다. 따로 채널에 연락처를 기재하시지 않아 부득이하게 댓글로 연락드립니다.

…….

"……??"

그리고 그 장문의 댓글 하단으로는 T1 플레이즈 담당자의 이메일이 적혀 있었다. 눈에 익었다.

"……우리 게임 콜라보할 때 연락했던 분이네?"

"그러게요."

졸지에 거대한 낚시가 시작된 것이다.

'127 섹션'의 제작팀을 인수한 회사, T1 플레이즈의 댓글이 달린 것은 김래빈이 단독 편곡했던 테마곡이었다. 그리고 달린 지 만 하루도 지나지 않은 그 댓글은 성지순례와 기대로 가득한 사람들의 대댓글로 인산인해였다.

-가즈아아아ㅏ

-아ㅋㅋ 일 잘하네ㅋㅋ

-기다렸습니다

-올려드려!

당장에라도 이 편곡이 시네마틱 트레일러 따위에 정식 채택될 것 같은 분위기. 심지어 이모티콘으로 도배된 해외 밈을 달아대는 외국인들도 넘친다.

"어어어…."

김래빈은 넋이 나갔다. 아무래도 예상도 못 한 상황에 뇌에 과부하가 온 것 같다. 웃기지만 나도 동감이었다.

'언제 이 지경이 된 거지.'

반응이 괜찮을 줄은 알았다만, 화제성하곤 별개의 문제 아닌가. 무슨 신생 계정이 올린 게임 패러디 동영상이 일주일 만에 이렇게까지 떡상하냐.

어차피 익명 계정이라 그냥 놔뒀는데 안 되겠다. 나는 이 난리의 원인을 찾아 스마트폰을 켰다.

'또 알고리즘 픽이냐?'

아니었다. 그보다 인위적인 일이었다.

'127 섹션'은 국내에선 다시 전성기가 지나가며 마니아층만 남고 대중성과 매출이 떨어진 건 맞았다. 하지만 감성이 맞아서인지, 해외에서는 강력한 마니아층을 기반으로 한 스테디셀러로 정착한 것이다.

덕분에 해외의 게임 위튜버들 중에도 이 게임 시리즈에 목매는 놈들이 많았는데, 그중 한 놈이 라이브 중 이 동영상을 본 모양이다. 그놈 구독자가….

[구독자 2592만명]

그래, 이러니 떡상했지.

덕분에 일 열심히 하는 담당자의 눈에도 들어왔고, 이 사태가 벌어진 것이다. 그래서 결론은 무엇이냐?

"어쩌지?"

"그러게요."

아까부터 '그러게요'가 대답으로 나오는 빈도가 현저히 늘었다.

그만큼 웃기는 상황이었다. 무슨 부캐도 아니고 전문 작곡가로 제2의 커리어를 쌓게 생겼으니까. 그것도 현 동업자가 자기 혼자 미끼에 낚여서 말이다.

그 순간, 차유진이 손을 번쩍 들었다.

"우리 해요! 재밌어요!"

그럴 줄 알았다.

"잠깐, 잠깐!"

"좀 생각해 보자, 유진아!"

다짜고짜 다수결에 붙여 버리려는 차유진을 류청우와 이세진이 말리는 것을 보며, 나는 입을 열었다.

"일단… 진짜 이 제안을 받아들이면, 계약서 적을 때 본명이랑 계좌를 넣어야 할 텐데."

"아, 그럼 바로 우린 게 들키겠네?"

"그렇지."

그 순간 테스타가 이 게임 홍보용 이야기로 사용되는 꼴이 훤히 보인다. 같은 계열사니 본사에서도 옳다구나 생각 없이 밀어줄 테지. 재밌는 미담이니 테스타도 이득, 게임도 이득이라고 생각하면서 말이다.

'그리고 온갖 곳에서 조작 의심이 판치겠군….'

당연하지만, 이렇게 누이 좋고 매부 좋은 우연은 뻔한 마케팅용 기만처럼 보이기 십상이다.

-테스타 띄우기 역겹네

-망겜 한 번 더 물 받아보겠다고 또 빠순이 끌어들이는 거 보소

-돌아버리겠네 티원 마케팅팀 왜 이래 아 ㅅㅂㅠㅠ

대상 앞두고 굳이 이런 잡음을 만드는 건 멍청한 짓이었다. 신인상 때 '테스타는 자격이 없다' 같은 여론 형성을 생각해 봐라. 실제로 대상을 받는 것도 중요하지만, 대중이 '받을 만했는지' 인정하는 것이 미션 성공 여부에 분명 영향을 준다.

'우리가 막으려고 해도 본사에서 윗대가리 하나가 다른 마음 먹는 순간 X 될 수 있다.'

그 꼴은 못 보지.

그때, 의외의 인물이 진지한 얼굴로 입을 열었다.

"가, 가족 명의로 하면 어떨까…?"

선아현이었다. 아마 김래빈의 성취를 포기하는 게 안타까워서 제안한 것 같았다.

"오, 괜찮은데?"

"저 좋아요!"

나는 힘겹게 대답했다.

"안 돼. 들키는 순간 탈세 혐의부터 나온다."

"……."

무조건이다. 안 그래도 요새 민감한 부분인데 조심해야지. 데뷔 첫 해의 종합소득세 신고로 한번 난리를 겪었던 배세진은 침을 삼켰다.

"그럼… 무시할까?"

"그것도 좀."

이미 한번 주목 받은 이상, 이 계정에 또 편곡을 올리면 컨택 이야기도 계속 나올 것 같았다.

'김래빈 재능이면 그럴 만하지.'

게다가 당장 재밌어하면서 댓글 달리는 꼴 좀 봐라. 도리어 아무 반응이 없으면 그 부분이 독특해서 어그로가 끌릴지도 모른다. 그럼 그걸 바이럴로 써먹으려는 놈들도 튀어나올 수 있고.

'…그냥 계정을 갈아버릴까.'

음, 이 계정에 김래빈에게 슬럼프를 극복한 상징적 의미가 있는 것 같아서 되도록 놔두려고 했는데 말이다. 그걸 피하려면… 결국 정설이군.

"거절할 생각이면 일단 적당한 말로 표명은 해두는 게 좋을 것 같은데요."

"그렇네."

사람들이 다 납득하고 넘어갈 만한 적절한 변명이 있으면 딱 좋다. 무난히 편곡 활동만 하다 보면 또 관심이 잦아드는 때도 오니까.

"그, 뭐 그럴싸한 말 좀 지어내 봐, 너 이런 거 잘하잖아!"

"예? 제가요?"

큰세진이 어처구니없다는 듯이 웃자 배세진이 움찔했다. 한 일이 년 쯤 둘이 정중하게 굴더니 슬슬 약발이 떨어지나 보군.

'그래도 대놓고 말하니 됐나.'

어쨌든, 큰세진은 배세진과 쓸데없는 싸움을 하는 대신 의견을 내놨으니까.

"이런 건 역시 제1 공로자 의견이 중요하죠~ 래빈이는 어떻게 생각해?"

"예?"

입을 벌리고 여러 가지 생각에 잠겨 있는 것 같던 김래빈은 큰세진의 호명에 퍼뜩 정신을 차렸다. 그리고 조심스럽게 대답했다.

"저는… 거절해도 괜찮습니다!"

"아깝지 않겠어?"

"예! 애초에 상업적 목적이 아닌 취미생활로서 작곡 캠프에서 만든 것이니, 지금 반응으로도 과분하고 즐겁습니다!"

"음, 래빈이가 그렇다면야."

"오케이~"

그렇게 적절한 거절 문구나 생각해 내는 것으로 대화는 마무리되었다.

"학업 정도면 무난하겠지?"
"그래. 말투 좀 다듬고."
그래서 해당 영상에 달아놓은 댓글이 이것이다.

-정식 계약 제안은 정말 감사하지만 공부하느라 시간이 나지 않습니다ㅠㅠ 이렇게 위튜브에 올려서 공유할 수 있는 것으로 만족합니다

꼬투리 잡힐 게 없을 만큼 온건하고 의심받지 않을 만큼 흔한 사유다.
'이걸로 마무리군.'
아마 다들 비슷한 생각을 했겠지만, 상황은 그렇게 흘러가진 않았다.

"이야, 이 사람 끈질기네."
다시 며칠 후, 우리는 고정해 놓은 댓글 밑에 달린 담당자의 댓글을 발견했다.

-그 만족… 돈이 포함되면 더 커지지 않을까요? (찡긋 이모티콘)
이미 해놓으신 편곡으로 계약 가능하니 편하게 연락 부탁드립니다! 공부 화이팅!(웃는 이모티콘)

그리고 이 썰렁한 개그에 무슨 감명이라도 받은 건지 사람들은 더 신나서 댓글에 달라붙었다.

'…커뮤니티에도 슬슬 올라오잖아.'

[삼고초려 중인 폐허공장]

[그 편곡이 그렇게 띵작임? 난해하던데]

[열일하는 머기업 근황]

이게 재밌어 보였는지 누가 캡처해서 나르고 있더라고.

-ㅋㅋㅋㅋㅋㅋㅋㅋ

-이럴 시간에 업뎃이나 잘해라

-받아줘! 받아줘!

마치 여기서 거절하면 흥 깨고 무례한 애새끼가 될 것 같은 분위기. 물론 '왜 안 하겠다는데 귀찮게 하냐'면서 담당자를 욕하는 사람도 나올 것이다.

'그러면 정말 개판이 되는 거지….'

논쟁이 붙는 건만큼 번지기 쉬운 화제도 없다. 그 난장판에 사실 편곡자가 테스타인 것까지 드러나면 진짜 반갑잖은 상황이 터질 것이다.

'자칫하면 논란감이야.'

게다가 편곡 외의 요소가 화제가 되니, 슬슬 의도를 가지고 댓글에 악평이나 칭찬을 쓰는 놈들이 늘어나고 있다. 계정을 개설한 본질이 벌써부터 흐려지고 있는 것이다.

'X발.'

귀찮게 구네 진짜. 콘서트 집중하기도 바쁜데 이게 무슨 난리란 말인가.

김래빈은 덕분에 좀 풀이 죽기까지 했다.

"중요한 시기에 괜한 일에 신경 쓰시게 되어 정말 죄송합니다…."

나는 픽 웃었다.

"뭐, 네가 재능이 있는 걸 사과하는 거냐."

"그, 그런 뜻으로 드린 말은 당연히 아닙니다…!"

김래빈은 경악했지만 특별히 반박할 말을 찾지 못했고, 나는 대화를 틀어줄 겸 다시 한번 확인했다.

"네가 이걸 거절하는 데에 동의한 건 부담스러워서가 아니라 상황상 그게 깔끔해서가 맞겠지."

"예? 예. 그렇긴 합니다만…."

"그럼 됐다. 이런 건 다 무시해도 괜찮아. 콘서트가 우선이니까."

"…넵. 알겠습니다!"

김래빈은 그렇게 확답을 듣자 안심한 것 같았다. 그 자리에 큰세진이 실실 웃으며 어깨동무를 하고 들어왔다.

"그래~ 우리 이번 콘서트에서 멋진 모습 보여줘야지~ 이렇게 열심히 준비하고 있는데!"

그것도 맞는 말이다.

사실 이 게임사의 지랄에 큰 관심을 쏟을 만큼 여력이 남아나는 놈은 별로 없었다. 저놈이 뒤바꾼 세트 리스트에 몰두할수록 챙길 디테일이 늘어나서 말이다.

'쓸 만한 놈이야.'

나는 새삼스럽게 큰세진을 보았다. 이득을 챙길 구석이 있으면 거기까지 현실적인 경로를 설계하는 걸 제법 한단 말이지.

'그러니까 내가 세웠던 계획에서 제일 큰 역할을 한 놈이기도 하고.'

그렇다. 내가 산장행을 기획할 때 세웠던 커리큘럼은 아직 미완이었다. 마지막 단계가 남았거든.

–작곡 캠프 3단계.

2단계까지를 통해 자신감을 회복했으니, 이번에는 슬럼프 상황에서도 멘탈 붕괴를 예방하는 방법이다.

'바로….'

프로듀싱을 건드릴 수 있는 권한과 단절된 상황에서 성취감과 보람을 느끼게 하는 것.

그게 바로 이번 콘서트다.

"심장 터질 것 같아."

"나도 완전."

대학원생은 자신의 대각선 바로 앞에 앉은 친구, 박문대의 홈마와 호들갑을 떨었다. 그리고 신난 그들과 달리 떨떠름한 얼굴의 제삼자도 근방에 앉아 있었다.

'나는 왜 여기….'

바로 그녀들의 친구였다. 티케팅에 용병으로 참전했으나, 놀랍게도 친구들이 모두 티케팅에 성공하며 표가 남은 것이다. 그리고 친구들의 꼬드김과 호기심으로 이 자리에 앉아 있게 되었으나… 벌써 후회 중이었다.

'암표로 팔아버릴걸.'

혹시라도 걸려서 취업에 문제가 생길까 봐 안 했지만, 지금 여기 불편한 의자에 앉아 있으려니 절로 아까웠다.

'그 돈으로 100연차나 돌리는 건데!'

그렇다. 그녀는 확률형 망겜에 돈 쓰는 걸 두려워하지 않는 현대의 모바일 게이머였다.

'워낙 유명한 아이돌이라 혹했는데… 휴.'

그녀는 벌써부터 신나서 떠드는 친구들을 보다가, 고개를 저었다.

'이것도 좀 민망하고.'

응원봉이 너무 휘황찬란해서 집어넣고 싶었다…. 하지만 모두가 들뜨고 신난, 같은 감성을 공유 중인 공연장에서 그녀는 속절없이 응원봉을 들고 있을 수밖에 없었다.

'으윽 진짜.'

그렇게 그녀가 슬슬 친구들을 원망하고 있을 무렵.

—지이이잉

부드러운 목소리의 안내 방송이 울리기 시작했다.

[안녕하세요.]

아아아악!!
"어우씨."
시작하는 게 그렇게 신날까? 그녀는 주변에서 터지는 환성에 기겁했다.

[금일 테스타의 'Wave for me'를 관람하러 와주신 관객 여러분께 안내 말씀드리겠습니다.]

관람 매너를 차근히 말하는 남성의 목소리는 듣기 좋았지만, 어딘지 약간 위화감이 들었다. 콘서트보다는 좀 더 연극적 격식이 있는 공연장에서 할 법한 단어 선택이었기 때문이었지만, 그녀는 구체적으로 눈치채진 못했다.

[……그럼 즐거운 관람 되시길 바랍니다.]

그때, 대학원생이 함박웃음과 함께 그녀에게 입모양으로 말했다.
'저게 문대야!'
어?
그 순간, 조명이 검게 꺼졌다.

[지금, 우리는 파도 속으로 들어갑니다….]

공연자의 마지막 안내 멘트가 때를 맞춰 울렸다. 그리고 삽시간에 조용해진 공연장에서, 천천히 소리가 들리기 시작했다.

바닷소리였다.

그리고 그 속에 천천히 오케스트라와 전자음이 녹아들더니, 전면에 나오기 시작했다. 살랑대는 맑은 소리가 그녀도 들어본 곡이었다.

'테스타 데뷔곡이지?'

그러나 바로 다음 순간 다른 강렬한 멜로디가 섞여 들어온다. 이번에도 아는 곡이다. 하지만 다시금 몇 초 만에 다음 반주가 모습을 드러낸다….

'뭐야?'

그것은 서곡, 오버추어(overture)이었다.

오페라나 뮤지컬의 오프닝에 연주되는 예고. 다른 점이 있다면, 이것은 곡을 소개하는 의미는 아니라는 점이다. 이미 현장의 모든 사람이 그 곡을 알고 있었기 때문이다.

이것은 몰입용이었다.

'…분위기 있네.'

그리고 공연장에 조명이 돌아온다.

온 객석을 다 덮는 강렬한 푸른 조명이었다. 하지만 정적이진 않았다.

"…!"

수많은 연한 푸른색과 진한 푸른색이 물결치며 실내 공연장을 물들였다. 공기가 움직인다.

치이익.

그리고 드라이아이스가 발밑으로 깔린다. 연기가 부드럽게 출렁였다.

"와."

그 조명과 출렁임, 시원한 냄새, 그리고 약간 멍멍하게 울리는 반주…… 오감이 비유법을 거들었다.

공연장 안은 물속이었다!

물속 전경을 공연장에 고스란히 구현하며 시작된 테스타의 콘서트. 그리고 펼쳐진 것은… 친구 따라 얼결에 콘서트에 온 게이머가 예상하지 못했던 공연이었다.

'허.'

보통 주체가 가수든 아이돌이든 '콘서트'라고 하면 예상하는 형식이 있기 마련이다.

공연자가 중심이 되는, 자신의 무대를 선보이는 퍼포먼스. 히트곡과 최신곡을 잘 섞어서 배분한 뒤 공연의 텐션이 떨어지지 않도록 순서가 조절된 그것 말이다.

그리고 실제로 테스타 역시 지금까지 그런 콘서트를 해왔기에, 친구들은 그녀에게 비슷한 설명을 했었다.

–너도 아는 곡 많아서 재밌을 거야ㅋㅋ

–맞아 그리고 애들 다 진짜 잘생기고 잘해 티켓값 무조건 한다!ㅠㅠ 취소 너무 아까워!

하지만 지금은 아니었다.

이 콘서트에는 그 대신 이야기가 있었다.

—서서히 잠기는
시간을 밤을
벗어나고 싶지 않아

드라이아이스 사이로 현대무용에서 가져온 우아한 안무가 바닷속을 부유하듯 천 자락을 휘날리며 펼쳐진다. 첫 곡으로 선택된 건 바로 완벽한 오케스트라로 편곡된 〈자정, 그리고 다음〉이다.

대단히 독특한 선택이었다. 이 정도 연차의 히트곡 많은 아이돌이라면 많이 공연했던 데뷔 초 곡은 기껏해야 메들리로 빼버리는 게 보통이기 때문이다.

하지만 테스타는 굳이 이 곡을 편곡까지 해가며 사용했다. 여기가, 이 공연에서 보여줄 서사의 시작점이니까.

—노래도 꿈도
다 잊어버려 여긴 자정,
너의 Midnight

바닷속에 빠진 소년은 꿈과 함께 과거에 고인다.

태엽이 돌아가고, 멤버들은 바닷속에 가라앉아 과거를 체험한다. 〈자정, 그리고 다음〉의 끝을 알리는 괘종 소리와 동시에, 심해에 누운 멤버들.

댕–

그리고 무대 배경은 자연스럽게 교실이 된다.

꿈이라도 꾸는 듯, 조명이 바뀌며 선명하게.

자연스럽게 연결되는 곡은 〈하이파이브〉다. 경쾌한 청춘을 노래하는 밝고 쾌활한 락 사운드! 일어난 멤버들이 살짝 얼떨떨해하는 간주를 지나, 씩 웃으며 발을 굴리는 안무를 하며 무대를 뛰어다닌다.

–내 발이 움직여
빠르게 더 멀리!

그렇게 과거로 돌아간 소년은 꿈을 좇고, 사랑에 빠지고, 적과 만나고, 이기기 위한 힘을 키운다. 그 각각의 맥락마다 테스타의 곡이 하나씩 꿰차고 들어갔다.

물론 테스타는 아이돌이며 이 공연이 진짜 뮤지컬이나 오페라만큼 스토리가 노골적인 구성은 아니었다. 하지만 가사와 분위기, 그리고 틈틈이 등장하는 VCR을 통해 충분히 그 맥락들을 이해할 수 있었다.

테스타에 별 배경지식이 없던 사람이라면 더더욱!

'이거… 원래 이렇게 하려고 만든 노래야?'

게이머가 당황할 정도였다. 팬들은 워낙 곡이 친숙했기에 좀 더 부드럽게 넘어갔지만, 사실 멤버들은 곡 사이사이마다 스토리에 맞춘 표현을 도드라지게 넣어주었다.

그리고 게이머는 그 모든 텍스트를 다 곡과 동등한 비율로 받아들였다. 당혹, 기쁨, 긴장, 경계…. 그 넘치는 끼와 표현력이 남달랐기 때문에, 게이머는 순식간에 낯선 곡까지 몰입했다.

사랑의 깨달음을 통해 성장한 무대 위 주인공은 힘을 과시하듯 강렬한 퍼포먼스를 펼친다.

—물어, 뜯어, 즐겨

Now Spring out!

서사는 무대의 입체감을 돋운다.

결국 총포와 댄서를 활용한 콘서트형 퍼포먼스가 강렬히 터질 때즈음에는, 그녀는 거의 무의식중에 무대 끝에서 박수와 환호를 보내고 있었다!

"헉."

아이돌 콘서트에 와서는 응원을 하는 것도 아니고 이런 조건 반사적 감상문 같은 반응이라니? 무슨 뮤지컬 보러 왔냐며 그녀는 스스로가 어이가 없어졌지만, 그럴 필요도 없었다.

테스타가 더 진심이었다.

고음과 성량, 과격한 안무가 혼연일체 되어 강렬한 〈Spring out〉의 엔딩, 그 끝에선 조명이 점멸했다. 찢어지는 함성과 심장이 쾅쾅 울리는 서사적 고조.

그러나 순간, 씻은 듯이 모든 것이 정지했다.

"…!"

화려히 절정으로 마무리된 곡 다음에는… 쉬는 시간이다.

[~Intermission~]
[곧 2막이 시작됩니다.]

이들은 심지어 인터미션 형식까지 살려놓은 것이다.
지금 네가 뭘 봤는지 한번 곱씹어보라는 듯이. 기대감을 더 부풀리라는 듯이.
"……."

[야호!]

게이머는 무슨 공익광고인 양 멤버들이 동물 잠옷을 입고 뛰어다니는 VCR이 재생되는 것을 보며 입을 벌렸다.
그녀만 그런 것은 아니었다. 인터미션답게 불이 켜지고 분위기가 느슨해지자, '쉬는 시간'인 듯한 그 암묵적 허락에 팬들도 날뛰기 시작했다.
"어후, 어후, 어우…."
"이거 뭐야?"
스마트폰을 잡고 미친 듯이 뭔가를 적는 사람이 수두룩했다. 그리고 게이머에도 메시지가 왔다.

[연주 : 대천재대천재대천재ㄷㅐ첮내대천재]
[민소 : (쓰러지는 이모티콘)]

두 친구였다. 둘이 앉은 자리를 육안으로 확인해 보니, 둘 다 VCR에 완전히 시선을 고정한 채로 톡만 보낸 것 같았다.

'허어.'

좀 무서웠다. 하지만 조금은 이해가 갔다.

'나같이 아무것도 모르는 사람도 막 즐길 수 있게 잘 만드네.'

이런 콘서트라면 한 번쯤 볼 만했다. 강권의 이유를 알겠다며 그녀는 내심 인정했다. 테스타가 이런 형식의 공연을 한 건 처음이며 덕분에 SNS가 난리 통이라는 것은 짐작하지도 못한 채, 그녀는 전과 달리 더 두근거리는 마음으로 2막을 기다렸다.

'이제 막 싸우는 내용 나오는 건가?'

이런 왕도식 게임 주인공 서사는 그녀도 익숙했으니까! 거기에 화려한 춤과 노래를 곁들이니 재미가 없을 수 없었다!

곧, 발랄한 안내 방송과 함께 공연이 재시작되었다.

[관객 여러분, 대체 이 녀석들이 무슨 생각으로 이런 공연을 하는지 조금 놀라셨죠? 다소 궁금하시죠?]

이세진이다. 그 능청맞은 멘트에 웃음과 반응으로 객석이 떠들썩해질 때.

[그래도 테스타가 어떻게 되는지는 곧 확인하실 수 있습니다. 그럼 2막, 지금 시작합니다.]

불이 꺼진다.

가벼운 오케스트라가 흐르고, 공연자가 적절히 템포를 끊어놓은 대로 사람들의 마음에 또 기대감이 차오를 때…… 게이머는 자신이 중앙 제어가 가능한 응원봉을 들고 있다는 것을 진실로 깨달았다.

[What makes people live?]

이번 무대의 테마는 적 추격.

무대에서 시작된 달리는 빛의 효과가, 응원봉까지 이어지며 거대한 포물선을 그리며 객석으로 퍼지고 있었다. 무대 위 분위기와 스토리의 연장선으로 응원봉까지 이용하는 선택.

'으아악!'

이제 게이머는 쉽게 감명받았다.

'관객이 무대에 참여하는 것 같은 느낌으로 한 거지?'

이런 변태적인 수준의 디테일이 어딘지 마니아의 심정을 자극하는 면모가 있었다!

'완전 작정했네!'

그렇다.

테스타는 이 공연에 스토리적 맥락과 몰입을 부여하기 위해 섬세히 골조를 짜고 역량을 부어 넣었다.

하지만 어떻게 짜 맞춰도 그 사이사이에 어쩔 수 없는 빈틈이 생겼다. 테스타의 곡이 하나의 스토리를 노리고 작곡한 것도 아니며, 뮤지컬로 제작된 음악가들의 곡만큼 가짓수가 대단히 풍부한 것도 아니니까.

그래서 바로 그 공백을 채우는 게 커버 무대, 솔로와 유닛 퍼포먼스였다.

2막은 하이라이트가 될 최신 유행곡과 그것을 뒷받침해 주는 커버곡으로 채워져 있었다. 그래서 테스타는 무대 뒤에서도 아주 정교히 계산하여 움직여야 했다.

"허억."

"3분!"

신음과 단답, 고함이 오가는 백스테이지.

신경에 거슬리는 소음이고 나발이고, 나는 계산을 계속했다.

'빠듯해.'

무대와 무대 간의 연결감이 중요해지다 보니 숨 돌릴 시간이 더 줄었다. 무대 중간중간 토크를 넣거나 여유 부릴 시간이 없으니까.

—와아아아!

나는 방금 들었던 환호에 휩쓸리지 않기 위해 혀를 눌렀다. 그리고 냉정히 생각했다.

'역시 호불호가 갈리겠어.'

지금이야 관객들이 신선하고 재밌으니 대단히 좋아하겠지만, 머리가 식는 순간 말이 나온다. 콘서트에서 좀 더 쌍방향으로 소통하고 싶어

하는 팬들도 있을 테니까. 그 점을 보완하기 위해 공연 이후 W라이브 소통을 기획해 둔 건 올바른 판단이다.

'좋아.'

그 이상 흡족할 시간은 없었다. 마침 다음 무대에 오를 옆 놈이 죽상을 하고 있더라고. 나는 얼굴이 허옇게 질린 김래빈에게 물었다.

"걱정되냐?"

"예? 아, 아닙니다. 최선을 다하여 팬분들께서 만족하실 무대를 보여 드리고 오겠습니다…!"

김래빈은 빠릿빠릿하게 대답은 했지만, 손을 쥐었다 폈다 하고 있었다. 평소보다 긴장된다는 뜻이다.

'그럴 만도 하지.'

나는 팔짱을 꼈다.

우리는 이런 경험이 부족했다. 다른 사람이 일방적으로 준 곡에 손대지 않은 채 그저 그 자체를 완벽히 이해하고 구현하려는 노력이. 이미 작곡가의 의도대로 완성된 작품에 자신을 맞추는 커리어가 데뷔 후 거의 없던 것이다.

'곡과 컨셉에 계속 참여했으니까.'

본래 신인이 4, 5년에 걸쳐 수행하며 기반으로 삼을 훈련을 생략한 것과 다름없다. 음원을 건드릴 수 없으니, 그 외의 모든 요소… 특히 자신을 극한까지 활용하는 법을 익히는 것을.

'이번 기회에 습득한다.'

그게 바로 오늘 우리가 한둘씩 찢어져서 제대로 보여줘야 할 부분이기도 했다. 애초에 왜 큰세진은 이렇게 스토리가 도드라지는 형태로 세트 리스트를 수정했겠는가.

간단했다.

—곡에 터치 안 하기로 했잖아요~ 그 시간 여기다 쓰죠?

편곡 시간을 빼고 그 공백에 자신 안에서 더 갈고 닦을 역량을 추가한 것이다. 무대에서 공연자가 고려하여 표현할 요소에 '맥락'까지 포함해 버린 거지.

나는 김래빈의 등을 쳤다.

"연습 때도 좋았으니까 편하게 하고 와라."

침 삼키는 소리가 들렸다.

"…예."

김래빈은 굳세게 고개를 끄덕였다. 뭐, 사실 이렇게까지 안 해도 괜찮을 문제다만.

"무, 문대야, 저기, 래빈이와 이동해야 하는데…."

환복을 끝낸 놈이 김래빈의 앞으로 슬그머니 다가왔다. 선아현, 다음 무대에서 김래빈과 유닛 퍼포먼스를 할 멤버다.

나는 웃으며 입을 열었다.

"선아현."

"으응?"

"김래빈, 이 무대 잘할 것 같지."

선아현은 눈 하나 깜짝하지 않고 대답했다.

"응."

"…!"

머뭇거림 한 점 없는 단호함. 놈으로서는 드물 정도로 자기 확신 어린 말이었다.

"감사합니다…!"

덕분에 김래빈은 그 기세에 감명받은 것 같았다. 둘은 뛰어가기 전, 악수했다.

"우, 우리 잘하고 오자!"

"옙!"

붙여놓길 잘했군. 선아현의 확신에는 근거가 있다. 놈은 우리 중 유일하게 이런 기반을 닦을 필요가 없기 때문이다.

'이미 있으니까.'

선아현은 기존 작품의 의도에 대한 완벽한 해석, 표현을 내놓는 것을 목표로 유년기를 다 쏟아 넣었었다.

놈은 수석 발레 전공자였다.

"우, 우리 갈게…!"

"그래."

나는 김래빈과 선아현이 뛰어가는 것을 보았다. 그림은 괜찮았다.

바로 직전 무대 위.

–이건 너를 부르는 소–리

소년의 내면이 부르는 유혹, 〈부름〉의 퍼포먼스가 끝났다. 목이 잡힌 배세진이 객석을 노려보면서.

'아아아악!!'

박문대의 홈마는 내면으로 울부짖음을 삼켰다.

'어떻게 콘서트에서 이런 깜찍발랄 천재기획을 하고선 홍보 한번 안 할 수 있어! 설마 상세페이지 설명에 '뮤지컬처럼 풍성한'이 힌트였냐고!'

그리고 심호흡했다. 진정해야 했다.

비록 〈부름〉 퍼포먼스에 추가된 박문대의 음울한 솔로 파트가 기가 막히게 섹시해서 곱씹고 싶다고 해도 다음 무대를 똑똑히 봐야 했다!

[툭.]

하지만 막상 VCR을 보니, 다음에 등장하는 건 유닛 무대인 것 같았다.

'흠.'

그녀는 악수하는 두 손만 보고도 박문대가 아님을 짐작했다. 그래서 약간 긴장을 풀었다.

'무대로서 잘 즐기자.'

이성을 챙긴 그녀는 시선을 다시 고정했다.

그 순간, 무대 아래에서도 역시 의상 교체를 마친 테스타의 멤버들이 대기하며 모니터를 보고 있었다.

"시작한다!"

박문대는 턱을 만지려다가, 메이크업을 의식해 손을 내렸다. 그리고 화면에 집중했다.

전담팀에서 자체적으로 설치한 대형 모니터에서 무대 장면이 송출되고 있었다. 클라이맥스 최종 빌드업 단계에 삽입된 유닛 무대를 위해, VCR이 꺼지고 음악이 울리기 시작한다.

Rrrrrrrrr!

90년대의 세기말 실험성을 책임지던 프로그레시브 록 밴드의 강렬한 사운드다.

'구현 좋고.'

적과의 대치에서 결정적인 순간에 패배한 소년.

더 큰 힘을 향한 유혹이었던 〈부름〉의 다음에 오는 퍼포먼스는 결국 내면의 갈등이다. 강렬한 유혹처럼 몰아치던 천둥 같은 일렉은 곧 잦아들고, 그 자리로 1막에서 활약하던 우아하고 날렵한 소리가 채운다.

오케스트라의 바이올린 솔로. 그리고 나직한 보컬.

–아찔하게 머무는 자리

그래서 먼저 무대 위로 먼저 오르는 것은 선아현이다.

이성과 지성, 성품을 상징하는 상징이란 상징은 다 연출로 표현한 인물은 부드럽게 무대를 가로지른다. 현대무용을 응용한 동작과 함께, 하얀 스포트라이트가 떨어진다.

―발끝으로 서 있네

실험적인 곡이었으나, 무대 위에서 댄서와 함께 이루어지는 퍼포먼스는 난해하지 않았다. 전달력이 말도 안 되게 좋았기 때문이다.

"와."

"Cooool."

흰 의상을 입고 곧은 선을 그리는 선아현은 곡의 전경을 완벽히 그렸다. 흔들리지 않는 보컬은 그것마저 반주의 하나로 녹아들며, 퍼포먼스가 더 돋보인다.

―불이 바뀌어도 목소리를 지켜야지
한 걸음, 한 걸음

손을 뻗고, 백플립을 하며 부드럽게 착지하는 동작에 천이 휘날린다. 남은 역량 한 치까지 끌어 쓰는 듯한 그 숙련도가 주는 박력은 남달랐다.

'진짜….'

관객들이 푹 빠지는 그 정적인 절정.

하지만 불협화음은 여기서 등장한다.

쿵.

바이올린이 깨진다.

Rrrrrrrrr!

일렉이 몰아친다. 그리고 깜박이는 스포트라이트와 함께 무대 반대편에서 다른 이가 모습을 드러낸다.

–Red light

무수한 검은 버클로 조인 옷을 입은 김래빈이다.

그는 춤 같은 건 추지 않았다. 대신 헤드 마이크를 들고 천천히 전진했을 뿐이다.

천천히, 위압적으로.

–걸어가면 넘어지지
거기 멈춰 돌아가

그리고 랩이 쏘아져 나왔다.

영어와 한국어가 섞인 엇박의 랩은 느릿하게 시작하더니, 점점 빨라졌다. 그리고 마이크에서 지직거리는 전자음. 2000년대 밴드 콘서트에서 한 교포 래퍼와 콜라보로 선보여진 편곡이었다.

딩시 인터뷰에는 이 곡 퍼포먼스의 중점이 남아 있었다.

-무대 중간에 불청객처럼 난입하여 주인이 되어야 하는 노래.

그리고 김래빈은 그렇게 했다.

그는 오케스트라를 밀어내고 일렉의 템포에 맞춰서 무대에 억지로 비집고 정착했다.

-Tick-tock, Tick-tock
줄이 바뀔 때 너는 네가 아닌 거야
발이 있는 데에 네 맘이 있는 거야

랩이 들어가고, 제스처가 커지고, 안무가 퍼진다.

무대를 뺏는다.

오케스트라 소리와 함께, 선아현은 마지막 저항처럼 짧고 강렬한 퍼포먼스를 맞부딪혔지만 이미 모든 연출에서 잠식당한 후였다. 그리하여 오케스트라는 사라지고, 선아현도 무대 장치와 함께 한편에서 인상적으로 낙하해 사라진다.

Rrrrrrrrr!

완전히 톤이 바뀐 무대.

그리고 그제야 김래빈이 댄서와 함께하는 짧고 강렬한 군무가, 초반 선아현이 장악하고 있던 시간만큼 무대를 채운다.

Wak. Wak. Wak. Wak!

지배적이고 강렬한 크럼프가 섞인 댄서들의 군무 가운데서, 김래빈은 발을 맞추어 코트 자락을 휘날렸다. 내면은 충동에 지배당하고 있었다. 그렇게 곡은 원곡자의 의도 그대로의 의미를 담아, 2020년대에 재현되었다.

단 하나, 엔딩을 제외하고.

-음음음.

지성은 다시 돌아오지 않았다.

마지막까지 서 있는 것은 충동뿐이었다.

-Get off

곡의 엔딩, 김래빈은 뒤로 돌아 무대 아래로 사라졌다.

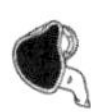

와아아아악!!!

"와, 소리 봐!"

공연장의 비명이 백스테이지의 좁은 복도 골조까지 박살 낼 듯 울린다. 원래 환성에 후한 편이긴 하지만, 이 정도면 솔직한 감상이라고 봐도 된다.

'유닛이 커버곡을 한 게 본 무대만큼 좋았다는 뜻이다.'

성공이었다. 나는 기꺼이 입을 열었다.

"잘하더라."

"고, 고마워…!"

먼저 돌아온 선아현이 수건을 덮어쓴 채로 웃었다. 그리고 남은 한 놈은 지금 복도에서 모습을 드러냈다. 멤버들이 아낌없이 환호한다.

"김래빈!!"

"진짜 잘했어! 완전 멋있었어!"

"감사합니다…!"

코트를 벗은 김래빈은 빼지 않고 상기된 얼굴로 고개를 꾸벅거렸다. 본인이 생각하기에도 제법 잘했나 보지. 이렇게 솔직한 놈도 드물 것이다.

나는 피식 웃었다.

"잘했어."

"네…!"

그 이상 별말 하지 않고 김래빈의 어깨나 몇 번 두드려 주었다. 어차피 지금은 더 할 시간도 없을 테니까.

"의상 갈아입어라."

"아!!"

김래빈은 뭔가 말하려는 듯 입을 열다가, 즉시 '20초 만에 환복하기' 미션을 수행하기 위해 스탭에게 몸을 맡기게 되었다.

"자자, 150초 남았습니다~ 우리 행차하러 가야죠?"

"행차!"

그래, 아직도 콘서트는 끝나지 않았다. 그리고 내가 준비한 것도 이게 전부는 아니었다.

테스타의 콘서트 2막은 끝없이 몰아치는 클라이맥스의 연속이었다.

김래빈과 선아현 유닛 무대의 서사가 이어지며, 충동이 지배하는 소년의 내면은 결국 위험하고 어두운 방향으로 흐른다. 그 격정을 표출하는 무대.

–마침내 찾아온 날
행차

전통악기 소리가 들어가던 자리, 그 대신 놓인 파편화된 전자음이 불길한 소음을 자아낸다.

–끝내 여기서 오늘
Never get away from me ya

원곡보다 훨씬 어두운 버전의 〈행차〉는 살짝 기괴해 보일 정도로 강렬하고 섹시했다. 센터에 선 류청우가 무표정으로 고갯짓을 했다.

'조선 좀비….'

어떤 컨셉이든 이보다 더 강렬할 수 없을 것 같아, 게이머는 이것이 가장 갈등이 고조되는 파트, 최고의 클라이맥스라고 생각했다.

하지만 아니었다. 이것이 절정이구나 싶은 파트마다 새로운 빌드업이 들어가서 계속 고조되는 것이다.

'어어어?'

적은 이겼지만 자기 자신에게 의구심을 가지게 된 소년의 방황을 그리는 〈Better me〉가 이어졌다. 압도적인 그림자 퍼포먼스였다.

'이게 클라이맥스구나!'

아니었다. 방황을 끝내고 깨달음을 얻어 본연의 모습으로 돌아온 소년은 화려한 복귀식을 치른다.

"…??"

펼쳐지는 무대는 지난 활동의 두 타이틀, 〈Wheel〉과 〈Drill〉을 합친 〈daybreak〉였다. 불꽃놀이 같은 폭죽이 터지며 미친 듯이 화려하고 신나는, 입이 떡 벌어질 퍼포먼스가 빨아들이듯 시선을 잡았다.

-Turn my ferris wheel around

별처럼 터지는 불-빛!

전율이 흘렀다. 정말로 콘서트의 클라이맥스다운 무대였… 지만 이제 게이머도 알았다.

아니었다.

'또 뭐 더 있지?? 어??'

이쯤 되니 아예 기대하기 시작한 것이다. 그 심리의 바닥에는 이 미친 공연이 끝나지 않고 계속되었으면 하는 바람도 있었다. 이 자극과 몰입은 너무 맛있었으니까!

그리고 그 마음에 보답이라도 하듯이 다음 무대가 이어진다.

퉁—.

그러나 이번에는 어딘가 달랐다.

'오래 걸리는데…?'

전 무대들보다 준비시간이 길었다. VCR이 꺼지고도 한참, 검은 무대에서는 북소리만 울렸다.

'뭐지?'

하지만 모든 것은 한꺼번에 무대 위로 돌아왔다.

호쾌한 휘파람 소리와 함께.

휘익!

"…!!"

무대 위에는 어느새 물이 흘러나오고 있었다.

'미친!'

대체 얼마나 돈을 부은 건지 모르겠지만, 어디 초대형 워터쇼에서나 볼 법한 물줄기가 바닥에 고이며 수원을 만들어낸다.

그리고 빛이 흘렀다.

휘휘휘–익!

물줄기에 맞추어 켜진 불빛들은 물과 함께 무대 바닥에 고여 환상적인 풍경을 만든다.

그리고 그 순간, 공연자가 등장한다. 공연장 정면의 물줄기 위 어둠 속에서 뛰어내린 공연자는 물속으로 착지했다.

"…!"

차유진이었다. 둘씩 짝을 지은 유닛 무대와 다르게, 차유진은 이번 공연 중 유일하게 홀로 무대 위로 올라왔다.

–Yeah, yeah, yeaaaaah

그리고 기다릴 것도 없이 바로 독무를 시작했다.

말 그대로 물 만난 물고기처럼, 종아리까지 올라오는 물에서 빛과 물보라로 화려한 솔로 인트로를 펼친 것이다. 물과 빛이 포물선을 그려 난반사를 일으키며 번뜩인다. 그러나 그 모든 효과는 홀로 움직이는 공연자의 움직임 일부로 흡수당한다.

차유진의 특성은 순식간에 무대를 장악했다.

게이머는 저도 모르게 감탄했다.

"와씨."

인간이냐?

차유진은 인트로 퍼포먼스를 마치는 순간, 고글을 벗어 던지며 관객석을 향해 씩 웃었다.

으와아아악!!!

귀가 떨어져 나갈 듯한 함성에도 게이머는 눈살을 찌푸리지 않았다. 왜냐하면 익숙한 전주가 흘러나왔기 때문이다.

'아, 이거!'

바로 테스타의 가장 최신 히트곡, 지금도 음원차트를 굳건히 지키고 있는 〈약속(Promise)〉이었다.

현재 테스타 곡 중 가장 핫한 노래다. 게이머마저도 외출하면 두 번에 한 번꼴로 들을 수 있어서 익숙했다. 그래서 꽤 설득력 있는 추측을 했다.

'아 여기서 그럼 축제처럼 막 떼창 유도하는 걸로 가나?'

안타깝지만, 이번에도 아니었다. 그 대신 전주와 함께 공연장에는 맨 처음에 있던 것이 돌아왔다.

바로 조명.

우웅-

물결치는 푸른 조명이 공연장을 덮는다. 그리고 이번에는 드라이아이스 대신 관객석을 향해 기포처럼 비눗방울이 쏟아진다.

"어…?"

마지막, 모든 것을 마무리하는 무대.

공연장은 다시 바다로 바뀐다.
다만 이번에 소년은 가라앉지 않았다.

–Umm

뒤로 돌아선 차유진은 어깨를 으쓱하더니, 천장, 그러니까 바다 위로 시선을 향한다. 그리고 바로 그 주변에서 무대 바닥이 열리며, 여섯 인영이 올라온다.
테스타.

–Take your STAR

그들은 수면을 향해 올라가고 있었다.
"…!"
첫 소절이 들어가기 무섭게 테스타는 웃으며 물을 박차기 시작했다.

–별이 쏟아지는 날

쏟아지는 빗속에서 보여줬던 그 퍼포먼스가, 원래 의도했던 장면대로 콘서트답게 크고 화려히 펼쳐진다.
수많은 연습이 준 여유로움과 즐거움 속에서 폭우가 가미했던 불안감이 깨끗이 사라졌다. 물이 흘러내리며 수위가 복사뼈까지 낮아진 풀 속, 시원한 보컬처럼 보기 좋고 경쾌한 안무가 쏟아진다.

–파도를 차고 달려
하늘로 Run and Fly

인원이 늘어나자 물의 움직임은 더욱 화려해졌다.

"와."

'원곡 그대로'가 주는 친밀함은 박력과 만나 몰입으로 치환되었다. 순식간에 멜로디가 지나간다. 그렇게 한껏 물보라를 이용한 퍼포먼스에 푹 빠져서 응원봉을 흔들다 보면….

–별처럼 반짝이는 Mood
함께 가줘 약속해
Make you fly

곡의 후반, 브릿지에 도착한다.

멤버들의 안무가 정적으로 변하며 물을 향하던 조명이 꺼진다. 그렇게 좀 과하게 어두워졌다 싶을 때쯤.

팟!

순식간에 공연장 내부 자체가 반짝이기 시작했다.

"헉."

그리고 게이머는 최고출력으로 하얗게 반짝이는 자신의 응원봉을 보고 당황했다.

공연장의 모든 응원봉이… 아니, 무대 위 천장의 무수히 많은 소형 조명들이 빛나며 별 무리를 만들었다.

—수평선 너머 끝 섬까지
오늘이 반짝일 테야

아름다웠다.

침체하여 과거의 의식 속에 가라앉았던 소년은 깨달음과 함께 현실, 별이 반짝이는 지상으로 돌아온다. 그리고 멤버들은 이제 거의 물이 고여 있지 않은 무대를 놔두고 별 속으로 뛰기 시작한다.

—Umm, Umm, Umm~

엔딩.

물가에서 빠져나온 멤버들은, 돌출 무대 제일 앞까지 나와 마지막 하이라이트 댄스를 소화했다. 조명은 더 이상 파랗지 않았고, 밝은 황금빛과 꽃 가루가 휘날리는 공연장은 한여름의 모래사장 같았다.

진정한 클라이맥스이자 피날레.

마음에 걸리는 것 한 점 없이 깨끗하게 즐거운 마지막 이야기.

[감사합니다!]

그렇게 완연히 아이돌로서, 테스타는 이야기를 마무리했다.

"……."

게이머는 어쩐지 멍한 정신으로 그 모든 장면을 지켜보았다.

시원한 감동 때문이었다.

잠시 후, 테스타 멤버들은 한 명씩 나와서 커튼콜처럼 인사를 했다. 깔리는 음악은 그들의 첫 번째 팬송, 〈마법은 너〉.

-오늘은 기분이 좋아 마치
좋은 일이 일어날 것 같지

자신의 파트가 시작될 때 무대로 튀어나온 그들은 헤드마이크를 들고 공연장 여기저기 다니며 팬서비스를 했다.

"문대야악!"

"아으악, 여기!"

거리감을 아쉬워할 팬들을 위한 시간이었고, 팬송과 〈피크닉〉은 다 함께 떼창까지 하며 제법 시간이 길어졌다. 하지만 게이머는 지겨워하는 대신 그 커튼콜이 끝나고도 꽤 오랜 시간, 다른 팬들처럼 자리에 앉아 있었다.

'…….'

그리고 모든 게 끝난 후, 뒤늦게 스마트폰을 열었다.

[PM 10:31]

공연 시작은 오후 6시 30분이었다.
순식간에 4시간이 사라진 것이다.
"미친…."
그녀는 머리를 박았다.

돌아가는 길, 두 친구는 누가 봐도 감명받은 것 같은 자신들의 게이머 친구를 보며 내심 웃었다.
"어때? 표값 했지?"
뻔히 의도가 보이는 질문이었으나, 게이머는 승복했다.
"어, 재밌다…. 시간 순식간에 가네."
이런 문화생활은 돈을 쓸 값어치를 했다. 아이돌에 대한 호감이 무럭무럭 마음에서 자라날 정도였다! 결국 그녀는 감탄사처럼 중얼거렸다.
"야, 진짜… 잘하더라."
"…!"
두 친구는 순간 시선을 주고받았다. 잘한다고 하는 걸 보니, 그게 보컬이나 팬서비스라면 박문대일 가능성도 크다!
"누가?"
"누가 제일 맘에 들어??"
긴장되는 순간, 게이머는 진지한 얼굴로 입을 열었다.
"나는… 다 좋더라."
"…??"
"저렇게 그룹이라 공연하는 게 최고다. 완전… 이거야."

그렇다. 그녀는 최근 산삼보다 귀하다는 올팬 심리로 관람 신고식을 끝냈다.

그리고 비슷한 고백이 인터넷에서도 올라오고 있었으나, 공연한 당사자들은 그보다 원초적인 수준에서 기뻐하는 중이었다.

밤 11시, 우린 피드백 문제로 아직 퇴근 못 하고 연습실에서 야근 중이다. 하지만 분위기는 괜찮다. 콘서트 잘했거든.

"대성공~"

"아, 최고최고!!"

"재밌어요!"

다들 그 돌아버린 세트 리스트를 수행하고도 힘이 남는지 얼굴에서 웃음이 안 빠진다.

'돈값했다 이거지.'

원래 새로운 도전에 성공했을 때의 쾌감은 남다른 법이었다. 그것도 콘서트 같은 대형 기획이라면 더욱 그렇다. 나는 깔끔히 평가했다.

"네 발상이 좋았다."

"…! 에이~ 무슨 소리야! 나야 딱, 다 된 세트 리스트에 숟가락만 올린 거지~ 문대 아이디어도 많이 들어갔잖아!"

입 찢어지는데 아닌 척하긴. 어쨌든 W라이브는 마지막 날 뒤풀이처럼 길게 할 예정이니, 오늘은 그저 성공을 자축하고 점검만 하면 된다.

다만, 나는 몇 가지 할 말이 더 있다.

"음, 유진이 여기서 좀 위험해 보였어."

"저 멋졌어요!"

"그래, 멋진데 좀 안전하게 착지하자는 이야기야."

나는 피드백을 주고받는 놈들을 지나쳐서 대화 상대를 찾아냈다.

"김래빈."

"옙!"

김래빈은 선아현과 유닛 무대 관련으로 대화 중이었다. 나는 선아현과 몇 마디 말한 뒤, 그 앞에 적당히 앉았다. 그리고 바로 본론으로 들어갔다.

"어땠냐."

"예?"

"무대 해보니까 어땠어."

"……."

김래빈은 약간 긴장한 얼굴이었지만, 빼지 않고 대답했다.

"저, 다른 분의 프로듀싱 결과물을 알맞게 해석하여 그 제작 의도를 직업인으로서 부끄럽지 않을 만큼 잘 표현할 수 있을지에 대한 염려가 컸습니다만…."

긴 서론을 지나, 정답이 나온다.

"…이번에는 제법, 잘 소화한 것 같습니다."

그렇지.

"물론 함께 공연해 주신 아현 형께서 워낙 출중한 능력을 보여주셔서 제가 편승했다는 자각도 있습니다만, 그래도…."

김래빈은 눈을 빛냈다.

"저는 할 수 있었습니다…!"

단단한 대답이었다. 나는 웃으며 다시 물었다.

"앞으로도 할 수 있겠어?"

"…예!!"

좋아. 나는 그 확고한 대답을 들은 뒤, 거침없이 놈의 상태창을 불러왔다.

그리고 기다리던 것을 확인했다.

[!상태이상 : 도돌이표 (비활성화)]

놈의 상태이상은 깨끗이 비활성화 상태로 돌아가 있었다.

'그래.'

물론 아예 사라진 건 아니니 어쩌면 언젠가는 또 '내 프로듀싱은 망했어' 상태가 재발할지도 모른다. 하지만 걱정은 하지 않는다. 이제 이 놈은 알아서 슬럼프를 벗어날 수 있을 것이다.

한번 벗어나 봤으니까. 그리고… 프로듀싱을 그만둬도 괜찮다는 선택지가 머릿속에 잘 박혔을 테니까. 그걸로 충분했다.

"고생했다."

"아닙니다…. 저야말로 감사했습니다! 앞으로 더 정진하겠습니다."

김래빈은 고개를 꾸벅 숙였다. 옆에 있던 선아현이 붉은 얼굴로 박수를 쳤다.

괜찮은 마무리였다. 이걸로 다음 앨범 음원 걱정은 끝이군.

'음, 그럼 남은 건 하난가.'

나는 연습실 벽에 등을 기댄 채, 며칠 전부터 생각하던 마지막 처리를 말할 기회를 준비했다.

"건의할 사항이 있습니다."

"응?"

자정이 되기 직전 퇴근길, 나는 차 안에서 손을 들었다.

"그 편곡 계정 말인데요."

"아, 그거."

일단 콘서트가 급해서 보류로 처리해 둔, 그 게임 테마곡 정식 컨택 건 말이다. 나는 덤덤히 말했다.

"그냥 해보고 싶은 거라면 제안받아도 괜찮을 것 같습니다."

"…!"

"어, 어떻게…?"

간단히 말하자면 이거다.

"수익금 기부하면 돼요."

"…??"

돈을 포기하면 된다.

"계약할 때 복지재단 쪽으로 수익을 돌려 버리죠."

어차피 여기 그 돈이 더럽게 아쉬울 놈은 없다. 그냥 계정을 바꾸자니 아깝고, 기왕이면 쓸데없는 주목을 피하고 싶은 거지.

그러니까 그냥 한번 오케이하고 쭉 그 계정 쓰면 된다.

"익명 기부면 탈세 문제도 없으니까, 혹시 나중에 들켜도 문제없을 겁니다. 명의는 사업자 내서 처리하면 되고."

"아하…."

담당자가 초보 사업자를 굳이 불법 추적까지 해가며 자세한 신상을 캐내진 않겠지.

"그렇군요! 수익성에 대한 것은 저도 욕심이 없기에 아무 이견이 없습니다."

김래빈이 밝게 확답했다. 본인은 전혀 모르는 것 같다만, 제일 지분 많은 놈이 이래 버리니 혹시 돈 아까웠던 놈이 있어도 입을 닥칠 수밖에 없을 상황이 됐군. 뭐, 애초에 돈 얘기 꺼낼 놈도 없던 것 같으니 상관없긴 하다.

다만 배세진이 혼란스러운 얼굴로 물었다.

"그냥 무료 계약하면 안 되나…?"

안 된다.

"그건… 혹시라도 들키면 돈 썩어 넘쳐서 지적 재산권 막 다룬다고 할걸요."

"……."

"태도 논란을 넘어 업계에 악영향 이야기까지 나올 것 같습니다."

원래 아이돌에게 여론은 빡센 상대다. 다 고려해 둬야지. 나는 환멸과 현타를 동시에 느끼는 것 같은 배세진의 얼굴을 지나쳐서 물었다.

"그래서, 할 거면 이렇게 익명 기부 처리가 어떨까 하는데… 어떻게 생각하시는지 궁금한데요."

곧 선선한 긍정이 돌아왔다. 그럴 줄 알았다.

"난 좋아~"

"저도요!"

류청우까지 웃으며 입을 열었다.

"그래, 괜찮아 보인다."

만장일치였다. 나는 목뒤를 문질렀다. 이걸로 작곡 캠프 계정은 별 문제 없이 계속 운영할 수 있겠군.

"예. 그럼 그렇게 하는 걸로."

그렇게 김래빈 지분이 한없이 높은 테스타의 편곡 계정….

"별의별곡도 커리어가 생기는 거군요!"

…그래, '별의별곡'은 T1 플레이즈에게 답장을 하게 된다.

"……."

참고로 난 저 계정명 반대했다. 왜 굳이 테스타와 연관성을 주나 싶었다만… 과반수에 승복했다는 점만은 말해두고 싶다.

'나라고 세운 계획이 다 통하는 건 아니라서.'

웃긴 건, 이번에도 내 계획이 완벽히 생각대로 굴러가지 않았다는 점이다. T1 플레이즈와 정식 계약을 맺은 후 며칠 뒤, 인터넷에 이런 글이 인기 글로 올라오기 시작했거든.

[플렉스 제대로 하는 편곡 위튜버]

[삼고초려의 결과.jpg]

[별의별곡 뭐하는 놈임]

"…?"

원인 추척할 것도 없었다. 그냥… 담당자가 굳이 편곡 동영상에 공개 댓글을 달아놓은 것이다.

-정식 계약 감사합니다! '별의별곡'님의 의사대로 계약금은 하늘소리 어린이 재단에 전액 기부됩니다. (웃는 이모티콘)

-따뜻한 마음씨에 저희도 자체적으로 동일 금액을 기부하기로 하였습니다!

덕분에 이렇게 되었다.

-아동복지재단에 전액 기부ㄷㄷㄷ

-실화냐

-갓의갓곡! 갓의갓곡!

-좆간지 봐라 마 이게 플렉스다

"……."

"……."

"무시할까?"

"예."

우리는 담당자에게의 항의 메일 한 통을 끝으로 모든 피드백을 중지했다. 그렇게 뜬금없이 부캐까지 인지도가 떡상하는 가운데, 날씨는 점점 더 추워지며 예고된 날짜를 향해 달리기 시작했다.

곧 연말이었다.

양일로 진행된 콘서트는 성황리에 마무리되었다.

-제발 앵콜
-아니 이런 걸 만들고 이틀로 끝내면 어떡해 미친 놈들아(좋은 뜻임 사실 아님)
-VOD 나오면 꼭 사세요 공익 목적의 추천입니다

관객으로 왔던 팬 중 압도적 다수가 호의적인 반응을 보여줬다. 일단 재밌고 신선했다는 것이다.

서사를 구현한 극 형식의 콘서트.

'무대를 잘하니까 반은 먹고 들어갔겠지.'

상태창 뜨는데 괜히 뺄 것도 없다. 퍼포먼스는 훌륭했다. 물론 친밀함과 소통의 측면에서 아쉬워하는 사람도 있었다만, 예정대로 W라이브 뒤풀이를 하고 나니 확 줄어들었다.

[경☜테스타 노래방 개장☞축]

그냥 콘서트 비하인드만 읊은 게 아니라, 노래방 형태로 선곡 받고 달렸거든. 덕분에 목에 좀 무리가 가긴 했지만… 그럴 가치가 있는 일이었다.

'좋아.'

나는 마시던 배도라지즙을 목에 다 때려 넣었다. 밖에선 찬바람이 불고 있었다. 나간 놈들이 고생 좀 하고 있을 것 같군.

–문대문대 진짜 안 갈 거야?

마지막까지 물어보던 놈도 결국 딱 하루의 휴일을 즐기러 나갔다. 그럴 만도 했다.

지금은 11월 초, 연말을 위해 무대를 다지는 기간이다. 무슨 뜻이냐면 오늘 하루를 끝으로 올해에 쉬는 날을 기대하면 안 된다는 의미다.

'아니, 한 2월까진 그러겠군.'

시상식과 투어 콤보로 끝날 테니까.

오늘은 실무진도 특별히 연락이 없다. 그쪽도 더럽게 바쁠 거거든. 이번 콘서트 형식이 특수해서 우리가 보통 투어 도는 공연장에서 딱 맞게 하긴 어렵다고 하더라고. 그래서 각종 공연장 규격에 맞게 일반적인 콘서트 구성도 섞어서 열심히 기획을 수정 중일 것이다.

'바쁜 시즌이지.'

나도 오늘이 마지막 여유일 테니, 머리 비우고 쉬어두는 편이….

드르르륵! 스마트폰이 울린다.

[VTIC 신청려 선배님 : (이미지)]

[VTIC 신청려 선배님 : 잘 지내요?]

"……."

우리가 안부나 주고받을 사이냐? 쉴 때 이 새끼가 연락해서 좋은 꼴을 봤던 적이 없었으니 그냥 무시하는 게 상책이다.

하지만 첨부된 이미지를 보자 생각이 바뀌었다. 또 개일 줄 알았는데, 그게 아니라 인터넷 기사의 캡처였다.

["노래로 악당을 물리치는 마법소년!" 테스타 <티홀릭의 쇼 비즈니스> 출연]

도발이었군. 나는 놈에게 답장했다.

[예, 선배님. 열심히 활동하고 있습니다. 보내주신 사진은 하도 많은 분이 재밌어하셔서 이제 받아들이려고 합니다]

반응 좋아서 개이득인데 마법소녀든 소년이든 무슨 상관이냐. 정신승리가 아니라 정말로 인터넷에선 아직도 저 예능 이야기가 나온다.

명실상부 올해 국내에서 가장 핫한 라이징 남자 아이돌.

올 하반기는 한 번도 삐끗 안 하고 달려왔다. 성적, 인지도, 화제성 어디서도 밀리지 않는다. T1과 친한 시상식이라면 우리에게 대상 하나 챙겨주는 것은 거의 확정이다.

'이 새끼 그게 열 받아서 이러는 건가.'

그러나 답장은 텀 없이 왔다.

[VTIC 신청려 선배님 : 그렇구나. 잘 어울린다고 하려던 거였어요^^]

"……."

이 새끼 완전 사람을 멕이려는….

'은원은 골드 2 협조로 다 청산했다 이거냐.'

이럴 거면 개 사진이나 받는 편이 낫겠군. 그냥 스마트폰을 끌까 짧게 고민했지만, 그 순간 답장도 안 했는데 뜬금없이 전화가 걸려왔다.

[VTIC 신청려 선배님]

"…?"

뭐 어쩌라고.

개소리 사이에 정보가 있을지도 모르니 일단은 받았다.

"무슨 용건이십니까."

그러자 차분한 목소리가 들렸다.

–음… 혹시 나한테 할 말 없나 해서.

"예?"

무슨 개소리냐.

그러자 잠시 전화기 너머에서 침묵이 흐르더니, 약간 아쉽다는 투의 목소리가 들렸다.

–아직인가.

"아직?"

–혼잣말입니다. 그냥 어떻게 지내나 궁금해서 전화한 거예요.

아닌 것 같은데.

"말씀드렸다시피 잘 지내고 있습니다."

설마 '아직'이라는 게 무슨 술수를 부려놨는데 아직 안 터졌다는 뜻은 아니겠지. 나는 대놓고 물어보았다.

"뭐 따로 준비하신 거라도?"

–음?

"'아직'이라고 하시길래."

그러자 실실 웃는 소리가 통화를 타고 넘어온다.

–아, 정말 다른 건 아니에요. 후배님 국내에 아직 입국 안 했나 해서.

테스타가 지난주에 짧게 해외 스케줄이 있긴 했다.

'하지만 저건 변명 같은데.'

수작 부렸다는 기색은 없었기에 일단 넘어가 주기로 했다.

–우린 입국했거든요.

그러냐.

"시간 되시면 입국하신 김에 티홀릭 선배님 예능도 한번 나가보시죠. 추천드립니다."

그 노잼 새끼들 데리고 뭘 할지 궁금했다. 그러나 놈은 심드렁히 대답했다.

–아, 그… 선배님들.

통화가 아니었다면 선배님이라고 부르지도 않았을 거란 투로군.

–생존력이 정말 대단하시죠. 무슨 사건이 일어나도 회복력이 좋아서… 감탄했던 적도 종종 있고.

전에 죽이려고 별짓을 다 했는데 아득바득 살아남았다는 이야기다. 나는 간단히 정리했다.

"선배님도 그러십니다."

–음, 그래요? 어느새 그런 입장이 됐나.

이유는 모르겠지만 오히려 재밌어하는 것 같아서 열 받는군.

–아무튼 군이 거기 나갈 생각은 없지만, 추천은 고마워요.

"별말씀을요."

태연하군.

'…대상 항목 하나 넘어가도 본인 위치는 굳건하다 이건가.'

뭐, 좋은 일이다. 이 새끼가 또 내 뒤통수를 후려갈길 확률이 줄었다는 뜻이니까. 청려는 웃는 목소리로 통화를 마무리했다.

–그럼 시상식에서 봐요.

"예."

그리고 실제로 그렇게 되었다.

내가 청려를 다시 본 것은, 그달 마지막으로 예정됐던 한 대형 음원 차트의 시상식이었다.

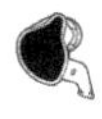

"아 테스타 오늘 뭔가 보여… 줄 수 있을까?"

"당연하죠!"

"하하!"

시상식이 시작되기 전, 대기실에서 모든 준비를 끝낸 멤버들은 들뜸 반 긴장 반으로 보인다. 솔직히 이 상황에 수상 실적을 기대하지 않는 놈이 있다면 그거야말로 이상한 놈일 테니까.

…그렇다고 벌써 샴페인을 꺼낸 건 예상 못 했다만.

"자자, 저희 건배할까요?"

"Yeah, cheeeeers!"

케이터링에 포함된 무알콜 샴페인을 든 놈들은 무슨 수능 직전 찹쌀떡 먹는 수험생들 같았다. 뭐… 분위기는 좋군.

그렇게 기분 낸 놈들 사이, 류청우가 웃는 얼굴로 하나를 지목했다.

"세진이가 할 말이 있어 보이는데, 건배사 해줄 수 있어?"

"내, 내가?"

"응."

"오우~"

배세진은 얼굴이 벌게졌으나 화내진 않았다.

"큼, 그러면…."

대신 놈은 몇 번 헛기침을 하더니, 진지하게 입을 다시 열었다.

"올해도 정말 고생 많았고, 그, 결과가 어떻든! 우리가 열심히 잘했다는 건 의심하지 말자!"

놀랍도록 그럴싸했다. 류청우가 괜히 지목한 게 아닌 것 같다.

'은근히 준비했나 보군.'

"형…."

"저, 저도 그렇게 생각해요…!"

"감동적입니다."

분위기는 더없이 좋았다. 큰세진도 군말 없이 웃으며 손을 내밀었다.

"내년에도 잘 부탁드립니다! 아, 저희 그래도 정식 구호 한 번 더 제대로 하고 가야죠~"

"…그래!"

"좋아요!"

그리고 화이팅 구호를 외치기 위해 멤버들이 머리를 끼워서 원을 만든다. 스포츠 경기 직전에나 나올 법한 구호 대형. 승패가 갈리고 보상이 주어진다는 점에서는, 썩 다르지 않을지도 모르겠다.

"어, 문대 손!"

나는 손을 내밀었다. 익숙한 구호가 기운차게 나온다.

"아 테스타 오늘 뭔가 보여준다!"

"와!!"

아드레날린이 돌았다. 나는 무알콜 샴페인을 한 번에 끝낸 뒤, 빈 잔을 탁자에 툭 두었다.

"그럼 나가 보죠."

그렇게 첫 번째 시상식이 시작되었다.

〈그레이프 뮤직 어워드〉의 1부는 별다른 특이점 없이 지나갔다. 성적 좋은 신인 무대, 성적은 아쉽지만 의미 있는 무대, 대형 소속사의 신인 무대…… 큰 의미는 없다. 골드 2가 있는 그룹이 잠깐 얼굴을 비췄다는 것 정도.

물론 태도 논란이 나올 수도 있으니 열심히 무대를 관람하는 포지션은 취했다.

그렇게 긴 1부가 끝나고 2부에 접어들고 나서야 기다리던 말이 나온다.

또다시 무대와 무대들이 지나간 후. 시상자로 나온 사람의 유명세가 달라지고, 발표 전 효과와 서론으로 끄는 시간이 달라질 때.

[다음 시상은 올해 가장 많은 분께 위로와 감동을 주는 활동을 보여주신 아티스트 분께 드리는 상.]

그래.

[아티스트상입니다!]

첫 번째 대상 항목이었다. 그리고 우리가 노리고 있는 그 상이기도 하다. 카메라가 대상 후보군들을 찾아가서 잡는다. 우리 블록 바로 앞에 도착한 카메라는 망설임 없이 이쪽 테이블을 비추었다.

"오…."

"쉿!"

큰세진이 차유진을 제어했다. 제대로다.

그렇게 시간이 흐른다.

[올해의 아티스트상 수상자는….]

북소리. 어색하게 웃는 가수들. 흔들리는 응원봉.

그리고 마침내… 단어가 뱉어진다.

[…테스타!]

카메라에 불이 들어온다.

[축하합니다!]

와아아악!!

꽃 가루가 터지는 소리, 환호 소리, 음악 소리.
그리고 전광판에 뜬 익숙한 얼굴들.
얼떨떨함을 지나 기쁨으로 접어드는 표정들이 아주 똑같다.
웃긴 건, 나도 별다를 게 없다는 거겠지.
"아……."
받을 것을 예상은 하고 있었다. 괜히 이 상 순서를 맨 앞으로 당긴 게 아닐 것 아닌가. 연차 순으로 빼서 선배에게 엔딩을 줘야 하니까. 하지만… 그래, 솔직히 말하겠다.
머릿속에서 누가 징이라도 친 기분이다. 두개골 안까지 소름이 쭉 올라왔다.
'대상.'
정말로 올해 이걸 탄다고?
큰세진이 비틀거리며 자리에서 일어났다. 나도 의자를 빼고 일어났다. 아마 주변에서 박수를 치는 것 같은데, 잘 모르겠다. 나는 어깨를 두드리는 차유진을 끌고 단상으로 올라갔다. 선아현과 어깨가 부딪힌다.
우리는 무대에 섰다. 꽃다발과 트로피가 서로에게 넘어간다.

"감사합니다."

잠깐 목이 메는지, 류청우는 입에서 마이크를 뗐다가 다시 차분히 말했다.

"저희가… 과분한 상을 받게 되어서 정말 기쁘고 영광입니다. 올해뿐만 아니라 데뷔 후 지금까지 매일을 열심히 달려온 멤버들이…."

류청우는 팬부터 스탭, 그리고 부모님까지 하나하나 챙겼다. 연습하는 걸 숙소에서부터 듣기는 했다만, 대충 흘리지 않고 경청했다. 그럴 자격이 있는 놈이었다. 그리고 그럴 기분이었다.

"…다시 한번 감사합니다."

하지만 그 말이 끝날 때쯤 뒤에서 누가 내 등을 찔렀다.

처음에는 잘못 찌른 줄 알았으나, 두 번째는 확실히 아니겠지.

"…?"

뭐냐.

'문대!'

큰세진이었다. 놈이 나를 민다. 다른 놈들이 자리를 만들더니 아예 대놓고 중간을 비워준다.

'뭐야.'

나는 그렇게 결국 중앙으로 밀려왔다. 주변 놈들이 어깨를 두드린다. 거기 붙어 있던 꽃 가루가 코에 붙었다 떨어졌다.

그 앞에는 마이크가 있다.

'…거참.'

마지막 소감을 차지하기 위해 미루는… 건 당연히 아닐 테고. 나는 픽 웃은 뒤, 관중을 앞에 두고 마이크를 잡았다.

…좀, 들뜨긴 하는군.
'잡았으니 무슨 말이라도 해야겠지.'
그 순간이었다.

[미션 클리어!]

"…!"
홀로그램이 떴다.
상태이상 클리어 후로는, 내가 부르지 않을 때는 뜨지 않던 그것이.
그리고 나는 한 박자 늦게 상황을 이해했다.
'아.'
그렇군. 내 예상대로 여론이 중요했던 모양이다.
이건… 테스타가 대상감이라는 대중의 인식 속에서 받는 권위 있는 대상이니까.
'그래도 첫 번째 시상식에서 클리어되다니.'
마음에 드는 전개였기에, 나는 기꺼이 이 상황을 받아들이기로 했다.
하지만 홀로그램은 끝나지 않았다. 요청하지도 않은 글을 뽑아낸다.

[보상을 정산 중입니다….]

"…!"
지금? 순서가 이상하다.
'내가 보상을 수락해야 받는 게… X발!'

나는 내가 뭔가 착각하고 있었다는 것을 깨달았다.

이건 시스템이 주던 '상태이상'이 아니었다. 그러니까… 상태이상 클리어할 때 가능했던 게 그대로 될 거란 보장은 없었다는 뜻이다.

보상 확인도 마찬가지였다.

'내가… 보상 수령을 누르는 형태가 아니라면.'

식은땀이 목까지 떨어진다.

눈앞에 뜬 홀로그램이 지직거리며 형태를 바꾼다.

[보상 완료!]

보상 : 박문대와의 대화

완료?

그 순간, 시야가 흐릿해졌다.

–박문대!

마치 첫 상태이상을 클리어했던, 〈아주사〉 데뷔 그때처럼.

그리고 암전이었다.

CHAPTER 23

새삼스럽게 생각해 보면 정말 이상한 일이었다. 장기자랑 한번 나서 본 적 없던 내가 남들 앞에서 춤추고 노래하는 직업을 가지게 되었다는 게.

'원래 나는….'

왜 아이돌을 찍고 다녔나.

돈 돼서 그렇다고 말할 수 있다만, 그럼 뭐 하러 돈 안 되는 놈들도 찍었는가.

내가 거기서 얻었던 즐거움은…….

대리만족이었나?

"허억."

나는 눈을 떴다.

어두운 방 안. 아는 천장이 보였다. 하지만 너무 오랜만이라 친숙하거나 반갑게 느껴지지는 않는… 저거.

옛날, 내 자취방 천장이다.

"…!!"

몸을 일으켰다. 그리고 얼굴을 더듬었다. 유리알이 잡힌다. 거울을 보러 화장실에 달려갈 것도 없이, 이 머리, 손, 안경….

내 원래 몸. 박문대가 아닌 류건우.

"……!"

나는 주먹을 쥐었다. 그리고 고개를 숙였다.

'진정한다.'

그리고 이 상황.

'이거.'

이건… 이미 한번 비슷한 경험을 했다.

'백일몽.'

그 혼수상태 때랑 유사한 상황인가? 지금도 혹시 꿈…….

그때였다.

[저, 저기요!]

"…!"

뭐야.

머릿속에서 들리는… 아니, 이걸 들린다고 하는 게 맞는지 모를 괴상한 공명.

[저… 형, 왜 여기…….]

나는 말을 뱉었다.

"너 누구야."

[네, 네?]

울먹이는 것 같은 울림.
그다음으로 작은 공명이 울렸다.

[바, 박문대요.]

"……."
이게… X발 무슨 상황이지.

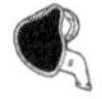

내가 '박문대'의 몸에서 튕겨 나와 원래의 몸으로 돌아가는 돌발 상황? 당연히 고려하고 예상해 봤었다. 애초에 처음에는 돌아갈 방법을 찾으려 했으니까.

문제는… 원 몸 주인이랑 같이 돌아가는 건 생각해 본 적 없다는 것이지만.

[…….]

"……."

[…저,]

"조용히 해라. 생각 중이니까."

[예…….]

나는 울먹이는 공명 같은 목소리를 들으며, 두 손으로 이마를 눌렀다. 머리가 지근거렸다.

'X발.'

대체 뭐가 뭔지 알 수가 없… 아니, 그러니까 일단 정보 수집부터.

"너… 박문대라고."

[네, 네…!]

그 목소리엔 또렷한 색이랄 게 없었지만, 말투 같은 것은 어느 정도 파악이 됐다. 좀 주눅 든 어린 애가 맞는 것 같단 뜻이다.

'망할.'

설마 미션을 클리어해서 받은 '박문대와 대화' 보상이 이거냐? 어처구니가 없는 것도 정도가 있다. 이렇게 갑자기 보상이랍시고 다짜고짜 사람을 단상에서… 잠깐.

"…!"

나는… 대상 소감 직전이었지. 생방송 중인 음원 시상식에서.

순간 피가 쭉 식었다.

[건우 형…?]

나는 놈의 말을 무시하고 당장 자리에서 일어났다. 그리고 주변을 뒤지기 시작했다.

[뭐, 뭐 하세요?]

"휴대폰."

나는 이불을 패대기친 뒤, 낮은 목소리로 물었다.

"폰 어디 있냐."

[저도 모르는… 저 제가 왜 여기 있는지 몰라서…!]

나는 방 안을 헤집고 다니다가, 겨우 싱크대 옆의 식탁 겸 책상 위에 있던 소형 TV를 발견했다.

'TV?'

난 이런 걸 사둔 적이 없… 됐고, 일단 튼다. 나는 빠르게 뉴스 채널까지 화면을 돌렸다. 무슨 속보라도 떴을까 봐.

그리고…… 보았다.

뉴스 전문 채널의 하단에 작게 뜬 오늘의 날짜.

"…!"

[202×년 12월 15일]

4년 전이다.

내가 살던 오늘, 테스타가 그 해 첫 번째 대상을 받던 11월 말 시상식 날이 아니었다. ……12월 15일, 박문대의 생일. 내가 수면 유도제 먹고 모텔에 쓰러져 있던 박문대의 몸에 들어갔던, 바로 그날 말이다.

모든 게 일어났던 날.

"……하."

나는 뒤로 물러나다가 의자에 걸려 비틀거렸다.

[괜찮아요??]

또 돌아왔다고?

'아니야.'

그럴 리가 없다. 그러니까, 이건… 정말 코마에 빠졌을 때와 모든 게 지나치게 유사한데, 그때도 분명…….

그래. 확실히 알겠다.

"또 꿈인가."

[예? 형!]

나는 의자에 걸터앉았다. 그리고 양손으로 깍지를 꼈다. 떨림이 잦아들었다.

"그래. 대화하자."

이게 X발 보상이라고 했으니 분명 의미가 있긴 하겠지. 나는 거침없이 입을 열었다.

"박문대. 넌 왜 본인이 여기 있는지 모르겠다고 했었지."

[네? …네.]

저게 거짓말이든 아니든, 왜 내가 본인 몸에 들어간 건지 순순히 설명을 들을 수 있는 상태는 아니라는 뜻이군. 그렇다면 역으로 치고 들어간다.

"그럼 이 난리가 나기 직전까진 뭘 하고 있었는데."

[저, 저는…]

목소리의 파동이 약간 불안하게 흔들렸다. 나는 참을성을 가지고 답을 기다렸다.

[…형의 병문안을 갔었는데요.]

"형?"

박문대에게 형이 있었다는 건 금시초문인데. 하지만 전혀 예상하지 못한 대답이 돌아왔다.

[건우 형. …형이요.]

"…!"

나 말이다.

내 병문안? 이건 또 무슨… 아니, 아까부터 느끼던 것이 있긴 했다.

'이놈은 나를 알아.'

처음부터 머뭇거림도 없이 '건우 형'이라고 불렀다. 나와 친분이 있다는 걸 확신하고 있다는 뜻이지. 실마리를 잡은 것 같았다. 나는 질문을 계속했다.

"언제."

[그게…! 저도 그게 이상한데요, 저는 분명 202×년을 살고 있었는데, 아까 방송에는 연도가 이상하게….]

"……."

이걸로 인정해야겠군. 아무래도 이놈은… 내가 본 마지막 '진실' 확인에서 봤던 그 상황 속의 박문대다. 내게 밥 한 번 얻어먹고 계속 연락하던, 내 기억 속에 없는 미래의 박문대 말이다.

작게 떨리는 공명이 다시 울린다.

[혹시 형… 저 모르세요?]

"확신할 수가 없는데."

[예??]

내가 널 아는지도 모르겠단 뜻이다.

"일단 네가 기억하는 마지막 상황을 말해봐. 내가… 지금 기억이 뒤죽박죽인 것 같으니까."

[그, 그럼….]

박문대는 머뭇거렸으나, 곧 유순히 본인의 기억을 털어놓기 시작했다.

[형이… 입원을 하셔서, 걱정이 돼서 찾아갔었어요. 그런데 그 후로 정신을 차려보니까, 이렇게….]

"입원한 이유는?"

[…어, 과로하셔서.]

나는 고개를 까닥거렸다.

"거짓말은 하지 말고."

[…!]

내가 과로 가지고 입원했다는 말은 말도 안 되지. 그리고 이놈, 거짓말을 하면 목소리 톤이 달라진다.

"과로가 아니라 다른 이유가 있었겠지."

그리고 머릿속을 스쳐 지나가는 답안이 있었다.

"…극단적인 선택을 했다던가."

[……예. 혀, 형이… 마음이 많이 아프고 지치셔서…. 그건, 기억하시나 봐요.]

역시.

마지막 진실 확인에서 죽으려고 들더니, 진짜 죽진 못하고 타이밍 좋게 병원에 실려 갔었나 보군. 그래도 악운은 괜찮은 모양이었다. 상황이 어이가 없었지만, 고개부터 끄덕였다.

"대충은. 그래서, 병문안을 가서 어떤 대화를 했지?"

[대화는 못 했어요. 형이 아직 깨어나지 못하셔서요….]

"……."

혼수상태였다는 거군. 더 캐물어 봤지만, 특별히 병문안 중에 한 일도 없다고 한다. 뉘앙스를 보니 거짓말은 아니다. 그럼 더 알아볼 건 하나인가.

"넌 무슨 생각을 했지?"

[예?]

지난번 교차 검증 결과, 과거로 돌아온 놈들은 마지막에 했던 생각과 욕구를 기준으로 돌아갈 시기가 선정된 것 같다는 가설을 세웠었다. 그렇다면 이 '박문대'의 마지막 기억도 점검해 볼 필요가 있다. 나는 박문대의 몸에 들어가길 바란 적이 없거든.

"네 기억에서 그때 마지막으로 생각했던 건 뭐였는지 궁금한데."

가령, 내 꼴을 보고 저게 내 미래라면 도망가고 싶다고 생각했을 수도 있지.

[…….]

공명은 더 떨렸지만, 주저하지 않고 말했다.

[별건 아니었어요. 그냥, 형이 건강하게 오래오래 사셨으면 좋겠다고, 생각했어요…….]

"……!"

기대하지 않았던 대답이었다. 나는 좀 망연해져서, 입을 다물었다. 스스로가 다소… 치졸하게 느껴졌기 때문이다.

'망할.'

그리고 잠시 후에야 할 말을 꺼냈다.

"일단… 미안하다."

[…네??]

"갑자기 다짜고짜 추궁하는 것처럼 말해서 미안하다는 거야. 너도 놀랐을 텐데."

아니, 갑자기 몸이 없어지고 목소리만 남은 꼴이 됐으니 패닉 상태에 빠지지 않은 것이 다행일 지경이다. 꿈이고 나발이고 이놈에게 갑자기 윽박지른 건 멍청한 짓이었다. 좀 더 이성적으로 처리해야 했다.

"어쨌든, 병문안을 왔을 때… 그렇게 생각해 줘서 고맙고."

[아….]

공명에 약간의 당황과 쩔쩔매는 기색이 섞인다.

[아니에요! 저야말로 계속 도와주셨는데 갚은 게 없어서….]

갚기는 무슨. 예상했지만 주변에서 썩 도움받아 본 경험이 없나 보군. 국밥 한 그릇에 저 말을 몇 번을 듣는 건지 모르겠다. 고맙다만 좀 더 생산적인 말로 넘어가자.

"그건 괜찮고. 그보다 지금 넌 정확히 어떤 상태지?"

[아아! 그, 제가 몸을 움직일 순 없지만… 저도 형이 움직이면, 느껴는 지는 정도요…?]

"그래."

그러면 같은 몸을 공유하는데 통제권은 나한테 있다는 거다. 어쨌든 '박문대와의 대화'가 이루어지고 있긴 하군. 같은 몸에서 대화하게 만드는 해괴한 방식이지만 말이다.

'왜 굳이 이런 거지?'

어차피 이렇게 꿈을 만들 거라면 그냥 각자 몸 가지고 대화하면 되는 것 아닌가. 어쩌면… 내가 살던 현실에선 이미 '진짜 박문대의 자아'는 없어서 이런 식으로 구현화된 건가.

"흠."

썩 달가운 가설도 아니고 결론도 나오지 않는다. 이 꿈이 어떻게 구성되어 있는지를 좀 확인해 봐야겠다. 나는 자리에서 일어나서 다시 폰 수색을 시작했다.

그때였다.

[저, 형 폰 찾으세요?]

"그래."

[그거… 혹시 뒷주머니에 있는 거 아닐까요.]

공명은 자신 없는 투로 덧붙였다.

[지금 제가 느끼기엔 뒷주머니에 뭐가 있는 것 같거든요….]

아.

나는 바로 청바지 주머니에 손을 넣었다. 그리고 익숙한 사각형을 찾았다. 한숨이 다 나온다.

"고맙다."

제정신이 아니어서 이걸 고려 못 했다니. 나는 혀를 차며 폰을 열었다. 그러자 팝업이 뜬다.

[네크워크 등록에 실패하였습니다.]

"…?"

이건… 공기계에나 뜰 법한 팝업이다. 전화번호가 없는….

'…설마.'

나는 이상한 직감 속에서 당장 고개를 돌려서 주변을 살폈다. 당시에 옵션 그대로 살아서 지금까지 별 눈치를 채지 못했지만, 확실한 위화감이 있었다.

그리고 원인을 찾았다.

[형?]

그건 시스템장 위에 올라가 있는 가족사진이었다. 낯선 네 사람의 사진이다. 절대로 내가 찍거나 구매하거나, 배치할 일이 없는.

타인의 흔적.

"……."

문득 머릿속을 스치는 생각이 있다. 내가 처음 '박문대'의 몸에 들어왔을 때, 류건우의 활성화 계정과 전화번호, 사이트 아이디 등을 점검했었다.

전부 사라졌었다.

처음에는 평행세계인 줄 알았지만, '과거에 쓰다 버린 계정과 기록은 다 남아 있다'는 검증을 거쳐서 초자연적인 증발로 결론을 내렸었다.

—'류건우'는… 인터넷과 현실 세계를 포함한 모든 장소에서, 내가 '박문대'의 몸에 들어온 순간을 기점으로 사라진 것이다.

그리고 만약에, 지금… 내가 4년 전 그 상황에 뜬금없이 뚝 '생겨난' 거라면? 현실과의 아무 연결점 없이 말이다.

나는 확인차, 무심코 얼굴을 쳤다.

[헝!]

"……."

아프잖아.

'이런 X발.'

나는 당장 자리에서 일어났다. 그리고 좀 더 자세히 주변을 살폈다. 그리고 결론을 내렸다.

'내가 살던 곳이 아니야.'

그리고 통증을 봐선 꿈도 아니었다. 이건 X발 현실이다.

그러면 현실적으로 처음 해야 할 행동은….

"나가자."

[나가요??]

그래. 월세 계약도 초기화된 상태라면 지금 남의 집에 있다는 거니까!

나는 그렇게 남의 방이 된 내 자취방에서 황급히 나왔다. 뭐 특별히 건드린 건 없으니 무단 침입자가 있던 걸 눈치채진 못할 것이다. 문제는 이다음이지.

'지금 내가 가진 게….'

공기계가 된, 스마트폰도 아닌 폴더폰. 그리고 지갑의 14만 원 정도뿐이다.

"……."

당연히 통장도 없겠지.

'죽이고 싶군.'

나는 이를 갈았다. 그리고 불렀다.

"상태창."

뭐가 뜨긴 했다.

[보상 수령 중]

"……."

침착하자.

긍정적인 의미로 받아들일 수 있다. 보상 수령이 끝나면 원상 복구된다는 거지. 나는 빠르게 떠오르는 수상 소감 직전의 내 상황을 쥐어눌렀다. 지금 떠올려도 도움 될 게 없다.

"후."

대충 상황을 파악한 '박문대'의 공명도 목소리를 낮춰서 웅웅거린다.

[형, 저기… 괜찮으세요? 이게 대체 무슨 상황일까요….]

"괜찮아."

사실은 아니다. 하지만 지랄해 봤자 바뀌는 건 없으니, 나는 입 닥치고 앉았다.

지금 가장 급한 것.

'집이 없어.'

아니, 집뿐만 아니라 기반이랄 게 없다. 모든 사회와의 연락망이 다 초기화된 상태니까. 앞으로 이 망할 상황이 얼마나 갈지 모르겠지만, 당장 개통된 폰 하나 없는 건 안 된다. ……그럼 해야 할 일은 하나군.

나는 결론을 내린 뒤, 다시 발걸음을 옮겼다.

[저기… 저희 지금 어디로 가는 건가요?]

"편의점."

나는 아무렇지 않게 덧붙였다.

"복권 살 건데."

[복권… 이요? 저, 지금 제가 과거로 온 것 같긴 한데, 로또 번호는

모르겠는데요….]

뭔가 오해가 있군.

"번호는 내가 알아."

[…!]

나는 다시 폰을 열었다. 비록 통화도 뭣도 안 되는 공기계다만, 요일 하나는 확인할 수 있었다.

-금요일

그리고 내일인 토요일이 바로 복권 당첨자 발표날이다.

생각해 봐라. 나도 박문대의 몸에 들어오자마자 아는 주식이나 로또 번호가 없다는 것부터 생각했는데, 과연 이 다음 날 발표되는 번호를 안 보고 지나칠 수 있었을 거라고 생각하나? 아쉬워서라도 한 번은 보게 된다.

그리고 그렇게 인상적인 경험은 머리에 남기 마련이다.

'아직도 기억이 나거든.'

나는 편의점에 들어가자마자 헷갈리는 번호 한두 가지를 전부 포함해서 로또를 스무 장쯤 구매했다.

"이 중 하나는 무조건 맞는다."

공명이 침을 삼키는 것처럼 울렸다.

[형… 정말 머리 좋으시네요.]

머리 문제가 아니라 상황 문제였다. 그걸 이해하려면 우선 내가 본인 몸에 들어가서 겪은 일들을 좀 설명해야 할 것 같은데, 지금은… 이놈도 너무 지친 것 같군.

아까 전부터 공명에 불안이 섞이기 시작했다. 슬슬 이 상황이 실감이 나는지 무섭다는 거지.

'일단은 쉴 시간을 준다.'

나는 이어서 적당한 가격대의 숙소를 하나 잡았다. 월요일 아침까지만 버티면 되니, 현금은 그럭저럭 괜찮다.

'일단은 쉬고, 머리가 식은 다음에 대화한다.'

자고 일어나자마자 이놈에게 내가 겪은 일을 알려주고 정확한 상황을 설명해야겠다. 나는 침대에 누우며 말했다.

"혹시 내가 잠든 다음에도 못 자면 깨워라."

[네? 아뇨! 괜찮……]

"깨워."

나는 아직도 '보상 수령 중'만이 떠 있는 상태창을 한번 체크한 뒤, 순간 잠이 들었다.

눈꺼풀 밖에서 빛이 쏟아진다.

[건우 형…?]

"흡."

나는 숨을 들이켜며 눈을 떴다. 생각보다 깊게 잠들었는지, 머리가 맑다. 그리고 거의 우는 것 같은 목소리가 들렸다.

[형! 아, 아직 계실 줄 알았어요…!]

왜 이렇게까지 반가워하는 거지? 나는 몸을 일으켰다.

그리고 당황했다.

"…?"

모텔이 아니라 웬 오피스텔 내부가 보인다. 그리고 창밖으로 푸릇한 나무와 햇살이 번뜩였다.

"……."

절대로 12월은 아닌데.

"뭐야."

하지만 먼저 공명이 떠든다.

[아, 형! 그 로또 됐어요! 12억 받았어요!]

그건 좋다. 하지만 그 말이 뜻하는 건, 그걸 수령하고 집을 살 만큼 시간이 지났다는 뜻이다. 나는 그 점을 놈에게 정확히 물었다.

"복권 산 날 이후로 시간이 꽤 지난 것 같은데."

그때부터 목소리가 확 작아진다.

[예. 저, 그때 복권 사고요. 다음 날 잠에서 깼는데… 형이 없어지고, 제가 형이 됐거든요…?]

뭐?

[그, 그래서, 일단은 그렇게 지냈어요….]

눈앞이 아찔해지는 개소리였다.

'…침착하자.'

그래도 복권은 제대로 당첨된 건지 돈 문제는 없어 보인다. 나는 내가 살던 자취방보다 훨씬 멀쩡해 보이는 집안 꼴을 보고 걱정 하나는 지웠다. 하지만 가장 골 때리는 파트는 다음에 일어났다.

[그리고 저… 형. 형이 없어지시고 난 뒤에, 이상한 게 떴는데요…….]

"뭐?"

[이, 이거 보세요….]

잠시 후.

[!상태이상 : 합격이 아니면 죽음을! (1)]

: '7급 공개경쟁채용시험'의 1차 필기시험에서 과락 없는 성적표를 받지 못할 시, 사망

"……."

'이 X발 새끼들이 진짜…….'

공시 7급. 내가 류건우로 살면서 막판에 3차 면접을 떨어진 바로 그 시험이다. 하다 보면 인생 몇 년을 갈아 넣게 되는 수험 생활이 바로 떠오르는군.

근데 이게 왜 뜬금없이 이 판국에 상태이상으로 뜨냔 말이다.

'미쳤나.'

심지어 나한테 뜬 것도 아니다.

[보상 수령 중]

나한테는 아직도 저게 뜬다. 그러니까 저 괴상한 상태이상은… '박문대'의 공명이 부를 때만 뜨는 걸 봐선 저놈에게 귀속된 것 같은데, 그

럼 스탯까지 줘야지 왜 스탯은 또 안 뜨고 지랄이냐고. 나는 입 밖으로 튀어나오려는 쌍욕을 참으며 물었다.

"…언제 떴는데."

[형이, 복권 산 날에 상태창을 부르시던 게 생각이 나서… 저도 다음 날 한번 불러봤거든요…….]

"……."

망할.

'그게 보였냐.'

분위기상 말을 못 꺼낸 건지 이제야 물어보고 있다.

[그러고 보니까 그 '보상 수령 중'은… 혹시 형도 이런 걸 하신 건가요??]

어, 비슷하다.

하지만 대답할 것도 없이, 공명은 그동안 못 했던 말을 쏟아놓는 것처럼 쉴 틈 없이 말을 계속한다.

[제가 오피스텔을 사긴 했는데 이걸 사는 게 맞았을까요…? 월세가 나았을까요? 그리고 진짜 이상한 일도 일어났는데….]

공시 못 붙으면 죽는 상태이상이 뜬 것 외에도, 지난 몇 개월간 내 몸으로 살던 '박문대'에겐 충격적인 일이 제법 많이 일어났나 보다.

그리고 끝판왕은 저거다.

-재상장! 아이돌 주식회사 | 문댕댕의 문대가또 모먼트☆

[저기! 저 맞죠??]

"……."

본인 몸으로 웬 놈이 아이돌 서바이벌에 참가한 것 말이지.

'역시 같은 시간선이었나….'

아무래도 여긴 내가 박문대 몸으로 살던 동일 세계의 과거가 맞는 것 같다. 나는 묵묵히 화면의 박문대 하이라이트를 견뎠다.

[어떻게든 연락해 보려고 했는데, 도무지 연락할 곳이 없더라구요….]

그래, 그렇겠지. 넌 스마트폰도 해지한 상태였으니까.

마침 닭발 먹방을 보자 복잡한 심경이 든다.

'저 때… 저러고 살았었군.'

나는 힘겹게 입을 열었다.

"저거 나다."

[…?? 형, 지금 제가 잘못 이해한 것 같은데요….]

"아니, 네가 생각한 게 맞아."

나는 한숨을 참았다.

"나 네 몸으로 살았다."

[어… 어어어??]

안 그래도 상태창 떠서 기겁한 놈에게 미안한 일이지만, 어쨌든 선행될 설명이긴 했다. 나는 거실 소파에 앉은 채로 천천히 내게 일어난 일을 읊기 시작했다. 어렵진 않았다. 요약이 쉽더라고.

잠시 후, 공명은 이렇게 외치게 된다.

[그, 그러니까… 형이 제 몸으로 아이돌을 했다구요!? 아이돌 못 하면 죽는다고 해서?]

어, 그거다.

공명이 미친 듯이 울렸다.

[어어어어쩐지! 저라고 하기엔 너무 멋있더라고요!]

"……."

진심인가? 완곡하게 돌려 말할 줄 아는군. 나도 이맘때 내 방송 이미지를 안다. 또라이처럼 보인다고 해도 괜찮은데 말이다.

[그, 그럼 막 대상 타시려던 시점에서 갑자기 눈 떠보니 여기셨다는 거죠??]

"그래. 근데 지금 그게 중요한 게 아닐 텐데."

[예…?]

나는 음울하게 말했다.

"내 사례를 봐라. 너 진짜 공시 못 붙으면 죽을 수도 있다는 거야."

[…!]

공명이 침을 삼킬 수 있는지는 모르겠다만 대충 비슷한 느낌이 났다.

[그, 그러네요.]

의외로 차분하군.

[사실… 혹시 몰라서 문제를 사다가 공부를 해봤는데요. 잘, 모르겠어요…….]

아닌가, 자포자기한 건가.

'급한 대로 이것부터 설계해 줘야겠군….'

나는 잠시 생각한 뒤 입을 열었다.

"잘 들어. 일단 아까 그 홀로그램에 뜬 글부터 다시 봐."

뜬 상태이상의 이름은 '합격을 못 하면 죽음을!'이지만, 설명을 잘 보면 탈출로가 보인다.

-'7급 공개경쟁채용시험'의 1차 필기시험에서 과락 없는 성적표를 받지 못할 시, 사망

바로 이 대목.

"합격이 아니라 과락이 기준이야."

[…어어!]

"성적표에서 과목당 40점만 넘기면 돼."

그리고 굳이 상태이상 뒤에 '(1)'을 붙인 걸 보니, 아마 이 상태이상이 끝은 아닐 것이다. 1차 합격은 다음 상태이상쯤 나오겠지. 당장은 '과락만 면하면 된다'는 논리에 설득력을 더해준다만… 장기적으로 보면 죽음의 마라톤이다.

"지금이 몇 월이지?"

"저, 4월이요…."

1차 시험이 7월이었지. 딱 3개월 남았군.

'왜 이딴 게….'

누가 공무원 시험에 합격 못 한 걸 한으로 삼았다고 이 지랄이란 말인가. 나는 이를 갈았다.

'내가 볼 수 있으면 차라리 편하지.'

7급 PSAT은 한두 달만 재활하면 얼추 합격선까진 올려줄 수 있을 것 같은데 말이다. 문제는 내가 몇 개월 만에 깬 것 같은데, 앞으로 계속 이 텀이면 시험은 물 건너간 거나 다름없다.

그리고 이 상태이상이 '박문대'에게 귀속된 게 확실하다면, 녀석은…….

“…….”

안 되겠군. 나는 선고했다.

“기숙학원 가는 게 낫겠는데.”

[네??]

시설이나 강사진에 따라 다르다만, 대충 월에 200쯤 박으면 다른 건 신경 안 쓰고 공부만 하게 해주는 고급 기숙학원이 있다. 남은 돈은 다 내가 아는 주가 관련 선물옵션에 박아놓고 들어가서 공부만 하면 어떻게 되지 않을까.

“어차피 다음 상태이상이 합격 조건으로 뜨면… 기숙학원이 제일 효율적인 선택이야.”

죽는 것보다야 기숙학원이 낫지 않나.

[다, 다음도 있어요??]

“그럴걸.”

[으으흡….]

기준이 어디냐에 따라 다르지만 말이다. 만일 저 ‘박문대’의 기억이 중심이라면… 이야기했던 걸로 봐선 6년쯤은 과거로 돌아온 것 같으니 한 일곱 가지는 될 것이다.

‘지옥이군.’

붙은 다음에도 승진이나 인사고과가 그다음으로 등장해도 어색하지 않겠다. 하지만 약간 틀어서… 내가 ‘박문대와의 대화’를 보상으로 걸어서, 없어졌던 놈이 내 몸에 들어와 살았던 것으로 ‘소급 적용’된 거라면?

‘그럼… 내가 대상을 탔던 때가 기준이지.’

그래도 다섯 가지 정도인가. 나는 한숨을 참았다. 어떻게 적용이 될지 모르니 확신은 못 하겠다만, 중요한 건 개고생이라는 것이다. 상태 이상이 7개 아니면 5개라니.

'X발…….'

나는 한숨을 참으며 PC 앞에 앉았다. 그리고 페이지를 열어서 공무원 시험 강의부터 검색해 들어갔다.

[202×년 공무원 D-100 최단기 완성 올인원 패키지 OPEN!]

"일단 인강부터 끊고…."

아니, 잠깐. 눈앞에 뜬 광고 배너를 보자, 뭔가가 번뜩인다.

그래.

'내가 이 연도 기출도 분명 풀었겠지…!'

내가 제일 공시에 집중했던 시기의 최신 기출이었다. 인강까지 들어가며 정리했던 기억이 분명 있다.

"……."

나는 마우스를 다시 잡았다. 그리고 공명은 고해성사하듯이 웅웅거리기 시작했다.

[형, 저… 고등학교 나오고 나서는 공부를 해본 적이 별로 없는데…….]

"아니, 괜찮아."

[예??]

나는 이놈이 받아놓은 문제집의 PDF 파일을 바탕화면에서 불러냈다. 그리고 한번 훑어본 뒤 웃었다.

기억이 나더라고.

"뭐가 나올지 찍어줄 테니까, 그대로 공부해라."

[…!!]

기숙학원은 내년에 가도 될 것 같다. 올해는 내가 유형을 다 찍어줄 테니, 과락은 면할 것이다. …물론 이놈에게 기본적인 독해력이 있다는 가정하에서지만.

'없으면 끝이다.'

참고로, 놀라운 결과가 기다리고 있었다.

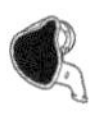

[그러니까, 3번이요…?]

"……."

나는 고개를 끄덕였다.

"정답."

[이야아!!]

한 바퀴 돌려본 결과, 이놈 머리가 괜찮았다. 아니, 괜찮은 정도가 아니라… 기본적인 이해력 자체가 좋다. 고등학교에 계속 다녔으면 분명 수능은 괜찮게 봤겠거니 싶은 정도.

'암기력은 좀 부족한 것 같은데, 어차피 PSAT이 암기 시험은 아니니까 상관없어.'

거기에 내 기억 속 기출까지 합쳐졌으니 1차 과락은 무난히 넘기겠다는 뜻이다. 나는 체크를 다 끝낸 문제집을 탁 쳤다. 비슷한 유형을 전부 찾아다가 체크했다.
"이대로 3개월 하면 괜찮겠어."
[저, 정말요?]
"그래."
죽도록 매달리면 과락은 면하게 될 것이다.
[…….]
공명은 머뭇거리는 것 같았으나, 곧 아까보다 떨리는 낮은 파동으로 웅웅거렸다.
[그, 사실 이건 편법이잖아요. 형이 공부한 걸 제가 받는 거니까…….]
못 붙으면 죽게 생겼는데 그런 윤리적 고려까지 할 정신이 있다는 게 놀라웠지만, 나는 입을 다물었다. 놈에게서 묘하게 감격에 젖어 있는 것 같은 느낌이 났기 때문이다.
[그런데도 해낼 수 있을 것 같아서 정말 기뻐요. 감사합니다…….]
"…상부상조하는 거지."
나도 네 몸으로 아이돌이 됐으니까 말이다. 내가 그렇게 말하자, 공명이 약간 흥분한 것처럼 튄다.
[그! 그러면 저희 그거 볼까요? 〈아주사〉 나온 형이요!]
"……."
꼭, 그래야겠냐. …하지만 거의 10시간 내내 공부만 했으니 뭐라도 하나 쥐어주는 게 좋긴 하겠지.
'본인이 TV 나오니까 재밌는 건가.'
나는 군말 없이 PC 화면을 바꿔 위튜브에 접속해….

-지금 난리 난 박문대의 과거, 생리대 논란?

"…!"

순간 소파를 뜰 뻔했으나, 곧 가라앉았다. 내가 본 건 최신 동영상 추천이었다. 〈아주사〉를 자진하차하려고 했던 그 사건.

'그게 오늘이었군.'

그러고 보니 날짜가 딱 맞아떨어졌다. 나는 침음을 흘렸다. 어차피 새벽이 되면 당사자가 등판해서 해결될 문제였다. 이제 와서 내가 새삼 다른 감정 느낄 필요는 없지.

다만 이놈이 문제다.

[저, 저거…… 제가…….]

"아닌 거 알아. 다 정리되니까 걱정 안 해도 괜찮다."

'박문대'는 대단히 충격받을 만한 상황이라는 것이다. 갑자기 개인사가 대중적으로 까발려지는 것은 열 받는 일일 것이다. ……무서울 수도 있고.

"…미안하다. 네 동의 없이 서바이벌에 나가서 이렇게 된 거겠지."

돌연사 피하려고 했다지만, 당사자한텐 그런 건 알 바 아닐 수 있다. 하지만 공명은 기겁했다.

[아, 아니에요! 저도… 형 몸에 들어와서 이렇게까지 도움을 받고 있는데요…….]

공명이 불안하게 떨렸다.

[근데… 저 때문에 형이 데뷔 못 하면 어떻게 해요….]

"한다니까."

이미 하고 왔는데 무슨 소리냐.

그러나 이놈은 무슨 생각인지 한동안 대답이 없었다. 그러다가 식사 준비를 시작할 때 즈음에야 갑자기 다시 웅웅대기 시작했다.

[저… 저 연락해 볼 수 있을 것 같아요!]

뭐가.

[번호는 기억 못 했지만… 저한테 그 친구 이메일 주소가 있어요!]

"…!"

[조모임 때문에 몇 번 메일을 했었는데… 분명 남아 있을 거예요.]

그렇군. 둘은 사이가 썩 괜찮았던 것 같으니, 그 정도 흔적은 남아 있을 법했다. 하지만 그럴 필요가 있나? 어차피 오늘 새벽이면 눈치채고 해명 글을 올려줄 것이다. 괜히 수상쩍은 짓은 하지 않는 편이….

'잠깐.'

…설마. 나는 황급히 과거를 회상했다.

-내가 뭘 한 것도 아닌데 갑자기 상황이 이렇게 좋아진다고?

그때도 이상하긴 했다. 이렇게 빨리 모든 일이 마법같이 해결될 리가 없다고 생각은 했지. 그리고 지금이, 그때와 동일한 시간선이라면….

"……."

나는 결국 고개를 끄덕였다.

"어디 메일 쓰는데."

[…! 저, 저기 즐겨찾기에요…!]

나는 놈의 말에 따라 꽤 장문의 메일을 그 친구에게 남겼다.

걱정과 안부, 사과, 그리고 미안함이 담긴 간곡한 요청 글이었다. 더 효과적으로 첨삭을 할 수도 있었겠으나 굳이 손대진 않았다. 그냥 부적절한 발언이 없는지만 확인했다. 그리고 그 내용을 다시 읽으며, 직감적으로 이 친구가 이 메일을 읽은 후 해명 글을 썼다는 것을 깨달았다.

'어휘가 겹쳐.'

단어 선택이 영향을 받았다는 게 눈에 보였으니까. 결국, 이 메일 덕에 해명 글이 올라온 것이다.

[이렇게 보내보고 싶은데요….]

"…그래."

나는 메일 전송을 누르며, 희한한 기분에 휩싸였다.

그때의 생각이 맞았다. 갑자기 상황이 좋아지진 않는다. 다만 누군가 구체적으로 일해줬을 뿐이었다.

그러니까, 호의는 호의가 맞았다.

그날 밤, 나는 낯선 침대에 누우며 인정했다.

"고맙다. 메일 보내줘서."

[아니에요. 당연한 일인데요….]

감사 인사 들어놓고선 공명은 도리어 우울하게 울렸다.

[이상한 일에 휘말리시게 만들어서… 죄송해요.]

"……3달 만에 7급 봐야 하는 너만 하겠냐?"

[으으흡.]

그래. 너나 걱정해라. 나는 쓴웃음을 지은 뒤 스마트폰을 던졌다.

[저, 형. 잠드시면 혹시….]

“그래서 나도 안 자보려고 한다.”

[아… 네!]

공명이 좀 가벼워졌다. 아무래도 또 내가 몇 개월쯤 안 깰까 봐 겁먹은 모양이다.

“패턴을 보니까 분명 다시 돌아올 것 같으니, 혹시 없어져도 걱정하지 말고 시험 준비나 잘하고 있고.”

[……예.]

나는 시계를 보며, 놈과 별 의미 없는 잡담을 했다.

시계는 착실히 움직였다.

–11시 55분.

그리고 분침이 12시를 가리키는 순간…….

나는 자연스럽게 잠이 들었다.

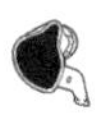

“…!”

눈을 다시 떴을 때는 또다시 아침이었다.

‘하루가 넘어가면 무조건 잠드는 건가.’

잠 안 자는 걸로 버티는 건 안 되겠군. 나는 내심 혀를 찼다. 그러자 지난 아침과 비슷한 비명이 들렸다.

[으아아! 형! 형 왔어요??]

"그래."

옷차림이 민소매인 걸 보아하니 또 시간이 한참 지났나 보군. 나는 한숨을 참으며 몸을 일으켰다. 그리고 다짜고짜 공명이 쏟아졌다.

[저 시험 봤어요! 붙진 못했는데요…, 과락은 없었어요!]

굳이 말 안 해줘도 우리가 대화를 할 수 있는 걸 보니 그런 것 같긴 했다만.

"그래. 잘했다."

[…! 네!]

공명은 기쁜 것 같았으나, 곧 침착해졌다.

[근데 또 상태이상이 떠서…. 아, 그 전에, 그, 오늘은 일정이 있었는데……]

"일정?"

[저기, 스마트폰 알람에 표시되어 있는데요……]

어쩐지 소리가 작아지는군. 직접 언급도 안 하려고 하고.

'설마 아직도 기숙학원 등록 안 하고 놀고 있다고 혼낼 줄 알았나?'

그게 상태이상보다 급하진 않을 텐데 말이다. 나는 피식 웃으며 일어나서 스마트폰을 집어 들었다. 그리고 바로 알람명을 확인했다.

–테스타 축제 출연 오후 2:30

"……?"

[저… 거기 가면 안 될까요.]

대체 무슨 일이 있었던 건지 처음부터 듣고 싶어졌다.

눈 떠보니 또 몇 개월이 지난 상황인데 뜬금없이 내 옛날 공연을 보러 가게 생겼다. 그리고 이 상황의 원인은… 의외로 간단했다. 나는 미간을 누르며 정리했다.

"그러니까… 공부하다가 시간 나면 궁금해서 내 활동을 찾아봤는데, 어느 순간 재미를 붙였단 말이지."

[네!]

굉장히 해맑게도 대답하는군.

[마법소년에… 아, 그 야구복 입은 무대도 진짜 멋졌어요! 그리고 그 단독으로 나오신 예능도 정말 재밌었는데… 공부하느라 본방은 못 봤지만요….]

그 정도면 유명한 활동 소식은 다 챙겼다는 것 같은데, 용케도 과락을 면해서 돌연사를 피했구나 싶다. …아니지, 인생의 낙이 이것뿐이었을 가능성도 있겠군.

'아이돌 구경으로 스트레스를 해소했나.'

그러면 뭐라고 하기도 그렇다.

[그리고, 가채점해 보니 과락은 분명 넘긴 것 같아서… 그, 하루 정도는 직접 보러 가도 되지 않을까 해서 표를….]

"……."

공명이 말을 흐리는 것처럼 희미해졌다.

'나 원 참.'

나는 한숨을 참으며 말했다.

"…어디서 하는데."

[…!]

그래, 이해했다. 사람이 온종일 처박혀서 공부만 하다가는 돌아버리지. 장기적 안목에선 하루 정도는 쉴 필요가 있긴 했다. 공명이 미친 듯이 신나게 울린다.

[여기서 안 멀어요! 경기도 축제였는데….]

"기다려 봐."

나는 옷을 갈아입었다. 사람이 수천 명은 될 텐데 설마 별일 있겠나. 내 무대 내가 직접 응원하는 숙연한 모니터링의 현장만 견디면 그만이다.

[형, 정말 감사합니다!]

칫솔에 치약 짜면서 감사를 세 번쯤 들은 것 같다.

"별로 어려운 것도 아닌데 뭐가. 넌 이런 재미라도 있어야지."

[네?]

나는 피식 웃었다.

"내일부터 기숙학원 들어갈 텐데."

[…으으흡!]

수험생의 올해 마지막 여가생활을 방해할 생각은 없다.

한 시간 뒤, 나는 미친놈이 혼자 떠드는 것으로 의심받지 않기 위해 무선 이어폰을 편의점에서 구매했다. 이 정도면 구색은 맞추는 거겠지.

물론 이동하면서 내가 해야 할 일도 동시에 진행하고 있었다.
"일단 무슨 일이 있었는지부터 말해볼까."
[네!]
먼저 이놈에게 새로 뜬 상태이상을 확인했다.

[!상태이상 : 합격이 아니면 죽음을! (2)]
: '7급 공개경쟁채용시험'의 1차 필기시험에서 합격하지 못할 시, 사망

그래. 그럴 줄 알았지.
기한은 똑같이 1년이다. 흠.
'다음부터는 클리어 확인을 늦게 하라는 말도 해줘야겠어.'
까딱 밀리면 2차나 3차 시험 전에 기간이 만료되는 미친 상황이 올 수도 있겠으니 말이다. 시험이 1년 단위라 별 차이는 없겠지만, 혹시라도 기간으로 이득을 볼 수 있고.
하지만 거기까지 생각하는 순간, 나는 내 상태이상 클리어 확인이 어떤 방법으로 이루어졌는지도 떠올렸다.
'진실 확인.'
이놈에게도 '진실 확인 ☜ Click!' 같은 쓰레기가 떴을지는 모르겠으니 확인해야겠다.
"날짜를 보니까 성적 확인하자마자 바로 상태이상이 바뀐 것 같진 않은데."
[어… 네! 안 그래도 좀 이상한 게 떴었는데요….]
공명이 어쩐지 가늘게 떨렸다. 그리고 놈이 설명하자마자 이유를

알았다.
1차 성적을 확인하자마자 뜬 성공 팝업 제일 밑에 뜬 선택지.

[동기화 수락 ☜ Click!]

이걸 클릭하는 게 어쩐지 섬뜩해서 몇 주나 주저하다가 9월에 수령했다는 것이다.
[좀 기다렸다가 혹시 형 오시면 여쭤보고 하려고 했거든요….]
하지만 나는 깜깜무소식이었고, 결국 저놈은 어제 저 버튼을 클릭하게 되었다는 것이다. 그리고 결과는….

[누적 완료.]

이런 창이 떴다고 한다.
'…더럽게 찝찝했겠군.'
[저, 형. 혹시 제가 뭘 잘못해서 벌칙 같은 게 누적되고 있는 걸까요…?]
"아니, 그건 아닐 거야."
대충 느낌을 봐서는… 내가 건 보상이 이루어지는 과정에서 '박문대'가 존재했던 걸로 정착 중인 것 같은데, 확신은 못 하겠다.
'대체 어떤 메커니즘으로 뜨는 거지.'
분석해 봐야 할 게 늘었다. 우선 그렇게 생각하고 넘기자. 벌써 목적지에 도착했으니까.

나는 버스에서 내려서 눈앞에 보이는 체육 경기장을 확인했다.

"여기네."

[와!]

기억난다. 무슨 기업에서 하는 축제였던 것 같은데, 그런 것치곤 드물게 대관하지 않고 표를 팔았었지. 그걸 이놈이 용케 잡은 모양이다.

'라인업은… 우리가 가장 좋은 수준이었고.'

나는 세부 사항을 되새기며, 안으로 입장했다.

회장 안 공기는 텁텁했다. 이상기온이 밥 먹듯 발생하는 현대사회답게 9월 말인데도 더웠으니 뻔한 결과였다. 괜히 민소매 입고 자던 게 아니겠지.

나는 외곽의 통로석에 앉으며 묘한 기시감을 느꼈다. 뭐, 데이터팔이 시절이라도 떠오른 건가.

[저, 형. 혹시 이 공연도 기억하세요?]

"그래."

[그럼…! 혹시 형 언제 나오세요?]

나는 의식적으로 블루투스 이어폰을 누르며 대답했다.

"마지막에서 두 번째 전."

[와…….]

대체 방금 대화에서 감탄할 요소가 뭐가 있었나 싶다. 엔딩 서겠다는 기 싸움 속에서 그냥 빨리 퇴근하는 실속을 챙긴 실용성?

'시간 되면 활동기 일화라도 풀어줘야 하나.'

큐레이터라도 된 기분이군. 나는 입을 다물었다. 그리고 무대 위에서는 막 공연이 시작되고 있었다.

"……."

이어진 무대들은 별 감흥 없었다. 활동 겹친 사람들이라 워낙 자주 봤어서 말이지. 다만 다시 이 아래에서 보고 있으니 데이터팔이 때로 돌아간 것 같은 기시감은 또 들긴 한다.

[형, 혹시 재미없으세요…?]

"아니, 괜찮은데. 익숙해서 그래 보이는 거겠지."

이렇게 시끄러운데 중얼거려 봤자 주변에 안 들린다는 걸 알아서 할 수 있는 일이다. 그리고 공명은 이게 본인 몸이기도 해서 그런지 잘 이해했다.

[아이돌로 활동하셨으니까, 당연히 그렇겠네요!]

"그것도 그렇고, 대학 때 이런 거 찍으러 다녀서."

[…!]

음, 괜히 말했다. 그러나 공명은 '기자 인턴 하셨었어요?' 같은 소리 대신 열렬히 수긍했다.

[그렇죠! 그, 형이 그 영린 직캠도 찍으셨었고요…!]

"…??"

뭘 이렇게 잘 아냐.

"내가 너한테 그런 것까지 말했었냐?"

[그… 네. 어쩌다 보니 알게 됐어요!]

그래. 뭐 특별히 비밀도 아니었으니 술 마시다 이런 식으로 흘렸을 수도 있겠군. 나는 고개를 끄덕였다.

시야를 공유하는 놈이 신나 있으니 고개를 돌리지 않고 남은 무대를 전부 관람했다. 그리고 긴 시간이 지나, 마침내 기다리던 놈들이 무대 위로 올라왔다.

와아아악!!!

직전과 비교했을 때 세 배쯤 되는 비명이 난무한다. 그리고 올라와서 대형을 갖추는 인영들.

테스타.

–내일 만난 너를
오늘 내내 생각해

남색 무대의상을 입고 마이크를 든… 나.

–낮처럼 파란 꿈을 꿔

"……."

[와…!]

이상한 느낌이었다. 분명 무대 모니터링은 수도 없이 많이 했다. 내가 대체 무슨 짓을 하고 있는지 확인해야 다듬을 수 있으니까.

그러나 완전히 관객의 입장에서 실물 공연을 보는 것은… 거의 충격적이었다. 라이터만 한 크기인데도 말이다.

'내가 저런 표정을 하고 있었나.'

전광판의 얼굴과 뛰어다니는 성냥개비 크기의 인영들이 시야에서 교차한다.

—Cast a spell

그제야, 나는 한때 데이터로 남겼던 그 광경들 속에 내가 포함되어 있다는 것을 실제로 이해했다. 무대 위의 박문대, 나는 제법… 괜찮은 아이돌로 보였다.

"……."

나는 테스타의 무대가 끝날 때까지 환성을 지르는 사람들 사이에서 조용히 자리를 지키고 앉아 있었다. 그리고 '박문대'가 관심 없다던 래퍼가 나올 때야 살짝 일어나서 자리를 떴다.

[형?]

"화장실 좀."

찬물이라도 좀 끼얹고 싶었다. 내가 이 상황을 이렇게까지 인상 깊게 여긴다는 게 믿기지가 않으니까.

……그리웠다.

'맙소사.'

나는 발을 옮겨서 자연스럽게 복도 끝으로 향했다. 그리고 화장실에 들어서는 순간, 깨달았다. 방금… 굉장히 자연스럽게 관계자 외 출입금지 구역으로 들어왔는데.

"……."

아마 누가 봐도 출연자 팬층으론 안 보이는 놈이라 스탭인 줄 알았나 보다. 행사 보안 한번 형편없군.

'뭐, 카메라 소지한 것도 아니니까.'

나는 어깨를 으쓱하며 세면대에서 물을 틀었다. 그리고 동시에 들었다.

쾅!

누군가 문짝이 박살 나도록 세차게 열고 화장실 칸에서 나오는 것을.

"…?"

뭐냐.

마침 정면의 거울로 당사자의 모습이 보였다. 그런데… 아는 놈이었다.

"…!"

[어어어어! 이분!]

배세진이다. 그 순간, 나는 상황을 파악했다.

'칸에 박혀서 울었네.'

아직 데뷔 초니 뻔하다. 그러고 보니 백일몽 때도 비슷한 상황을 겪어봤던가.

"……."

덜 까칠하게 굴려고 노력 중이었으나 가정사 문제로 여전히 성격 더럽던 시절의 배세진 말이다. 나는 세면대로 다가오지 않고 멈춰선 배세진을 보았다. 경계심으로 눈에 힘이 들어가 있었다.

'음.'

희한한 기분이 들었다. 좀… 반갑다고 해야 하나.

물론 이상한 놈으로 보일 수도 있으니 수습부터 해야겠군. 나는 손을 씻으며 짧게 말했다.

"이세진 씨 맞으시죠? 죄송합니다. 제가 팬이라 놀라서요."

"…!"

"아까 무대 잘 봤습니다. 언제나 표정이 정말 좋으신 것 같아요."

배세진, 아니, 아직 성을 바꾸지 않은 이세진은 멍한 얼굴이 되었다.

'아, 이때 욕도 어지간히 먹을 때였나.'

추가 합격자에 무대 능력치가 부족해서 인터넷 여론에게 얻어터지고 있을 타이밍이니, 오히려 더 경계를 살 수도 있겠군.

그러나 배세진은 그러지 않았다.

"…감사합니다."

대신 좀 창피했는지, 민망한 기색이 얼굴을 스치고 지나갔다.

"저야말로 감사합니다. 응원할게요."

"…예."

배세진은 그제야 세면대로 와서 손을 씻기 시작했다.

'넘겼고.'

나는 물기를 털고 문으로 걸어가려 했으나, 뒤에서 목소리가 들렸다.

"그…! 사인이라도 드릴, 큼, 필요하시면요."

"아."

전부터 생각했지만, 이놈 은근히 팬서비스가 좋단 말이지. 나는 몇 번 주머니를 뒤지는 시늉을 하다가, 고개를 꾸벅거렸다.

"펜이 없어서요. 다음에 꼭 부탁드립니다."

"…네."

나는 그렇게 과거의 배세진과 짧은 대화를 끝내고, 누구에게도 눈에 띄지 않고 조심스럽게 스탭 구역을 빠져나왔다. 신선한 경험이었다는 점은 부정할 수 없겠다.

[와… 혹시 형을 알아본 게 아닐까요?]

"그건 아닐걸."

이땐 잡담도 거의 안 하던 사이었던 것 같은데 말이지.

'데뷔한 해 9월이라면….'

그러고 보니, 저 녀석이 아버지 사기도박을 경찰에 찌르고 개명해 버리는 게 곧이었다. 10월 초였던가.

'흠.'

그때… 분명 도박만 걸린 게 아니라 마약까지 걸려서 형량이 왕창 늘어났던 것 같은데 말이다. 뒷발로 얼결에 마약쟁이 정체까지 알았지.

나는 발걸음을 멈췄다. ……혹시?

"잠깐 어디 좀 들렀다 가도 될까."

[네? 네!]

나는 가장 가까운 공중전화기를 찾았다.

[…?]

그리고 경기도북부경찰서 민원실로 전화를 걸었다.

[형??]

아, 받았다.

"××시 소재의 ×× 건물 지하 불법 도박장에 마약 적재 중입니다."

그리고 끊었다.

[어… 어어…….]

지금은 장난 전화라고 생각하겠지만, 배세진이 익명 신고를 하면 한 번은 떠올리게 될 것이다. 날짜 차이가 거의 나지 않는데 똑같은 위치로 느낌이 전혀 다른 제보가 둘 들어온 거니 말이다.

'마약 있나 한번 뒤져보는 효과는 있겠지.'

나는 어깨를 으쓱하며 전화부스에서 나왔다.

"장난 전화 아니니까 걱정 말고. 경찰 안 찾아와."

[그, 그럼요…?]

나는 몇 가지 데뷔 초 일화를 이야기하며, 천천히 오피스텔로 귀가했다.

그리고 저녁 먹고 씻고 나니, 벌써 하루가 끝날 즈음이 됐다.

'외출이 확실히 시간을 잡아먹어.'

나는 우선 상태이상과 관련된 당부부터 한 뒤, 빠르게 내년 1차 기출도 한 번 찍어줬다. 몇 달 공부 좀 했다고 빨리 받아먹긴 하더라.

그러고 나니 딱 오늘이 30분 남더라고. 덕분에 좀 우울해하는 것 같은 '박문대'의 공명과 잡담을 하는 중이다.

[형, 혹시… 이 상태이상을 없앨 때마다 형이 돌아오시는 걸까요?]

"그럴 수도 있지."

사례가 하나뿐이긴 했다만 가능성은 있는 이야기였다. 그러자 공명이 우울하게 웅웅거린다.

[그럼… 다음에는 1년 후에나 뵐 수도 있겠네요.]

나는 피식 웃었다.

"반대로 생각하자면, 네가 1차만 붙으면 또 얼굴 보게 생겼다는 거지."

[그… 렇네요??]

"어. 열심히 해라."

[…네!!]

열심히 안 하면 돌연사인 마당에 새삼스럽긴 하다만, 그래도 길잡이가 연간 회원권처럼 찾아오면 좀 낫지 않겠는가. 나는 혹시라도 돈이 급해질 경우를 대비해 주식 파는 법을 마지막으로 알려준 뒤에 잠이 들었다.

자정이었다.

그리고 다시 아침.

내가 다시 눈을 뜬 것은 알람 소리 때문이었다. 햇살이 들어오고 있었다.

자, 과연 '박문대'의 가설은….

[형! 형 맞죠?]

목소리 들어보니 맞는 것 같군.

"그래."

나는 흥분한 것 같은 공명 울림에 피식 웃었다.

"시험 잘 봤냐."

[네! 네!! 저 붙었어요…! 1차!]

그래, 훌륭하다. 아무리 기숙학원을 등록했다고 하더라도… 잠깐, 근데 여기 여전히 그 오피스텔이잖아.

나는 침대에서 일어나서 주변을 살폈다. 탁자에 뭔가 올라가 있었다.
"너 기숙학원 등록 안 했나?"
[했어요! 아, 지금 주말인 데다가 어제 할 일이 있어서 잠깐 오피스텔에 왔어서요… 그리고 형 오면 이쪽이 안 낯서실 것 같아서.]
"그래."
제법 기특한 발상이었다. 나는 고개를 끄덕이며 탁자로 향했다. 탁자 위에 있는 것은 웬 광고 브로마이드….
잠깐.

[행복하세요^^ VTIC 청려]

"……"
이 새끼… 사인이 왜 여기 있냐. 대체 1년 동안 무슨 일이 있었기에 동종업계 경쟁자의 친필 사인 브로마이드가 이 집에 있는 건지 알 수가 없다. 그것도 다른 놈도 아니고 청려라니.
'지금이 이 새끼가 한참 내 뒤통수 갈기던 때 아닌가.'
무슨 바람이 불어서 이 리셋증후군 새끼 사인까지 받게 됐느냔 말이다. 이놈이 복권 당첨됐다고 팬사인회에 돈 박을 성향 같지는 않았는데 말이지.
아니나 다를까 다른 이유가 있었다.
[아! 그거 옷 사다가 당첨이 돼서요!]
다짜고짜 초기화된 맨몸으로 살다 보니, 아무리 옷에 관심 없는 놈이어도 여유가 생기자 생존을 위해 대량 구매를 했던 모양이다. 특히

겨울옷은… 외투가 없으면 얼어 죽기 딱 좋으니 코트나 패딩류까지 한 꺼번에 세일 기간에 구매했다고 한다.

[제가 옷을 잘 몰라서… 그냥 한 매장에서 추천해 주시는 걸 그대로 샀거든요…….]

마침 그 매장이 VTIC이 광고하는 아웃도어 브랜드였다 이거다. 그리고 재미 삼아 추첨에 넣은 응모증으로 광고 모델의 팬사인회가 당첨된 것이다.

"……."

차라리 테스타가 광고하는 걸… 아니, 그러면 이상하게 꼬였겠지.

'애초에 뭐 하러 남자 아이돌 팬사인회 추첨에 응모를 했…….'

[지난번에 저희 보러 갔던 공연이 멋있어서… 아이돌이라고 하니까 관심이 생겨서요. 그, 형이랑 같이 예능도 나왔던 분도 계시고….]

"……."

내 탓이었군. 잘 알겠다.

나는 찜찜한 눈으로 브로마이드에서 시선을 뗐다. 공부는 제대로 하고 있는 것 같으니 큰 상관은 없겠지.

"언제 갔었는데."

[어제요!]

아무래도 지난번처럼 1차 시험 끝난 기념 삼아 간 모양이다. 어차피 1년 유예가 또 주어지니, 2차 너무 의식하지 말고 1차만 집중하라고 이야기해 뒀으니까 그럴 만도 했다.

그리고 사실 1차랑 비슷한 형태로 과락만 면하는 상태이상이 뜰 것 같았고.

[!상태이상 : 합격이 아니면 죽음을! (3)]

: '7급 공개경쟁채용시험'의 2차 필기시험에서 과락 없는 성적표를 받지 못할 시, 사망

그래, 이럴 줄 알았다.

그러니 내년엔 1차 붙고 2차는 과락만 면하면 된다. 그리고 내년 기출까진 내가 아니까 별문제 없을 것이다. 그걸 설명해 주려 했으나, 이 놈이 의외의 말을 꺼냈다.

[저… 사실 지금 2차까지 본 상태인데, 가채점으로만 봐선… 아마 과락은 없을 것 같아요!]

"…!"

[찍은 게 굉장히 운 좋게 많이 맞았거든요! 붙진 못할 것 같지만…….]

그래도 말도 안 되는 성취였다.

"충분해. 잘했어."

[…! 네!! 감사합니다!]

그럼 새 상태이상을 한 달 안에 날로 먹을 수 있겠군. 나는 고개를 끄덕이며 계산했다.

"그래도 바로 클리어 처리하지 말고 꼭 내년 2차 성적 나오기 직전까지 시간 끈 후에 지워라. 여유 시간을 확보해 둬."

[넵!]

그럼 대충… 내년에도 9월에 돌아오려나. 나는 스마트폰으로 현재 날짜를 확인했다. 9월이 맞다. 내가 꽉 채워서 1년 만에 다시 이 몸으

로 돌아온 것이다.

[이번에도 기다리라고 하셔서 최대한 참고, 시간 끌어봤어요…!]

"그것도 잘했다."

공명이 이리저리 튀기는 것처럼 울렸다. 아마 웃는 것 같다.

'그러면 오늘은 특별히 할 일이 없는 건가.'

지난 1년간 저놈의 사인 외에 특수한 사건은 없었는지 떠보며 시간을 보내도 될 것 같았다. 나는 주식 앱에 접속해 팔아치울 놈들을 고르며 '박문대'와 이야기를 계속했다.

"기숙학원은 어때."

[좋아요! 사람들도 친절하고… 공부도 잘 가르쳐 주셔서 진짜 잘 지냈어요. 밥도 맛있구요…!]

그렇군. 나는 주식 매도와 매수를 몇 번 반복한 후에 앱을 껐다. 이 정도면 아무 생각 없이 공부만 해도 돈 문제 생길 일은 없을 거다.

그리고 공명이 계속 1년 치 본인 일과를 떠드는 것을 들으며 거실로 나가는 순간, 굉장히 인상적인 꼴을 봤다.

"……."

꽃 대가리. 내가 〈내가 만든 가수님〉에 나갔을 때 만든 홀로그램 캐릭터, '5월의 신랑' 인형이 소파 정중앙에 앉아 있다.

'뭐냐.'

굉장히… 본인 몸의 활약을 인상적으로 지켜본 모양이다.

"이것도 샀냐."

[형 노래 정말 잘 부르셔서… 하나 정도는 기념으로 괜찮지 않을까 해서요….]

달마다 스트레스 해소 비용을 책정해 놓은 건 나다. 그러니 본인이 좋다면야 상관없겠다만…. 나는 다소 떨떠름한 심정으로 인형을 미루고 소파에 앉았다. 그리고 공명은 벼르고 있던 것 같은 본론을 조심스럽게 꺼냈다.

[저, 2차 성적이 나오고 나면… 혹시 테스타 연말 콘서트에 형 보러 가도 괜찮을까요? 올해 초에는 공부하느라 못 갔거든요….]

아무래도 어제부터 준비한 문구 같은데. 나는 피식 웃었다.

"뭘 허락을 받아. 가도 괜찮을 것 같으면 가도 되는 거지."

[…! 예! 감사합니다!]

고마울 건 없다. 물론 내 몸으로 남자 아이돌 콘서트에 가는 건 좀 눈에 띄는 행동이긴… 잠깐.

"저거 팬사인회."

[…??]

"…어제 갔다고 했지."

[네!]

나는 VTIC의 사인이 올라간 브로마이드를 다시 살폈다. 앨범에 붙은 팬사인회가 아니라 광고 모델 사인회는 팬 아닌 사람도 제법 오긴 한다만… 그래도 눈에 띄었을 것 같은데.

[굉장히 친절하시더라구요.]

더 불길하다.

나는 혹시 몰라서 위튜브에 접속해 검색어를 넣었다. 오늘의 날짜와 활동명, 그리고 의류 브랜드명을 조합하면… 역시 팬사인회 직캠 영상이 나온다.

댓글을 쭉 내려보니, 우려했던 내용이 나온다.

-22:34 남팬 응대하는 청력 존웃ㅋㅋㅋㅋㅋㅋ

"……."

해당 시간을 클릭하자, 사인을 받는 '류건우'의 그늘진 뒷모습이 반쯤 잡혔다. 공명이 비명처럼 울린다.

[으허헉! 이, 이렇게 올라오는 줄 몰랐어요….]

나는 그것을 캡처해서 색을 보정했다.

[형?]

모자를 쓴 착장, 아마 안경도 썼을 것 같은데…. 이거, 내가 놈한테 말했던 류건우의 인상착의랑 똑같지 않나.

'망할.'

나는 혹시 몰라서 이놈이 사인을 받은 브로마이드를 다시 한번 확인했다. 받은 사람 이름.

'설마 류건우로….'

–To. 큰달님

"……."

큰달?

[저, 예전에 쓰던 닉네임인데… 왠지 형 이름으로 받기 죄송해서.]

훌륭한 판단력이다.

'후.'

나는 화면에서 웃으며 사인을 하는 청려를 얼른 치웠다.

"이놈은 앞으로 피해."

[처, 청려를요?]

"그래. 미친놈이니까."

[으허업.]

내가 '류선우'의 행방을 찾기 위해 놈에게 힌트를 주긴 했다만, 이젠 행방을 알다 못해 번호와 주소까지 아니 상관없다. 굳이 이런 예측할 수 없는 위험한 새끼를 만나게 해서 변수를 늘릴 필요는 없지.

'그러고 보니, 행방이 묘연했던 것도 내가 이놈을 기숙학원에 박아놔서 그런 거였나.'

이제야 말이 된다. 나는 턱을 문질렀다.

'그럼 이걸 끝내고 돌아가면, 이놈에게 연락해서….'

아니. 지금 내가 뭔가 착각하고 있는 것 같은데.

'……그렇게 될지 어떻게 알아.'

나는 이놈의 상태이상이 다 끝났을 때 무슨 일이 일어날지 모른다. 정말 최악의 경우에는 보상 수령이 끝났다며 이놈이 사라져 버릴 수도 있다.

그리고 이 몸에 그대로 남게 되더라도… 본인 몸으로 돌아오고 싶어 하지 않겠는가. 지금 사인도 본인 전 닉네임으로 받은 걸 봐라.

"……."

[청려 씨랑 친하신 줄 알았는데, 이상한 사람일 줄이야… 어, 형?]

"안 친해. 방송용이야."

[아…….]

이건 좀… 생각을 해봐야겠군.

오늘은 시간이 나서 다행이었다. 실컷 뇌를 돌릴 수 있겠다. 나는 몇 가지 가설과 대비책을 세우며, 식사 준비를 시작했다.

그 후로는 특별히 급박하거나 처리해야 할 일은 없었다.

[형, 요리도 잘하시네요….]

"어, 고맙다."

감각을 공유하다 보니 1인분만 해도 되는 것도 편했다.

저녁 황금시간대 TV에선 마침 내가 선아현과 출연했던 예능이 나오고 있었다. 조선 시대에 떨어져서 문제 푸는 것 말이다.

'이때가 회사 내부 산업스파이 색출했던 때였던가.'

참 열심히 살긴 했다. 나는 잘난 척하는 내 모습을 별 감흥 없이 쳐다보았다.

[예능도 좋지만, 역시 무대에 서실 때가 더 멋진 것 같아요. 〈행차〉가 진짜 멋있었거든요…! 얼른 또 컴백하셨으면 좋겠어요….]

내가 스탯을 대놓고 올리긴 했다만, 본인 얼굴을 보고 그렇게까지 말하나…? 그러나 칭찬은 칭찬이고 기분이 나쁘진 않다. 나는 가볍게 대답했다.

"컴백 바로 다음 달 14일인데."

[헉…!]

"이야기하고 다니진 말고."

[네! 저 말할 사람도 없어요!! 학원에서도 다들 아이돌 이야기는

안 해요!]

당연한 말을 한다.

공명은 신나게 알 수 없는 파동으로 요동쳤으나, 곧 진정했는지 부드럽게 웅웅대기 시작했다. 조금 조심스러운 투였다.

[저, 형. 이렇게 매번 도움만 받는데… 제가 도울 일은 없을까요? 그, 지난번에 경찰서 전화하신 것처럼요. 하실 일 있으면 제가 해놓을게요!]

내가 해놓을 일? 음, 그러고 보니 다다음 달에 청려가 날 죽이려 들긴 하지.

나는 잠시 고민했으나, 곧 고개를 저었다. 그런 건 충분히 알아서 잘 처리해 왔다. 본인 상태이상이나 신경 써야 할 놈한테 뭘 더 시킬 순 없지.

"딱히 더 없어. 그냥 공부 열심히 하고 있어라."

[예…….]

풀이 죽은 것 같다, 나 참.

그리고 자정이 다가올수록 그 기색은 더 심해져서 이제 공명은 거의 불안하게까지 들린다. 말은 안 해도 혼자 1년 보내면서 힘들었나 본데, 사정을 다 까놓고 말할 사람이 없으니 그럴 만도 했다. 뭐라도 공부 말고 할 일이나 생각할 일이 필요한 걸 수도 있겠고.

그래서 나는 자러 갈 때쯤 화제를 새로 꺼냈다.

"넌 따로 나한테 하고 싶은 말 없냐."

[저요?]

그래. 공명은 머뭇거리는 것 같았지만 곧 작게 다시 울렸다.

[그럼 형, 혹시… 제 닉네임 보시고 어떠셨어요?]

"닉네임?"

큰달. 본명인 '문대'에서 나온 닉네임인 건 알겠다만, 썩 독특한 단어는 아니다. 오히려 익숙한 것 같은데….

[그… 제가 예전에 형이 운영하시던, 그 계정 있잖아요. 거기 자주 댓글을 남겼었는데.]

아.

"그게 너였냐."

[…! 기억나세요?]

"그래. 매번 꼬박꼬박 남겼잖아."

[네…!!]

그러고 보니 첫 번째 '진실 확인'에서 봤던 이놈 닉네임이 그거였군. 실제로 나도 댓글을 별로 안 보긴 했다만, 거의 올리자마자 달리니 봤던 게 이제 기억이 난다.

그렇게 매치가 되었다.

'그때부터 아이돌 무대에 관심이 있었던 건가.'

이렇게 활자로 생긴 안면을 깨달으니 독특한데. 나는 어깨를 으쓱했다.

"그 분야에 관심 있으면 너도 카메라 하나 사서 찍고 다녀 봐도 될 것 같은데."

[…그, 그럴까요?]

"물론 이 시험이 다 끝나면."

[물론이죠! 그래도요… 와.]

기분이 좀 나아졌는지, 공명이 좀 더 편안히 울린다. 그리고 마침 시간도 다 됐다.

"그래. 그럼 한번 생각해 봐라. 내년에 보자."

[네….]

천천히 잠이 밀려왔다. 제법 평온했다.

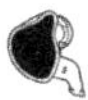

[형? …형?]

나는 눈을 떴다. 저번과 똑같은 아침이다. 온도도 비슷한 것 같으니 아마도 다음 해 9월….

[건우 형 맞죠?? 형!!]

"그래."

이놈 패닉 상태인 것 같은데. 혹시 문제 생겨서 부른 건가? 나는 당장 몸을 일으켰다. 하지만 먼저 공명이 쉴 새 없이 울렸다.

…흐느끼는 것 같다.

[형, 형 교통사고….]

아.

'X발.'

나는 당장 스마트폰을 열었다.

–6월 22일

데뷔 기념일로부터 나흘 뒤.

내가 정신 나간 전 매니저 새끼 때문에 혼수상태에 빠졌던 그때다.

아마 내가 깨어날 기미가 없다고 한창 언론에서 떠들고 있었을 것이다.

나는 당장 입을 열었다.

"괜찮아. 다 회복해."

[주, 죽는다고, 뉴스가….]

"안 죽어."

어떤 미친놈이 혼수상태를 그딴 단어로 표현했는지 모르겠지만 고소하고 싶군.

[형, 진짜 죽은 거 아니죠…? 죽어서 지금 저 도와주러 오신 거 아니죠?]

"아니라니까."

대상 타러 올라갔다니까 대체 무슨 소리냐.

'나 말고 네가 사라졌었다고.'

당장 이 '보상 수령'이 끝나면 어떻게 될지 모르는 놈에게 이런 소리를 듣고 있자니 좀… 심란해지기도 하는군. 나는 한숨을 참으며 말했다.

"미안하다. 미리 말했어야 했는데 생각을 못 했어. 멀쩡하게 깨서 잘 활동했거든."

[…….]

방해물이 생겨도 매번 잘 박살 내고 올라왔으니 특별히 알려줘야 할 문제가 있다고 생각하지 않았다. 이놈이 굳이 뭘 하지 않아도 해결될 예정이니까.

그러나 그게 어떻게 처리되는지 모르는 입장에선 충분히 염려할 만하다. 그것도… 사고로 가까운 사람을 잃어봤으면 더했겠지.

'내가 안일했다.'

나는 침대에 걸터앉으며 차분히 말했다.

"새 상태이상 받아서 내가 오는지 확인해 보려고 했지?"

아직 6월이었다. 더 시간을 끈 다음에 새 상태이상을 받기로 했는데, 내가 제대로 나타나는지 확인하기 위해 지금 처리해 버린 것 아닌가.

'사실 나흘이나 참은 게 용하지.'

자꾸 뉴스에서 뒈진다고 하니 불안해서 도저히 확인하지 않고는 못 배겼을 만도 했다. 공명이 진정하는 듯하더니 다시 떨린다.

[죄, 죄송해요. 9월에 누르기로 했는데 제가….]

"아니, 잘했어."

효율적으로 생각해 봐도 확인할 만한 상황이었다. 갑자기 길잡이가 증발할 뻔한 거니까. 이 상태로 시험 봤다가 망하는 것보단 훨씬 낫다. 나는 안도의 한숨을 쉬며 몸을 일으켰다.

"잘 대처한 거니까 신경 쓰지 마라. 시험 한 달 전이니까 기출 한 번 더 찍어줄 수도 있고. 오히려 유리해."

[네…….]

공명이 크게 안도한 것처럼 가라앉았다. 패닉 상태였던 게 맞았군.

"고생했다. 나흘간."

공명이 훌쩍이는 듯 흔들렸다. 나는 혹시 몰라 몸 상태를 점검해 보다가 배가 거의 쓰리다는 것을 깨달았다.

"너 밥도 안 먹었냐."

[…밥 먹을 때 자꾸 형 사고 이야기하는 사람들이 있어서… 가끔요.]

아이돌 이야기 안 한다더니 아이돌 사고 이야기는 하는군. 원래 남의 재난은 흥미로운 법인가. 어쨌든 밥 먹는데 계속 아는 사람 죽는 이야기 듣는 건 고역스러울 만했다. 나는 내심 혀를 찼다.

"그래도 다음부턴 무조건 밥은 먹어라."

[네…….]

공명이 흐느적거렸다. 긴장이 풀려서 말을 제대로 못 할 것 같으니 상황 파악은 내가 알아서 해볼까.

'일단… 오늘은 월요일인데.'

올해 시험이 얼마 안 남은 만큼 주말부터 쭉 당연히 학원일 줄 알았는데 여긴 오피스텔이었다. 내가 돌아오는 타이밍에 맞춰서 일부러 뺐나 보군. 스마트폰 화면에 일정을 보니 기숙학원을 착실히 다닌 것 같다.

나는 다음으로 인터넷에 접속했다.

[테스타 박문대 나흘째 의식불명... 소속사 입장문 "회복 중"의 의미?]

사회면에 올라와서 '타이틀이 왜 이따위냐' 유의 질타를 쭉 빨아들이는 기사였다. 나는 쭉쭉 댓글을 읽었다. 나흘이나 지나서 '진짜 심각해졌다'는 인식 때문에 그런지 어그로는 많이 빠지고 대부분이 팬들이다.

걱정, 패닉, 절망, 초조…….

"……."

사실 당시엔 다 끝난 다음에 봐서 이 정도로까지 날것을 보는 건 처음인데, 직접 보니 착잡하긴 했다. 난 앞으로 18일간 의식 불명일 예정이니까.

다만 어느 한 편으론… 좀 기쁘다는 게 어처구니가 없군.

'…쓸데없는 생각 말고.'

나는 한숨을 쉬며 뉴스 화면을 내렸다. 다른 놈들은 지금쯤 다들 정신 차리고 입원 중이겠지. 대부분 경상으로 끝나서 큰 문제는 없었다고 들었다만…… 실제로도 깨어났을 때 눈에 보이는 큰 부상에서 회복 중이던 건 차유진뿐이었다. 나머진 기껏해야 보호대 정도였지.

'흠, 그럼 회사가 날 손절하고 새 계획을 세울 법도 한데.'

이제 보니 약간 의아했다. 내가 못 일어나고 2주가 넘어가는 시점에서 분명 회사로부터 제스처가 나왔을 것 같은데 말이지. 자회사는 매니저 문제 때문에 자제했다고 쳐도 본사인 T1은 그러고도 남을 놈들이다.

'…그러고 보니.'

문득, 전에 선아현이 했던 말이 떠오른다.

—교, 교통사고 났을 때, 세진이가 마, 많이, 열심히 했어….

—회, 회사에 말하고… 병원에도 계속 찾아와서, 수술 이야기도 하고… 저, 정말 열심히 했어! 밥도, 잘 못 먹고…….

"……."

나는 잠시 고민하다가, 익명 메일을 하나 새로 만들었다. 그리고 '받는 이'에 소속사 메일 포맷을 넣었다. 다만, 대표 주소가 아니라 다이렉트로 '매니지먼트실 실장'의 메일 주소를 적어 내렸다.

그리고 제목.

-4분기 테스타 활동 강행 플랜이 발표 예정이라고 합니다.

6인 체제 활동 강행 시 대외적으로 어떤 반발이 돌아올지, 마치 익명을 가장한 내부 고발처럼 적는다.

'한창 본부장과 파벌 싸움이나 할 때니 이건 통한다.'

이거면 본부장이 본사와 이야기해서 이 플랜을 꺼내 들어도 매니지먼트 실장이 금방 반발할 수 있을 것이다. 이미 약점을 아는 내용이니까. 그럼 둘이 물어뜯느라 제대로 진행은 안 될 테고….

'…멤버가 고려할 게 좀 줄어들겠지.'

큰세진.

이 시점에 그룹에서 회사랑 제대로 대화할 수 있는 건 이놈 하나뿐이었는데, 회사가 X 같은 제안까지 들고 온다고 생각해 봐라. 극도의 스트레스로 이놈 대가리에 무슨 일이 생길지 몰랐다.

'그래도 내가 깰 때까지 강경하게 잘한 것 같더만.'

뭐, 이렇게라도 좀 손써둔 게 영향이 있었다면 좋겠군. 나는 메일 전송을 눌렀다. 약간 마음이 가벼워졌다.

그때야 공명이 희미하게 다시 울린다.

[저 형, 혹시 어디에 보내시는 건지 물어봐도 돼요…?]

"아, 회사에…."

잠깐. 이놈과 대화하니까 하나 더 떠오르는 게 있군.

—사실 작년에 기사가 나가려다가 회사에서 막았어.

이 녀석 부모님의 비행기 사고.

내가 퇴원했을 때쯤 기사가 터질 뻔한 걸 회사가 막았다고 했었는데,

이 정신 없는 판국에 이 새끼들이 그걸 제대로 막았을까 의심이 된다.

"…박문대."

[예!]

"뭐 하나만… 양해 좀 구하려는데."

나는 이놈에게 사정을 설명했다. 자칫하면 가정사 먹잇감을 언론이 물 수도 있다는 것. 이미 대중에 공개된 것만으로도 충분히 짜증 날 만한데 이것까지 넘겨줄 순 없다.

그러니 소속사에 미리 '단독' 타이틀을 원하는 기자처럼 메일을 넣어서 경각심을 가지게 할 생각이었다. …썩 내키는 방법은 아니지만, 시간과 공간의 제약 때문에 이게 제일 효과적이다.

"그래서 일단 메일에 내용을 적어야 하는데, 보기 불편하면 미안하다."

[아니에요…. 어, 전 정말 괜찮은데요…?]

"…? 그래?"

[네.]

공명이 멍멍하게 울렸다.

[사실 딱히 저 같다는 생각도 안 들어서요… 외모도 많이 다르고…… 그냥, 그, 이런 말 어떨지 모르겠지만… 진짜 형이 TV에 나오는 걸 보는 것 같아요.]

"…음, 알았다."

[저 혼자만의 생각일 수도 있지만, 그래서 그런지 친근감 같은 것도 들고요….]

"그건 고맙고."

공명이 자기도 모르게 웃는 것처럼 울렸다. 본인이 괜찮다면야 사실 나도 마음대로 생각할 수 있어서 편한 일이다만… 어쩐지 썩 편하진 않군.

'죄책감인가.'

아니, 이런 건 나중에 생각한다.

나는 눈을 찌푸리며 새 익명 메일을 개설한 뒤, 할 일을 마무리했다. 그리고 저녁때까지, 내가 며칠에 깨어나며 그 후 어떤 활동을 하는지 놈에게 스포일러하면서 보냈다.

효과가 있었는지 공명은 많이 차분해졌다.

"7월 6일에 깨어나니까 그때까진 괜히 뉴스 보지 말고."

[네!]

"기부 콘서트는 2차 시험 끝나고 나서 보는 거야."

[네…….]

그리고 하나 더 강조했다. 2차를 붙고 나서는 3차 시험인 면접이 남아있는데, 분명 다음 상태이상은 3차일 것이다. 그러니 여기서 할 일이다.

"우선 면접을 보고, 확실히 붙은 것 같았을 때만 다음 상태이상을 바로 받아야 해."

상태이상을 받으면 그걸 클리어할 기회는 한 번뿐이다. 살면서 한 번도 면접 비슷한 걸 해본 적이 없다는 놈이니, 탈락할 확률도 생각 안 할 순 없지.

[꼭 그렇게 할게요!]

하지만 내심 이놈이 한 번에 붙을 수도 있겠다는 생각을 하긴 했다.

그리고 다시 아침에 눈을 떴을 때.

[……형.]

"그래."

내가 다음 해 봄에야 깨어났다는 것을 깨달았다.

이놈 면접에서 떨어졌군.

'박문대'는 3차에서 탈락했다. 물론 면접을 유독 못 봤기 때문은 아니다.

[죄송해요, 점수가 1배수 밖이고, 그리고 면접에서 너무 떨어서….]

애초에 1.5배수 선발에서 점수가 간당간당했더라고.

"잘했어. 2차 붙은 거면 거의 다 온 거나 다름없어. 한 해만 더 고생하면 돼."

올해 붙으면 그만이다. 하지만 공명이 불안하게 일렁였다.

[저… 올해 못 붙으면 어쩌죠?]

한 번 목표에서 미끄러지니 겁을 먹은 것 같았다. 하지만 그럴 필요가 없다.

"아니, 붙을 수 있어. 너 격려하려고 하는 소리가 아니라 진심인데."

나는 질문에 맛이 간 나머지 면접에서 쓸데없이 면접관을 이기려 들어서 탈락한 거고. 이놈은 점수를 조금만 올리면 된다. 그리고 올릴 수 있을 것이다.

"넌 2년 만에 합격권까지 점수를 끌어올렸는데, 솔직히 말도 안 되는 짓이지."

[으허흡.]

"그리고 이 급수에 처음 3년 동안은 열심히만 하면 어느 정도는 점수가 오를 수밖에 없어."

나는 거침없이 말했다.

"그러니까 이미 합격권인 넌 몇 달만 고생 더 하면, 웬만하면 붙는다."

[…네!]

응답하는 공명에는 힘이 돌아왔다.

'좋아.'

의욕이 돌아왔군. 나는 고개를 끄덕이며 그제야 하루를 시작했다.

이제 마지막 시험 기회를 위해 죽도록 달려야 하니, 이때는 되도록 이놈의 휴식에 협력하며 보냈다. 하고 싶다는 걸 하면서 쉬고, 궁금해하는 걸 대답해 주면서 말이다.

가령 이런 식으로.

[형, 혹시 다음 컴백은….]

"7월 12일. 그러니까 더 찾아보지 말고 당일에 노래만 들어라."

[네!]

나는 대답하며 깨달았다. 7월 12일 날 컴백하는 곡은 가장 최신곡인 〈약속〉이다. 즉, 어느새 내가 돌아온 그해였다.

'많이 따라잡았군.'

특별히 시스템에 대해서 구체적으로 알아낸 것도 없는데 말이다.

'이놈 자체가 거기에 대해 전혀 모르는 기색이야.'

나는 팔짱을 꼈다. 그래도 하나하나 따지자면, '박문대와의 대화' 자체는 알차게 잘했다. 생각보다 이놈과 좀, 친해진 것 같기도 하고. 게

다가 첫 예상보다 '박문대'가 상태이상을 성공적으로 잘 끝낼 것 같아서 말이다.

'묘한 보람이 있어.'

음, 약간의 이득도 보는 중이고.

[형, 그건 뭐예요?]

"처리할 게 있어서."

이 시기에 제일 거슬리던 놈을 보내 버린 '타이밍 좋은' 폭로 글이 떠올랐기 때문이다.

채서담의 연애용 비밀 계정.

물론 나는 별일 안 했다. 공시생인데 고소라도 당하면 안 되지. 그냥… 익명 사이트에 이거 하나 올렸을 뿐이다.

[채서담 까들이 루머용 작업 하는 것 같음]

이 계정 아이디 생성법이 이전 채서담 계정하고 너무 비슷한데 최근에 만들었더라

이렇게까지 욕하고 싶나 신기함

채서담의 비공개 연애 계정에 대해서 '안티가 일부러 만든 계정'이라는 투로 올린 것이다. 이러면 진짜라고 주장하고 싶은 놈들이 달라붙을 테고… 뭐, 그럼 내가 봤던 대로 해킹하는 새끼까지 나올 수도 있겠지.

그냥 가능성일 뿐이다. 뭐… 내가 결과를 보긴 했다만.

'이건 정말 본인이 아니었다면 도리어 안티 입 다물게 하는 패로 써먹을 수도 있었을 텐데.'

애석하게도 채서담 본인이 경솔했던 게 맞았지. 나는 댓글이 불어나는 것을 확인한 뒤, 5분만 기다렸다가 해당 글은 삭제했다.

'깔끔하고.'

[형… 그 사람 누명 쓴 거 도와준 거예요?]

"반대야."

[…??]

나는 멍하니 울리는 공명에게 굳이 자세히 설명해 주지 않았다. 공부나 열심히 해라.

그 뒤로는 예정대로 쉬기만 하면서 시간을 보내니, 하루는 순식간에 지나갔다.

공명은 우울히 웅웅거렸다.

[벌써 11시….]

"그래."

다른 말로 하면 곧 결전의 시간이란 뜻이다.

내 가설과 계산이 맞다면 마지막 5번째 상태이상을 클리어해야 하는 구간이 말이다. 자세히 설명해 주진 않았지만, 이놈도 이 시험 자체에 합격하는 이번 것으로 '상태이상'이 끝날 것 같다는 내 말을 믿었다.

다만 그 후의 일에 대해서는 궁금해하긴 했다. 오늘이 끝나기 직전인 지금, 이렇게 물어보았기 때문이다.

[형, 이게 다 끝나면… 어떻게 되는 걸까요?]

안 그래도 신경 쓰던 부분이긴 했다만, 일단 나는 평이하게 대답했다. 굳이 불안하게 만들 필요는 없으니까.

"난 별일 없이 상태이상만 사라지고 끝이긴 했는데."

[그래요?]

"그래. 뭐… 아니더라도 더는 다짜고짜 돌연사하진 않겠지."

공명이 웃음소리처럼 흔들렸다.

[그렇겠네요!]

그래.

그리고 만일을 위해 이대로 내가 곧바로 대상 소감하던 시간대로 돌아간다고 해도, 대안을 준비해 놨다.

"그럼 잘하고. 이번에는 반년 후에 보자."

[네!!]

"혹시 내가 안 들어오면, 준 번호로 12월에 연락하고."

공명이 긴장과 기대로 흔들렸다. 긍정의 뜻 같았다.

'어느 쪽이든 제어할 수 있다.'

이 녀석이 합격만 하면 말이지. 그렇게 나는 여러 가능한 결과를 고려하며 잠이 들었다.

다시 눈을 떴을 때, 나는 내가 이번에도 오피스텔 침대에 누워 있었다는 걸 깨달았다.

"……."

또 류건우의 몸이다. 특별히 변하는 건 없군.

그리고 창밖의 계절을 보니… 늦가을이다. 딱 7급 합격 결과가 발표될 시즌. 바로 알았다.

'붙었네.'

내가 이 타이밍에 돌아왔다는 건 그것뿐이다. 나는 피식 웃으며 몸을 일으켰다. 그리고 불렀다.

"박문대."

잘했다.

"……."

하지만 대답은 돌아오지 않았다.

"…류건우?"

아무 공명도 들리지 않았다. 내면 어딘가에서 울리던 기묘한 진동은 흔적도 없었다.

"……."

이게… 무슨 상황이지.

나는 잠시 더 기다렸다. 혹시라도 이 새끼가 합격 기념 장난이라도 치는 중인가 해서.

하지만 5분이 넘도록 주변은 고요했다.

오피스텔엔 나뿐이었다.

나는 침을 삼켰다.

"…상태창."

[보상 수령 중]

아직 안 끝났다는 뜻이다. 난 아직 '박문대와의 대화' 보상을 수령 중이었다. 그러니까… 고려하던 최악의 상황은 분명히 아닌데.

'그런데 대화 상대가 왜 사라졌냐고.'

대체 무슨 상황이냐. 나는 욕을 참으며 당장 침대에서 몸을 일으켰다. 일단 주변 단서를 통해 뭐라도 알아보고 추리할 생각이었다.

그때였다.

지이잉.

전화가 걸려왔다. 침대맡에 있던 스마트폰이다.

'저장이 안 된 번호.'

나는 뭐라도 조합할 정보를 뜯어낼 생각으로 당장 그것을 받았다. 그러자 스마트폰에서는 곧바로 목소리가 들렸다.

다만, 아는 목소리였다.

–찾았다.

…청려.

전화 너머의 소리가 톤이 바뀌더니, 부드럽게 울린다.

–안녕하세요. 저희 구면이죠?

다시 들어도 청려 목소리가 맞다. 소름이 다 끼치는군.

'이 새끼가 왜 여기서 나와.'

심지어 전화번호까지 다른데 이게 X발 무슨 상황이란 말인가. 그 와중에 구면은 또 무슨 소리고.

–기숙사방 새로 입주하는 사람인데, 인사했잖아요. 건우 씨 맞으시죠?

"…?"

–다른 게 아니라, 방에 두고 가신 걸 찾았거든요. 택배로 부칠 건데 주소 좀 알려주실 수 있을까요? 학원에서 개인정보라고 전화번호만 알려주셔서요.

"……."

보이스피싱이냐? 나는 잠시 어처구니가 없어서 입을 다물었다가, 혹시 정말 다른 사람일 확률에 대해 잠시 고민했다. 그리고 적확한 답을 내놨다.

"택배 괜찮고, 제가 오늘 들러서 가져가겠습니다. 감사합니다."

–그렇군요. 알겠습니다.

의외로 쉽게 물러나는군. 아니, 설마 정말 목소리만 비슷한 다른 인물….

–평일이라 낮엔 강의를 들어야 하니까… 오후 9시에 학원 앞에서 뵐까요?

그럴 리가 없지. 나는 참지 못하고 입을 열었다.

"작작 해라."

–무슨 말씀이시죠?

"작작 하라고 신재현."

–…!

마지막 가능성을 염두에 두고 예명을 안 불렀다만, 반응 보니 본인 맞는 것 같군. 전화기 너머에서는 짧게 침묵이 흘렀으나 곧 웃음기 섞인 목소리가 들렸다.

–후배님이시네.

"…!"

–음… 반응을 보니 나를 아는 게 맞는 것 같은데, 무슨 수로 두 몸을 쓰고 있어요?

눈치는 빨라서 더 짜증 나는군. 아무리 그래도 이런 비상식적인 상황을 바로 추리할 만큼인가 싶다만… 먼저 질문부터.

"무슨 수로 이 연락처 알았냐."

–VTIC 사인회에 왔었잖아요.

"사인회를 수천 번은 했을 텐데 말도 안 되는 핑계 대지 말고."

광고 모델 사인회라고 해도 한두 번 한 것도 아닐 텐데, 1년도 더 전에 이름도 안 대고 사인 받은 놈을 무슨 수로 구분해 냈다는 말이냐. 그러나 목소리는 태연했다.

–음, 상당히 인상적이었거든요. 게다가 이름을 두 번이나 바꿔서 닉네임으로 만드는 사람도 흔치 않아서.

"뭐?"

놈은 당시 상황을 꽤 구체적으로 기억해 설명했다. 자동으로 머릿속에 공명의 어투로 해당 문구가 재구성되어 재생된다.

'박문… 아니, 류건우……. 아, 죄송해요. 그냥 큰달로 부탁드립니다!'

–후배님의 두 이름을 다 말했는데 모르는 게 더 이상하지 않나요. 후배님한테 인상착의를 듣고 바로 떠올랐죠.

"……."

–일부러 알려준 줄 알았는데… 아니었구나?

이 망할… 나는 쌍욕을 참으며 묵묵히 분노를 견뎠다. 아무것도 모르던 '박문대'에게 욕해봤자 별 의미가 없다는 걸 알았기 때문이다. 애초에, 근본적으로 이 자리에 없으니까 결국 같은 물음으로 돌아온다.

'대체 이놈 어디로 갔냐.'

그래도 하나는 말해둬야겠군.

"그거 나 아니다."

–닉네임까지 큰달이었는데 그런 변명은 재밌네요.

"아니라니까."

나는 지근거리는 머리를 눌렀다.

"그건… 진짜 박문대니까. 내가 아니라."

–…….

전화 너머의 청려는 한동안 뜸을 들인 후에 입을 열었다.

–아무래도 자세한 대화가 필요할 것 같은데.

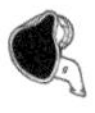

한 시간 반 후.

나는 서울 외곽의 주택형 카페에서 개를 데리고 있는 놈과 대면했다. 지난번에 놈과 만났던 곳과 장소도 똑같고 개까지 대동하니 지극히 유사한 상황이다.

'본인이 맞는지 한 번 더 시험해 보는 건가.'

대가리를 끈질기게 굴리는군. 나는 맞은편에 앉으며 말했다.

"여기 자주 오나 보지."

"시간이 나면 가끔은요."

청려는 공을 물고 있는 개를 쓰다듬으며 어깨를 으쓱했다. 의심하는 기색은 없었다.

나는 한숨을 참았다. 이 새끼랑 또 독대를 하다니 좀 회의감이 들긴 하다만… 특수상황을 겪어본 놈의 뇌세포다. 없는 것보단 낫겠지. 그 와중에 놈은 내 꼴을 살피더니 고개를 끄덕인다.

"뭐라고 해야 하나… 성격과 어울리는 외양이네요."

욕하는 것 같은데 거기에 넘어가서 화낼 시간도 자원도 없으니 생략하겠다. 나는 고개를 까닥거렸고, 놈은 질문을 바꿨다.

"그리고 신기하기도 하고. 몸을 바꿔가며 사는 건가? 그렇다고 하기엔 후배님 활동할 때는 항상 후배님이었던 것 같은데요."

"언제부터 보이스피싱에 취미 붙였는지 나야말로 묻고 싶은데."

"말이 너무한데요. 보이스피싱이라니… 난 거짓말한 적이 없어서."

청려는 테이블 위로 무언가를 올렸다.

"이걸 두고 갔더라고요."

"……!"

그건… 콤팩트 카메라였다. 아직 포장을 뜯지도 않은 새 제품.

그리고 내가 '박문대'에게 했던 조언이 떠오른다.

—관심 있으면 너도 카메라 하나 사서 찍고 다녀 봐도 될 것 같은데. 물론 이 시험이 다 끝나면.

'동기부여용으로 사둔 건가.'

나는 뭐라 말하기 복잡한 기분으로 한숨을 쉬었다. 청려는 빙긋 웃었다.

"그냥 목격담 위주로 추적해 보니까 기숙학원이 나와서 사람 쓴 거예요. 사기는 없어요."

"그리고 전화는 굳이 직접하고?"

"그럼요. 원래 결정적인 건 다른 사람 손 빌리면 안 되거든요."

용의주도한 새끼였다.

내가 여기 오기까지 과정을 생각해도 평가는 변하지 않는다. 만나기로 합의를 보자마자 이놈이 했던 말을 봐라.

—좋아요. 오피스텔 쪽에 차를 보내면 타고 올래요?

무심코 수긍하려다가 그 말이 무슨 뜻인지 알았다.

—…주소를 이미 알고 있었군.

—하하. 인간관계에서 절차가 중요하잖아요.

같은 시간대를 여러 번 반복한 놈답게 가진 패를 잘 쓸 줄 알았다. 그러니 내가 가지고 있는 패를 알려주는 게 썩 달갑진 않다만… 이 판국엔 알려주는 게 득이 더 크긴 하겠군. 나는 골드 2와의 사건에서 보여줬던 놈의 협조성에 약간 더 점수를 주기로 했다.

"들어라."

나는 몸을 뒤로 기댔다.

"난 미션을 활자로 확인할 수 있었어."

"……."

"나한테는 '상태이상'이란 단어로 직접 눈앞에 떴었다. 게임 창처럼."

정적이 흘렀다.

청려는 고개를 옆으로 숙이더니, 곧 아무렇지 않게 대꾸했다.

"그래요?"

별로 놀라진 않은 눈치다. 나는 혀를 찼다.

"티가 났나."

"좀 그렇기도 했지만. 균형을 생각해도 이해가 가능한 말이라서."

"균형?"

"보세요. 재시작하게 해주는 대신 미션… '상태이상'이 붙잖아요. 하나를 주면 하나가 페널티로 따라오는 형태인데."

청려가 테이블에 손가락으로 천천히 선을 그었다.

"후배님은 몸과 직업이 모두 바뀐 거잖아요? 큰 페널티죠. 그 대신 도움말이 주어졌다고 해도 어색하진 않네요."

"……."

그런 시각으로도 볼 수 있군.

청려는 정말 궁금하단 듯이 이어 물었다.

"음… 명문대 출신이던데 기반 포기하기 아깝지 않았어요?"

"공시생이었는데 무슨."

"하하."

청려는 불길할 정도로 부드럽게 물었다.

"후배님은 죽으면 다 끝이라는 것도 그 도움말에서 유추한 건가요?"

"…그래."

"흠, 그것도 페널티로 봐야 하나."

이러다 레벨업 시스템까지 다 털리겠군. 나는 한숨을 참았다. 기왕 이렇게 됐으니 본론에 들어가기 전에 실험해 보고 싶었던 것이나 확인해 봐야겠다.

"일단… 따라 해봐라."

"음?"

"…'상태창'이라고 외쳐."

"……."

놈은 드물게 표정이 없어진 채로 나를 응시했다. 그리고 폭소했다.

"하하하하!"

웃지 마, X발.

남 앞에서 직접 말하니까 혀가 오그라 붙는 느낌이다. 나는 안경을 벗어서 미간을 눌렀다.

"후배님, 상상력이 풍부하신가 봐요."

"닥쳐."

"아니, 나도 해봤어요."

청려는 몸을 앞으로 숙였다.

"온갖 컨텐츠와 미신을 다 해봤죠. 로그아웃이니 코마니…. 음, 그게

9번째였던가, 10번째였던가."

"……."

"내가 그런 걸 몇 번이나 해봤을 거라고 생각해요? 아무것도 안 통해요."

청려가 실실 웃었다.

"아무것도."

"……."

"그래서… 음, 그래도 상태창은 또 외쳐볼까요?"

"됐다."

나는 눈을 눌렀다. 그리고 망설이다가 결국 다음 말을 뱉었다.

"고생했다."

"……."

쓸데없는 짓이었다.

'…'박문대' 공부시키던 게 습관이 됐나.'

이 새끼라면 '말로 하지 말고 곡으로 줄래요?' 같은 소리를 할 놈이…….

"…고마워요."

"……."

"후배님 지금 상태에 대한 설명은 이제 들을 수 있나요?"

"그래."

내 발밑에 앉은 개를 무시하고 드디어 본론에 들어갔다.

나는 '상태이상'이 끝난 후, 내가 자체적으로 미션을 받아 지금까지 진행된 상황을 적당히 생략해 말했다. '미션을 자체적으로 받았다'는 소리에 놈의 눈이 슬쩍 가늘어졌으나, 그래도 설명에 대한 감상부터 튀어나오긴 했다.

별로 쓸모는 없었지만.

“이상한데요.”

“뭐가.”

이상한 게 한두 가지도 아니고, 그렇게 말 던져서 알겠냐.

청려가 테이블을 손가락을 두드렸다.

“보세요. 후배님이든 나든, 재시작했을 때 이전의 시간은 없던 일이 됐죠.”

“그래.”

“그런데 이번에는 둘이 한 시간 선에서 함께 존재하고, 서로 영향을 주잖아요. 아예 종류가 다른데요.”

“그 말은?”

“다른 힘이 작용한 게 아니냐는 거죠. 그 과정에서 타임 패러독스도 발생한 것 같고. 음, 흥미로운데.”

이 새끼가 흥미롭든 말든 그건 당장 결론이 나올 건 아니고, 중요한 건 이 상황의 결과다.

“어쨌든, 시험에 붙는 상태이상이 끝난 뒤에 이 몸으로 깨어나니까 ‘박문대’가 사라졌다는 거지.”

“아, 그 몸에 들어갔다던?”

“그래.”

이게 대체 무슨 지랄인지 힌트라도 긁어야겠거든.

“혹시 재시작하는 중에 누가 뜬금없이 사라졌던 적이 있는지 묻고 싶은데.”

"아니. 언제나 똑같았죠."

놈은 고려할 것도 없다는 듯이 대꾸하더니, 잘 이해가 안 된다는 얼굴로 물었다.

"그런데… 그게 그렇게 중요한가."

뭐?

"들어보니 후배님은 오늘이 지나면 원래대로 돌아갈 것 같거든요. 그 후에 알아서 그 몸에 돌아오지 않을까요?"

"아닐 수도 있지."

"아니어도 편할 것 같은데. 아, 원래 몸이 사라질까 봐 신경 쓰는 건가요?"

"지금…."

이 미친놈이 뭐라고 지껄이는 거지?

"쓸데없이 윤리적 고민할 시간을 줄여줬잖아요. 잘 생각해 봐요. 후배님, 그… '큰달'이, 후배님에게 원래 몸을 돌려달라고 나오면?"

"……."

나는 다 식은 커피를 삼킨 뒤, 잔을 테이블에 올렸다.

"원한다면 생각은 해봐야겠지."

"방법이 없잖아요?"

"시도해 볼 만한 건 있어."

이놈에게 말할 생각은 없다만, 생각해 둔 건 있다.

'미션.'

또 미션을 받아서… '몸 바꾸기'를 보상으로 걸면 된다.

"그리고 박문대는 본인 몸이니까 권리는 있지."

내가 이걸 하냐 안 하냐와는 별개로, 권한만 따지자면 그렇지 않나. 그러나 테이블 맞은편에 앉은 놈은… 심드렁했다.

"뭘 착각하고 있는 것 같은데."

"…!"

"박문대가 가진 모든 건 후배님이 성취한 거예요. 그 몸이든 아니든 상관없이 머리에 든 건 네 정신이고, 네가 만든 거야."

"……."

"근데 뭐 하러 그걸 줄 계획을 세우고 있어요. 더 효과적으로 안 엮일 방법을 떠올리는 게 맞지…."

"계획을 세우는 게 아니라, 옵션을…."

"그런 옵션을 뭐 하러 열어둬."

"……."

"들어요. 지금까지 후배님 행적을 말해볼 테니까."

청려의 손가락이 다시 테이블을 두드리기 시작했다.

"원래 없었던 사람을 자기 몸으로 살려주고, 공부를 도와주고, 지금까지 살아남게 계획을 세워줬죠. 음, 도덕적으로도 충분히 할 만큼 한 것 같은데."

"……."

"죽이자는 게 아니에요. 그냥… 이대로 둬도 괜찮지 않나 해서."

청려가 눈을 마주쳤다.

"안 그래요?"

나는 주먹을 쥐었다.

'박문대'를 그냥 두자고?

그러니까… 놈이 이대로 사라지든 말든, 그냥 내가 대상 타던 시점으로 돌아가서 테스타로 계속 사는 것이다. 이제 굳이 시스템 원리를 알겠답시고 박문대와 더 대화할 필요도 없다. 아는 게 없어 보였으니까.

이 정도면 나는 할 만큼 했으니 신경 끄고 몇 년간 개발해 온 아이돌 삶이나 완전히 손에 넣는 거지.

"……."

부정하진 않겠다. 무자비한 것과 별개로, 들었을 때 그럴싸하게 들리긴 했다. 나도 그 몸으로 살았던 삶도 내 것이라 인정하게 됐으니까.

'하지만….'

나는 심호흡하고, 주먹에서 힘을 뺐다.

"안 그래."

"……."

청려가 테이블을 두드리던 손가락을 멈췄다.

"물론 내가 박문대 몸으로 겪은 건 내 경험이 맞지. 내가 한 거니까."

"그래요. 그럼…."

"그런데 몸은 별개야."

나는 몸을 젖혔다.

"내가 몇 년 썼다고 무조건 내 거라고 볼 순 없지. 박문대의 성장배경은 전부 그놈이 겪어온 거니까."

"……."

"거기서 우연찮게 도움을 꽤 받기도 했고."

'박문대'가 바르게 살지 않았다면 그렇게 극적으로 1위 하긴 힘들었겠지. 그리고 데뷔하고 나서도 금방 과거사로 X 됐을 것이다.

청려가 나를 응시했다.

"원래 몸으로 했으면 더 빨리 성공했을 거란 생각은 해본 적 없어요?"

"해보지 않았는데 장담 못 하지. 그리고 애초에 이건 성취완 별 상관없는 문제기도 하고."

나는 피식 웃었다.

"박문대는 박문대 몸으로 살 권리가 있다는 거야. 주제 흐리지 마라."

"……."

놈은 말없이 계속 이쪽을 쳐다보더니, 곧 조용히 입을 열었다.

"그래서, 그게 원하면 후배님 커리어를 포기하겠다고?"

"포기하겠다고 한 적은 없는데."

"그럼."

나는 팔짱을 꼈다.

"합의를 봐야지."

이제 그놈 상태이상도 끝났으니 놈이 뭘 원하는지 들어보고, 조율해 나갈 생각이다. 내가 그런 건 또… 못 하진 않지.

"그냥 입 닦고 등쳐먹진 않겠다는 거야."

"이해가 안 되네요. 그렇게까지 고려해 줄 필요가 없을 텐데."

나는 어깨를 으쓱했다.

"뭐… 정이라도 들었나 보지."

"……."

근 몇 년 동안 '박문대'가 어떻게 지냈는지를 며칠 내내 연달아 공유하다 보니, 나도 인간인지라 그렇게 됐다는 말이다.

'어떻게 하면 이 새끼가 포기하게 만들까가 아니라 의사를 존중하겠

다고 생각하는 게 좀 웃기긴 한데.'

그 순간, 맞은편에 앉은 놈이 표정 없이 테이블에서 손을 거뒀다.

"정이 든다고요."

"그래."

"그게 네 성취랑 같은 무게일 줄은 몰랐는데."

나는 안경을 도로 썼다.

"양자택일이 아닐 수 있는 걸 자꾸 재보려고 하는데… 단어를 네 개랑 커리어로 바꿔서 생각해 봐라."

"……."

"커리어 생각해서 한쪽을 포기했을 때보다 둘 다 있는 지금이 더 살기 편하지 않냐."

멍!

때맞춰서 테이블 밑의 개가 짖었다. 청려는 반사적으로 손을 내렸다. 개가 코끝을 비비는 게 보였다.

"나도 둘 다 괜찮게 가지는 걸 목표로 상황을 처리해 보겠다는 거야."

"……."

청려는 오묘한 표정으로 입을 다물었다. 계산인지 생각인지 모를 것을 머릿속에서 굴리고 있는 것 같았다.

'의외긴 하군.'

이 새끼, 잘 생각했다고 날 부추겨서 경쟁자 솎아내기나 할 줄 알았는데 말이다. 사고방식은 과하지만 솔직하게 충고했다 이건가.

나는 결국 짧게 덧붙였다.

"어쨌든… 테스타 박문대가 나라고 인정해 준 건 고맙다."

"……."

이 지랄을 다 듣고 나온 첫 평가가 인정이라는 건 나쁜 기분은 아니었다. 놈은 잠깐 멈칫하더니, 곧 쓴웃음을 지었다.

"그래요. 뭐, 그렇다면야."

아니, 취소하겠다. 뭐 대단한 허락이라도 해줬다는 투라 좀 열 받는군. 청려는 자신의 개에게서 손을 뗐다.

"아쉽네요. 만일의 경우엔 도울 마음도 있었거든요."

이 새끼 설마 박문대 본체를 매장해 버리는 걸 도와주려고 했다는 소리는 아니겠지.

'1군 아이돌 커리어가 얼마나 아까운 거냐.'

나는 놈의 쓸데없는 과몰입을 깨우기 위해 화제를 틀었다.

"그럼 내일 이 몸으로 전화나 한 통 주던가."

"내일?"

"오늘이 지나면 이 몸에 누가 있는지 확인해야 할 것 같아서."

"음."

"쓸데없는 짓은 말고."

혹시 모를 사태를 방지하기 위해, '박문대'에게 이 전화로 걸려오는 목소리를 잘 듣고 기억해서 앞으론 거르라고 쪽지를 남길 생각이었다. 청려는 어깨를 으쓱했다.

"좋아요. 다른 몸으로도 연락할 테니 기다려요."

"그건 필요 없……."

잠깐. 나는 11월 어느 날에 이놈에게 뜬금없이 걸려왔던 전화를 떠올렸다.

—음… 혹시 나한테 할 말 없나 해서.

그리고 다음 말.

—아직인가.

“…….”

기억을 돌려 날짜를 맞춰보니, 오늘이 바로 그 전날이다.

‘그랬군.’

이제 알겠다. 이 새끼 그때 이 상황을 아는 상태로 나와 연락한 것이다. 그런데 언급 한 번 안 하고 대상 탈 때까지 입 싹 닦았단 말이군…. 도움이 되는 건지 안 되는 건지 하여간 종잡을 수 없는 새끼다. 나는 혀를 차며 몸을 일으켰다.

“가게요?”

“그래.”

할 이야기도 끝났고, 딱히 건진 케이스도 없으니 박문대의 흔적을 물리적으로라도 더 찾아볼 생각이었다.

“음, 잘 가요. 내일 연락할 테니까.”

그 연락을 이미 내가 받았다는 건 좀 특이한 기분이긴 했다.

“그래.”

나는 그렇게 청려와 대담을 끝내고 오피스텔로 돌아왔다.

도착하는 즉시 곧바로 수색을 시작했다.

'뭐 없나.'

별 흔적은 나오지 않았다. 기숙학원에 처박혀 지냈는지 오피스텔엔 생활감이 크지 않았다. 다만 침실 하나만은 곳곳에 취미용 물건이 들어차 있었을 뿐이다.

테스타의 앨범과 MD들. 매번 놈과 떠들던 터라 굳이 열어볼 타이밍도 없었던 각종 서랍장 안에 잘 보관되어 있었다.

'콘서트도 또 왔었냐.'

심지어 올해 초에 했던 월드투어의 MD까지 찾았다.

"알차게 잘 지냈나 본데."

나는 피식 웃고는 그것들을 도로 정리했다. 그래도 이놈 수험생활에 스트레스 해소용이 됐다는 게 썩 나쁜 기분은 아니었다.

하지만 상황은 여전히 그대로였다. '박문대'의 행방은 여전히 오리무중이고, 그나마 확인할 수 있는 건 스마트폰 속 달력의 표기뿐이었다.

–형 만나는 날!

"……."

그 외에는 특별히 일정도 없고 로그인된 SNS 계정도 없다. 테스타를 찾아본 것 외에는 정말 공부만 하고 산 것 같다. 혹시 내가 놈의 상태창을 볼 수도 있지 않나 싶어서 몇 번 시도해 봤으나, 뜨는 건 없었다. 오로지 내 '보상 수령 중'뿐이다.

"후."

일단 여기까진가.

결국 나는 자정에 가까운 시간, 소파에 앉아서 쪽지나 갈겨쓰기 시작했다.

—들어와 보니 네가 없어서 글로 남겨둔다. 우선 합격 축하하고, 고생했다.

…….

청려 전화는 녹음 설정해 놨으니 목소리만 숙지한 뒤 만나거나 추가 정보는 흘리지 말라는 것부터, 12월에 내게 연락할 방법까지 다시 한 번 쭉 정리했다.

그러자 곧… 자정이 되었다.

댕—

나는 소파에 누워 있다. 구석에서 작은 종소리가 들린다.

'시계를 바꿨군.'

'저것도 콘서트 MD였던 것 같은데' 같은 짧은 생각을 끝으로, 또다시 무조건적인 잠이 밀려온다.

곧 감각과 생각이 사라졌다. 이 며칠간 늘 그랬듯이.

댕—

그런데 종소리가 울린다.

'잠깐.'

그리고 내가 하고 있는 것은 인지와 생각이다.

'돌아오고 있다.'

뭔지는 모르겠지만 잠에 완전히 빠져들려다가 방해를 받은 것 같은….

"형!"

"…!"

나는 몸을 일으켰다.

여전히 오피스텔 안이었다. 그러나 낯선 것이 하나 있었다.

"진짜 반가워요, 형…!"

내가 누워 있는 소파 앞 바닥에 묘한 생김새의 소년이 앉아 있었다. 묘하게 날 닮은 것도 같은데, 완전히 똑같지는 않은….

"박문대."

이름이 불리자, 놈은 어색하게 웃었다.

"네… 그 이름으로 불려도 되는지는 잘 모르겠지만요."

왜 그런 말을 하는지는 짐작할 수 있었다. 저놈은 박문대 틀에 류건우를 일부 섞어서 20대 초반에 고정시켜 놓은 것 같은 꼴을 하고 있었다.

'설마 저걸 새 몸으로 받았냐.'

잠 탓인지 두통이 밀려온다. 나는 관자놀이를 누르며 소파에서 일어났다.

"그래도 네 이름은 그게 맞는데."

"그… 형도 그 이름 쓰잖아요. 저도 형 이름을 썼으니까…… 아, 그럼 일단 '큰달'로 불러주세요!"

게임 정모에서나 나올 법한 호칭 같다만, 마음대로 해라. 나는 고개를 끄덕이며 본론으로 바로 들어갔다.

"지금 상황이 어떻게 된 거지."

돌발 사태인데, 이상하도록 태연한 것 같아서 말이다.

눈앞의 놈이 약간 긴장한 얼굴로 베란다의 블라인드를 향했다. 그리고 버튼을 조작했다.

"아, 우선… 이걸 봐주세요."

위잉.

블라인드가 열리고, 보이는 것은….

"…!"

창밖에서는 석양이 지고 있었다. 그러나 일반적인 색감은 아니다, 황금빛과 자줏빛, 붉은 햇살이 어지러이 부딪히고, 어딘가 오르골 소리가 들리는 것 같은 그 느낌.

내가 아는 것이었다.

"〈마법소녀〉 티저에 나오는 장면인데, 저랑 형 모두 굉장히 인상 깊었나 봐요. 이게 구현됐더라고요."

"…구현?"

"네."

놈은 어색하게 웃었다.

"저… 여긴 심상 세계래요."

"……!"

"그러니까, 실제가 아니라 우리 머릿속에서만 이루어지는, 그…."

"뭔지 아니까 그만해라."

"넵."

그 혼수상태일 때 꿨던 백일몽이랑 비슷한 상태로 이해하면 되겠지. 그리고 나는 왜 저놈이 저 꼴을 하고 있는지도 깨달았다. '류건우'로 지내면서 자아 인식이 섞였나 보다.

'별 경험을 다 해보는군.'

나는 한숨을 참았다. 놈은 어색하게 웃었다.

"형은 정말 뭐든지 다 아세요…."

모르는 게 많아서 돌아버릴 것 같으니까 그런 말은 됐다.

"그럴 리가. 그보다 넌 이 상황에 익숙한 것 같은데."

"……."

"혹시 오늘… 그러니까, 어제 계속 여기 있었냐?"

원래 박문대, '큰달'은 바닥에 조심스럽게 앉았다. 그리고 진지하게 대답했다.

"네."

역시.

"그리고 어제만 그랬던 건 아니에요."

"뭐?"

"형, 제가… 상태이상을 해결하면서 '동기화 수락'을 눌러왔잖아요."

기억난다. 매번 '누적 완료'만 떠서 사람 찝찝하게 만들던 그것.

"그게 알고 보니까, 제가 형이랑 같이 있었던 시간과 동기화되는 거더라고요."

"나랑 같이?"

"네."

"난 그런 기억이 없는데."
"다른 모습이었거든요."
큰달은 긴장한 얼굴로 손바닥을 허벅지에 문질렀다. 그리고 조용히 말했다.
뜬금없는 화제를 불쑥.
"형, 그, 먼저 사과를 드리고 싶어요."
"뭘."
"형이 그렇게 고생하시게 된 건… 사실 제 탓이에요."
"……."
"그… 형이 혼수상태에 빠졌을 때, 제가 엉뚱한 생각을 했어요."
놈은 천천히 당시의 상황을 설명하기 시작했다.
"형이 다신 못 깨어날 수도 있다고 했거든요. 그래서 제가… 형 집을 정리했는데. 그때, 알았거든요."
그 말에 따라서, 놈이 겪었던 당시의 생각이 직접적으로 공명처럼 내 머릿속에 떠오르기 시작했다.

—이거….

내가 쓰던 카메라.
거기서 굳이 지우지 않은 데이터 중엔, 내가 'gun1234' 계정으로 업로드했던 것도 있었다. 그리고 집을 정리하던 이놈은 그걸 단번에 알아봤던 모양이다.
그 정신적 타격이 아주 결정적이었다.

—어, 어떡해….

"그때… 제가 너무 상심했나 봐요. 형이 그때부터 지금까지 저를 도와주신 거나 다름없는데, 제가 도울 수 있는 건 아무것도 없고, 형은 곧 돌아가실 것 같아서…."

"……."

"그래서 짐 정리하고 돌아가다가, 실수로 쓰레기를 든 채로 외곽 계단 난간에 기댔어요. 아무 생각 없이…."

워낙 싸구려 원룸 건물이라, 담배 피우러 나올 때면 난간이 위태로워 보인다고 생각은 했다.

"그런데, 그 난간이 무게를 못 이기고 쓰러져서…."

그리고 하필 이놈이 가장 정신없을 때, 그게 박살 난 것이다.

—핑!

최악의 타이밍으로.

"사실 지금까지는 그냥 적당히 다리나 부러지지 않았을까 했는데…… 걱정하실까 봐 이야기하지 않았거든요. 근데 아마… 아마 저는 그때 죽기 직전이었던 것 같아요."

혀를 깨물 뻔했다. 그러나 놈의 이야기는 끝나지 않았다.

"그래서 시스템이 착각했나 봐요."

"착각?"

"이 시스템은 죽기 바로 직전에 했던 생각을 바탕으로 소원을 들어주잖아요."

큰달은 침을 삼켰다.

"그런데… 저는 형이 멀쩡히 살아서 행복하게 오래 살길 바랐는데, 마침 그때 형도 저처럼 죽기 직전의 혼수상태여서… 오류가 발생했어요. 대상을 착각한 거죠."

"…!"

"저 대신 형이 과거로 돌아가서 제 몸으로 살게 된 거예요."

―윽….

나는 내가 더러운 모텔 방에서 깨어나는 장면을 떠올렸다.

하지만 그 장면의 시점은… 나였다.

"저는, 그 과정에서 시스템에 융합됐던 것 같은데… 그래도 조금 자아가 남아 있었나 봐요. 뭔가를 바로 잡아야겠다는 행동양식 같은 게요."

그리고 나는 깨달았다. 이놈은 '시스템'이라는 단어를 자연스럽게 계속 사용하고 있었다. …나 혼자 정의 내린, 아무한테도 설명한 적 없던 단어의 용법 그대로.

나는 간신히 입을 뗐다.

"…상태창."

놈이 고개를 끄덕인다.

"맞아요."

"……."

"그러니까 형, 제가 바로… 형의 상태창이었어요."

확답을 듣는 순간, 머릿속에서 지금까지 상태창과 관련된 의문들이 플래시백처럼 지나간다.

'…'박문대'가 상태창.'

그리고 내가 결론을 내리기 전. 본래의 박문대, '큰달'은 상태창으로서 겪은 일들을 되짚듯이 이야기하기 시작했다.

"처음에는 전혀 의식이 없었어요. 하지만… 형이 상태창을 외치는데, 갑자기 불쑥 의식이 떠오르더라구요."

–겜 하느라 접습니다. ㅅㄱ

내가 직캠을 올리던 위튜브 계정인 'gun1234'를 접을 때 올렸던 마지막 말.

"형은 게임을 좋아하시니까, 도움이 될 것 같았거든요…."

"……."

"어쩌면 제가 사람이었을 때 마지막으로 겪었던 충격이요, 그 계정이 형이라는 걸 깨달았던 거여서 그랬던 걸지도 모르겠지만요."

나는 가까스로 입을 열었다.

"그럼 레벨업이나 특성 뽑기도?"

"네. 제가 해본 게 모바일 게임뿐이어서… 아마 그나마 그럴싸하게 나오는 게 그것뿐이었던 것 같아요. 죄송해요."

죄송할 일이 아니었다. 내가 얻은 특전, 나 홀로 가지고 있던 상태창은… 청려의 생각처럼 밸런스 때문에 튀어나온 게 아니었다.

순 이 녀석이 한 일인 것이다.

"그 후로는 다시 시스템과 동화되어서… 그냥, 시스템이 하려는 것들을 보기 좋게 보여 드리는 역할만 주로 했는데요."

나는 놈의 말을 끊었다.

"아니, 고맙다."

"…! 그, 그… 아니에요…."

맞은편에 앉은 놈이 어쩔 줄 몰라 하더니 고개를 푹 숙였다.

"저, 사실 여기서부터 이상한 일이 생기거든요."

이상한 일?

"형 몸으로 공무원 시험을 준비한 제가, 상태창으로 살았던 저와 동기화됐다고 말씀드렸잖아요."

"그래."

"그게… 상태창인 제가, 공무원 시험을 준비한 저한테 역으로 영향을 받기도 한 것 같아요."

"…!"

"그래서… 상태창일 때도 앞으로 형에게 무슨 일이 생길지 어렴풋이 알았어요. 《아주사》부터 형 활동을 다 봤으니까."

"……."

그랬군.

나는 내가 원하는 것뿐만 아니라, 미래를 예측이라도 한 것처럼 그때그때 필요한 특성을 주던 상태창의 뽑기를 떠올렸다. 그건 미래를 예측한 게 아니라, 정말 미래를 살다 온 놈이 섞여서 그랬던 것이다. 나는 이마를 눌렀다.

‘시작과 끝이 없어.’

내가 상태이상을 다 클리어한 뒤에 미션으로 ‘박문대와의 대화’를 걸지 않았다면, 공무원을 준비하던 이놈은 없었을 것이다. 그런데 공무원을 준비하던 이놈이 있어야 내가 상태창의 예측 샷으로 상태이상을 클리어할 수 있단 거지.

“원인과 결과가 막 섞여 있죠? 하하… 저도 좀 혼란스러워요.”

“그러게.”

과거로 돌아와도 시간이 리셋되지 않고 그대로 공존하다 보니, 앞뒤 순서가 없다. 마치 내가 이놈 공시를 도와주면서도 중간중간 테스타의 활동에 개입했던 것처럼 말이다.

“흠.”

그 와중에 큰달은 조심스럽게 다시 입을 열었다.

“음, 그래서… 상태창이던 제 자아가 제대로 깨어난 건, 형의 교통사고가 얼마 남지 않은 걸 깨달았을 때였어요.”

“…!”

나는 순간, ‘20만 관객 동원 상태이상’을 클리어하고 보상으로 받았던 특이한 선택지를 기억해 냈다.

[선택지]

: ‘진실’ 확인 ☜ Click!

: ‘코인’ 획득 ☜ Click!

※ 중복 선택 불가

"……코인."

큰달이 희미하게 웃었다.

"맞아요. 그때 선택지는 시스템이 아니라 제가 한 거였어요."

맙소사.

"그 후에 오류가 난 것도?"

직후에 다음 상태이상이 뜰 때, 온갖 줄이 쳐지며 계속 상태이상이 갱신되던 것.

~~'1위가 아니면 죽음을' 발생!~~

~~'대상이 아니면 죽음을' 발생!~~

~~'공연이 아니면 죽음을' 발생!~~

마치 누군가 해킹이라도 한 것 같다고 생각했었는데, 정확한 예감이었다.

"네… 형이 다행히 코인을 골라주시긴 했지만, 거기서 오류도 생겼거든요."

나는 나도 모르게 입을 열었다.

"진실 확인이 이루어지지 않아서였나."

최종 조건이 클리어가 안 되니 오류가 생긴 것이다.

"…! 맞아요. 그래서 원래는 그걸로 끝이었을 상태이상이 한 번 더 뜬 거예요…."

"……."

"으으흡, 제가 막, 끼어드는 바람에 그렇게 됐던 것 같아요. 그래서 최대한 쉬운 걸로 바꾸거나 취소하려고 했는데… 안 되더라구요."

놈은 민망한 얼굴로 고개를 숙였다. 하지만 사실 그 상태이상의 부담은 온전히 저놈 몫이었다.

"그래서 죽는 대상도 너로 바뀌었던 거지."

–정해진 기간 내로 40만 명 이상의 관객과 만나지 못할 시, '박문대'의 사망

큰달이 고개를 끄덕였다.

"…네. 형은 사실, 그 직전으로 상태이상이 다 끝났던 거니까요. 페널티는 만든 사람이 감당해야 하는 거죠."

나는 덤덤히 중얼거렸다.

"그게 이해가 안 되는데."

"네, 네?"

"내 상태이상 개수가 말이야."

나는 손가락을 접었다.

"결국 내가 기억하지 못할 뿐이지, 나는 몇 년 뒤까지 더 살다가 돌아온 게 맞았잖아."

이놈이 내 유품 정리를 했다던 그… 회사에 취직한 내 미래 말이다. 내가 마지막 진실 확인에서 봤던.

"난 왜 그 기준이 아니라 내 기억을 기준으로 상태이상 개수가 적게 나온 거지."

"그건… 형이 과거로 돌아가기 전에 먼저, 제 소원을 들어주기 위한

사전 작업이 이루어졌기 때문이에요."

저놈의 소원은….

-건우 형이 행복하게 오래오래 살았으면 좋겠다…….

어처구니가 없을 만큼 남 좋을 소원이지만, 그보다 더 어이없는 게 있다.

"내가 살려면 그 기억이 없어야 했다고?"

"네."

맞은편 놈은 얼굴이 좀 창백해진 것 같았지만 단호했다.

"그 몇 년 동안 형 마음이 너무 아파서, 새 몸을 안 받아들일 거라고 시스템이 판단했거든요."

"……."

"그리고 그렇게 삭제된 형의 기억을 기준으로 얼마나 과거로 돌아왔는지를 보니까, 상태이상은 그만큼 적어진 거죠."

말문이 막혔다.

나는 어쩐지 먹먹함에 이를 악물다가, 천천히 대꾸했다.

"너랑 만났던 기억도 없어졌는데."

이놈한테 국밥 사줬던 것부터, 간간이 연락했던 기억도 전혀 없다.

"그것도 마찬가지로요. 아는 사람 몸에 들어오면… 형이 이상 반응을 보일 거라고 생각했나 봐요."

미치겠군.

'진짜 소원 하난 철저히 들어줄 수 있게 세팅했는데.'

남 기억을 날려 버리는 게 전혀 인격적으로 보이는 방법은 아니며 무슨 AI가 할 법한 판단이긴 했다만. 그러고 보니 저절로 연결되어 떠오르는 내 특수성이 있다.

"설마 진실 확인도?"

나에게만 주어지던, 상태이상 클리어 보상.

"네."

맞은편의 놈이 눈을 질끈 감았다.

"시스템이 분석했을 때, 형이 본인의 트라우마를 직접 봐야 극복할 수 있다고 판단한 것… 같아요."

미친 새끼 아닌가.

"그래서 기왕 생긴 상태창을 이용해서 그걸 수행한 거예요."

"상태창을 시스템이 이용했다고?"

"네. 그 시점부터, 저만 시스템을 이용한 게 아니라 시스템도 절 이용하기 시작했거든요. …서로 영향을 주게 된 거죠."

"……."

나는 갑자기, 맞은편의 놈을 유심히 보았다. 심상 세계에 앉아 있는 큰달은 '박문대'의 바탕에 '류건우'를 섞어놓은 모습이었으나, 다시 보니 어딘가… 위화감이 들었다.

틱.

그 순간, 지직거리는 것 같은 노이즈가 놈의 윤곽을 따라 튀었다.

'망할.'

"사실 지금도 좀 헷갈려요. 시스템과 좀 섞인 것 같기도 하구요."

이상한 상황이었다. 나는 눈살을 찌푸렸다.

"시스템은 다른 놈한테로 이동했을 텐데."
골드 2, 권희승 말이다.
"넌 계속 상태창으로 남아 있었어. 그런데 아직도 섞여 있다고?"
"음… 형이 상태이상을 끝내갈수록 제 자아는 점점 또렷해졌거든요. 그러니까 시스템이 이동할 때 자체적으로 남을 수 있었어요."
놈은 자신의 손을 쥐었다 폈다.
"그런데… 전과 비슷한 능력을 일부나마 쓸 수 있더라구요."
나는 자동으로, 내가 마지막으로 남은 특성 뽑기로 뽑은 것을 떠올렸다.

[특성 : '미션 체질(S)' 획득!]

상태이상과 비슷한 형태로 보상과 페널티를 거래하는 능력.
"미션 체질을 준 건 너였겠고."
"…네."
그렇다면, 결국 이놈은 본인이 본인을 살린 셈이다.
'흠.'
잠깐 유쾌해질 뻔했군.
"그러니까… 아직 좀 연결되어 있는 것 같아요. 서로 관여는 할 수 없지만요."
"그래."
이건… 어딘가 써먹을 수도 있겠다. 나는 고개를 끄덕이고 자세를 풀었다.

"휴……."

맞은편의 놈이 큰일이라도 처리한 것처럼 작게 한숨을 쉬었다.

'할 말 다했다 이건가.'

나는 피식 웃었다. 그럼 내가 떠들 차례였다.

"이야기 잘 들었다. 궁금했던 게 다 풀렸어."

"넵!"

여기서부터가 본론이다. 나는 표정을 지우고 입을 다시 열었다.

"그리고… 살려줘서 고맙다."

"네…?"

"덕분에 잘 살았어."

나는 내가 '박문대'의 몸으로 겪었던 몇 년간의 일들을 떠올렸다. 별지랄 맞은 일도 많았지만, 돌이켜서 생각해 보면…… 항상 엔딩은 좋았지. 그 모든 경험이 생생히 생각이 났다.

그러니까… 이 말을 내가 입 밖으로 하게 될 줄이야.

"아이돌 재밌더라."

다시 하라고 해도 할 수 있었다. 물론….

"나도 내가 아이돌 하고 싶었을 줄은 몰랐지만, 아마도 그랬나 봐."

"……."

그러자 갑자기 앞 놈이 눈물을 글썽이기 시작했다.

"…??"

너 뭐 하냐?

"죄, 죄송해요. 진짜 감동적이네요…. 형 콘서트에서도 그 말 꼭 해주시면 좋겠고…."

"……."

어처구니가 없었지만, 나는 그냥 웃고 말았다. 기분이 나쁘지 않았다. 그리고 농담처럼 이야기했다.

"네 공무원 시험도 의외긴 했는데."

그런 직업을 가지고 싶었던 건가?

"…!"

그 순간, 놈이 지레 찔리는 표정을 짓는다.

뭐냐.

"음, 형, 그, 그건요."

"왜."

"그건 사실… 그냥 형 생각나서 상태창인 제가 대충 정한 것 같은데요."

"……."

차라리 9급을 하지 새끼야.

결국 붙었으니 뭐라고 할 순 없겠다만, 왜 스스로를 지옥 구덩이에 밀어 넣은 건지 알 수가 없다. '공무원 시험을 잘 몰랐다'며 변명처럼 몇 마디 중얼거린 놈은 얼른 본론으로 돌아왔다.

"거기서 형이 정말 많이 도와주셨잖아요. 솔직히 미션부터 해서 형이 몇 번이나 제 목숨을 구해주신 거거든요…."

"그럼 서로 도와줬다고 치지."

"네……."

대화에서 슬슬 긴장이 풀리고 생각할 시간이 생기기 시작한다. 그리고 그런 심경을 대변이라도 하는 것처럼 창밖은 어느새 석양이 끝나고 별이 한둘 보인다.

그 순간, 늘어지던 놈이 벌떡 일어났다.

"헉! 시간이 거의 다 됐는데요??"

"시간?"

심상 세계라면서 그런 것도 따지냐.

"네! 형이 그… 시험 붙은 형 몸을 떠나시기 직전에 잠깐, 제가 꼼수를 쓴 거여서요…."

그러고 보니 그게 가장 중요하다. 앞으로 이놈의 거처.

"그럼 앞으로 넌 어떻게 되는데."

"그… 상태창으로 돌아갈 수도 있어요!"

말도 안 되는 소리를 하고 있다.

"원래 네 몸을 쓰고 싶다는 생각은 해본 적 없냐."

"어… 저, 솔직히 말씀드리자면, 상태창으로 지냈던 기간이 길어서 그런지 별로 제 몸 같지가 않아서요…. 안 끌리는데요."

"……그러냐."

나한테 이득인 상황이긴 한데 어쩐지 입이 쓰다…고 생각할 순간, 추가 설명이 붙는다.

"그리고 제 몸으로 돌아가면 테스타가 해체되잖아요. 안 돼요, 진짜… 어떻게 왔는데."

"……."

그걸 네가 왜 신경 쓰고 있어. 상태창으로 오래 지내서 과몰입한 건지, 수험생활에 위로가 돼서 과몰입한 건진 모르겠다만 이건 아닌 것 같다.

"네가 할 수도 있잖아. 몸이 그대로니까 스탯도 그대로일 것 같은데."

백일몽에선 내가 '류건우'의 몸으로 쓰긴 했지만, 그건 어디까지나 현실이 아니었으니까.

그러나 맞은편의 놈은 씩 웃었다.

"저, 형. 거기에 대해서 하고 싶었던 말이 있었는데…."

"…?"

"맨 처음부터 있던 특성 기억나세요? 특성 뽑기가 나오기도 전에요."

특성 뽑기로 뽑기 전부터 있던….

"잠재력 무한?"

"네!"

그래. 모든 스탯을 한계치까지 성장시킬 수 있던 말도 안 되는 사기 특성….

"그건 원래 형 거예요."

"…!"

뭐?

"그러니까 형이 뽑은 특성들, 올린 스탯들… 다 원래 형이 가지고 있던 소질들이 드러난 것뿐이에요."

"……."

"형이 이룬 것 중에 원래 형이 못 가질 건 없었던 거예요."

큰달은 시원하게 고개를 끄덕였다.

"그걸 꼭 알아주셨으면 좋겠어요."

"……."

나는 뒤통수를 한 대 얻어맞은 것처럼, 멍하니 놈을 쳐다보았다.

'내 거라고.'

천천히, 묘한 고양감이 치고 올라온다. 그것의 이름은…… 충족감이었다.

목소리가 이어진다.

"그러니까 멋진 활동 보여주세요."

나는 반사적으로 고개를 끄덕였다. 머리를 채우는 안정감 때문에 머리가 돌아가지 않았다. 맞은편의 놈이 웅얼거렸다.

"저 정말 앞으로도 계속 형이 아이돌 하는 걸 응원하고 싶어요…."

"……!"

그 순간, 나는 정신을 차렸다. 지금은 감상에 빠질 때가 아니라 교통정리를 해야 할 때다. 이놈 거처부터.

'원래 몸에 관심이 없다면….'

"그럼 네가 시험에 붙은 몸은 관심 없냐."

기껏 7급 붙어놓고 버릴 생각은 아니겠지.

"어어어!"

다행히 이번엔 긍정적인 반응이 돌아온다. 4년을 통째로 박았으니 이건 내심 하고 싶긴 했나 보군.

"허어억, 그, 근데 괜찮을까요? 형 몸인데!"

"나도 네 몸 쓰는 마당에 무슨."

여분 몸 뒀다가 국 끓여 먹을 것도 아닌데 뭐 어떤가. 나는 사양을 받지 않겠다는 태도로 놈을 쳐다보았다. 그러자 놈은 좀 시뻘게진 채로 고개를 꾸벅거렸다.

"그럼… 한동안 잘 쓰겠습니다."

한동안?

어딘가 찝찝한 단어 선택에 되물으려는 순간.

"형, 시간이 다 됐어요! 이제 곧 흐를 것 같아요. 얼른 누우세요!"

"아."

나는 놈의 호들갑에 도로 소파에 눕기 위해 몸을 틀었다. 그때였다.

완연히 밤이 된 어두운 창의 반사광이 내 모습을 비췄다.

"…!"

거기서 보이는 나는… 완전한 '류건우'의 모습은 아니었다. 그렇다고 '테스타 박문대'만의 모습이었냐고 묻냐면, 그것도 모르겠다.

둘 모두였다.

그게 어떻게 가능한지는 모르겠다만, 그냥 누군가가 내 어떤 모습을 알고 있든 간에 저게 나라고 알아볼 수 있을 것 같았다. 아직 정제되지 않은 듯 요소요소가 섞인 큰달의 모습과는 달리, 완전히 정착된 견고한 모습이었다.

마치 내가 누군지 이미 확신이라도 하는 것처럼.

'나 참.'

그렇게 빼더니, 결국 둘 다 나라고 생각하고는 있었나 보지. 나는 뭐라 말할 수 없는 기분으로 누우며, 헛웃음을 터뜨렸다.

어쩐지 시원했다.

"저, 형, 기회가 된다면…."

나는 조심스러운 목소리에 확답했다.

"또 보자."

"…! 네!"

그리고 다시금 몰려오는 수면에 눈을 감았다.

이번에야말로, 오감이 완전히 사라지는 암전이었다.

의식과 사고가 사라지는 휴면.

댕—

종소리가 들렸다고 생각한 순간.

"박문대…!"

정신을 차린 나는 내가 단상 위에 서 있다는 것을 깨달았다.

무대 장치와 에어컨의 냄새.

"……하."

테스타가 대상을 받던 그날이었다.

무대 아래 사람들이 웅성거림과 장치의 소음, 응원봉의 흔들리는 불빛들이 오감을 살린다.

나는 돌아왔다.

"……."

누군가 어깨를 잡는다. 고개를 돌리자 큰세진과 주변에 선 얼굴들이 보인다. 이 새끼 웃고는 있는데 손에 힘이 들어갔다. 아까 나를 부른 게 이놈이었나 보다.

'내가 비틀거리기라도 했나 본데.'

〈아주사〉 데뷔했을 때 첫 진실 확인을 보고 쓰러질 뻔했던 것이 떠오른다. 비슷한 상황이었을지 모르겠으나 내가 느끼는 체감 시간의 차이가 워낙 크다. 나는 새삼스럽게 뒤에 서 있는 놈들의 면면을 빠르게 훑었다.

'오랜만이다.'

외곽에 선 류청우부터 배세진까지.

사실 배세진은 며칠 전에도 만나긴 했는데, 그 데뷔 초 놈과는 인상이 달라서 놀라울 지경이다.

'오래 보긴 했지.'

4년째라니. 학생으로 따지자면 다 같은 고등학교를 나와서 대학까지 같이 간 것과 다름없다. 또래인 생판 남 여섯과 자의도 아닌 팀을 짜서 여기까지 왔다. 드문 경험이다.

그런데 상태창이 있는 내 안목으로 직접 골랐어도 이보다 괜찮은 팀을 짤 수 없었을 것 같단 비이성적인 생각이 든단 말이지. ……희한한 일이었다.

나는 동공을 떠는 김래빈을 보고 내심 웃었다.

'네 말대로야.'

—비록 친목을 목적으로 하여 만난 것은 아니지만, 그 안에서 진정한 연대감이 자랄 수 있다고 믿습니다!

여기엔 단순히 성적이 잘 나오니 이대로 계속 해 먹고 싶다는 것 이상의 감상이 있다.

그리고 이 앞에서 흔들리는 응원봉들도 마찬가지다. 나는 뒤에 선 녀석들에게 살짝 고개를 끄덕여 보인 뒤, 앞으로 다시 몸을 돌렸다.

테스타를 응원하는 사람들. 그리고 테스타의 박문대로 이 앞에 서 있는 건 나다.

그 모든 상황을 거쳐서 나온 결론은 여전히 그것이다.

"……."

이거 안 되겠다. 직전에 심상 세계에서 들은 말 때문인지 대가리가 아주 감성 속을 허우적거린다.

'난감한데.'

그때였다. 갑자기 프롬프터에 글이 뜨는 것이 눈에 들어왔다.

[소감 빠르게 부탁드립니다.]

"…!"

그래, 소감.

나는 정신을 차렸다. 당장 할 일이 있다는 게 머리를 현실로 끌어올렸다. 대충 3, 4초는 굳어 있었겠군. 가뜩이나 시상식마다 질질 늘어지는 소감 시간 자르라고 난리인데 말이다.

'그래도 정정당당히 성적으로 받는 첫 대상이니, 이해해 줬으면 좋겠는데.'

나는 피식 웃으며 마이크를 잡았다.

"제가 너무 뜸을 들였죠? 죄송합니다. 떨려서."

관객석에서 작은 웃음이 터져 나온다. 웃길 만한 발언은 아니었던 것 같은데… 뭐, 좋게 받아들였다니 넘어가고.

"테스타로 활동한 순간들을 돌아보면 굉장히 길었던 것 같기도 하고, 바로 어제 데뷔한 것 같기도 합니다."

나는 잠시 숨을 들이켰다가, 다시 말을 이었다.

"아이돌을 지망해 보자고 마음먹었던 그 순간도 그렇습니다."

얼토당토않은 돌연사 협박 때문에 시작하게 된 여정이다.

"솔직히 문외한인 제가 어디까지 할 수 있을지 확신도 기대도 없었습니다. 그냥… 할 수 있다고 하니 프로그램에 나왔던 거죠."

돌연사 협박이 없었으면 할 생각도 안 했을 것이다. 하지만… 나는 정신을 차리기 직전, 내가 큰달에게 했던 말을 떠올렸다.

—나도 내가 아이돌 하고 싶었을 줄은 몰랐지만, 아마도 그랬나 봐.

나는 지금 이 단상 밑에서 시큐리티를 피해 날 찍는 사람의 시각을 아주 구체적으로 상상할 수 있었다. 많이 해봤으니까.

그리고 그때 내 만족감의 원인을 굳이 추적하지 않았다. 그 시각을 벗어나서 무대에서 직접 내려다보는 광경은 상상도 하지 않았기 때문에.

"그런데 이 멤버들을 만나고, 팬분들을 만나서 어느새 테스타가 여기까지 왔네요."

하지만 관객석에서 보는 무대보다 직접 무대에 서 있던 게 더 진실하고 자극적으로 좋다면, 그건… 내가 데이터팔이 짓을 한 게 정확히 대리만족이 맞았다는 거겠지.

그리고 이런 진짜배기 즐거움을 찾아 잘된 게 사실은 내 '잠재력 무한' 덕이라고 생각하니 뽕맛이 더 커질 것 같다면… 착각이다.

'무리수지.'

수많은 변수가 맞아 들어갔다. 그리고 그 변수를 움직인 건 나만이 아니었다.

아이돌은 그룹이니까.

"이 상과 관계없이, 그때 아이돌 도전하길 참 잘했던 것 같습니다. …많이 행복합니다."

이런 낯부끄러운 말이 내 입에서 나올 줄은 몰랐지만, 뭐 대상인데 다들 이해해 주지 않으면 어쩌겠는가.

"멤버들도 그럴 거라고 믿습니다."

나는 옆에 선 선아현에게 어깨동무를 했다.

"…!"

'…얘 기겁한 것 같은데?'

분위기 타서 자연스럽게 받아넘길 줄 알았는데 민망해질 뻔했다. 그래도 싫은 안색은 아니었으니, 나는 주변을 둘러보며 할 말은 했다.

"고마워."

"……."

그러자 이놈들의 얼굴에 울컥하는 것 같은 묘한 기색이 번지기 시작하더니, 자연스럽게 경기 세리머니 같은 것이 일어나기 시작했다.

고생했다는 격려와 성취감.

'맙소사.'

관객석에서 응원봉이 미친 듯이 흔들리고, 환호가 울린다. 나는 서로를 부둥켜안는 7명의 직업인 중 하나가 되는 것을 받아들였다. 그리고 다른 한 명을 생각하기도 했다.

'잘 들어갔냐.'

나는 아마 TV로 보고 있을 놈을 생각하며, 팔 사이에서 마지막 말을 끝마쳤다.

"상 받게 해주셔서 정말 감사합니다."

총체적인 감사의 인사였다.

빨리 소감을 끝내고 자리 비워달라는 목적의 팡파르가 터지고, 우리는 트로피를 든 채 백스테이지로 이동했다. 수상이 끝나자마자 잠깐의 준비시간을 거쳐 바로 우리 무대가 이어진다. 아마 이걸 노리고 첫 번째 대상 배치를 그렇게 해둔 거겠지.

나는 여전히 트로피를 든 채로 이동하며 묵묵히 생각했다.

'다음 시상식 대상은 무조건 양보해야겠군.'

이성이 돌아오자 지나치게 설쳤다는 것을 깨달았기 때문이다.

'말 나왔을 것 같은데, 다음에는 소감 안 해본 놈들에게 따로 준비하게 만들어서….'

하지만 계속 계산할 수는 없었다. 환복 장소에 도착하기도 전에 급한 질문이 들어왔기 때문이다. 우선 큰세진.

"박문대. 너 괜찮아?"

"…?"

"방금 넘어질 뻔했잖아. 혹시 몸 안 좋으면 말해. 진통제라도 놓고 나가자."

그래서 내 어깨를 잡았던 거군. 나는 놈의 행동을 이해했다.

'어느 정도였는지 상황 파악부터 한다.'

"내가 넘어질 뻔했다고?"
"쓰, 쓰러지는 줄 알았어…."
선아현이 시퍼레진 얼굴로 중얼거렸다. 생각보다 거창하게 비틀거린 모양이다.
'이런.'
이 변명이 통하는지 선을 봐야겠다. 나는 우선 한숨을 쉬며 목뒤를 문질렀다.
"미안. 첫 대상이다 보니까…. 무슨 말을 할지 기억도 안 나고, 긴장해서 그런 것 같다."
"…긴장해서 그랬다고?"
"네가…?"
이 새끼들 왜 이렇게 의심이 많냐. 나는 최대한 태연히 대답했다.
"그럼요."
"잠깐 멈춰봐."
"매니저님, 체온계 좀 주세요!"
의심이 폭격처럼 쏟아졌다. 그동안 내 인상이 대충 어땠는지 알 것 같군. 나는 양손을 들었다.
"저 멀쩡한 거 맞습니다. 그냥… 진짜 좋아서 그래요."
"……."
나는 약간 경악까지 하는 것 같은 놈들의 얼굴을 하나하나 둘러보며, 피식 웃었다.
"첫 대상이니까. 저도 감격은 할 줄 아는데요."
"박문대…."

경악이 사라지고, 훈훈함이 감돈다. 다들 첫 대상 뽕이 있을 테니 이건 먹힐 줄 알았다.

"…그래. 그럴 수도 있지."

"뒤늦은 말이지만 정말 멋진 수상 소감이었다고 생각합니다!"

좋아. 마음 약한 놈들은 다 넘어왔군.

'…뭐, 사실 거짓말도 아니었고.'

기분이 좋았던 건 사실이니까. 나는 대상 분위기에 취한 놈들에게 트로피를 넘겼다.

"다음 해도 화이팅합시다."

"으, 으응!"

"Gooood!"

류청우는 팀워크가 흐뭇하다는 얼굴로 이 분위기를 즐기는 것 같더니, 온화하게 말을 마무리했다.

"그래도 체온은 잴 거야."

"……."

마음대로 해라.

나는 의상을 갈아입으며 정상 체온이라는 판결을 받았다. 어처구니없지만 무슨 고비라도 하나 넘긴 것 같다.

"13분 남았습니다~"

하지만 그와 동시에 진짜 문제를 깨달았다.

'이런 망할.'

나는 머리를 굴리다 결국 선아현을 찔렀다.

"아현아."

"으, 으응?"

그리고 조용히 말했다.

"이번에 수정한 안무, 빠르게 한번 확인해 줄 수 있…."

"문대문대 왜, 혹시 갑자기 안무가 기억이 안 나?"

눈치 빠른 새끼.

"……소감 끝나고 긴장이 풀려서, 확인차."

"아~ 그렇구나."

거짓말 아니다.

'며칠 동안 춤은커녕 노래도 안 불러서 그래, 새끼야….'

류건우 몸 들어가기 직전에 딱 일주일 연습한 연말 일회용 수정 안무가 있는데, 그걸 지금 쓸 거란 말이다. 당장 무대에서 제대로 기억이 안 날까 봐 식은땀이 날 지경이다.

"아무튼 확인 좀."

"으응! 바, 바로 하자…!"

다행히 시간이 없어서 그런지 다른 대화 말고 바로 안무 레슨이 진행되었다. 댄스 라인 둘이 붙으니 순식간에 각이 잡히더라.

"여기서 차고, 돌고… 포인으로 발끝을 치고, 넘어가…."

"문대 반 박자 빨랐다 조심!"

"오케이."

"저 안무 제일 잘 알아요. 형 알려줄래요!"

"유진아, 가서 음료수 좀 받아올까?"

그렇게 나는 다른 놈들의 도움을 받아서 3분 만에 안무를 완전히 재숙지했다. 사는 게 혼자가 편했지만, 사람 여럿 있는 그 맛이 나쁘지 않았다.

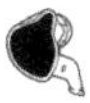

올 연말 처음으로 권위 있는 음악 시상식이 중계되고 있는 지금 이 저녁.

-박문대 방금 쓰러질 뻔한 것 같은데
-관종ㅋㅋ
-스케줄 너무 무리하는 거 아니야? 그 사고 후유증 있는 것 같아ㅠ 조심해야겠다
-걍 감격한 것 같은데 개떼처럼 달려드는 것 좀 보소

인류에 대한 기대가 사라지는 실시간 댓글들을 보며, 이세진과 박문대의 사진을 찍는 직장인, 트윈 홈마는 혀를 찼다. 하지만 이런 건 으레 있는 일이고 그녀로서는 다른 점이 더 신경 쓰였다.

'재가 저렇게까지 감성적인 소감을 하다니.'

박문대는 지금까지 모든 일을 칼같이 합리적으로 처리했는데, 유독 이번에만 벅차오르는 걸 못 참는 것처럼 굴었기 때문이다. 수상 소감 전에 말문을 못 떼고, 비틀거리고, 멤버들을 돌아보고, 사설이 길고… 평소 안 하는 짓이란 짓은 다 했다. 사연이 있는 건지 대상이 그렇게 의미가 깊었던 건지는 모르겠지만….

'뭐… 나쁘진 않았어.'

왜 굳이 이세진이 박문대에게 양보해 준 줄 알겠다며, 트윈 홈마는 고개를 끄덕였다. 박문대가 대중들에게 4차원 같을 정도로 침착한 이미지다 보니, 이렇게 한 번 흔들리는 것도 짜증보단 매력으로 다가올 것이었다.

콘서트에서 우는 것과 비슷한 효과의 장면을 대중에게 보여준 것과 다를 게 없었다. 실제로 박문대의 소감이 끝날 때 즈음에는 댓글 반응도 제법 바뀌었다.

-좀 뭉클하네

-박문대 진짜 오퍼시티로 강아지 겹쳐보임 무슨 일임

-ㅠㅠㅠㅠㅠㅠ

-테스타 지금까지 고생 많았다...

-감격한 거 맞잖아 개새끼들아

게다가 멤버들의 팀에 대한 애정을 확인시켜 주는 것 같은 마지막 행동까지. 그 일련의 흐름이 사람들의 심금을 자극하는 무언가가 있었던 모양이다.

'이런 게 잘 먹히긴 해.'

데뷔 이후 최초로 음방 1위를 한 가수의 리액션 모음 같은 것이 괜히 위튜브를 떠도는 게 아니었다. 사람들은 스타의 추락도 좋아하지만, 또 스타가 감격에 못 이기는 것도 좋아하니까.

그런 사람들의 구미에 딱 맞게 테스타의 감격은 날것으로 다가왔다. 트윈 홈마는 제법 만족스럽게 고개를 끄덕였다.

'잘했다.'

박문대는 딱히 그런 걸 계산한 것도 아니었으며 썩 좋지 않은 반응을 예상하고 있었지만 말이다. 어쨌든 본인 예상과 반대로, 테스타의 대상 소감은 감동적인 수상 소감으로서 성공적으로 회자될 예정이었다.

시상식 시즌은 이제 시작일 뿐이었다. 그리고 이번 시즌에는, 테스타의 분량이 아주 많을 예정이다.

며칠 후.

올해 첫 시상식을 주최한 음원사의 공식 위튜브 채널에 테스타의 무대 클립이 올라왔다. 바로 올해 첫 대상 직후에 했던 그 무대다.

[휘–익!]

콘서트의 무대를 응용한 간이 수중 장치에서 물과 빛이 뿜어져 나오는 가운데 화려한 안무가 뒷받침한다. 콘서트를 본 팬들이 '저거 멋지지? 저것보다 콘서트가 더 좋았어'라고 신나서 영업할 만한 무대를 만들려다 보니 저렇게 됐다.

당연히 실시간 인기 동영상에 랭크되었고.

[(GMA) 테스타(TeSTAR) | Intro + 약속(Promise) Live Performance]

물론 VTIC의 퍼포먼스도 같이 랭크되어 있었다만, 그놈들이 망토를 흔들든 배를 타든 알게 뭐냐. 간만에 했던 내 무대가 워낙 인상 깊어서 뇌 용량을 다 잡아먹었다. 나는 한숨을 참았다.

'개판 안 친 게 다행이었지.'

아슬아슬하게 몸이 기억해 내서 살았다. 하마터면 대상 첫 이후 무대에서 안무 실수할 뻔했다.

'거기서부턴 뇌절이다.'

희한하게도 내 수상 소감 반응이 예상보다 말도 안 되게 좋았다만… 무대까지 그랬다간 '감격해서 그랬다' 같은 변명은 끝이다. 프로의식이 있냐 없냐로 간단 말이다.

그러나 그런 일은 일어나지 않았고, 대신 남은 것은… 쓸데없이 강렬한 클로즈업 몇 컷뿐이었다.

[항해하는 하늘의 섬
우리는 Fly so far!]

"Oh~ 문대 형 Smile~"

"……."

인정한다. 내가 좀 흥분했다.

아까 추천 동영상으로 뜨던 댓글 모음 썸네일부터 가관이었다.

-문댕댕 행복 100%ㅋㅋㅋㅋㅋㅋ

-나 알아 산책 나온 갱얼쥐가 저런 표정이야

-티벳 농도 제로 하이퍼 순수 강아지 상태

나는 입 찢어지게 웃고 있는 내 클로즈업을 보다가, 말없이 화면을 껐다.

"What the…! 저 보고 있어요!"

양치질하다가 튀어나온 놈이 보고 있던 것처럼 말하지 말아라. 나는 화면을 마법소녀 커버 무대로 바꾸었고, 차유진은 도망쳤다.

"형 너무해요!"

억울하면 다음엔 먼저 리모컨을 잡으면 된다. 나는 차유진이 화장실로 돌아간 것을 보고 화면을 끄려다 무심코 마법소녀 공연 뒷배경에서 있는 티홀릭 놈들을 발견했다.

[날아가는 마법의 Heart bullet!]

눈에 초점이 없다. 저놈들의 압도당한 표정이 병맛 분위기 조성에 아주 제격이었지.

'그러고 보니 저놈들도 대상 축하 메시지를 보냈던 것 같은데.'

나는 스마트폰을 열고 내용을 살폈다. 시상 당일 집에 귀가하자마자 스마트폰이 방전될 만큼 메시지와 전화를 관리하던 큰세진 놈만큼은 아니다만, 나도 제법 받긴 했거든.

대상 수상 이후에 영린부터 예능에서 한 번 본 예능인에게까지 별사람에게서 연락이 다 왔으니, 저놈들도 분명 보냈을….

[테스타는 들어라 우리도 대상 트로피가 두당 하나씩 챙길 만큼은 있다 계속 선배로 대우해 주길 바란다]

[제발요]

[물론 실제로 챙기진 못했다 회사 사장실에 있을 것이다]

"……."

이 새끼들 이거 보내겠다고 새로 단체 메시지방까지 팠냐. 게다가 자기들 예능 SNS에 캡처해서 올려도 괜찮냐고 물어보는 개인 메시지까지 와 있다.

'열심히도 산다.'

괜히 전성기 다 끝나도록 예능 루트로 오래 해 먹고 있는 게 아니었다. 나는 '올려도 상관없으나 논란 일어나면 알아서 해라'를 정중히 돌려서 답장을 보냈다. 그 외의 자잘한 것들은 적당히 예의 차리는 선에서 답장해 놓으면 문제없을 것이다.

그때였다.

"아니, 문대문대가 왜 벌칙 무대를… 오, 티홀릭 선배님~"

이런 데에 제일 눈치 빠른 놈이 스마트폰에 대가리를 들이민다.

'이 새끼 점점 프라이버시가 없어지는데.'

하지만 굳이 화면을 가리진 않았다. 티홀릭 상대야 일이나 다름없는 건이니까. 그러나 이놈의 본론은 이게 아니었는지 큰세진은 히죽 웃더니 소파에 앉았다.

"역시 티홀릭 선배님~ 메시지도 한 방이 있네! 음, 그런데 혹시 다른 선배님은 뭐라셔?"

누구냐고 되물을 것도 없군. 첫 번째 올해의 가수상을 아슬아슬하게 놓친 선배님을 말하는 것이다.
VTIC 말이다. 그러니 이놈이 궁금해할 만도 했다. 온갖 상에 출연까지 반응 보내놓고 여기서는 입 다물고 있으면 그게 더 웃기지.
물론 VTIC은 피날레에 '올해의 앨범상'을 수상하며 건재함을 과시하긴 했다. 그리고 아마 이후 시상식 절반 정도에서는 올해의 가수상도 우리를 밀고 받을 것 같다.
'그래도 쭉 하다가 뺏기면 기분 X 같을 텐데.'
더는 일방적으로 친근한 메시지를 보내는 짓은 안 할지도 모른다.
"너한텐 뭐라고 왔는데."
"그냥 축하한다고 하시지 뭐. 근데 우리도 뉘앙스라는 걸 알아볼 수 있잖아, 또~ 그래서 그냥 다른 멤버들한테는 어떻게 보내셨나 해서!"
어련하겠냐.
견제하는 티가 나는지 궁금하단 뜻이다. 나는 피식 웃으며 정리를 위해서 켜놓은 메시지창들을 하나씩 내렸다. 그리고 결국 VTIC 멤버의 메시지를 발견했다.
"…!"
그러나… 그 내용은 축하가 아니었다.

[VTIC 신청려 선배님 : 이제 할 말이 생겼나요?]

아, 이거.
'분위기 파악했네.'

11월부터 이야기하더니 내 대상 때 소감 보고 무슨 감이라도 잡은 것 같았다. 이 새끼, 계속 대기하고 있었군.

그때 옆에서 조용히 중얼거리는 소리가 들린다.

"…할 말?"

그렇군. 내가 청려랑 사이가 더럽게 나쁘다고 알고 있는 입장에서 보면 이건 거의 시비나 다름없이 보인다. 할 말 있냐고 기 싸움 거는 걸로 읽혔을 것 같은데, 물론 사이가 더러웠던 건 사실이다. 그래서 변명은 편하게 나온다.

"아, 대상 문제로 또 싸울 뻔해서."

"뭐??"

"다른 건 아니고 그냥 말싸움인데. 조금 있다가 통화로 판정승 나오겠지."

나는 손을 저었다.

"이 새끼 나한테 못 이겨. 녹음본이 있으니까."

"……문대 대단하네. 대단해."

큰세진이 질린 듯이 고개를 절레절레 흔든다. 그래, 그대로 화제를 돌리면….

"줘봐. 세진 형님이 듣고 누가 이겼는지 말해줄게."

어쭈.

"전화할 때는 예의 차려서 말하니까 걱정 마. 지난번 같은 사건은 안 난다."

채서담의 녹음 사태를 기억한다면 이놈이 이렇게 나오는 것도 무리는 아니지. 그러나 큰세진은 눈을 찌푸렸다.

"누가 그거 걱정한대? 아니, 그것도 걱정은 되는데… 음, 박문대 요새 이상하단 말이야."

"……."

음.

"안무도 잊어버린 것 같고, 파트 부를 때도 묘~ 하게 딴짓하다가 와서 감 도로 잡는 느낌인데…."

설마.

내가 조용히 입을 다문 가운데, 큰세진은 문장을 마무리했다.

"역시 몰래몰래 국정원 임무라도 하고 왔어?"

"……."

상상력 봐라. 나는 어처구니가 없다는 듯이 놈을 쳐다보았으나, 큰세진은 그냥 싱글벙글 웃고 있다.

"매일 연습하고 스케줄 하는데 그럴 시간이 어딨어."

"새벽? 어, 잠깐. 청우 형이 또 아침형 인간이니까 진짜 되겠는데?"

"말도 안 되는 소리 마라."

"문대가 래빈이 새벽에 작곡하는 것도 잡아냈잖아. 혹시~? 집 나가다가 본 거야?"

이 새끼 장난하나.

그러나 입을 개소리를 나불거리면서도, 이놈 얼굴에는 본인이 개소리를 한다는 자각이 있다. 뭐 있는 건 아는데 장난으로 무마해 주겠단 뜻이군.

"……."

나는 한숨을 참으며 말했다.

"말할 수 있게 되면 하겠다고 했잖아."

"…!"

"심각한 건 아니고, 다 잘 해결되고 있어."

친천히 말을 이었다.

"당연하지만 국정원도 아니다. 그냥 개인 사정이야. 테스타엔 문제 없어."

"…나도 알아."

큰세진은 한숨을 쉬더니, 곧 쓴웃음을 지었다.

"미안. 우리 일이 많았잖아. 그래서 혹시 너 곤란한 상황인데 말 못 하나 싶어서 해봤어."

솔직한 진심 같군. 나는 짧게 고민했으나, 곧 똑같이 솔직히 대답했다.

"곤란하면 이야기할게."

"진짜지?"

그래. 큰세진은 내가 고개를 끄덕이자, 곧 쓴웃음을 지웠다. 그리고 내 어깨를 툭 치고 소파에서 일어났다.

"오케이. 믿는다, 문대문대~"

놈은 그렇게 때마침 나온 차유진을 끌고 주방으로 갔다.

"후."

나는 소파에 등을 기댔다.

'이거 약발이 얼마나 갈지 모르겠는데.'

그렇다고 이런 비상식적인 상황을 홧김에 떠들고 믿어달라는 건 미친 짓이다. 괜히 지금까지 입 닫치고 있던 게 아니지.

한 그룹으로 오래 잘 가니까 이런 일도 있군. 뭘 숨기기가 어렵다. 특히 눈치 빠른 놈들에게는 말이다. 심지어 어느 정도는… 그냥 말해 버리고 싶어지는 것도 있고.

'다른 수는 없나.'

이건 차후 대책을 따로 세워보고 당장은 할 일부터 한다. 나는 베란다로 나가서 전화를 걸었다.

[VTIC 신청려 선배님]

꽤 긴 통화음이 간 뒤에야 연결음은 끊겼다. 그리고 잠긴 목소리가 들렸다.

–음… 후배님.

자다 깬 건가? 안 되겠군. 나는 당장 녹음용 대사를 쳤다.

"선배님 주무시는 걸 제가 깨운 건가요. 죄송합니다."

–아뇨. 새벽 스케줄이 있어서… 음.

청려는 짧게 침묵하더니, 곧 멀쩡한 목소리로 대답했다.

–괜찮아요.

몇십 년 짬밥 괜히 먹은 게 아니군. 불규칙한 생활 패턴에 완전히 적응한 모양이다.

–그래서 연락한 이유가?

말투에서 기대가 느껴졌다. 나는 덤덤히 대답했다.

"'할 말'이 생겼습니다. 메시지 주신 대로."

–아, 드디어.

청려의 목소리에 힘이 들어간다.

–어때요? 잘 돌아온 것 같은데.

"멀쩡합니다. 아무 이상 없고. 대상도 잘 받았죠."

–그래요. 첫 대상 축하해요. 지금 순간을 즐겼으면 좋겠네요.

앞으로는 못 즐길 거라는 뜻이군. 나는 '선배님이야말로 부디 그러셨으면 좋겠다' 따위의 반박을 떠올렸다가, 지웠다. 그럴 시간이 아니었다. 대신 바로 본론으로 들어갔다.

"감사합니다. 그러면 그때 전화 주시기로 했던 건은 어떻게 됐는지 여쭤봐도 될까요."

'류건우' 몸 쪽에도 이놈이 확인 전화를 하기로 했었으니까.

–아… 그 사람.

청려가 아무렇지 않게 대답했다.

–그 휴대폰으로 몇 번 연락은 해봤죠. 그런데… 전화기가 꺼져 있다고 매번 그러던데요.

"……."

뭐?

"그럼 근황은?"

–네? 하하. 후배님. 제가 그런 일을 어떻게 알겠어요. 그냥 전화를 안 받는다는 것뿐이에요.

"……."

이 망할….

–바로 다음 날이 출국 스케줄이었거든요. 콘서트 하는데 국내 일을 알아볼 시간이 어디 있겠어요?

"…예."

그래, 합리적인 발언이긴 하군. 하지만 자기 혼자 오피스텔 주소까지 캐낸 놈 입으로 들으니 왠지 당한 것 같단 말이지.

'후.'

나는 관자놀이를 눌렀다. 왜 내가 이 새끼한테 당장 '류건우' 몸의 행방을 알아내려고 했는가.

아직도 원래의 박문대… 그러니까, '큰달'에게는 따로 문자가 오지 않았기 때문이다. 그걸 받겠다고 수신인 제한을 풀어놨더니 온갖 스팸과 스토커성 메시지만 줄줄 쏟아졌을 뿐이다.

'음.'

본인이 연락하고 싶을 때까지 기다려 주는 편이 낫겠다고 생각했다. 막 7급 붙은 상태니 할 일도 많겠지. 그래도 이놈은 당연히 연락을 할 놈이라고 생각했는데… 내가 대상을 받고도 며칠째 연락이 없다.

느낌이 썩 좋지 않았다.

'그때… 그놈이 분명 그렇게 말했지.'

—그럼… 한동안 잘 쓰겠습니다.

왜 기간을 한정 지었지? 물론 나는 놈의 오피스텔 주소를 알고 있었다. 여차하면 찾아가면 그만이다. ……그전에 쓸 만한 방법도 있고.

일단 전화를 끊는다.

"알겠습니다. 그럼 마저 잘 주무시길 바랍니다."

—잠깐만요. 그게 끝인가?

"예?"

이건 또 무슨 소리냐.

―감상 같은 걸 들려줄 줄 알았는데.

…약간 섭섭하다는 투인 것 같은데. 이 새끼가… 섭섭?

"……."

소름 끼치게 안 어울리긴 하다만… 그래, 나름대로… 류건우의 몸일 때 조언을 듣긴 했지. 부정할 순 없겠다. 이놈도 이제 관계자다.

나는 결국 뒷말을 붙였다.

"전화로 할 이야기는 아닌 것 같고, 다음에 시간 맞춰서 보죠."

―음… 그렇네요. 좋아요.

내가 이 새끼랑 한가하게 친목 약속이나 잡을 날이 올 줄은 몰랐군. 나는 떨떠름한 심정으로 통화를 마무리했다.

그러나 화면을 끄지는 않았다. 대신 곧바로 화면을 조작해서, 다시 '문자' 아이콘을 눌렀다. 그리고 새 문자 메시지 작성란을 열었다.

'내가 바보도 아니고.'

당연히 '류건우'의 번호는 대충이라도 외워뒀다. 연락은 내 쪽에서 하면 그만이다. 헷갈리는 번호 두세 개 다 넣고 이놈만 반응하게 내용 쓰면 되겠지.

내가 기억하던 번호를 넣고, '큰달님 왜 연락이 없으세요ㅠ 저 11월에 마지막으로 뵀던….'까지 쓴 순간이었다.

"문대야!"

"…!"

나는 큰세진을 교훈 삼아 일단 스마트폰을 닫았다. 고개를 돌리니 류청우가 복도에서 걸어왔는지 베란다 문밖에서 손을 흔들었다.

"지금 바쁘니? 아니면 잠깐 회사 좀 같이 갈 수 있을까 해서."

평소보다 덜 차분하다. 무슨 급한 소식이라도 있는 것 같은데, 쉬는 시간에 이걸 거절하면 수상해 보이겠군.

"네. 그런데 무슨 일인가요?"

"일단 가면서 이야기해 줄게."

류청우가 베란다 문을 열고 나를 재촉했다. 이것도 드문 일이다.

'진짜 급한가 본데.'

나는 떨떠름하게 외투를 주워 입고 놈을 따라서 현관문을 나섰다. 차에 타면 적던 문자를 계속 적을 생각이었다.

하지만 앞자리에 앉아서 류청우가 내비게이션을 조작하는 걸 본 순간, 뭔가 이상하다는 걸 알았다.

"형."

"응?"

"거기 회사 아니지 않나요."

"아. 잠깐."

차가 출발했다. 류청우가 운전하는 차는 지하 주차장을 벗어나서 단지를 순식간에 빠져나갔다. 그리고 만면에 웃음이 가득한 얼굴로, 류청우는 다시 입을 열었다.

"문대야. 네가 찾아봐 달라고 했던 분 말이야."

"…?"

지금 때마침 그 이야기가 왜 나오는….

"문중에서 찾았다고 연락이 왔어."

"…!"

"류건우 씨 말이야."

뭐?

류청우가 살짝 목소리를 낮췄다.

"7급 공무원이라고 하시더라. 아마 시험공부 하시느라 행적이 묘연했던 것 같아."

"……."

"지금 합격하시고 연락이 닿았나 봐."

갑자기 불길한 예감이 들었다. 나는 가까스로 입을 뗐다.

"설마 지금…."

류청우가 씩 웃었다.

"맞아. 그래서 지금 우리가 그분을 만나러 가는 중이야."

"…!!"

"아무래도 내가 차가 있기도 하고, 직접 뵙고도 싶…… 문대야?"

아… 망할.

졸지에 류청우와 류건우 몸에 든 박문대를 같이 만나게 생겼다.

"문대야, 혹시 많이 놀랐어? 괜찮아?"

"괜찮습니다."

무슨 놈의 일이 순식간에 이 지경이 되는가. 나는 눈꺼풀을 떨지 않기 위해 눌렀다. 그러니까… 류청우가 이제 와서 류건우 행방을 찾았다. 그래, 이거부터.

"좀 놀라긴 했죠. 어떻게 갑자기 연락이 온 건지 궁금한데요."

"그렇지? 나도 그랬어."

아니, 네 이유와 내 이유는 다를 텐데. 하지만 어쨌든 류청우는 씩 웃으며 설명을 이었다.

"큰집 손자 중에 한 분이 서울시 공무원 연수장에서 만나서 연락이 왔대."

"…!"

"문중에서 기억하시는 분들이 많았나 봐."

그건… 단순히 기억한 사람이 많았던 게 아닌 것 같은데 말이다. 전 국가대표 금메달, 현 대상 아이돌, 류청우의 말에 껌벅 죽는 집안 어르신들이 온 사람 채근하며 수소문했다는 거 아니냐.

'그럴 만도 하지.'

타이틀 하나만으로도 국뽕 치사량인데 더블 타이틀이니 눈 뒤집힐 만하지. 그러니 류건우 몸이 사회생활을 시작하자마자 검거해 낸 것이다. 나는 상황과 별개로 논리는 납득했다. 그래서 묵묵히 고개를 끄덕였다.

'근데 이 차를 어떻게 돌리냐.'

저놈이 류건우 몸에 든 박문대와 나 사이의 괴상한 낌새를 눈치채는 날에는 정신병원 예약이다. 나는 맹렬히 머리를 굴렸다. 하다못해 류청우가 그냥 날 류건우 앞에 드랍하고 차 돌려서 나가게 해야 할 텐데….

"미안해. 내가 괜히 신나서 서프라이즈로 했나 봐. 이런 건 마음의 준비가 필요할 수도 있는데 말이야."

알아서 변명을 만들어주는군. 나는 빈색하지 않으려 애쓰며 진중히 대답했다.

"음, 감사하긴 한데, 긴장도 되고 얼떨떨해서 제대로 대화할 수 있을지 좀 걱정은 됩니다. 오늘은 일단 돌아가는 게 어떨까요."

실컷 목숨값 이야기 나올 때 찾아달라고 그 지랄 해놓고 '마음이 바뀜, 안 만나고 싶어짐' 같은 소릴 바로 지껄이는 건 멍청한 짓이지.

'시간 들여서 살살 돌린다.'

그러나 류청우가 걱정스러운 표정으로 입을 열었다.

"그래? 오늘 제외하면 한동안 만날 날은 만들기 힘들 텐데… 시상식 끝나면 투어잖아."

망할.

"음…. 어떻게든 시간을 내봐야겠죠."

류청우는 빙긋 웃었다.

"너무 걱정하지 마. 내가 면허가 있으니까… 잠깐 회사 몰래 태우고 나와주는 정도는 할 수 있을 거야."

"……."

"문대 너 면허 없잖아."

"……그렇죠. 감사합니다."

미치겠다.

'후…….'

이놈이 이미 알아버린 이상 입 싹 닦고 류건우를 따로 만나기도 어렵다. 그렇다고 이놈이 자리까지 만들었는데 거절하고 연락처나 알아내서 내놓으라며 징징대는 건 감정 문제가 될 수도 있다.

'기껏 문중 뒤집어서 찾아줬더니 태세 전환했다고 생각하지.'

차라리 이대로 이 차에 타서 오늘 보는 게 제일 나을지도 모르겠단 생각까지 든다. 나는 이것저것 경우의 수를 따져보았다. 그리고 결론 내렸다.

"많이 긴장되면 오늘은 이만 돌아가고, 내가 회사에 말해서 따로 시간을…."

"아뇨. 가는 동안 잘 진정해 보겠습니다."

"음, 그래."

일 키우지 말자. 회사에 이야기하는 순간 관계자나 기자한테 새어나갈 수도 있고, 그러면 정말 개판 된다.

가뜩이나 박문대 과거사에 관심 있는 인간들이 많은 판이었다. 류건우는 일반인이지만 류청우와 친척이다. 금전 사정이나 가정환경 캐는 놈이 안 나올 거라곤 장담 못 하지.

"……."

그래, X발. 결정했다. 지금 간다. 상황이 이렇게 됐으니, 나는 씩 웃기 위해 애썼다. 여기서 표정이 쓰레기 같으면 더 의심스럽기 때문이다.

"아무튼… 정말 감사합니다. 좀 놀랍고 심장이 뛰네요."

여러 의미로 말이다.

"하하. 알았어. 시간도 좀 있으니까 천천히 가볼게."

나는 류건우와의 만남 전에 이놈을 제거하기 위해 마지막으로 '내려주시고 가셔도 괜찮다'는 투로 중도 탈락을 유도해 보았지만….

"음, 돌아가는 길은 어떻게 하게?"

그대로 입을 다물게 되었다. 회사에 말 들어가는 게 싫다면 매니저를 부를 수도 없는 노릇이다. 콜택시 타면 목격담만 생기겠고.

'어느 쪽이든 그것보단 차라리 류청우가 보안상 낫겠군…….'

포기하자 거짓말처럼 편하다. 할 일이나 하자. 나는 '큰달' 후보 번호

두세 가지를 두고 적던 문자를 지웠다. 혹시 전화 교환할 때 기록이 남은 걸 류청우가 발견하면 안 되니까.

'일단 번호 교환하는 시늉만 하고 빨리 헤어져야겠어.'

시나리오를 몇 가지 짰으나 어쩐지 뒷골이 당기는 게 느낌이 심상치 않았다. 그리고 슬슬 현실적인 의문점도 떠오르고.

"그런데… 그분과 약속이 잡힌 건가요."

"응?"

류청우는 어깨를 으쓱했다.

"나도 연락을 받았어. 같이 연수원 다니는 친척이 '만나고 싶어 하는 사람이 있는데 잠깐 얼굴 좀 볼 수 있냐'고 하니까 오케이하셨다는데?"

뭐라고?

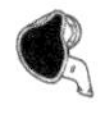

잠시 후, 서울 외곽의 연수원.

막 오늘의 연수가 끝난 사람들이 문에서 쏟아져 나왔다. 발령 문제로 서울만 급하게 연수가 잡힌 탓에 합숙 일정은 없고 출퇴근 일정만 수행하는 중이다… 라는 데 붙지도 못했던 내가 알 바는 아니고.

중요한 건 정말 '류건우'가 그 옆 레스토랑 룸에 나와 있었다는 점이다.

'이 새끼가.'

놀랍다. '널 만나고 싶어 하는 사람이 있다'는 허술한 말에 낚일 리가 없다고 의심할 필요가 없었다. 잘 낚인 게 맞네.

"어, 음, 안녕하세요."

저 반응을 보니 안에 든 게 '큰달'도 맞군. 나는 식은땀을 죽죽 흘릴 것 같은 놈의 말투를 들으며 확신했다.

열 받긴 한데, 안심이 되는 것도 사실이다. 심상 세계에서 본 이후로, 왠지 이놈을 실제로 보면 비슷한 위화감이 느껴질 줄 알았는데 그렇진 않았던 것이다. 도리어 이놈이 직접 류건우의 몸을 움직이는 것을 보는 건 처음이다 보니… 감회가 새롭다.

아마, 동생이 있다면 이런 기분이겠지.

"저 보러 오신 거예요…?"

그래, 새끼야. 대체 사지 멀쩡하면서 연락은 없고 이런 수상쩍은 약속에는 튀어나온 이유 좀 알자. ……라고 말할 수는 없으니, 나는 일단 침착하게 고개를 숙였다.

"안녕하세요. 형."

"예, 예?"

"저 기억하시죠. 형이 도와주셨던 '박문대'입니다."

말 좀 맞춰라. 좀.

큰달은 나와 류청우를 빠르게 보더니, 곧 느낌표라도 머리 위에 띄운 것 같은 꼴로 대답했다.

"아, 아아~ 문대… 구나!"

"…예."

망했다. 이놈은 연기에 재능이 없다.

그러나 류청우는 좀 의아한 기색이면서도, 당황해서 그러는 건가 싶었는지 웃으며 인사부터 박았다.

"저도 문대에게 많이 도움 주신 친척 형님이 계시다고 해서 놀랐습니다. 이렇게 만나주셔서 감사합니다."

아무래도 우리 직업상 여러 가지 곤란한 상황이 생길 수 있다는 점을 고려해서 계속 엉덩이 뭉개고 앉아 있을 것 같다. 사실 이놈이 류건우 친척에 박문대 합숙 동기라 앉아 있어도 딱히 책잡을 점도 없군.

'도리어 내보내다 감정 상할 수도 있겠어.'

아마 본인이 충분히 분위기를 풀었다 싶으면 알아서 자리를 뜰 것이다. 그때까진 별수 없다. 나는 착잡한 심정으로 그 꼴을 보았다.

"감사는요…! 제가 한 게 뭐가 있다고요. 제가 오히려 건우…. 흐, 흠."

그리고 넌 이럴 줄 알았다. 나는 당장 화제를 바꿨다.

"일단 식사부터 하시죠."

"아, 그러자. 건우 형님께선 어떤 걸로… 아, 이렇게 불러도 괜찮을까요?"

"……네."

망했다. 차나 마시고 빨리 나갈 생각이었는데 밥까지 시키고 있군. 코스 요리를 주문하는 류청우를 보자 위가 쓰렸다. 벌써 커버할 길이 까마득했다.

'망할.'

…그리고 한 시간 뒤.

전채를 다 먹고 메인 코스인 북경 오리를 입에 넣을 동안 내가 수습한 큰달의 발언은 다섯 번을 넘기게 된다.

"……."

자체 신기록이다.

'짐작은 했다만.'

이쯤 되면 관성이 생길 지경이다. 사실 큰달이 그렇게 부주의한 것도 아니었다. 류청우가 자꾸 분위기 풀겠다고 대화를 진행하는 통에 한 번씩 무심코 지칭이 잘못 나오는 거지.

가령 박문대와 류건우가 어떻게 만나게 되었는지 설명할 때의 이야기다.

―아, 그때 정말, 밥을 사주면서 처음 보는 사람인데도 많은 조언을….

―형이 해주셨죠. 아직도 잘 기억납니다.

이런 식이다. 아슬아슬했지.

큰달은 자신의 입장과 뒤바뀐 우리의 몸을 최대한 의식해서 말하려 했지만, 4년간 공부만 한 놈이 밥 먹으면서 그러기란 쉽지 않은 일이다. 참고로 직전에 동파육 먹을 때가 제일 끝내줬다.

―그때 건우 형이… 어엇.

호칭을 실수했거든.

거짓말하지 않겠다. 여기서 나도 식은땀이 났다.

―…예. 제가 '건우 형이 많은 도움이 됐다, 감사하다'고 말씀드렸죠.

―…….

솔직히 망한 줄 알았다.
하지만 류청우는 제법 부드럽게 대답했을 뿐이다.

—아, 그렇군요.

그리고 잠시 후, 내게 목소리를 낮춰 속삭였다.
'공부만 오래 하셔서 말씀 너무 많이 하시는 게 좀 힘드신가 보다. 자제할게.'
'…….'
류청우는 차에 이어서 또 한 번 알아서 변명을 만들어준 것이다. 남을 이해하려 노력하는 성실한 인격자다운 면모였다.
'그러게요. 얼른 마무리하죠.'
나는 얼른 그것을 받아먹으며 연명한 것이고.

그리고 마침내 식사류가 오기 직전인 지금.
"저 잠시 통화 좀 하고 오겠습니다."
"네!"
류청우가 자리를 떴다.
탁.
문이 닫히는 순간, 맞은편의 놈이 긴 한숨을 쉬는 게 보였다.
"휴……."
고생했군.
나는 팔짱을 끼고 앞의 놈을 쳐다보았다. 놈은 자신의 실수를 아는지 시선을 아래로 보고 있다.

"……."

"……."

좋아. 주변 인기척은 없다. 나는 팔을 풀며 입을 열고 진정한 본론을 꺼냈다.

"왜 연락 안 했냐."

사지 멀쩡해 보이는데 말이다. 혹시 다른 문제가 생긴 건가 싶어서 계산이 복잡해진다.

그러나 맞은편의 놈은 소스라치게 놀랐다.

"했는데요…! 저 했어요!"

뭐?

"아예 연락이 안 와서 내가 따로 연락하려던 참이었는데 무슨 소리야."

"어어 저는 이게 그 연락인 줄 알고……. 아, 아니. 일단 저는…."

큰달은 대단히 억울하다는 얼굴로 대답했다.

"형 수상하시는 거 보고 바로 문자 했는데요…."

"……."

잠깐. 나는 한번 확인 작업을 거쳤다.

"생방송을 보고 바로?"

"네…. 답장이 없으셔서, 바쁘신가 싶어서 기다렸어요."

야.

"내가… 시상식이 끝나고 연락하랬지."

"네??"

그게 그거 아니냐는 멍한 표정이다. 나는 골치를 누르며 말했다.

"내 번호부에 없는 번호는 전체 차단인데, 시상식에서 일하는 중에는 스마트폰 볼 시간이 없어서 설정을 못 바꾸잖아."

"…! 으허헙."

이놈 문자는 수상과 동시에 온 수많은 다른 문자들처럼 걸러진 것이다. 큰달은 대가리를 박았다.

"죄송합니다…!"

"됐다."

이유까지 상세히 설명하지 않은 내 탓이었다. 나는 한숨을 참았다.

"그리고 모르는 사람이 이런 자리 만들면 더 상세하게 물어보고."

무슨 배짱으로 이런 수상쩍은 말을 수락한 건지 모르겠단 말이지. 맞은편의 놈은 풀 죽은 목소리로 중얼거렸다.

"아니… 저는 이게 형이 저한테 보내는 사인 같은 건 줄 알았거든요."

"사인?"

"007처럼요. 같은 '류'씨라서 이렇게 저렇게 연락하신 게 아닌가 했어요……. 멤버분 중에 류청우 씨도 있으니까……."

"……."

상상력은 진짜 풍부한 놈이다. 그런데 의외로 핵심을 꿰뚫고 있긴 해서 웃기기도 하고. 나는 피식 웃었다.

"그래. 이번에는 맞았지. 앞으로는 조심하라는 뜻이야."

"예…!"

류건우 얼굴로 뿌듯한 표정이 되니 희한한 기분이 들긴 한다. 예상보다도 더 나 같지 않아서 말이다. 안에 든 놈이 누군가에 따라 이렇게 인상이 달라지는 건가.

나는 떨떠름하게 그것을 인정하고 화제를 넘겼다. 가장 급한 주제다.
"그리고 지금 제일 신경 쓸 건 혹시라도 안 들키게 말조심하는 거야."
"으흡. 네…."
본인도 답답했는지 고개를 숙인다.
"사실 이 상황은 류청우한테 내 몸 행방을 알아봐 달라고 부탁한 내 탓도 있어. 그러니까 너무 걱정하진 말고. 계속 커버해 볼 테니까."
다만 대답을 길게 하는 것을 피하며, '연수받느라 피곤하다'는 식으로 답변을 짧게 짧게 끊으라고 설명했다. 놈은 성의 성심껏 고개를 끄덕였다. 잘 숙지한 것 같군.
나는 스스로에게도 과제를 부여했다.
"우리 과거 이야기만 화제로 안 나오게 이제부턴 주제를 잘 다뤄볼게."
맞은편 놈이 눈을 빛냈다.
"아, 그럼 차라리 테스타 이야기를 할까요?"
"그래도 괜찮지."
"흠흠, 그거면 진짜 데뷔 때 이야기부터 쭉 할 수 있어요."
나 참. 약간 긴장이 풀렸는지, 놈은 어깨를 약간 늘어뜨렸다. 나는 평온해진 룸 분위기에서 남은 북경 오리 몇 점을 양보했다.
"먹으면서 천천히 대답해라."
"네!"
하지만 분위기가 진정된 것과 별개로, 데뷔 이야기가 나오니 자연스럽게 연결되는 생각이 있다. 우리 데뷔곡인 〈마법소년〉 티저의 풍경이 베란다 창에 펼쳐진, 그 심상 세계의 경험.
거기서 마음에 걸리던 놈의 발언.

"……."

나는 천천히 입을 열었다.

"너 말인데."

"네!"

"…저번에 그 몸으론 '한동안' 잘 부탁드린다고 했지. 혹시 그 몸에서 금방 나올 생각이야?"

"……."

"그럴 필요 없어."

지금까지 당혹과 기쁨 같은 표정을 잘 드러내던 얼굴이 살짝 경직된다. 대신 약간 덜 인간적으로까지 보이는, 기묘한 표정이 얼굴에 떠오른다. 심상 세계에서 봤던 그 느낌이다. 나는 입을 다물었다.

놈의 답변은 망설임 없이 나왔다.

"필요가 있어요."

뭐?

"근데 형, 제 생각은 아니에요."

"…그럼."

"제가… 사람으로 산 마지막 날짜가 정해져 있잖아요."

이놈이 난간에서 떨어지면서 시스템에 소원을 빈 날.

"그게 내년 여름이에요."

"……."

"그러니까, 제가 이 몸을 쓸 수 있는 날짜는… 내년 여름까지예요."

이런 X발.

나는 주먹을 쥐었다.

'한동안 잘 부탁한다'는 말이 류건우 몸을 오래 안 쓰겠다는 뜻이 아닌가 짐작은 했다. 그러나 어디까지나 형 몸인데 미안하니 어쩌니 하는 윤리적 이야기일 줄 알았지, 당장 내년 여름에 뒈진다는 말이 여기서 왜 나오냐.

그것도 이유로 '내년 여름에 사람인 나는 죽었고 과거로 돌아와서' 같은 설명이 튀어나와? 너만 과거로 돌아왔냐?

"원래 죽었던 놈들 그 시점 넘겨도 다 잘만 살았다는데 무슨 소리야."

"형, 제가 죽는다는 뜻은 아니에요."

놈은 손을 저었다. 그리고 좀 침울하게 대답했다.

"그냥… 제가 사람으로 살았던 날짜가 지나면 계속 사람으로 있기 힘들다는 거죠."

나는 순간 그 말을 해석했다. 그러니까…….

"상태창으로 돌아가는 건가."

"…네."

맞은편의 놈은 고개를 숙였다. 나는 침음을 참으며 물었다.

"왜 그렇게 되는데."

"시스템이 아니라 제가, 그러니까 상태창이 형한테 미션을 주고 보상을 구현해서 그래요."

그래. 내가 새 특성인 '미션 체질'을 이용해 '박문대와의 대화'를 보상으로 받아서 이놈이 구현된 것이긴 하다.

"그게 왜."

"보셨잖아요. 과거로 돌아와도 전에 살던 삶이 없어지는 게 아니라, 그대로 있고 변하지 않아요. 그리고 과거 여행이 끝나면 고스란히 원래 살던 삶을 받는… 그런 거잖아요."

"……."

"저는 그렇게 작동하나 봐요. 그러니까, 마찬가지로 저도 사람 몸으로 사는 이 과거 여행이 끝나면 기존에 살던 삶을 돌려받는 거죠."

놈은 침을 삼켰다.

"상태창으로요."

"잠깐."

나는 손을 들었다.

"그럼 지금 내가 상태창을 부르면, 상태창이 안 뜨는 건가? 넌 여기 있으니까."

"아, 아뇨. 사람인 저는 여기 있고, 시스템 영향을 받은 부분은 거기 그대로 있어요. 뜰 거예요."

"분리된 상태라는 거지."

"네……."

나는 시범 삼아 상태창을 불렀다.

[보상 수령 중]

진짜군.

'그러고 보니 원래 몸으로 돌아와서도 따로 '보상 수령 완료' 팝업 같은 건 안 떴어.'

그렇다면 나는… 아직도 '박문대와의 대화' 보상을 수령 중인 것과 다름없었다. 결국 이놈은 꼼수로 '보상 수령 기간'을 최대한 늘리고 있는데, 그 한계가 내년 여름이라는 것이다.

'후.'

나는 한숨을 참으며, 지금까지 나온 이야기를 머릿속에서 정리했다. 그리고 첫 번째 해결책을 떠올렸다. 전부터 생각했던 것과 비슷한 발상이었다.

"내가 다시 미션을 걸어서 보상으로 지금과 비슷하게 받으면 되잖아."

'미션 체질' 특성이 갑자기 사라지진 않을 것이다. 그럼 이번엔 이놈이 영구적으로 류건우 몸을 쓰는 쪽으로 보상을 걸고 미션을 받으면 그만 아닌가?

그러나 큰달은 고개를 저었다.

"그게… 아마 제가 도로 상태창이 될 쯤이면, 이런 식으로 다시 사람인 저를 분리해서 몸에 들어오긴 힘들 거예요."

"왜."

"시스템과 동화된 부분이 강해지는 게 느껴지거든요. 그게 다른 몸으로 옮겨가서도 무슨 영향을 주나 봐요."

큰달은 침을 삼켰다.

"아마 돌아가면, 완전히 결합될 것 같아요."

"……."

나는 입을 다물었다. 맞은편의 놈은 씩 웃었다.

"근데 형, 저 정말 괜찮아요! 아직 몇 달이나 남았는데요. 그리고 상태창이 되더라도 형과 대화할 수 있게 노력……."

"아니, 조용히 해봐."

"네…?"

나는 턱을 문지르다가, 결론을 내렸다. 명쾌했다.

"시스템을 없애자."

"…네? 잠깐만요."

"시스템이 없어지면 너랑 동화했다는 시스템 일부도 사라질 것 같은데."

"그럴 수도 있지만… 아니, 그것도 추측……."

"애초에 없애려고 했어. 이 시스템이라는 건 너무 변수를 많이 만들어. 가뜩이나 고려할 거 많은 업겐데 활동하는 데 방해가 되잖아."

"무슨 활동에 방해가 된다고 시스템을 없애요!?"

기껏 합리적인 결론을 내놨는데 이놈은 왜 기겁하는 거지. 심지어는 뭐가 떠오른 건지 테이블을 친다.

"헉, 그러고 보니 형 그런 이야기도 하셨었죠! 그 회귀자들이랑!"

"회귀자?"

"과거로 돌아온 사람들이요!"

아무렇지 않게 전문 명칭을 사용하는군. 어쨌든 나는 고개를 끄덕였다.

"맞아. 전부터 시스템은 추적하고 있었어. 너도 상태창 상태로 봤을 텐데."

"그게… 그게요!"

맞은편의 놈은 벌떡 일어섰다. 그리고 약간 불안한 표정으로 중얼거린다.

"형… 아니, 안 그래도 상태창일 때부터 그건 진짜 말씀드리고 싶었던 것 같은데……."

"뭐가."

"시스템은 웬만하면 건드리지 말아요, 형……."

큰달은 진지하게 나를 쳐다보았다. 순간 시스템한테 무슨 동정심이라도 생겼나 했으나, 나는 놈의 눈에서 익숙한 감정을 읽었다.

두려움이었다.

"그거… 진짜 좀 이상해요. 이게 무슨 판타지나 SF 영화도 아니고, 이상하다니까요? 무슨 AI 같기도 하고, 귀신 같기도 하고…."

"너도 영향 주고받았다면서."

"그러니까 잘 알고 하는 소리죠!"

자기비하 아니냐는 뜻이었는데, 버럭 소리를 지른다.

"사실 제가 영향을 줬다고 해도 뭘 어떻게 준 건지도 모르겠고… 형은 시스템을 정신 기생체라고 표현했잖아요. 진짜 그런 것 같다고요……. 엄청 강한 슈퍼컴퓨터 기생체 같은…."

"……."

"그냥… 형, 그런 건 안 하면 안 될까요? 저 좀 무서워요."

나는 심사숙고한 뒤, 고개를 끄덕였다.

"음, 고려해 볼게."

"그거 무시하시겠다는 뜻이죠?!"

상태창으로 보던 짬밥 어디 안 갔군. 나는 놈의 기대대로 그 말을 무시했다. 놈은 좌절했다.

"진짜… 위험하단 말이에요. 안 돼요, 진짜……."

"그보다 하나만 묻자."

"…네?"

나는 담담히 물었다.

"이 '보상 수령 중' 창 대신 원래 상태창 기능을 사용하는 게 가능할까. 다른 사람 스탯 확인하거나 특성 쓰는 그런 거 말이야."

맞은편의 놈이 눈을 끔벅거린다.

"그건… 어떻게 하면 될 것 같기도 한데요."

"그래?"

"네. 그런 건 좀 해봤거든요. 상태창에 '접속'해서 조작하면…."

놈은 순간 좌절도 잊고선 빠져들어, 집중이라도 하는 것처럼 표정이 없어졌다. 해킹이라도 시도하는 것 같았다.

나는 혹시 몰라 상태창을 내리고 놈을 기다렸다.

"……."

그리고 잠시 후, 표정이 돌아온 놈은 밝게 입을 열었다.

"형, 저 이거는…!"

그 순간이었다.

똑똑.

"…!"

방문 두드리는 소리. 그리고 부드럽게 레스토랑 룸의 문이 열린다. 큰달은 당장 자리에 주저앉았다.

"……."

"아, 이야기 나누고 계셨나 봐요."

나갔던 류청우가 돌아왔다.

나는 당장 놈의 얼굴을 체크했다. 평온하다.

'들었나?'

방금 '류건우'가 '박문대'를 형이라고 부르는 것 말이다. 일단 큰달이 쓸데없는 소리를 더 하지 않으면 내가….

"네, 네! 오셨네요."

너 입 열 거면 정색하지 마라. 아니, 그렇다고 어색하게 웃지도 말고.

"알던 사람 만나는 게 오랜만이라… 말이 잘 안 나오더라구요. 하하, 하하하……."

아니다. 이 정도 되니 정말 사회성을 공부로 치환한 채 몇 년 보낸 장수생 합격자처럼 보인다. 나는 차라리 안심했다. 그리고 역시 류청우는 그냥 어색하게 마주 웃었을 뿐이다.

"아무래도 시험이 자기 자신과의 싸움이니까요. 저도 비슷한 경험이 있어서… 아, 형님은 말씀 이미 충분히 잘하십니다."

이놈 약간 측은하게 여기는 것 같은데?

"제, 제가요? 감사합니다. 사실 면접 붙은 것도 신기한데… 하, 하하."

"형, 앉으시죠."

"아, 그래."

나는 당장 둘의 대화를 끊고 자리에 앉혔다. 밥이나 먹고 다 입 다물어라. 난 계획을 좀 정리할 테니까.

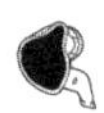

그 후로는 별문제 없이 각자 식사류로 시킨 면을 삼키며 테스타 이야기나 하게 되었다. 앨범부터 콘서트까지 제법 폭넓은 테스타 지식을

자랑하는 놈에게 류청우가 도리어 약간 당황하긴 했다만.

—정말 잘 아시네요. 혹시 시험공부하시는 데 저희가 방해가 된 건 아닌지…….
—아뇨. 많은 힘을 얻었습니다…….

훈훈하긴 확실히 훈훈했다. 더는 어색해하지 않는 놈을 보며 류청우가 '관심 있는 분야에만 말을 잘하시는 성격인가 보다' 같은 진단을 내리는 건 피할 수 없었다만.
"오늘 감사했습니다."
"저야말로 너무 감사했죠…!"
어쨌든 우리는 성공적으로 번호를 교환한 뒤 자리를 마감했다. 나는 헤어지며 놈과 살짝 눈인사를 했다.
'자세한 건 통화로.'
'콘서트 꼭 갈게요!'
별로 통한 것 같진 않다만 문자 하는 데엔 문제없으니 됐다. 게다가 막판에 저놈이 우리 둘 사인까지 챙겨가는 통에 류청우는 완전히 인상을 굳혀 버린 것 같았다. 차에 타서 시동을 걸며 이런 이야기를 했기 때문이다.
"이럴 줄 알았으면 다른 애들 사인도 챙겨올 걸 그랬네."
"그러게요."
됐다. 이 정도면 의심스러워도 정황상 대충 납득은 하겠군. 나는 어깨에서 힘을 빼고 등받이에 기댔다. 지금부터 그놈이 류건우 몸에 계속 엉덩이 붙이고 있을 계획을 세워볼…….

"류건우 형님, 인상이 많이 변하신 것 같더라."

나는 일단 생각을 멈췄다.

"……인상이요."

설마 어릴 적의 날 만난 기억이라도 떠올린 건가. 일단 입 다물고 내 기억을 뒤지는데 설명이 이어진다.

"그 홈비디오에서 봤던 때랑 말이야. 너도 같이 봤잖아."

"…그렇죠."

아, 그거. 내가 류건우의 행방을 잡았던 류청우 집의 홈비디오.

나는 다시 등받이에 몸을 기댔다.

"원래 사람은 환경의 동물이라고 하잖아요. 당연히 변했을 것 같은데요."

"맞아. 그렇지?"

류청우가 편하게 대꾸했다.

"그런데… 오히려 너랑 닮은 것 같아."

"…!"

"비디오 속에 있던 사람은, 너랑 인상이 닮았거든."

류청우가 살짝 나를 돌아보고, 다시 전면을 응시했다.

"생김새 말고, 표정이나 움직임 같은 거."

"……."

"그런 건 일부러 교정하지 않으면 잘 안 바뀌어. 나도 양궁하면서 자세나 걸음걸이를 많이 혼나면서 고쳐봐서 잘 알아."

류청우는 그 말을 끝으로 더 설명하지 않았다. 그 태도에서 알았다.

이 새끼 확신하고 있다.
그리고 자연스럽게 변명하기엔 내가 타이밍을 좀 놓쳤다.

—전방 50M 앞 좌회전입니다.

그러나 내비게이션의 말이 울리고 난 다음에, 류청우는 다시 입을 열었다.
"사정이 있죠?"
"……."
"따로 캐낼 생각은 없어요. 음, 혹시라도 들켰나, 수습해야 하나 고민할 필요 없다고 말하고 싶었을 뿐입니다. 지난번에 등산했을 때랑 다를 건 없어요."
류청우는 약간 쑥스러운 투로 덧붙였다.
"사이가 어색해질까 봐, 말을 할까 말까 고민은 했지만요."
"……."
"그게 다예요."
그리고 나는 깨달았다.
이놈이 내게 납득할 만한 설명을 요구하려는 것이 아니라, 그냥 본인이 '너희 둘이 바뀐 상황을 눈치챘다'는 말을 전달하고자 했다는 것을. 그 이상은 아니라는 것이다.
그리고 그건… 내가 예상했던 것보다 훨씬… 아니, 말도 안 되게 수용적인 태도였다.
'이게… 말이 되나?'

정신병원 등록 권유가 아니라 암묵적 이해로 끝난다고.

나는 무심코 운전 중인 놈을 보았다. 평온을 가장한 묘한 긴장이 보이긴 하지만, 그보다 기반이 되는 감정이 보인다.

안정감이었다. 다른 말로 치환하자면, 신뢰.

"……."

불이 바뀌고 잠시 차가 멈춰선 사이, 류청우는 좀 머쓱한 얼굴로 다시 입을 열었다.

"음, 그래도 괜한 말이라 오히려 더 부담스러웠다면 죄송합니다. 그… 음, 제가 그럼 호칭을,"

나는 입을 열었다.

"형."

"…?"

"그냥 말 놓으세요. 갑자기 존댓말 들으니까 기분 이상한데요."

"…!"

류청우는 잠깐 놀란 얼굴이었으나, 결국 웃으며 핸들을 돌렸다.

"하하, 그럴까? 나도 좀 이상하더라."

"예."

나는 고민하다가, 짧게 덧붙였다.

"그리고… 감사합니다."

"…뭘."

류청우는 정면을 보며 작게 웃는 것 같았다. 그리고 곧 어깨를 으쓱하며 말했다.

"다시 말하지만, 도움 필요하면 말하고."

아, 그래.

나는 약간 유쾌한 기분이 되어 입을 열었다.

"지금 하나 있습니다."

"응?"

"조언을 듣고 싶은데요."

사실 레스토랑 룸에서 후식이 서빙될 때 즈음, 다시 불러본 상태창은 '보상 수령 중' 창이 팝업으로 분류되어 있었다. 그리고 메인 창으로 기존 기능 사용이 가능했다.

'좋아.'

큰달은 본인의 표현에 따르자면, '접속'에 성공한 것이다. 그리고 내가 이걸 돌려달라고 한 건 단순히 활동하면서 경쟁자들의 상태창을 확인하고 대책을 세우려는 것만은 아니다.

그보다 다른 하나를 쓰려는 거였지.

[특성 : 미션 체질 (S)]

이거 말이다. 그리고 내가 떠올린 '보상' 후보군마다 하나같이 동일한 미션 내용이 떴다.

그게 이거다.

[미션 : KPOP 기록 경신]

"우리가 경신할 만한 KPOP 기록이 뭐가 있을까요."

KPOP. 주로 한국의 아이돌 음악을 의미하는 신조어. 사실 국내에서 자체적으로 붙인 명칭은 아니다.

'아마도 한류 시절부터 알음알음 외국에서 말 나오던 것 같은데.'

그러니까 새 미션이 'KPOP 레코드 경신'이라고 한다면, 국외에서도 인지도가 있는 기록만 인정될 확률이 높지 않나? 상태창 본인에게 확인받기 위해 문자로 물어보았다.

[그런 식으로 생각해 본 적은 없었는데 맞는 것 같아요 세상에!]

"……."

설마 아무 듣보잡 레코드나 통했는데 내가 이걸 물어봐서 갱신된 건 아니겠지. 나는 찜찜한 마음으로 스마트폰을 닫았다.

숙소에 귀가한 뒤, 지금은 내 방 침대에 앉아 있는 중이다. 잘 거냐고? 스페셜 무대 안무 완성본 오는 대로 연습실에 가야 한다. 연말이 그렇게 호락호락한 시즌이 아니라서 말이다. 그리고 마찬가지로 본인 침대에 앉아 대기하던 룸메이트가 입을 열었다.

"기록을 경신해야 한다면, 결국 모든 선임자보다 잘해야 하겠지."

"그렇죠."

차에서부터 '생각해 볼게'라고 하더니 정말로 고심한 모양이었다. 과연 성실한 놈이다.

이어진 말도 놈의 성격다웠다.

"최근에 새롭게 생긴 평가 항목을 노려보는 게 어떨까? 아무래도 새 항목이 기록을 만들긴 수월해."

과연 운동선수로 뛰어본 사람다운 현실적인 발언이었다. 나는 턱을 괬다.

"한번 보죠. 일단 아시아권에서는 웬만한 기록은…."

VTIC이 다 먹었군. X발.

"하하. 선배님들이 열심히 활동하셨지?"

"예."

정말 그랬다. 몇십 주 1위, 밀리언셀러, 돔 투어까지 이미 기록이란 기록은 다 세운 상태. 심지어 테스타가 국내 입지 확보를 주로 삼는 동안, VTIC은 글로벌 입지를 더 확고히 하기까지 했으니… 닥닥 긁어먹었다고 볼 수 있다.

"남미도 마찬가지죠."

"그래."

기존에 케이팝 시장이 히트한 동네는 다 쟁쟁한 기록이 있다. 이걸 내년 여름 중에 갱신하는 건 딱 실탄 하나로 하는 무모한 도전이다. 그리고 꼭 선임자들의 기록만이 방해물인 것도 아니다.

"지금도 다들 열심히 활동하고 있고요. 성적도 좋고."

글로벌로 친다면 VTIC뿐만 아니라 꽤 많은 그룹이 테스타보다 성적이 좋다. 류청우도 회사 브리핑에서 들었던 내용을 떠올리는지 고개를 끄덕였다.

"음, 어렵긴 해. 최대한 노력해서 좋은 무대를 만들어도 꼭 결과가 좋을 거란 보장이 없으니까.”
연예계가 원래 그렇지.
“타이밍과 운의 문제가 크죠.”
“그래. 비슷한 부분도 많지만, 이런 부분에서 스포츠와 좀 다른 것 같아.”
류청우가 쓰게 웃었다.
“기록 경신은 선수 생활할 때도 도전해 봤지만, 연예인은 단순히 이기고 지는 게 아니라… 사람 마음을 얻어야 한다는 점이 참 복잡한 것 같다.”
“그러게요.”
나는 고개를 끄덕였고, 류청우는 생각에 잠긴 것 같았다.
생각보다 깊은 이야기로 분위기가 흘러가는군. 약간 잡는 편이 낫겠지. 나는 화제를 살짝 환기했다.
“듣다 보니 전에 도전하셨던 기록은 뭐였는지도 궁금한데요.”
“응? 하하. 별건 아니고 다들 도전하는 건데. 아시안게임, 세계선수권, 올림픽 3금 말이야. 그걸 최연소로 해보겠다, 그런 애들 소리지.”
“…….”
3금? 한국 양궁은 대체 뭐 하는 업계인지 모르겠다.
‘무슨 금메달을 지역 리그 우승처럼 말하냐.’
저기 생태계야말로 상식 이상이군.
“대단하십니다.”
“대단하긴, 실패했어. 세계선수권에서 선발로 못 뽑혔거든.”
류청우는 좀 민망해하듯이 씩 웃었다.

"그래도 올림픽 최연소 기록 하나는 건졌어."

"그것도 충분히 대단한데요."

"하하, 또 금방 깨질걸? 어린 친구들도 선발 본선에 많이 올라와서…."

"…!"

잠깐. 저 말에서 뭔가 떠오르는 것 같은데.

'최연소라.'

갑자기 머릿속에 길 하나가 새롭게 번뜩인다.

'…그렇지. 그런 접근이 가능하군.'

단순히 통틀어 최고 성적을 노리는 게 아니라, 기록 항목 자체를 다른 방향으로 세분화하는 것 말이다. 대외적으로 통용될 정도로 '있어 보이는 항목' 쪽으로.

'좋아, 나왔다.'

이쪽으로 일단 가닥을 잡아야겠군. 나는 고개를 끄덕였다.

"아무튼 네 질문은 좀 더 생각해 볼게. 당장은 쓸 만한 이야기 못 해줘서 미안하네."

"아뇨, 감사합니다. 힌트를 얻은 것 같아요."

"…? 그래? 그렇다면 다행이다."

대체 어디서 얻은 건지 잘 모르겠다는 얼굴이었으나, 류청우는 그냥 웃어넘겼다. 나는 혹시 몰라 말을 덧붙였다.

"테스타 공동 이득에 해가 되는 쪽으로는 절대 생각하지 않을 테니까 안심하셔도 됩니다."

"그런 걱정은 한 적이 없는데… 알았어."

류청우는 그 정도로 수긍했다. 지난번에 내가 '대상을 타야 한다'고

했을 때 보였던 반응과 다를 게 없는 담백함이다.

"……."

그러고 보니, 심지어 저놈은 끝까지 내가 왜 이런 걸 물어보았는지는 되묻지 않았지. 부담스러울 것을 짐작한 것 같았다.

'뭐 이런 놈이 다 있냐.'

아까 차에서도 마찬가지다. 나도 답지 않게 상황에 좀 감명해 버린 바람에 얼결에 감동적으로 비비고 넘어갔다만… 생각해 보니 대체 이 상황을 이놈이 어떻게 납득하고 있는 건지 의문이다.

'초자연현상을 아예 안 믿는 타입 같았는데.'

귀신도 아예 취급을 안 하는 놈 아닌가. 아무리 전에 밑밥이 있었다고 해도, 대충 저놈이 겪어온 박문대에 대한 신뢰로 퉁 치고 넘어가기엔 너무 비현실적인 상황이지 않나?

'다른 꿍꿍이가 있어 보이진 않다만.'

나는 목뒤를 문지르다가, 그냥 한숨을 쉬었다. 에라 모르겠다. 그냥 물어보자.

"형."

"응?"

"아까 차에서 말했던 거 말인데… 형이 어떻게 제 사정을 확신하신 건지 궁금해서요."

"……."

"솔직히 말도 안 되는 것처럼 보였을 것 같은데요."

'류건우와 박문대는 몸이 바뀐 것이다'란 명제는 말이다.

류청우는 멋쩍게 웃었다.

"음, 사실 다른 설명을 떠올려 보려고도 해봤는데… 다 빈틈이 생기더라."

"……."

"그래도 처음엔 둘이 서로서로 큰 영향을 받아서 하나처럼 공유하는 게 많은 건가 싶었어. 그런 걸 잘 고려해서 대해야겠다고도 생각했지."

나는 놈이 내게 '말을 편하게 해도 좋다'고 제안했던 것을 떠올렸다. 그래서였나. 하지만 설명은 거기서 끝나지 않았다.

"그러다가 오늘 '류건우' 씨를 만났는데… 거기서 아닌 걸 깨달았지."

류청우는 담담히 결론 내렸다.

"둘이 굉장히 다르더라. …서로 바뀐 것처럼."

"……."

"그러니까 네가 지난번 등산 때 했던 말이 떠오르더라고. 무슨 번개처럼."

—그냥… 저는 저 그대로 행동한 겁니다.

류청우는 웃었다.

"그걸 말 그대로 받아들이면 그동안 의문이 생겼던 모든 게 딱 맞아떨어지잖아. 깨끗하게."

"……."

"네 지식이나 대처 능력, 트라우마 같은 것들. 그리고 그 자리에서 너와 류건우 씨의 반응들이 말이야."

류청우가 쓴웃음을 지었다.

"그리고, 왜 네가 이전에 나한테 화를 내며 피했던 건지… 같은 것도."

"……."

"너무 잘 이해되더라."

그놈의 썸머 패키지. 내가 왜 본인의 교통사고 이야기에 발작했던 건지 거기까지 이미 범주에 넣고 생각했나.

나는 입을 다물었고, 류청우는 조용히 말을 이었다.

"그때는 내가 널 일방적으로 이해해 준 것처럼 이야기가 됐었지만… 사실 너도 날 많이 봐줬던 거야. 그렇지? 미안해."

"……아니."

나는 가까스로 대답했다.

"무조건 내가 사과할 일이 맞아."

류청우는 웃어넘겼다.

"고집은 집안 내력인가 봐요."

"……."

"어쨌든, 그렇게 알게 된 거야. 물론 원리는 아직도 모르겠지만… 굳이 몰라도 괜찮아. 그걸 꼭 들어야 하는 건 아니니까."

결국 이놈은… 이성을 토대로 해서 본능적인 판단력을 발휘한 것이다. 거기에 워낙 무던한 놈이기도 하니, 상황이 겹겹이 잘 맞아떨어지며 여기까지 부드럽게 흘러온 것 같았다.

'게다가, 이렇게 들으니 정보 값이 유독 많긴 했군.'

결국 나도 웃어버렸다.

"저는 설명 제대로 못 하면서 매번 설명만 들으니 민망한데요. 감사합니다."

"괜찮다니까."

류청우는 씩 웃었으나, 곧 무언가 떠올랐는지 표정이 바뀌었다.

"음, 생각해 보니 그게 끝은 아니었어."

"예?"

뭐가 더 있냐?

"사실… 본의 아니게 직접 듣기도 했거든."

류청우는 좀 민망해 보였다.

"아까 레스토랑에서 통화한다고 나갔을 때, 들어오기 전에 잠깐 타이밍 잡으려고 문밖에 서 있었는데……."

잠깐.

"……그러니까 혹시,"

"응. 그분이 너한테 굉장히 자연스럽게 형이라고 부르더라."

"……."

거기서 확정됐냐. 역시 슬픈 예감은 틀리지 않는군. 잘 알겠다. 나는 우려했던 사태에 뒷골이 당기는 것을 느꼈으나, 곧 벗어났다. 어쨌든 잘 풀리긴 했으니 전화위복인 셈이다. 나는 새삼스럽게 류청우를 보았다.

그리고 불쑥 말했다.

"앞으로도 잘 부탁드립니다."

"하하, 나야말로 잘 부탁해."

그렇게 졸지에 내 정체성을 숨길 필요가 없는 조력자 하나를 만들게 되었다. 그리고 얼마 지나지 않아, 방문이 벌컥 열리고 다른 놈들이 얼굴을 들이민다.

"여러분~ 안무 왔어요~"

다시 연습 시간이 된 것이다.
"그래? 잠시만."
류청우는 바로 몸을 일으키며 내게 덧붙이듯 말했다.
"그 KPOP 기록 이야기는 돌아와서 계속 이야기하자."
"네."
슬슬 혼자 생각해도 될 것 같다만, 어차피 단독 행동할 게 아니면 꾸준히 이야기는 해야 했다. 그래서 나는 순순히 고개를 끄덕였으나 반응은 도리어 류청우가 나간 뒤 다른 놈에게서 나왔다.
큰세진 말이다.
"문대문대, KPOP 기록 뭐야?"
"우리 다음 목표로 삼을 만한 게 뭘지 논의 중이었어."
누가 봐도 리더와 할 만한 생산적인 생각 아닌가.
"오~ 문대 룸메이트 되더니 청우 형이랑 많이 편해진 것 같다?"
큰세진은 씩 웃었다. 그리고는 일부러 우는 시늉을 한다.
"흑흑, 아까도 둘만 놀러 나가던데 세진이 소외감이 이만저만이 아니잖아…."
이 눈치 빠른 새끼 몰래 나갔는데 어떻게 알았냐.
"너 그때 예능 MC랑 통화하고 있었으면서 무슨."
"에이, 우리 메인보컬, 베스트 프렌드 문대가 부르면 바로 끊고 달려갔지~"
입에 침도 안 바르고 천연덕스럽게도 말한다. 나는 놈의 등이라도 한 대 치려다가, 순간 떠오르는 생각에 멈칫했다. …그러고 보니 이놈에게 내 사정에 대해 말할 수 있으면 말하겠다고 했었는데, 이미 류청우에게 먼저 들켰군.

"……."

"문대?"

역시 도리상 이놈한테 자발적으로 설명해야 하나? 그런데 이게… 들킨 것도 아니고 대놓고 말해도 되는 건가 모르겠단 말이다. 리스크가 너무 큰데? 직접 말했다가 설득 실패했다고 도로 재시작할 수 있는 것도 아니지 않나.

'게다가 이 새끼는 털어놓는 순간 대체 이게 무슨 일인지 하나부터 열까지 다 들어야 할 성격이다.'

상태창이 뭔지도 모를 새끼한테 그걸 다 설명한 생각을 하면 믿냐 안 믿냐를 떠나서 수치사하지나 않을까도 걱정이다. 나는 잠시 침묵했으나, 곧 한숨을 참고 입을 열었다.

"…그럼 시간 될 때 우리끼리 한번 나가든가."

그래도 기회 되면 말을 해보긴 해야겠지. 류청우는 알고 이놈만 모르는 것도 나중에 말실수하는 순간 그림 이상해진다.

"…! 문대 드디어 집 밖을 나가고 싶어졌구나! 좋아 좋아~ 내가 딱 볼게!"

아니다 이놈아. 큰세진은 킬킬 웃으며 내 등을 두드렸으나, 나는 침음하며 멤버들과 함께 현관문을 나섰다.

'할 일이 늘었군….'

저놈에게 이 비현실적인 사태를 어떻게 설명할 건지 말이다.

'이건 슬슬 눈치 보면서 정하고.'

나는 일단 그 생각을 접고, 원래 하던 고민을 다시 불러왔다. 그러니까, 미션 목표인 KPOP 기록 경신을 그나마 수월하게 해보려면….

1. 새로운 시장 개척
2. 새로운 평가항목 세분화

이렇게 정리되는군.

그럼 항목을 세분해도 권위 있어 보일 만큼 시장 크고 대중 인지도가 좋으면서, 아직 우리가 먹을 파이가 남아 있을 만한 곳은….

나는 무의식중에 예상 답안 하나를 뱉었다.

"미국."

"우리 미국 가요??"

"아니."

후보군일 뿐이다.

"우우…."

번개같이 반응했던 차유진이 어깨를 늘어뜨리며 내 옆을 지나 차에 올라탔다. 그래도 별수 없다. 미국 진출해서 실패한 사례가 한둘도 아니니, 선행해야 할 건 따로 있다.

'분석부터지.'

어느 시장에서 테스타가 유리할지부터 데이터값 쭉 뽑아서, 방법을 구축하고 진입한다. 되는 대로 미국에 대가리 박는 짓은 절대 안 한다. 그리고 그러려면… 기획과 활동 플랜을 좀 더 원하는 대로 주무를 수 있어야겠고.

나는 목을 꺾었다.

'때가 됐다.'

그리고 본부장과 갱신했던 계약 내용을 떠올렸다.

—테스타가 다음의 연도 중 연간 시상식에서 대상을 수상 시, 테스타의 새로운 독립적 레이블 수립을 전폭적으로 지원한다.

여기서 대상은 이미 탔다.

그러니까, 테스타용 독립 레이블을 만들 때가 됐다는 것이다.

CHAPTER 24

내가 본부장에게 '대상 수상 시 독립 레이블 설립' 딜을 걸 때, 조건으로 달았던 시상식의 까다로운 기준이 있었다. 기간 내로 달성하기 힘들어 보여서 회사가 경각심을 낮추고 사인하도록 만들기 위해서였지.

-'연간 시상식'이란 그해 음악 시장에서의 판매 수치를 70% 이상 방영하는, 음원 혹은 음반 플랫폼 주체가 개최하는 시상식을 의미한다.

그리고 우리가 탄 대상을 보자. 음원 플랫폼에서 주최하며 판매 수치를 75%까지 반영하는 시상식에서 받았다.

'흠잡을 곳 없다.'

논쟁의 여지가 없는 조건 달성이라는 것이다. 그리고 이걸 나보다 먼저 발언한 놈이 있다.

"우리… 이제 독립할 수 있어!"

오늘 연습실에서 매니저가 사라지자마자 배세진이 기다렸다는 듯이 외친 소리다.

"도, 독립이요…?"

"형 집 나가요? 독립 그거 아니에요?"

물론 이게 무슨 개 풀 뜯어 먹는 소리냐는 반응이 돌아왔고 배세진의 얼굴이 붉어졌으나, 놈은 꿋꿋했다.

"아니, 그게 아니라… 기억 안 나? 박문대가 계약서 가지고 왔었잖아. 우리 대상 타면 레이블 세울 수 있게 해준다고!"

"…!"

마침 잘됐군. 다른 놈이 총대 메줘서 말 꺼내기가 수월해졌다. 나는 나를 돌아보는 놈들에게 고개를 끄덕였다.

"맞아요. 전담팀을 아예 레이블로 독립시켜서 산하 편성해 달라고 했었죠."

"오오오."

"그간 수많은 일을 경험하며 잊고 있었습니다…."

대부분이 고개를 끄덕이더니 순순히 좋은 반응을 보인다. 망할 교통사고로부터 시간도 꽤 지나서 회사에 대한 감정은 많이 누그러든 상태라지만, 그렇다고 망한 평판이 회복될 일도 없어서 말이다.

"그래. 세진이가 말 잘 꺼냈어. 회사에 이야기해 봐야겠네."

"크흠, 그렇지. 그러니까 지금 매니저님 돌아오면 바로 이야기를 해보자."

그러나 모두가 이 말에 동의한 것은 아니었다.

큰세진은 연습실 거울과 배세진을 몇 번 눈으로 흘끗거리는 것 같더니, 곧 서글서글하게 말을 꺼냈다.

"아~ 정말 좋은 일이긴 한데요, 일단 시상식 시즌 끝나면 이야기하는 게 어떨까요? 지금은 저희 준비할 것도 많고…."

"무슨 소리야, 할 수 있을 때 바로 이야기해야 다른 소리 못 하지…!"

“……”

큰세진은 잠깐 입술을 꿈틀거렸으나, 곧 다시 부드럽게 말을 이었다.

“형님 생각해 보세요. 올해엔 저희가 대상을 몇 곳에서는 더 받지 않을까요?”

음, 그렇지.

“내년 초에 시상식 많은데, 저희가 거기서도 대상 몇 번 더 받고 나서 딱 징리한 뒤에 이야기하면 회사가 정말로 다른 소리 못 할 것 같아요. 무조건 가는 거죠~”

“오우~”

큰세진은 차유진의 추임새에 엄지를 들어 보인 다음, 말을 마무리했다.

“그러니까 지금은 당장 시상식 준비에 좀 더 집중했으면 좋겠어요. 아무래도 무대가 제일 중요하니까요~ 물론 그냥 제 의견이지만요.”

“……”

그리고 이 말이 뭘 건드렸는지, 배세진은 한참 침묵하다가 입을 열었다.

“…내가 무대 준비를 소홀히 하겠다는 뜻은 아니잖아. 열심히 할 거야.”

“저도 그런 뜻이… 아니, 그게 중요한 게 아니라요.”

안 맞는 놈들끼리 정중해지려고 애쓰는군. 나는 그쯤에서 대화를 끊었다.

“좀 일찍 말하냐 나중에 말하냐 차이 가지고 서로 힘 빼지 말죠.”

어차피 답은 하나 아닌가. 나는 팔짱을 꼈다.

“어떻게 되든 무조건 레이블 차려서 나올 거니까.”

“……”

"그, 그렇지."

"암, 우리 그래야지."

뭐, 왜.

"음… 그럼 다수결로 할까?"

상황을 정리하러 나온 류청우가 제안한 대로, 작은 분쟁은 깔끔히 투표로 마무리되었다.

결과는 박빙이었다.

"4:3이야."

당장 말하자는 쪽에 투표를 넣은 건 배세진, 선아현, 류청우.

그리고… 여기 더해진 한 표로 승자가 정해졌다.

"문대도 바로 이쪽이지?"

"네."

바로 나다.

"…!"

류청우는 곧바로 선언했다.

"바로 말씀드리자는 쪽이 더 많네. 그럼 이쪽으로 진행 방향 잡는 걸로?"

"세진 형 말 멋있어요! 투표가 이상…."

"에이 유진이 왜 그래! 깨끗이 승복해야지!"

큰세진은 웃으며 두 손을 들었다.

"알겠습니다. 팀 의견이 그렇다면야 뭐~ 대신 다들 연습 평소처럼 열심히 하는 거예요?"

"당연한 말씀이십니다!"

“물론이지.”

그렇게 훈훈한 분위기에서 연습이 재개되었다.

그러나 잠시 후, 나는 연습 도중 화장실에 가다가 뒤따라온 큰세진에게 헤드록을 걸렸다.

“문대문대 이건 배신이야…! 하나씩 제대로 처리해야지 이게 뭐냐고~ 회사하고 이미 이야기라도 됐어?”

결과에 승복은 개뿔. 이놈 역시 아닌 척하더니 빡쳤군. 나는 가까스로 벗어나며 말했다.

“그런 건 아니고.”

“아니면?”

나는 목뒤를 주무르며 중얼거렸다.

“그냥 이 새끼들한테 빨리 레이블 뜯고 싶어서 말이지….”

“…….”

아니, 꼭 미션 때문이 아니더라도 회사 경영진 돌아가는 꼴이 짜증 나잖냐. 선 넘는 것도 한두 번이다. 매번 이러는 것도 재주라면 재주였다.

큰세진은 한숨을 쉬었다.

“그래, 문대 넌 그럴 수 있겠다….”

왜? 아, 내가 교통사고로 제일 크게 다쳐서 정상 참작해 줬다 이거군.

‘반대로 생각하면 말 꺼낸 다른 놈은 이해 못 하겠다는 뜻이고.’

배세진 말이다.

전부터 슬슬 약발 떨어지고 있단 생각은 들었다만, 특히 연말 연초나 활동기처럼 감정, 체력 소모가 심한 시즌에는 둘이 참고 넘어가는 정도가 간당간당해지는군. 팀으로 오래 지내며 암묵 서열이 무너진 탓에 전처럼 일방적으로 큰세진이 강자의 입장은 아니었으나, 동등해서 생기는 새로운 잡음도 있다.

'흠.'

나는 직접 배세진을 옹호하려다 분위기 말아먹는 대신 살짝 돌려 말했다.

"무대 준비에는 문제없게 잘 조절할 테니까 걱정 말고."

"알지… 그런데 그것도 다 신경 쓸 일이잖냐."

큰세진은 한숨을 쉬며 걸었다.

"전체적으로 다들 너무 마음이 급해. 레이블 독립이 장난도 아니고, 회사가 쉽게 안 풀어주려고 할 텐데…. 뭐 하러 미리 이야기해서 대처할 시간을 주는 거야…… 후."

그래, 그 말이 옳다. 계약서만 믿을 순 없고, 환경을 충분히 갖추는 게 좋지. 나는 솔직히 인정했다.

"사실 합리적으로 생각하면 네 이야기가 맞아."

"야, 그 이야기를 아까 했어야지!"

그럼 표가 바뀔 수도 있는데 안 되지 새끼야. 그래도 저 말을 하는 심정은 알겠으니 그 대신 내 추측을 말했다.

"문제는 그 합리적인 생각을 회사도 했을 거란 점이지."

"……."

큰세진은 잠시 입을 다물었다가, 곧 뒤통수라도 한 대 맞은 것 같은 얼굴로 입을 열었다.

"벌써 알고 있겠네."

"그렇지."

회사가 우리 같은 돈줄이 은근히 발 빼는 건을 깜빡할 리가 있나. 분명 우리가 대상을 타는 그 순간에 관련 미팅이 들어갔을 것이다.

"그러면 차라리 빨리 말하는 편이 명분이라도 생길 것 같아서 말이야."

"…휴."

큰세진이 쓴웃음을 지었다.

"지지부진 짜증 나겠어."

그리고 그 말대로 사건은 전개되었다.

연습을 끝내고 돌아가는 길, 매니저를 통해 전달한 '레이블 설립' 이야기는 다음 날 느지막하게 답장이 왔다.

"지금 연말, 연초 시즌이라 소속사 내부에서도 한창 의사 결정할 일이 많아서 미팅을 바로 잡기는 힘들 것 같다고……."

까고 있네. 나는 코웃음을 쳤다.

'바로 수작부터 부리는군.'

1번. 시간 벌기다. 일단 어떻게든 약속 이행 기간 미뤄보려고 수작질 부리는 거다. 그사이에 변호사 만나고 있겠지. '계약 다 채우면 재계약 때 레이블 넣어주겠다' 따위의 오퍼를 만들면서 말이다.

'계약서에 이행 기간 표기를 따로 안 했으니까.'

그것까지 적는 순간 굉장히 귀찮게 나올 것 같아서 일단 뺐지. 신의성실의 원칙 같은 걸 들먹이며 윽박지를 수도 있지만, 레이블을 설립해도 어차피 T1 산하니까 여기선 눈치껏 적당히 재촉해야 한다.

'아예 T1을 나가고 싶은 것처럼 과격해 보이면 안 돼.'

어디까지나 아티스트로서 자기 역량을 최대한 발휘하고 싶어서라는 느낌을 줘야 한다.

"흠…."

나는 연습실 복도를 왔다 갔다 하며 짧게 생각을 정리했다. 쉬는 시간이 끝나기 전에는 들어갈 생각이었다.

그때였다. 달칵.

"저기."

연습실 문을 열고 나온 놈이 말을 걸었다. 배세진이다.

'뭐지.'

놈은 문을 닫고 주변을 둘러본 뒤, 내 쪽으로 걸어와서 작게 중얼거렸다.

"…고마워."

"…?"

"그, 내 의견 동의해 줘서 고맙다고!!"

아, 어제.

배세진은 숨을 내쉬며 흥분 상태를 가라앉히더니, 꽤 진지하게 말을 이었다.

"사실 안 될 거라는 생각도 했어. 아무래도, 내가 요령이 없고 상황 파악을 못 한다고 생각하는 사람도 있을 것 같아서…."

"……."

그렇군. 회사 소송 때도 그렇고, 배세진은 팀에서 자기 의견이 받아들여지지 않는 상황을 너무 자주 겪긴 했다.

"아뇨. 저랑 생각이 겹치셨는데요. 저야말로 먼저 말 꺼내주셔서 감사했어요."

"…그래."

배세진은 그제야 얼굴을 풀었다. 내심 뿌듯한 모양이었다.

'그렇다고 이걸 굳이 시간까지 따로 내서 말할 일인가….'

과연. 무대포에 예민하고 직설적인 놈치고는 본인을 지지해 주는 것에 약한 놈이다. 대쪽 같은데도 굉장히 사기꾼에게 털어 먹히기 쉬운 스타일이란 거지.

"……음."

잠깐.

"왜, 왜?!"

아니, 그렇게 보니 생각나는 게 있어서 말이다.

'…내가 류건우 몸으로 비슷한 걸 한 것 같은데.'

화장실 세면대 앞에서 만났을 때 말이다.

—아까 무대 잘 봤습니다. 언제나 표정이 정말 좋으신 것 같아요.

배세진이 인정 못 받는 상황에서 격려했었다. 설마 그때 들은 말도 기억할 정도로 인정이나 칭찬에 약한 건… 아니겠지? 나는 유독 '배세진 무대 변천사' 따위를 위튜브에서 찾아보는 놈을 떠올리며 의심했으나 곧 생각을 지웠다.

'설마.'

아무리 욕먹어도 테스타 될 정도로 팬은 많았던 놈이다. 그런 사건이 한둘이었을 리가 없지. 하던 이야기나 계속하자.

"그냥, 회사 하는 걸 보니까 레이블 독립이 안 내키는 건 맞구나 싶어서요."

"그렇지… 내가 맞은 거 맞지? 이놈들 일부러 이러는 거잖아! 그, 더 강하게 나가야 하나…?"

"잠시만요."

나는 놈을 멈췄다.

"그쪽에 강하게 나갈 필요는 없어요. 그냥… 먼저 움직이면 됩니다."

"…?"

사실 방금 떠올린 방법이 있거든. 내가 괜히 계약서에서 기간 관련 이야기를 뺀 게 아니다.

'회사랑 갑을 관계가 박살 난 게 언젠데.'

아까도 생각했던 건이지만, 우리가 레이블을 만드는 과정에서 어쨌든 T1과의 긴장도를 높여선 안 된다. 하지만 그래 봤자 테스타 받으려고 급조한 자회사인 데다가 우리가 독립하면 자체 매출이 절반 이하로 떨어질 'T1 Stars'는?

'명분 있으면 X밥이지.'

나는 웃으면서 입을 열었다.

"형, 제가 생각이 하나 있는데요."

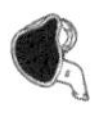

며칠 후, T1에서 주최하는 시상식인 ToneA. 아주 고풍스러운 분수대 세트 앞에서 근대식 정장을 입고 무대를 마친 우리는 예정된 것처럼 상을 탔다.

올해의 가수상을.

"축하합니다, 테스타!"

꽃보라와 환호. 이젠 두 번째랍시고 좀 익숙해진 놈들이 환하게 웃으며 단상으로 올라간다.

'솔직히 이걸 받을지 몰랐다면 말도 안 되는 거고.'

"감사합니다. 32개국에서 생방송 중인 ToneA의 각국 KPOP 리스너분들 앞에서 이렇게 큰 상을 받게 되어 대단한 영광이며 무엇보다도 러뷰어분들께 이 기쁨과 감사를 돌리고 싶……."

나는 숨도 안 쉬고 소감을 뱉어낸 김래빈을 지나, 이전에 하지 못했던 다른 멤버들이 소감을 말하는 것을 경청했다.

그리고 끝의 끝, 프롬프터에 재촉 글이 뜰 때.

다들 소감이 마무리되는구나 생각할 때.

"감사합니다~"

"감사합니다!"

나는 막 생각난 것처럼 급하게 밝은 얼굴로 마이크를 잡았다. 그리고 질렀다.

"저희 대상 기념으로 레이블 출범해요!"

"…!"

미안한데 너희 추가 계약서에 비밀 엄수 조항을 안 넣었더라고.

'뭐 어쩔 건데.'

이미 계약 조건도 달성됐겠다, 회사에도 말했겠다, 우리야 감격에 겨워 언급했다고! 하면 그만이다.

"와하!!"

"잘 부탁드립니다~"

멤버들도 전혀 이 발언에 위화감을 느끼지 못하는 것처럼 기쁘게 웃고 한마디씩 보태고 있다. 잘하고 있다.

'좋아.'

게다가 이 선방은 그냥 공표 이상의 추가 효과가 있었다. 절대로 회사가 정정하지 못할 수준의.

'벌써 반응이 기대되는군.'

"물심양면으로 도와주시는 회사 분들께 다시 한번 감사합니다. 더 멋진 모습으로 활동하겠습니다. 감사합니다!"

나는 웃으며 마이크를 놓았다.

그리고 그날 저녁부터 무섭게 기사가 뜨기 시작했다.

[올해의 아이돌 테스타(TeSTAR), ToneA 올해의 가수상 수상]

['202× ToneA' 테스타의 대상 행보]

[ToneA 환희의 대상 소감... 테스타 "레이블 출범해요!"]

처음에는 대상 소식과 소감 이야기, 테스타의 전망에 대한 이야기가 두루두루 기사화되었다.

모르긴 몰라도 이미 거의 완성해 놓고 수상 순간에 엔터만 누를 준비를 하고 있던 사람이 많았겠지. 고만고만한 내용이라면 먼저 노출되는 기사가 조회수를 더 많이 얻을 확률이 높으니까. 이후로도 기껏해야 소감 시 이야기했던 내용을 그대로 받아 적어 추가한 게 한두 시간

동안 쏟아졌다.

하지만 진정한 여론의 맛은 시상식이 끝난 이후에야 발휘되었다.

[테스타 단독 레이블 출범, T1의 KPOP 육성 전략의 새 시도?]

[T1의 새로운 KPOP 아티스트 독립 레이블... 테스타가 시작한다]

바로 테스타의 예외적인 대상 소감에 대한 리액션이다.

'왜 레이블이 출범하는가.'

사실 아티스트를 위해 특성화된 레이블 분리 자체는 이제 그렇게 희귀한 사례도 아니었다.

그러나 보도 방식에 차이가 있었다. 회사의 사업 차원에서 발표된 게 아니라, 가수가 갑자기 직접 수상소감으로 이야기했으니까. 그것도 본사에서 주최하는 시상식에서 퍼포먼스처럼.

'T1이 작정했구나.'

'뭐 하려나 봐.'

엔터테인먼트 사업이 돌아가는 판에 관심 있던 사람들은 기사를 클릭하자마자 냄새를 맡았다. 게다가 팬들의 반응도 한몫했다.

-드디어드디어드디어

-좆소 자회사에 우리 애들 처박아두던 시절도 끝이구나 얘들아 자랑스럽다 진짜ㅠㅠ

-문대 저렇게 신난 거 처음 봐 대상 받고 계속 저 텐션이네 진짜 귀엽고 눈물난다

-내가 꿈을 꾸나

-와 재계약 시즌도 전에 단독 레이블... 제대로 푸쉬해줘라 인력 빵빵하게 넣고

회사 때문에 속 앓던 적이 많던 사람들인데, 심지어 대상을 타고 레이블 독립 소식까지 들은 팬들은 좋은 의미로 폭발했다. 그렇게 열광과 흥분의 용광로가 댓글과 글을 뒤덮자 팬이 아닌 대중도 영향을 받게 된 것이다. '어? 이거 대단한 일인가?' 하고.

덕분에 2차 움직임이 일어났다. 바로 주식이다.

[이번에 테스타 단독 레이블 소식 다들 어떻게 생각하시는지요.]

티원엔터 호재라고 볼 수 있겠지요?

-<아주사> 새 시즌 출신 남자아이돌인 스페이서가 테스타와 포지션이 겹칠 수 있으니 테스타에게 단독 레이블을 준 겁니다. 내년부터 새로운 플랜 나올 것 같습니다.

-ㅋ티원스타즈 올해 매출액 보니까 단독 레이블 이유 훤히 보임 호재 맞음

ㄴ정확한 말씀이십니다 테스타 국내에서는 탑급이지만 해외는 좀 약하지요 그리고 해외는 국내 잡으면 보통 따라옵니다^^ 분명 내년에 해외 커지면서 매출규모 네임벨류 몇 배 뛸 겁니다

-테스타 레이블 지분 티원 100%맞겠죠?

-엔터주 사는 게 아닌데.. 쩝 달달해보이는구먼유

'T1에게는 빅 플랜이 있다'는 소문이 대세가 되면서, 심지어 주가에도 다소 반영된 것이다. 그럼 그걸 또 분석하는 글이 몇 가지 올라오며 기정사실처럼 깔린다.

[티원엔터 주가가 뛴 이유?]

[단독 레이블의 이점은 무엇인가. T1의 새로운 플랜]

이쯤 되니 모기업인 T1으로서는 굳이 테스타 단독 레이블에 당장 '금시초문'이라고 발표하기도 안 내킬 것이다. 자칫하면 악재로 해석되어서 긁어 부스럼이 될 뿐이니까. 그리고 우리가 독립한다고 해도 T1이 특별히 손해 볼 것도 없다. 어차피 자회사인 건 똑같기 때문이다.

결국 소속사는 우리를 어르고 달래고 윽박지를 때 쓸 가장 큰 패를 잃어버렸다.

'티원하고 사이 나빠지고 싶냐는 은근한 위협이 안 먹히지.'

덕분에 이런 식으로 전개되었다.

수상소감 사흘 후.

"회사에서 '아직 구체적으로 진행된 사항은 없다'로 기사 내지 않겠냐는데?"

"헐."

역시. 회사는 강경히 나오는 대신 살짝 머리를 숙이고 온건히 나오기 시작했다. 우리 의사를 물어보면서.

'됐다.'

이제 협상 자리에 자진해서 앉을 준비가 됐겠지. 나는 류청우의 전달 사항에 내심 만족스럽게 고개를 끄덕였다. 멤버 대다수도 좀 어처구니없다는 반응이었으나, 어쨌든 이 새끼들이 당황해서 소통하자고 나왔다는 것 자체는 긍정적으로 보는 분위기다.

심지어 배세진은 슬쩍 엄지를 들어 올리더니 입 모양으로 말한다.

'잘했어…!'

"……."

이 방법을 제일 먼저 듣고 동의한 놈다운 발언이군. 나는 떨떠름하게 고개를 끄덕여 줬다. 하지만 멤버 하나는 얼굴이 붉어지더니 씩씩대기 시작한다.

"조, 좀 너무하신 것 같아…!"

"…?"

…선아현이다. 갑자기?

녀석은 자신의 손을 불끈 쥐더니 설명까지 시작했다.

"그때, 문대한테는 그렇게, 못되게 말하셨잖아…!"

아. 시상식 당일 말이군. 맞다. 그날은 본인들도 주체가 안 되는지 직접 전화까지 해서 몇 마디 하긴 했다.

'경솔했다, 신뢰를 잃어버리셨다, 뭐, 그런 소리를 했던 것 같은데.'

그럴 줄 알았던 데다가 그래 봤자 말뿐인 짓이라 대충 듣고 흘렸지. 그래도 앞으로 협상에 꼬투리 안 잡히려고 '당황하셨을 순 있겠다. 다음엔 먼저 말씀드리고 이야기하겠다.' 정도의 사과 제스처는 했다.

결국 다 예상된 퍼포먼스나 다름없었다는 건데 그걸 신경 썼나 보다. 선아현은 주먹을 쥐며 말했다.

“무, 문대는 사과했는데… 그런데 그쪽은, 사과도 안 하고, 무, 문대가 거짓말한 것처럼 발표하려고 하고… 이러면, 안 되는 것 같아.”

“저도 그런 생각 해요. 회사 못됐어요. 정의의 맛을 봐야 해요!”

차유진이 동의한다. 얼마 전에 히어로 영화 더빙판을 보더니 관용구를 하나 익혔나 보군. 류청우는 곰곰이 생각하는 것 같더니, 부드럽게 물었다.

“그럼 어떻게 하고 싶어?”

“항의, 했으면 좋겠어요. 그, 다수결로 투표해서… 아, 안 될까요??”

“아니, 나야 괜찮지. 그럼 투표 부칠게.”

“…??”

나한테는 안 묻냐?

그렇게 욕먹은 당사자를 제외한 놈들끼리 다수결을 붙여서 결론을 내려놨다.

결과는 깔끔한 찬성. 선아현이 굳세게 말했다.

“항의, 하자…!”

“…….”

나는 떨떠름하게 고개를 끄덕였다.

“그래… 나야 고맙지.”

“아, 아냐…! 으음, 문대는 어떤 말이, 하고 싶어?”

어떤 말?

주변을 둘러보니 다들 당사자 의견을 따라주겠다는 의사를 암묵적으로 표현 중이다. 입 다물고 날 보고 있다는 뜻이다.

그렇다면야. 나는 어깨를 으쓱했다.

"그럼 그냥 그대로 이야기할까."

"으응?"

"네가 한 이야기 말이야."

뭐 더 붙일 것도 없었다. 나는 선아현의 입장을 그대로 반영한 솔직한 답장을 작성했다. 대충 편하게 정리하자면 이런 내용이다.

–회사의 이번 요구에 굉장히 당황했다. 계약서가 뻔히 있는데 왜 '진행된 게 없다'고 말하려는 것인지? 설마 이행 안 할 생각이었나?

–시상식에서 이야기한 것도 언론 때문에 회사가 당황했을 수도 있다는 생각에 사과했는데, 이제 보니 그것도 불안하다.

–우린 당연히 회사가 계약을 이행할 것이라고 생각하고 소감에서 말한 것인데, 설마 그게 아니라 더 화를 낸 건 아니라고 믿고 싶다.

요약하자면 '헛짓 말고 당장 플랜이나 내놔 새끼들아'다.

"그, 그럼 이렇게 보낼게…!"

"Okay~~"

"저희가 느낀 서운한 점을 충분히 잘 담아낸 것 같습니다! 대단하십니다!"

선아현은 멤버들의 환호 속에서 해당 내용을 회사 경영진 측으로 전달하게 되었다. 그리고 큰세진은 내 쪽으로 고개를 숙이더니 속삭였다.

"안 통하겠지?"

“안 통하지.”

소속사가 저걸 보고 갑자기 정신 차리고 내일부터 ‘죄송합니다! 당장 레이블 독립 추진하겠습니다!’ 같은 소리를 할 리가 있나. 그냥 기분 나쁘고 더 초조해질 뿐이다.

‘뭐 하나 원하는 대로 안 되니 빡치지.’

그 와중에 우릴 달래기는 해야 하니 더 열 받고, 달래야 하니 케어를 소홀히 하는 식으로 은근히 티 낼 수도 없다. 졸지에 모든 방면에서 을이 된 상황. 어떤 방향으로도 선불리 움직일 수 없는 막다른 길.

나는 피식 웃었다.

“그런데, 이런 상황에서 보통 실수가 나오더라고.”

“…….”

큰세진이 말없이 나를 쳐다보더니, 곧 등을 툭툭 쳤다.

“문대야 우리 테스타 오래 가자. 아니, 우린 평생 테스타야. 알지?”

“그러든가.”

나는 피식 웃고 말았다. 인정받는 기분이 썩 괜찮았다. 그리고 저 말에 그러자고 편하게 말할 수 있는 것도 제법 유쾌한 일이었다.

그리고 계획대로 일이 풀리면, 더 좋아지겠지.

며칠 후, 소속사는 예상대로 엄청난 사고를 쳤다.

직속 모기업인 T1 엔터 본사와 싸운 것이다.

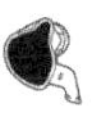

모기업도 테스타도 설득하지 못한 소속사는 입장을 단독으로 이야기할 힘이 없어졌다. 그렇다고 그냥 입장 표명 없이 미적거릴 수도 없었다. 팬들도 한소리 거들기 시작했기 때문이다.

-소속사 왜 아무 말이 없냐

-기사도 아직 공식 입장 안 나왔다고만 하니까 좀 그렇네

-시상식 시즌 다 끝나면 본격 출범하더라도 제스처는 보여줘야지 애들이 결정도 안 된 걸 소감으로 이야기했을 리도 없잖아

기간을 넘겨서 미적거리면 금방이라도 소속사로 시위 트럭을 보낼 것 같은 기세였다. 음… 그리고 이때 보니, 내가 발표한 것도 팬들 사이 버즈량 키우는 데 한몫한 것 같고.

물밑에서 자기 멋대로 떠드는 놈들이 '왜 박문대가 저걸 말했느냐'를 좀 억측한 것 같더라고.

-음습댕이마이크꿰찬거보니까레이블존나투자많이들어갔나본데ㅋㅋㅋ

-대표이사라도 하시나

-이런 건 리더한테도 양보 안 하지 역시 곰머야

이런 말들은 '문대가 신나서 소감을 말한 것까지 꼬아 보는 악성 안티들'이란 메이저 여론에 떠밀려 욕이나 먹긴 했으나, 원래 논란은 언급량을 늘리니까. 게다가 이런 부정적인 말들까지 '테스타의 레이블은 어마어마할 것이다'를 전제로 하고 있으니 자연스럽게 이 소식을 접한

모두가 그렇게 생각하게 되었다.

'돈 주고도 못 살 사업 화제성이야.'

그래서, 결국 T1 엔터 자체가 이 떡밥을 물었다.

[T1이 제안하는 KPOP의 새로운 비전, "아티스트 전문 레이블 출범부터"]

자기들이 먼저 기사를 띄웠거든. 사실상 T1 Stars가 테스타를 놓아주지 않기 위해 미적거리는 것에 절대 도움을 줄 생각이 없다는 선언이었다.

그리고 이걸 보고 우리 소속사 경영진들이 포기했냐고? 아니. 소문 듣자 하니 눈이 뒤집혀서 좀 강경한 입장문 따위를 모기업에 보낸 것 같다.

'멍청한 판단이었지.'

평소라면 아무리 그래도 바보도 아니고 그런 짓을 하진 않았겠지만, 이 계약 문제에 며칠이나 매몰된 탓에 순간 판단을 그르친 것이다. 그렇게 제대로 검토도 안 된 그 입장문은 모기업에 가버렸고… 소속사 경영진들은 T1의 높으신 분들에겐 이 건에 대해선 제대로 괘씸죄로 찍혔다.

그 결과는?

"…그래서, 잘하면 내년 초엔 독립할 것 같다."

뭐긴 뭐야. 항복 선언이지.

–대박!!

스마트폰의 화상통화 화면에 뜬 놈이 눈을 번쩍였다. 지난 시상식에서의 수상소감 이후로 하도 상황을 궁금해하기에 궁금증을 풀어주는 중이다. 원래 통화로 하려다가, 이 새끼 상태도 체크할 겸 화상통화로 진행해 봤다.

'다행히 아직은 다른 기미는 없군.'

연수도 잘 받고 있고, 건강한 것 같다.

–형, 거기 너무 춥지 않아요? 베란다 같은데…….

나는 피식 웃었다. 그러고 보니 멤버들 피해서 하는 일은 매번 여기로 나오는 것 같군. 그리고 사실 이런 손바닥만 한 화면으로 하는 화상통화 정도야 그냥 방에서 해도 괜찮은데, 습관적으로 나왔을 뿐이다.

"괜찮아. 집이 비싸서 여기도 외풍 차단을 잘해놨어."

–와… 다행이에요. 진짜 좋네요!

"그래."

나는 어깨를 으쓱했다.

–그리고 레이블 정말 축하드려요, 팬으로서 다음 앨범도 너무 기대되고…….

'류건우'의 몸을 쓰는 큰달은 자신의 소감을 늘어놓기 시작했고, 나는 그것을 말없이 들어줬다.

그때였다. 옆에서 인기척이 났다.

드르륵.

"박문대, 회사에서 연락 왔…!"

"예?"

고개를 돌리자, 손에 스마트폰을 든 배세진이 급하게 베란다 문을 열고 들어오는 것이 눈에 보인다.

'뭐야.'

회사 연락? 나는 일단 귀에 끼고 있던 이어폰 한쪽을 뺀 뒤 놈과 대화하려 했으나, 그보다 배세진이 움직인 게 먼저였다. 놈이 뜬금없이 내 스마트폰에 삿대질을 하기 시작한 것이다.

"…?"

"어어… 어어어??"

마치 누군가를 알아본 것처럼.

"……."

–형? 형?

야, 설마.

확실히 나는 류건우의 몸으로 배세진과 마주친 적이 있다. 기껏해야 세면대 앞에서 상황 모면하려고 응원한 게 전부지만, 혹시라도 배세진이 그 경험을 인상 깊게 기억하나 의심한 적도 있고.

그러나 류건우 생김새를 기억할 거란 의심은 안 해봤단 말이다. 이 놈이 얼굴을 본 팬만 지금까지 수만 명은 될 텐데 딱 한 번 본 팬 얼굴을 지금까지 기억한다고? 그것도 모자까지 눌러쓴 놈을?

그러나 손가락으로 가리키면서 감탄사를 외친다면 누가 봐도 '나 너 알아'라는 뜻이다. 의심할 것도 없다. 안면 있다 이거지.

'후.'

그래도 이어폰을 껴서 '류건우'가 날 형이라고 부른 괴상한 정황은 안 들렸겠군. 좋아. 나는 상황을 추측하자마자 바로 입을 열었다. 자연스럽게.

스마트폰 속 놈에게 말한다.

"형, 제가 다시 연락드릴게요."

–어어…? 어….

배세진이 흐름 타게 두면 안 되지. 일단 한번 끊고 무마한다.

그러나 배세진이 먼저 움직였다. 놈은 내 팔을 잡더니 숙덕였다.

"너… 너 찾았구나!"

"…!"

"그… 비디오에서 봤던 그 사람 맞지?"

그 순간 상황을 바르게 이해했다.

'아. 그쪽이었나.'

맞다. 이제 기억이 나는군. 내가 류청우의 홈비디오를 확인할 때 배세진도 동행했었다. 그때 여러 번 유심히 본 게 기억에 남아 있었나 보다. ……혹은 내가 명절 밤에 직장 동료 본가에 쳐들어가서 가족 비디오를 뒤지는 미친 짓을 해서 기억하고 있거나.

나는 간신히 대답했다.

"……예. 그 형이죠."

"역시!"

배세진은 알겠다는 눈으로 화면 속 '류건우'를 쳐다본다.

'그렇다 쳐도 눈썰미가 좋은데.'

홈비디오에 찍힌 건 제법 어릴 적인 데다가 안에 들어간 내용물도 바뀌어서 인상이 다를 텐데 용케 알았다 싶다.

–저기… 저 인사할까요?

아니, 일단 가만히 있어라. 나는 화면에 살짝 눈짓하면서 배세진의 질문을 받았다.

"어떻게 찾았어?"

"청우 형 가족분 중에 연락이 닿은 분이 계셔서요."

괜히 더 질의문답이 오가다가 쓸데없는 소리를 하는 것을 방지하기 위해, 좀 더 구체적인 정황도 설명해 줬다. 이걸로 끝내자.

"며칠 전에 저희 둘이 잠깐 짬 내서 외출했을 때 있잖아요. 그때 만나서 연락처 교환했습니다."

"…흠, 그래."

저건… 그날 나랑 류청우가 나갔는지도 몰랐다는 얼굴이군.

'하긴 저놈이 큰세진도 아니고.'

차유진이 룸메이트인데도 방에서 잘 안 나오는 놈이니까. 어쨌든 상황은 이대로 진정 국면에 접어드는 듯했다. 나는 고개를 끄덕이며 입을 열었다.

"안 그래도 형이 그때 청우 형네 홈비디오 확인하려 같이 가주셔서 소식 말씀드리려고 했어요. 감사합니다."

"그… 아냐. 내가 뭘 했다고. 아무튼 잘됐고, 어… 나도 뭐, 도울 일 있으면 말하고…."

배세진은 횡설수설하더니, 곧 대단히 사회성 있는 행동을 했다. 화면 속 류건우와 얼결에 눈이 마주치자마자 인사를 한 것이다.

"그래서 이분이 너…… 크흠, 안녕하세요."

—네? 네…!

저놈은 대답해도 내 이어폰에나 들리는데 뭘 같이 인사를 하고 있냐.

—아, 이거 제가 말해도 저쪽엔 안 들리시는 거죠?

이제야 알았나 보군.

"…뭐라고 하시는 거지?"

"잠시만요."

어차피 이렇게 된 거, 짧게 인사 주고받게 하고 끊으면 깔끔하겠지.

나는 일부러 화면을 보고 분명하게 말했다.

"형. 대화 전달이 안 돼서… 괜찮으시면 지금 이어폰 연결 뺄게요."

대비하란 뜻이다.

—…알았다!

이번엔 실수하지 않겠다는 생각인지 놈의 말투가 변했다. 그리고 표정도 변했… 설마 저거 날 따라 하는 건가? 놈은 얼굴에서 힘을 쭉 빼더니, 단단한 목소리로 말한다.

—안녕하세요. 류건우입니다.

안 어울린다.

"…예. 음, 문대랑 같은 팀인 배세진입니다."

소통이 시작되자 먼저 인사하던 게 거짓말처럼 배세진도 본연의 모습으로 돌아왔다. 어지간히도 낯을 가리는군. 그래도 분위기가 침착해진 건 환영할 만한 일이다. 화면의 놈도 덩달아 과도할 만큼 정중하게 인사했기 때문이다.

좋은 거리감이다. 이대로 가자.

—예. 테스타 많이 응원하고 있습니다. 대상 축하드립니다.

"……감사합니다."

그러나 배세진은 한 박자 늦게 대답하더니, 묘한 표정으로 스마트폰 카메라를 벗어나 다시 내게 속닥거렸다.

"…그, 저분 혹시 방송 쪽에서 일하시나?"

"……?"

무슨 뜬금없는 소리지.

"아뇨. 왜요?"

"그냥… 어쩐지 얼굴이 낯이 익……."

배세진은 말을 하다 말고 멈췄다. 그리고 화면 속에서 여전히 나를 따라 하는 놈을 물끄러미 쳐다보았다.

"……."

상당히 의미심장한 징조인데. 나는 당장 입을 열었다.

"형, 그러면 다음에 또 뵐……."

"잠깐."

배세진이 손을 들더니, 긴가민가 싶다는 투로 말을 꺼낸다.

"혹시 저랑 몇 년 전에 만난 적… 공연장이었는데요, 세면대 앞에서 사인 이야기하고…."

"…!"

아니, 놀랄 것 없다. 진정하자.

'확신한 게 아니야.'

상황이 겹치면서 반짝 생각이 난 건지 한번 확인이나 해보는 것이다. 그리고 어차피 화면 속 저놈이 한 것도 아니지 않나. 별 양심의 가책 없이 '무슨 소리신지 모르겠다'고 대답할 수 있을…….

–어어…! 그 화장실에서…….

"……."

거기서 왜 반색하냐고.

'너도 공명으로 같이 경험하긴 했다 이거냐.'

나는 흥분한 두 놈의 꼴을 식은 눈으로 보았다. 화면 속 '류건우'는 지나치도록 반갑게 반응했고, 덕분에 배세진도 곧바로 확신했다.

"…!! 역시!"

–와, 혹시 기억하실까 했는데….

"…당연히 기억하죠. 그때 정말 감사했습니다."

배세진은 약간 갈등하는 것 같았으나, 결국 말 한마디를 더 붙였다.

"많이… 힘이 됐습니다. 덕분에 좋은 이야기도 많이 찾아봤고요."

–흠흠, 그렇군요.

넌 뭘 뿌듯하게 눈을 찡긋거리고 있어. 어처구니가 없었으나, 놈은 약간 들뜬 투로 말을 이었다.

–그때의 제가 들으면 굉장히 기뻐했을 것 같습니다…!

"……."

그때의 류건우? 설마 이놈 얼결에 맞장구친 게 아니라….

'나 들으라고 하는 소리였나.'

나는 할 말을 잃고 놈의 화면을 쳐다보았다. 큰달은 표정을 관리하던 것도 잊은 건지 흐뭇한 얼굴로 입꼬리를 실룩거리고 있다. 배세진이 쑥스러운지 헛기침하는 소리가 옆에서 들린다.

"크흠, 네. 저도 이렇게 인사드리게 돼서 기쁩니다. 그때 사인도 못 드려서…."

"……."

그래, 뭐… 그 별것 아닌 일이 그간 배세진에게 도움이 됐다니, 그건 좋은 일이다. 큰일도 아니고 작은 미담이니 여기서 정리하고 넘어가는 편이 차라리 나중에 깨닫고 호들갑 떠는 것보다 나을 수도 있겠지.

나는 픽 웃었다.

"안 그래도 다음 앨범 나올 때 사인 앨범 드리기로 했어요."

"아, 흠, 그러면 되겠네."

-진짜 기대하고 있습니다….

"그, 영광입니다."

분위기가 살짝 풀어진다. 정확히는 배세진 혼자 낯가림을 풀기 시작했다.

'이러다 잡담이라도 하게 생겼군.'

더 이상은 대화에 허점이 생길지도 모르니, 나는 이번에야말로 대화를 정리했다.

"형, 내일도 연수라면서요. 제가 시간을 너무 뺏은 것 같은데요."

-…! 그, 그렇지. 죄송해요, 이만 들어가 보겠습니다.

"아, 예. 그… 네. 감사합니다."

큰달은 이번엔 빠르게 신호를 알아들었고 그렇게 통화는 마무리되었다. 띠리링. 연결이 끊긴 화면을 쳐다보며 배세진은 오묘한 얼굴로 중얼거렸다.

"…진짜 우리 그룹 팬이셨구나."

"……."

여기서 안 물어보면 더 이상하겠지?

"두 분 안면이 있나요."

"만난 것까진 아니고… 팬분으로서 응원을 받…… 아니, 몇 초 잠깐 봐서 지금까지 네가 찾던 사람인 줄은 몰랐어! 너 찾는 거 뻔히 아는데 일부러 말 안 해준 건 아니고……."

"그렇겠죠. 만나는 사람마다 얼굴을 기억하고 있진 않으니까요."

"그, 그래."

배세진은 좀 안심한 표정으로 한숨을 쉬었다.

"그래도… 신기하네. 너랑 나 모두 같은 사람한테 도움을 얻었다니까… 이런 식으로 공통점이 있을 줄은 몰랐는데. 사람 인연이라는 게 진짜 있구나 싶기도 하고."

"그러게요."

"크흠… 그렇게 초기에 좋은 말씀 해주신 분이 아직까지도 응원하고 계신다니까 좀 이상하기도 해서…."

"형이 그동안 잘 활동했으니까 그렇겠죠."

"그, 그래? 흠흠, 그 정도는 아니지만… 고마워."

"뭘요."

배세진은 이제 순 들뜬 것 같다.

"어, 이런 걸 예능에서 말하면 좋지 않나? 아닌가?"

"……."

거기까지 하자.

"저희끼리 추억으로 간직하는 방법도 있고요. 그것보다 형, 저 부르신 이유가…."

"아아!"

그때야 놈의 안색이 변하더니, 본론으로 들어간다.

"맞아, 회사에서 연락이 왔어…!"

흠… 배세진이 뛰어서 날 찾아올 유의 연락? 항복 선언을 번복하려는 건 아니겠지. 나는 팔짱을 꼈다.

"소속사요?"

"그 회사가 아니라… 그 위 회사!"

배세진은 좀 흥분한 얼굴로 외쳤다.

"T1 엔터에서 직접 연락이 왔어!"

"…!!"

모기업의 출두였다.

나는 배세진을 따라 방으로 들어갔다. 차유진에게도 시켰는지 놈을 따라 몇 놈이 미리 방에 모여 있었다.

"귀가했습니다!! 주의 주셨던 대로 A&R팀의 아무에게도 들키지 않고 조용히 빠져나왔습니다!"

"그, 그래."

마지막으로 작업실에 갔던 김래빈까지 합류하자, 드디어 브리핑이 시작되었다.

"다른 건 아니고, 제안이 왔어."

"제안이요?"

류청우가 간단히 설명했다. T1 엔터에서 소속사를 거치지 않고 직접 메일을 보냈다. 지난번 전담팀 문제로 이야기를 나눈 담당자 편으로, 이사진의 의견이 직송되었는데….

나는 그 말을 들으며 턱을 문지르다가, 가볍게 한 문장으로 정리했다.

"그러니까… 우리를 아예 직속 레이블로 빼내겠다는 말이네요."

"그렇지."

자기들 자회사인 T1 Stars 소속사 산하가 아니라, 진짜 T1 ENT의 직속 계열사로 말이다.

'미쳤군.'

말도 안 되게 후한 제안이었다. 심지어 정산 구조 개편안까지 보내서 우리가 얼마나 이득인지도 설명했다고 한다.

"그럼 지금 소속사는요?"

"거기에 대해선 따로 언급 없었어."

그럴 만도 했다.

'걔넨 그냥 X 되는 거라 직접 적긴 그렇지.'

원래라면 레이블을 세워도 어차피 기획과 활동 업무를 독립적으로 수행하는 것이지, 매출 처리 등 회계 구조는 T1 Stars에 귀속될 예정이었다. 우리 매출은 계속 이 소속사 걸로 잡혔을 거란 뜻이다. 산하 레이블이니까.

그런데 이렇게 되면 소속사와 그냥 깔끔히 연이 끝나는 것이다.

말 그대로 이적. 심지어 우린 전담팀을 다 들고 나를 것이니 회사는 비상이 걸리다 못해 상당히 타격을 입을 것이다. 그런데 모기업이 뒤에서 주먹 들고 있으니 보복을 걱정할 필요도 없다.

"이렇게 되면… 그 소속사에서 아예 나오는 거야!"

"오우~"

꿈에나 그릴 법한 완벽한 탈주 타이밍. 속 시원한 상황이긴 했는지, 벌써 박수 치는 놈들도 있지만….

'음. 안 좋은데.'

나는 눈썹을 꿈틀거렸다. 이건 누가 봐도 파격적인 대우고, 연예계에 조금만 관심 있는 사람이라면 테스타를 T1의 적장자로 판단하게 될 빅딜, 소속 변동이다.

그래서 문제다.

'T1 이미지와 너무 엮이면 안 돼.'

T1은 문어발식 사업을 하는 대기업답게 이미지가 개쓰레기란 말이다. 심지어 문화사업 쪽은 Tnet 채널로 대표되는 어그로성 KPOP 빨아먹기 전략으로 '업계 생태계 망친다'라며 말이 많다. 그런데 그런 T1이 각 잡고 밀어주는 사업 간판 이미지? 붙으면 최악이다.

'그냥 대기업 수혜 입는 정도가 아니라 T1 엔터 사업 메인이 되는 거잖아.'

신인상 때도 대기업 방송사의 횡포라며 그 지랄이 났는데 사사건건 T1이 헛짓거리할 때마다 우리를 붙일 확률이 높다. 앞으로 무슨 일이 났을 때 강자, 가해자의 포지션으로 프레이밍 당하기 딱이란 말이지.

'그것뿐만 아니야.'

가장 결정적인 이유도 하나 있다.

'…회사가 전적으로 우리 편인 것처럼 이미지 잡히면 안 돼.'

사업하면서 모든 게 다 모든 사람의 구미에 맞을 순 없다. 분명히 문제가 생기고, 그건 아이돌 사업도 마찬가지였다.

그러면 문제가 생겼을 때 책임소재도 생기는데… 회사가 우릴 위하고 존중하는 걸로 이렇게 선방 먹이고 시작하면 도리어 그 어그로를 우리가 다 처먹는단 말이다.

-티원이 티원했네

-아 ㅅㅂ 우리 애들 놔줘

이렇게 말하는 대신,

-ㅋㅋ.ㅋㅋ..얘들아 제발 제대로 좀 하자
-이번에 활동안 낸 멤은 머가리가 없다 생각하고 다음부터 손 떼라 알겠지?

이렇게 말하는 사람들이 늘어난다. 절대 안 된다.
'T1은 우리와 이해관계가 일치하지 않는 이미지여야 해.'
이게 깨지는 순간 회사가 잘못해도 아이돌과 동일하게 생각해서 도리어 정도 이상으로 감싸주려 하거나, 아이돌까지 하나로 묶어서 탓하는 미친 상황이 올 수도 있었다.
장기적 안목에선 악수다.
"……."
"다들 어떻게 생각해? 나는… 괜찮은 것 같은데!"
"저, 저도요."
문제는, 나 혼자 그렇게 생각한다고 해서 이미 신난 이놈들을 제대로 설득할 수 있을지 모르겠단 말이지.
'솔직히 이유가 좀 더러워서.'
사람들이 우리 보고 X 같은 건 다 회사 탓을 하게 만들어야 하는데 그걸 어렵게 만들면 안 된다고 말하긴 그렇지 않나. 이런 말에 설득 안 될 놈들이 적어도 셋은 보인다.
'…감정적인 명분이 있으면 딱 좋겠는데.'
그때, 옆에서 김래빈이 축 처진 목소리로 조용히 중얼거렸다.
"그러면, A&R팀 중 일부 분과는 소속이 완전히 바뀌며 헤어지게 되는 거군요…….”

“…!”

이 새끼… 말 잘했다. 이거다.

“음, 그냥 전부 모셔오면 되지 않을까?”

“그건 힘들 겁니다. 소속사도 그 정도로 호락호락하게 나오시진 않을 것 같아요.”

나는 일부러 단정 짓듯이 대답했다.

“우리가 전담팀을 데리고 나가는 것도 소속사에 엄청난 타격이 될 텐데, 다른 사람들을 빼내긴 힘들겠죠.”

“으으음….”

“그, 그럼… 같이 가지 못하는 분들은 어떻게 되는 겁니까?”

“전보다 힘든 환경에서 일하시게 되겠지.”

김래빈의 얼굴이 창백해졌다. 나는 팔짱을 꼈다.

“그렇다고 그 사람들을 위해 우리가 억지로 남을 필요는 없어. 각자 인생을 사는 거니까.”

“예…….”

그때였다. 선아현이 조심스럽게 손을 들었다.

“저, 저기….”

“응.”

“그러면, 그냥 여기 있으면서 못된 사람들을 다 쫓아내면 안 될까? 부, 불가능한가….”

니는 담담히 대답했다.

“쫓아내는 건 힘들지.”

"으, 으응. 역시 그렇지…."
그때였다. 류청우가 입을 열었다.
"그런데, 앞으로 못된 짓 못 하게 만들 수는 있지 않아?"
"…!"
"맞지?"
이쪽도 의외로 백업 좀 하는군. 나는 고개를 끄덕였다.
"그건 되죠."
"오~ 전 그거 좋아요. 싸워요!"
차유진이 곧바로 태세를 전환했다. 놈다웠다. 그리고 배세진은 말을 우물거렸다.
"나쁘진 않은데…."
그래. 이쪽도 네 취향일 줄 알았지.
"그럼 이쪽도 고려해 보는 걸로 할까요."
꽤 괜찮은 호응이 돌아왔다.
'됐군.'
나는 양손을 깍지 꼈다.
"그럼 다들 한쪽으로 완전히 마음 굳힐 때까지… 시기를 기다려 보죠."
"시기?"
"이젠 이야기도 다 진행됐으니까 그래도 될 것 같아서요."
나는 내 옆에 앉은 놈을 돌아보았다. 큰세진.
"지난번에 얘 말처럼, 대상 다 타고 나면 우리 발언권이 더 커지겠죠."
"…!"
다시 말하자면, 다른 놈들이 가장 안절부절못할 시점까지 말이다.

큰세진은 눈을 크게 뜨더니, 곧 씩 웃었다.

나도 따라 웃었다.

"그때까지 기다립시다."

테스타는 그 후, 연말 연초의 시상식 시즌에 총 32점의 수상 트로피를 받았다. 그리고 그중 5점은 대상 트로피였다.

우리가 내밀 딜은 그 시점에서 움직이기 시작했다.

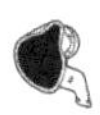

"축하해요."

"축하드립니다."

1월, 나는 골드디스크 시상식 복도에서 만난 선배에게 고개를 숙여 인사했다. 한 해 시즌을 마무리하는 마지막 시상식 중 하나였는데, 아쉽게도 여기선 대상을 받지 못했다.

'애초에 가능성도 없었다만.'

부문이 음반, 음원 칼같이 두 파트밖에 없어서 말이다. 종합 성적이나 다름없는 가수상이 없었다. 이러면 결과가 또 뻔하다.

'영린이랑 VTIC이 하나씩 나눠 가졌지.'

그래…. 바로 지금 나랑 인사한 이 새끼가 말이다.

청려는 밝게 웃었다.

"베스트 그룹에 베스트 퍼포먼스까지… 좋은 상을 많이 타셨네요. 팬분들께서 열정이 대단하신가 봐요."

아무리 비벼봤자 성적으로 자르니 대상은 못 탔다는 뜻이다.

"네. 아무래도 열심히 활동해서 팬분들께서 열정적으로 투표해 주신 덕이 맞는 것 같습니다. 선배님의 음반 대상에 비교할 수는 없지만요."

투표에서 밀린 퇴물이 말이 많다는 뜻이다.

"하하."

"하하하."

나는 놈과 정답게 웃었다. 복도의 스탭들이 훈훈한 눈으로 보고 지나간다. 웃음을 멈춘 청려는 표정을 바꾸고 물었다.

"음… 만나면 들려준다던 '감상'은 잘 정리했어요?"

아, 그렇지. 내가 '류건우'의 몸에 들어가며 겪은 일에 대해 이놈과 한 번 더 대화하기로 했었다.

'우리 둘 다 시즌상 더럽게 바빠서 딱히 기회는 없었다만.'

나는 기 싸움을 멈추고 깔끔히 정리했다.

"찾던 사람은 찾았습니다. 우리가 원래 하려던 일에 도움을 줄 예정이고요."

"아하."

청려의 눈이 가늘어졌다.

"한번 같이 만나도 재밌겠어요."

"기회가 되면요."

'큰달'을 찾았으며, 그놈이 시스템 처리에 도움을 줄 거란 속뜻은 알아들은 것 같았다.

'이 자리에선 이 정도면 적당하겠지.'

개방된 복도에서 떠들 만한 일은 아니니까. 차후 일 진행하는데 이 새끼가 비협조적으로 나오지 않을 정도면 됐다. 청려는 빙긋 웃었다.

"그 사람이 어떤 도움을 줄지 궁금하네요. 그 외엔 따로 문제는 없나요?"

"문제요."

"네. 단독 레이블 세운다고 전해 들었어요. 그게 생각보다 복잡한 일이잖아요."

말투 보아하니 이 새끼 벌써 T1 본사랑 소속사 갈등까지 다 아는 모양이군.

"괜찮습니다. 잘 진행되고 있어서."

"그래요?"

"네. 내년 활동을 더 열심히 해서 좋은 성과를 거두는 데에만 집중하고 있습니다."

'KPOP 레코드 경신' 미션을 클리어하는 게 결국 본 목적이다. 물론 저 새끼들에게서 음반 대상을 뺏어오면 최고고.

나는 어깨를 으쓱했다. 물론 이 새끼라면 '저런… 어려울 텐데' 따위의 말을 하며 또 사람 속을 득득 긁으려 들 테지. 받아칠 준비를 하며 놈을 보았다.

그러나 청려는 예사로운 얼굴로 중얼거렸을 뿐이다.

"음… 그래요. 잘해봐요."

"……."

"뭐… 올해는 좀 쉬울 수도 있고."

뭐?

"무, 문대야!"

뒤에서 나를 부르는 소리가 들렸으나, 나는 청려를 응시했다. 그러나 놈은 어깨를 으쓱하고 돌아섰을 뿐이다.

"…쉽다고?"

"열심히 한다면서요? 그럼 시간 될 때 또 봐요."

그게 끝이었다.

'무슨 속셈이지.'

이번 해 성적 이야기엔 독사처럼 달려들던 놈이 아닌가. 다음 성적에 자신이 없는 것도 아닐 텐데.

묘하게… 흥이 식은 느낌이다. 군대도 반년만 가는 새끼가 왜 저러냐. 나는 놈의 뒤통수를 찝찝하게 보다가 시선을 거뒀다.

'물밑에서 VTIC 루머라도 좀 찾아봐야 하나.'

호재인지 악재인지, 기분 탓인지 모르겠군.

"미안, 끝인사 드리느라."

"으응, 아, 아냐."

다가온 선아현은 약간 긴장한 얼굴로 돌아가는 청려를 보았지만, 곧 나를 돌아보며 웃었다.

"저기, 영린 선배님을 만나서 인사, 드리고 있었거든…!"

"그래? 가자."

"으응!"

나는 놈을 따라 복도를 이동했다. 모서리를 돌자 또 다른 대상 수상자가 미소를 띠고 있었다.

"문대 씨."

"선배님."

음원, 음반 양일로 나눠진 시상식에서 전날 음원 대상을 받은 영린이다. 하지만 오늘 음반 시상식 부분에서도 본상을 받아 참석했다. 그리고 노래까지 한 곡 했다.

'보통 대상 받는 하루만 참석하는데 말이지.'

드물고 성실한 태도였다.

"이제 정말 새해군요. 테스타 여러분이 내년에도 멋진 활약 보여주길 바랍니다."

"더 정진하겠습니다."

영린은 담백하게 웃었으나, 뒤에 서 있던 댄서들이 앓는 소리를 내며 흐느적거리기 시작했다. 뭐지? 시선을 눈치챈 건지, 영린이 댄서들을 소개한다.

"제 소속사에서 내년에 새로 나올 친구들입니다. 인사하자."

"안녕하십니까!!"

무대 경험 쌓기의 일종으로 댄서로 써준 모양이었다. 흔한 일이다. 선아현은 흐뭇한 얼굴로 그것을 보다가, 영린에게 작은 목소리로 말을 걸었다.

"저, 굉장히, 아끼시는 후배신가 봐요…."

"그렇게 보이나요? 맞습니다. 제가 프로듀싱을 맡아서요."

"선배님…."

연습생들과 영린, 선아현까지 아주 훈훈하기 짝이 없는 분위기를 연출하고 있다. 물론 나는 낄 생각이 없다.

'영린 프로듀싱이면 곡 하나는 끝내주게 좋겠군.'

나는 머리 한편에 예비 신인에 대한 정보를 정리하고 영린과도 헤어졌다. 대기실로 돌아가며, 선아현은 새삼스럽다는 듯이 손을 만졌다.

"우리도, 벌써 선배가 됐구나…."

"그렇지. 이제 신인은 아니야."

새해가 되면서 테스타도 어느덧 5년 차다. 데뷔한 지 3년 반을 채웠으니 신인 탈은 벗었다고 볼 수 있지. 이제 슬슬 치고 올라오는 놈들도 견제해야 한다.

'직속 후배도 둘이나 있고.'

나는 〈아주사〉 후배 두 그룹을 떠올렸다. 앞으로 우리의 행동에 따라 '직속'을 계속 달고 있을지, 뗄지가 결정되겠지만 말이다. 이 소속사를 탈출해서 T1 직계로 갈 것인가. 아니면 남아서 쥐어 팰 것인가.

"흠."

사실 이건 김래빈 의견이 나온 순간 결론이 난 것이나 다름없긴 했다.

'기획팀과 A&R팀 사람들과는 정이 든 멤버들이 워낙 많지.'

소속사 의사결정자들이 사람 빡치게 하는 것과는 별개로 매번 얼굴 보는 실무진이 고생하면 안됐다는 생각이 들 수밖에 없다. 저 나이대 놈들이면 더 심하겠지. 시상식 시즌이 지나갈수록 애들이 후자를 고려하는 게 보였다.

그건 배세진도 마찬가지였다. 놈은 이것저것 여러 측면에서 고심하는 것 같더니, 결국 어젯밤 연습 중엔 이 결론을 내렸다.

—같은 효과가 난다면, 남는 편이 옳을지도 모르겠어. 그게 더 좋은 교훈이 될 것 같잖아.

사실상의 만장일치가 되는 순간이었다. 나는 픽 웃다가 입을 열었다.

"선아현."

"으응?"

"넌 여기 남으면 가장 먼저 누구부터 입 다물게 하고 싶냐."

"이, 입을 다물게…??"

당황한 모양이군. 하지만 선아현은 곧 침착함을 되찾았다.

"이, 입을 다물기보다는… 일하는 사람들을, 더 배려하고, 못살게 굴지 않았으면 좋겠어…. 우리도 그렇고, 다른 직원분들이나, 아이돌들도 그렇고……."

"그래."

구성원들을 정신적으로 괴롭히지 말아라. 인격적으로 대우해 달라. 그것참… 좋은 명분이지.

나는 씩 웃었다.

"좋은 말이야."

"고, 고마워…!"

며칠 후, 우리는 마지막 시상식인 '한국가요대상'에서 딱 하나뿐인 대상을 타며 유종의 미를 거뒀다. 그리고 투어 전 짧은 휴식기에 접어드는 순간, 드디어 소속사가 허리를 굽히기 시작했다.

속마음은 물론 달랐겠지만 말이다.

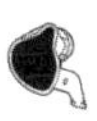

'천박한 잡놈들이…….'

본부장은 평소 하지 않던 상스러운 욕을 속으로 외치면서 자신의 책상에 앉아 있었다. 이유는 하나였다. 그 머리에 피도 안 마른 딴따라 새끼들 때문에 제일 중요한 타이밍에 실적이 망가지게 생겼기 때문이다.

'너희가 잘 팔리는 게 너희 덕인 줄 알아? 다 기업에서 만든 상품성 덕이지!'

그 수많은 재정적 지원과 빠릿빠릿한 의사결정 덕에 대상까지 받았지 않은가! 자신은 그 대상 실적까지 포트폴리오에 멋지게 추가하고 새 사업을 위해 물러날 생각이었다!

그 후에 레이블이든 뭐든 알아서 하면 되지 않는가. 단지 자신이 이 자리에 있는 동안엔 아무 제스처를 주지 않고 다음 부임자에게 처리를 깔끔히 넘길 생각이었을 뿐인데….

'X발 것들! 인내를 몰라서 그새를 못 참고!'

첫 대상 하나 탔다고 그 난리를 부린 바람에 자신이 이런 외통수에 처하게 됐다는 게 믿기지 않았다.

특히 수상 소감에서 터뜨린 놈, 박문대.

'잔머리만 굴리는 양아치 놈이.'

추가 계약서로 수작을 부릴 때부터 알아봤어야 했다. 학교를 제대로 다니지도 않아 못 배워먹어서 그런 저급하고 천박한 수단밖에 못 쓰는 게 분명했다. 마녀사냥식 선동질이나 해대는 꼴이 말이다.

본부장은 씩씩거리며 블루투스 키보드에 손을 올렸다. 어쨌든 멍청한 이사진들 때문에 모기업과 사이가 틀어진 지금 자신이 쓸 수 있는 패는 한정되어 있었다.

하지만 동시에, 그 정도로까지 망해서 도리어 희망이 반짝였다.

'여기서 수습하면 전화위복이다.'

테스타는 바로 T1 본사의 오퍼에 오케이를 외치는 대신 아직도 질질 끌고 있기 때문이다.

분명 자기들끼리 새출발하는 것에 대한 두려움과 거리낌이 그 안에 있다. 그리고 이 상황에서라면, 그냥 이놈들을 이곳 레이블로만 앉혀도 자신은 재무제표상 유능한 본부장으로 평가되며 떠날 수 있다….

'여기서 찌른다!'

그는 평소 쓰던 다양한 전문 영단어와 여유를 버렸다. 대신 진중하고 허심탄회한 말씨로 테스타에게 보낼 서면을 준비했다.

[아티스트 테스타분들께.

최근 일어난 여러 사건으로 인해 마음이 많이 상하셨을 것 같아 글을 쓰는 것도 조심스럽습니다.

확실히 말씀드릴 수 있는 것은, 그동안 여러분께서 마음이 상하신 사건들에 대해 수없이 많이 고민했….

…….]

'회사가 배려심이 부족했다.'

'하지만 그 안에는 수많은 소통 오류와 오해가 있다.'

'부디 나를 미워하고 실무진들을 미워하지 말아달라.'

잘못에 대한 인정과 사과, 교묘한 변명, 그리고 감정 호소의 4단 사과문은 어디서든 잘 통했다. 그는 날아갈 듯이 키보드를 두드렸다.

[물론 여러분께서 떠나시면 이 소속사는 큰 타격을 입게 됩니다. 그래도 어쩔 수 없다는 것은 알지만, 여러분을 위해 일하던 이 회사의 직원들이 결코 나쁜 의도를 가지지 않았다는 점만은….]

실무진에 관해 강조하기까지.

본부장은 여러 사업에 잔뼈가 굵은 사람답게 놀랍도록 정확히 테스타의 가장 약한 심리를 집어냈다. 그리고 그 멋진 찌르기에 호응이라도 하는 것처럼, 답장은 다음 날 바로 왔다.

"…!"

테스타의 리더인 류청우 편으로 전달된 서면이었다.

[보내주신 글은 잘 읽었습니다.]

그렇게 시작하는 글은, 불편한 심정과 자신의 글에 대한 정중한 반박, 그리고 약간의 우울함으로 이루어져 있었다.

[계약서상의 내용도 지키시지 않으려 하셨는데 저희가 어떻게 더 믿음을 드릴 수 있겠어요. 잘 모르겠습니다.]

'옳거니!'

이것들이 갈등 중인 게 맞던 것이다! 일단 답장이 왔는데, 비꼼이나 인신공격이 없다는 점에서 이미 이 거절에는 여지가 있었다.

그는 다시 직접 서면을 작성했다. 열정으로 머리에 불이 날 것 같았다.

'계약서상 내용을 지키지 않으려 한 게 결코 아닙니다. 부끄럽지만 연말이라 회사에 가용 인력이 부족하여….'

그렇게 몇 번의 서면이 오갔다. 직접 만나려는 시도도 있었으나, 테스타는 스케줄을 핑계로 미팅을 무산시켰다. 본부장은 예리하게 그 점을 포착했다.

'흔들리는 거야.'

원래 사람은 직접 목소리를 듣고 얼굴을 마주하면 더 깊은 이야기를 털어놓게 되기 마련이다. 그게 두려운 것이다. 설득될 것 같은 불안감이!

'정말 다 왔어.'

그는 테스타의 서면을 분석해서, 기가 막히게 그들의 욕구를 읽어냈다. 그리고 다음 서면에 그것을 충족시켜 줄 만한 미끼를 던졌다.

'독립 레이블 인원 확충. 오케이.'

'이건… 매니지먼트실 통합 관리로 접근하면 되겠어.'

'직속 A&R팀 편성 정도로 이야기해 두면 넘어올 수밖에 없지.'

그렇게 그가 서면을 보낼 때마다, 테스타의 답장은 점점 더 감정적으로 되어갔다.

'좋아!'

통과. 또 통과. 거기엔 게임 스테이지를 한 단계 클리어하는 것 같은 쾌감이 있었다.

그리고 마침내.

다섯 번째 서면에서, 테스타는 미팅을 수락한다.

"후…!!"

일주일 만에 이뤄낸 쾌거. 본부장은 '긍정적으로 진행 중'이라는 메시지를 이사진에게 띄우며 맑은 정신으로 회담을 준비했다.

'나오는 순간 끝이야.'

지난번엔 혼수상태였던 놈이 소송이니 뭐니 워낙 저질스러운 수준으로 끌고 들어가서 문제였을 뿐이다. 그에게 원래 20대 초중반 놈들을 구슬리는 것 정돈 일도 아니다, 그렇게 생각했다.

"안녕하세요."

그리고 당일. 자리에 나온 것은 리더인 류청우뿐이었다.

"멤버들과 상의했는데, 리더인 제가 대표로 보는 게 좋을 것 같다고 해서 저만 나왔습니다."

"아, 그러시군요."

더 좋았다.

'최고의 세팅이다.'

운동만 하던 놈이고 돌발 상황을 만들지 않으려는 유순한 성격인 걸 이미 직원들에게 다 들어놨다. 이런 예측 가능한 모델이야말로 설득하기 가장 좋은데 심지어 혼자라니.

본부장은 그 미친놈이 나올 것도 고려했던 것이다.

'아마 저놈들이 자기들 선에서 잘랐겠지.'

지나치게 충동적이고 경우가 없으니, 진중하게 대화해야 할 이런 자리에는 못 나오게 한 것이다.

'그 말인즉슨, 이 자리를 중요하게 생각한 거야.'

벌써 고지가 눈앞에 보이는 듯했다. 본부장은 우산을 내려놓는 류청우에게 커피를 권하며 대화를 시작했다.

"라테로?"

"감사합니다."

신변 잡기식 대화가 짧게 지나간 후, 부드러운 분위기에서 본론이 나왔다. 류청우는 잔을 잡으며 낮은 목소리로 말했다.

"저희 사이에서도 의견이 많이 갈려요. 정확히는… 나가고 싶다는 쪽이 더 많긴 한데, 본부장님과 이야기 주고받으며 태도가 좀 바뀐 멤버도 있고요."

"그래요. 혹시 어떤 점이 가장 마음에 걸리나, 그게 참 궁금해요."

"그건…."

류청우는 갈등하는 것 같더니, 몇 번 한숨을 쉬었다.

'빨리 좀 열어라!'

그리고 본부장의 애간장이 탈 때쯤에야 다시 입을 열었다.

"후. 아무래도 여전히 신뢰 문제가 있습니다."

"신뢰요."

"네. 저희는 운이 좋아서 레이블을 만들 수 있지만, 다른 아이돌이었다면 못 했을 거다, 하는… 그런 의심이요."

류청우는 쓴웃음을 지었다.

"이런 말 그렇지만, 본부장님 설명에도 말뿐이라고 생각하는 멤버도 있습니다. 아이돌 인권에 관심이 많아서… 그 친구가 강경해요."

꿈 많은 애들다운 생각이었다.

'백억씩 벌어재끼는 놈들이 배부른 소리나 하는군. 하여간.'

꼴값이라고 생각하면서도 본부장은 적절한 답변을 머리를 굴려 떠올렸다. 이득이 아니라 뭐, 도덕적 허영심을 채워줄 윤리적인 제스처라도 보여주길 바라는 모양이다.

'다른 아이돌은 못 한다… 라.'

"…!"

그 순간, 본부장의 머리에 기가 막힌 생각이 떠올랐다.

'이거면 내주는 것도 없다!'

그는 내심으로는 웃으며, 겉으로는 침중한 표정으로 입을 열었다.

"그러면 말입니다…."

"받아왔어."

"오오오!"

"비도 오는데 정말 고생 많으셨습니다!"

미팅을 끝내고 돌아온 류청우는 웃으며 단톡방에 찍어온 서류를 공유했다.

[T1 Stars의 아티스트는 재계약 시 산하 레이블과 계약이 가능하며, 재계약 전에 이에 대하여 합의한다.]

바로 '누구든 재계약 시 레이블로 갈 수 있어' 인증이다.

"진짜 해줬네요."

"그러게."

류청우는 어깨를 으쓱했다.

"사실 서면으로도 그렇게 많이 오케이 받을 줄은 몰랐어."

"맞아!"

"문대 형 마법사예요!"

다 같이 써놓고 대체 무슨 소리냐.

"우리가 갑이라 그런 거죠. 그냥 일 좀 수월하게 만들었을 뿐입니다."

어차피 우리가 회사 뜨면 다 없어질 마당에 대우 올려서 붙잡을 수 있다면 당연히 그렇게 하지 않겠는가. 다만 우리가 달라고 하는 게 아니라, 회사가 자발적으로 내놓는 형태로 하고 싶었을 뿐이다.

'그래야 나중에라도 다른 소리 못 하지.'

하지만 옆 놈들은 킬킬 웃었다.

"오~ 겸손~"

…됐다. 나는 고개를 저으며 웃고 말았다.

"청우 형이 더 대단한데요. 저희가 이야기했던 사항을 거의 그대로 받았잖아요."

"글쎄. 그냥 알아서 주시던데…?"

그러나 배세진도 손을 치켜들었다.

"…훌륭해!"

"음, 고마워."

아무래도 회사 지침을 바꾼 것에 어마어마한 감명을 받은 모양이었다. 얼굴에 '해냈어!'라고 적혀 있군.

'놀랍긴 해.'

재계약 시 산하 레이블 무조건 선택 가능? 이런 건 웬만한 대형은 안 해준다.

'이 소속사 특수성 때문에 가능했겠지.'

어차피 오디션 프로그램으로 이 철에 제일 핫한 애들 충당해서 돌리는 구조니까 말이다. 테스타가 특이 케이스일 뿐이고, 이후의 녀석들은 5년 잘 써먹고 단물 빠지면 대체할 거란 생각으로 이사진이 오케이 했나 보지. 어차피 레이블로 가도 매출은 잡히니까 말이다.

'멍청한 놈들.'

반대로 말하면, 5년 뒤에도 자기네 그룹이 잘나갈 거란 그림을 그리는 놈들은 회사에서 누구 눈치를 보겠냐. 제일 잘나가는 1군 아이돌이 소속된 레이블이지.

그리고 아이돌들이 분위기를 조성하면 실무진들도 거기 동조하게 된다. 결국 영향력의 문제였다. 나는 화면에 떠 있는 개정안을 스와이프로 날렸다.

'하나씩 빼먹는다.'

계속 진행되면, 결국 레이블은 커지고 소속사는 이름뿐인 껍데기만 남게 될 것이다. 나는 결국 씩 웃고 입을 열었다.

"잘 마무리되어서 좋네요. 다들 고생 많으셨습니다."

"고생하셨습니다!"

"아~ 우리 얼른 레이블 이름부터 정하죠!"

하이파이브와 웃음이 거실을 채운다. 참 훈훈하군.

자, 그럼 이 레이블을 가지고 재밌는 일을… 하기 전에.

"그전에 먼저 할 일이 있는데요."

"으응?"

"다음 앨범 준비 계획이요."

김래빈이 머리를 기울인다.

"투어 중 병행 작업 아니었습니까…?"

"맞아."

나는 웃으며 팔짱을 꼈다.

"그 계획 말인데, 우리 투어 중에는 주에 한 번씩 같은 방에서 보내던 거 있잖아요."

차유진이 눈을 빛냈다. 본인 탈주 사건으로 생긴 전통이라 바로 기억했나 보다.

"맞아요. 있어요!"

"…류청우가 괜찮은 제안을 했지."

"하하."

류청우는 좀 뿌듯해 보였다. 그 사이를 큰세진이 끼어든다.

"오~ 이번에도 그렇게 모여서 우리 앨범 준비할까? 그때 작곡 캠프처럼?"

"우, 우와."

"저는 찬성입니다!"

화기애애한 놈들이 웃으며 서로를 보았다. 나도 웃으며 입을 열었다.

"내 제안은 좀 다른 점이 있는데."

"응?"

"일주일에 한 번이 아니라, 사흘로."

"……"

"투어 스케줄이 넉넉해서 되겠더라고요. 그리고 하나 더 다른 점이 있습니다."

"뭐, 뭔데?"

나는 배세진을 보고 웃었다.

"앨범인데 죽도록 해야죠."

"…!"

"이건 취미용 캠프가 아니라 야근용 캠프가 될 겁니다."

콰과광!! 때마침 벼락이 치며, 입 벌린 놈들의 얼굴에 음영을 드리웠다.

그렇게 'KPOP 지옥 캠프-테스타ver' 시안이 발표되었다.

테스타의 글로벌 투어. 뮤지컬을 응용한 서울 콘서트를 그대로 가져올 수는 없었지만 중요한 핵심 파트와 무대 장치는 쏙쏙 잘 빼내서 넣었다.

'확실히 기획이나 A&R 쪽 실무진들은 일을 잘해.'

이제 레이블로 출범해서 그런지 노동력이 더 출중해졌다. 탈출의 맛을 느끼는 것 같았다.

참고로 레이블 대표는 기획팀장이 꿰찼다. 쓸데없는 짓 안 하는 보신주의인데 감각은 좋은 경력자라 딱 적임자다. 유명인도 아니니 문제 생겨도 괜히 개인이 화살받이 될 일도 없고 말이다.

이 과정에서 가당찮은 소리도 들었지만.

—대표는 문대가 하는 건 어떨까?

—예? 형이 하실래요?

—하하, 미안.

연차가 10년은 더 묵어야 할 만한 발상을 내놓은 놈이 있더라고.

아이돌이 직접 레이블 대표라니, 꼬투리 잡힐 일이 무궁무진하군. 차라리 회사를 세워서 사장을 하라고 해라. 나는 한숨을 참았다.

어쨌든, 각설하고… 투어 첫 공연은 대단히 성공적이었다는 것이다.

[날 숨 쉬게 해!]

마지막 앵콜곡이 끝나는 순간, 땀과 물에 푹 젖어서 무대 뒤로 내려올 때까지 한참이나 함성이 들렸다.

와아아아!

쿵!

철제 계단을 신나게 뛰어내린 차유진이 크게 웃었다.

"정말 재밌어요! 콘서트가 최고예요!"

"마, 맞아…!"

"무대 번쩍번쩍 빛나서 더 좋아요. 이건 꼭 많이 해야 해요!"

광선 검 휘두르는 게 진짜 재밌었나 보다. 나는 피식 웃으며 그냥 머리의 물기나 털어냈다. 대신 수건으로 배를 닦던 배세진이 어설프게 입을 열었다.
"확실히… 콘서트는 매력이 있어."
"형!"
데뷔 전엔 매번 체력과 긴장 때문에 죽을상만 하던 놈이 이젠 저런 소리도 하는군. 둘이 룸메가 되면서 영향을 받았나.
차유진은 배세진과 어깨동무를 한 후 더 신나서 외쳤다.
"일주일 쉬지 마요, 괜찮아요! 또 해요! 리허설도 많이 하고!"
그러냐?
"우리 일주일 안 쉬어."
"Ah??"
나는 수건을 어깨에 걸쳤다.
"캠프 해야지."
"……."
"……."
"예! 알찬 시간을 보낼 수 있도록 준비해 왔습니다!"
워커홀릭인 놈만 신났군.
아니, 잠깐. 너희 다 일하는 거 좋아하지 않았냐?
"일하기 싫냐."
"…! 아, 아니야…!"
그럼 뭐냐.
그때, 선아현의 말에 이어서 배세진이 고개를 돌리며 중얼거렸다.
"네가 그렇게 말하면… 보통 말도 안 되는 일이 벌어져서."
"……."

“그래, 박문대가 의미심장하게 말하니까 다 겁먹은 거잖아~ 문대문대 탓이… 왁!”

시끄럽다. 나는 큰세진의 등을 갈겼다. 그리고 손에 들러붙는 물기에 바로 후회했다. 그 꼴을 흐뭇한 눈으로 보던 류청우가 입을 열었다.

“음, 그럼 내일 오사카 콘서트 끝나고 뒤풀이 대신 캠프인 건가?”

“아아….”

분위기가 흐물흐물 녹아내리는군. 그러나 캠프 대신 뒤풀이를 하겠다고 반대 의견을 내는 놈은 없다. ……설마 정말 겁먹은 건가?

‘너무 일방적으로 말했나.’

그러고 보니 의견 수집을 제대로 안 했군. 나는 목뒤를 문지르며 고개를 저었다.

“뒤풀이는… 해야죠.”

“…!”

나는 힘을 빼고 웃었다.

“간만에 콘서튼데 기념은 해야죠. 대상 받고도 바빠서 제대로 못 했으니까.”

“박문대….”

“으응, 그, 그렇지…!”

오래 부려먹… 아니, 함께 일하려면 체력이 중요하니까. 나는 훈훈한 분위기에 만족하며 고개를 끄덕였다.

“자자, 이동하자.”

“넵~”

곧 테스타는 스탭과 리더의 지시에 따라 아직 끊기지 않은 함성을 들으며 백스테이지를 달리기 시작했다. 나는 다른 놈들을 먼저 보내고 천천히 자리에서 떴다. 그러자 큰세진이 내 옆에 붙었다.

"문대문대, 농담인 거 알지? 다들 네 의견 들었을 때 언제나 결과가 좋았으니까 따라오는 거야."

"……."

"네가 밀어붙여서 그러는 거 아니고, 응?"

"알았어."

"그렇지~"

나는 빙긋 웃는 큰세진을 새삼스레 보았다. 확실히… 눈치 빠른 것 이상으로 심계가 깊은 놈이었다. 그래서 더 확신하게 된단 말이지.

'분명 기다리고 있다.'

내가 내 사정을 털어놓을 때까지 말이다. 지금까지 느낀 위화감을 나름대로 분석까지 하고 있을 것이다.

역시 캠프 때 타이밍을 봐야 하나. 일단 일을 하다가, 이놈이 완전히 녹초가 돼서 비판적인 사고력을 상실했을 때쯤 여러 영화나 드라마를 예시로 들면서….

"우리 꼭 다음 앨범도 잘하자."

그래. 너도 그게 우선일 줄 알았다.

'일단 일이나 잘하자.'

다음 날 콘서트도 놀랍도록 좋은 컨디션에서 작은 부상 하나 없이 잘 마무리되었다. 그리고 과하지 않게 기분 좋은 수준의 뒤풀이도 잘 끝났다.

적절한 바탕이었다. 덕분에 다들 싱글벙글 웃는 얼굴로 다음 날 캠프에 참석했다.

"룸서비스 시킬까?"
"매니저님께서 저희의 작곡 캠프용 노트북들을 챙겨주셨습니다!"
즐거운 시간을 보내서 다들 얼굴 때깔이 좋군. 열정도 넘치고. 나는 이놈들이 신나서 음식과 자리를 세팅하는 것을 말리지 않았다. 도리어 적절히 돕다가 긴장을 풀었을 때쯤 치고 나갔다.
스위트룸 거실. 나는 나란히 소파에 앉아 있는 놈들을 앞에 두고 프롬프터를 켰다.

[테스타가 나아갈 방향]

"아현아현 저것 좀 봐 발표 자료도 준비했어, 완전 진심이야."
"으으응…."
그러면 일인데 진심이지 장난이겠냐?
"우선 현 상황에 대해 분석한 결과부터 말씀드리겠습니다."
차유진이 먹고 있던 팝콘을 조용히 내려놓았다.
"다들 아시겠지만, 테스타는 올해 다섯 곳의 시상식에서 대상을 수상했습니다."
"오오."
"하지만 지금 봐야 하는 건 여기가 아닙니다."
"예?"
나는 화면을 바꿨다.

[러뷰어의 분포]
[-> 태상 인기상 투표 풀]

"인기상의 투표 결과입니다."
나는 손을 뻗었다.
"보시면 알겠지만, 저희는 세 곳의 시상식에서 인기상을 수상했습니다. 공통점이 뭘까요?"
"몰라요! 알려주세요!"
당당하군.
"해외 투표를 막은 곳들입니다. 온전히 국내 팬분들의 화력은 테스타가 올해 컴백한 가수 중에 두 손가락 안에 드는 거죠."
"와."
"문대야, 이런 건 대체 어디서 났니?"
"인터넷이요."
나는 입을 벌리는 놈들에게 다시 말을 이었다.
"하지만 해외 KPOP 팬분들이 투표에 참전하는 순간 뒤집힙니다."
"…무조건 VTIC 선배님들이 이기는구나."
"그렇죠."
나는 투표 순위로 그래프를 바꿨다. 테스타가 3위나 4위인 투표 결과 캡처 예시까지 한두 개 나온다.
"심지어 다른 대형 소속사의 아이돌에게 밀리기도 합니다."
"흠."

"저희는 아직도 확실히 해외가 약합니다."

나는 결론을 내렸다. 이 말을 하기 위해 끌고 왔다.

"그러니까, 다음 앨범은 글로벌 겨냥으로 제대로 활동해 보고 싶은데, 다들 어떠실까요."

"……."

멤버들은 서로 시선을 교환하거나 발표 자료 화면을 쳐다보았다. 적극적인 찬성은 나오지 않았다. 심지어 미국이 본진인 차유진까지도 말이다.

나는 내심 웃었다.

'그래야지.'

이런 나이브한 말에 넘어오는 놈이 있으면 안 된다.

대신 반박이 들어왔다.

"국내에서 잘하면 해외 분들도 알아주시지 않을까? 억지로 진출하려다 잘 안 된 사례도 우리 많이 찾아봤었잖아."

맞다. 실제로 우리도 그걸 생각해서 지금까지 굳이 해외 활동에 목매지 않았던 것이고.

"이미 대상까지 탔으니 국내 사정 알아주실 분은 알아주셨을 것 같아서요. 해외 노출도를 높여서 조금 더 어필해도 될 시점 아닐까요."

"음… 그래."

류청우는 나름대로 납득한 것 같았다. 그러나 다음 놈이 치고 들어왔다.

"그런데 반대로 국내 팬분들이 별로 안 좋아하실 것 같아서 좀 그래~"

큰세진이다.

"물론 우리가 W앱도 많이 하고 자체 컨텐츠도 많이 보여 드릴 거지만, 솔직히 거리감 있잖아~ 대상 받고 바로 그러긴 의리 없어 보일 수도 있고!"

나는 팔짱을 끼며 웃었다.

"그래. 국내에서 제일 잘나가는 놈들이 해외 친화적으로 노선을 바꾸면 사대주의 같지."

"에이, 뭐 그렇게까지는 아니겠지만 서운한 마음을 우리가 알고 배려는 해야 한다! 이거지. 문대도 다 알면서~"

정확한 지적이었다.

"맞는 말이야."

나는 고개를 끄덕였다.

"그러니까, 우리가 초청받아서 가는 형태인 편이 딱 좋은데."

"초청?"

"네. 미국에서 우릴 부르는 거죠. 그러면 딱 간 보면서 노출도 높이고 올 수 있어요."

"가, 간을…."

우리가 미국 진출에 목매고 안달복달하는 게 아니라, 그쪽에서 부르니까 가서 한번 활동이나 해볼까~ 하는 느낌 말이다.

나는 답을 말하는 대신 조건만 뱉었다.

"대놓고 KPOP 관련 분야는 아니었으면 좋겠습니다. 거긴 이미 VTIC 선배님들이 다 잡아놔서."

"그러면서도 저희를 부른 게 지나치게 인위적으로 보이지 않았으면 좋겠고요."

"화제성도 있어서 써먹을 만하고."

줄줄 나오는 말에 점점 멤버들의 얼굴이 멍해진다. 그래, 까다로우니 천천히 생각해 봐라.

하지만 내가 입을 다무는 순간, 바로 손을 든 놈이 있었다.

'오.'

김래빈이다.

"제 의견을 말씀드려도…."

"당연히 되지. 말해."

"예! 최근 저희와 연이 있으면서 미국에서 크게 인정받고 있는 분야에 대해 말씀드리고 싶습니다!"

나는 내심 웃었다. 정답이 나올 것 같았거든.

"어딘데."

"〈127 Section〉의 회사, '폐허공장'분들입니다."

"…!"

"이번에 새로 내신 게임도 미국에서 크게 히트하면서 그 세계관으로 영화가 제작된다고 하니, 저희가 그 영화의 OST 참여에 도전해 봐도 좋을 것 같습니다!"

"여, 영화??"

물론 여기저기서 반대가 쏟아졌다.

"으음~ 거기랑 또 하긴 그렇지 않을까? 우리가 괜히 '별의별곡' 계정을 따로 만든 게 아니잖아."

당연하지만, 그 게임 회사랑 또 엮이는 건 완전히 뇌절 아니냐는 것이다. 그리고 큰세진의 이 발언에 놀랍게도 배세진이 지원사격을 넣는다.

"그래! 그리고 그 회사도 T1이 가지고 있어. 너무 회사 내부에서 작당한 것 같잖아…!"

사실 회사 작당이 아니면 무슨 수로 우리 쪽에서 먼저 컨택하겠냐만, 이미지도 가장 중요한 부분이긴 했지 '자화자찬으로 언론플레이 판정이 나면 그때부터 우스갯거리가 될 뿐이니까.

그러나 김래빈은 의견을 철회하지 않았다. 대신 정보를 더 풀었다.

"…! 그럴 수도 있군요. 하지만 제가 확인한 바로 영화는 T1이 아닌 다른 곳에서 제작한다고 합니다."

"어디?"

"할리우드 제작입니다."

"…!"

"별의별곡 계정을 운영하며 댓글에서 본 소식입니다. '라임스톤'사에서 맡았다고 게이머분들께서 다들 기대하고 계셨습니다."

"Limestone??"

차유진이 휘파람을 불었다.

"거기 히어로 영화 제작사예요! *미치도록 유명한!*"

그렇다. IP 사업으로 악명 높은 애니메이션 기업 산하의 히어로 영화 라인이다. 완전히 미국기업인.

나는 입을 뗐다.

"그러니까… 우리 회사인 T1을 통해 컨택은 빠르게 할 수 있으면서, 사실상 미국 회사에서 부른 것처럼 보일 수 있겠네요."

그리고 영화 제작사가 유명한 IP를 가진 다른 대기업이니, 게임과 너무 엮이며 서로 지겨운 느낌이 생기는 것도 환기되고.

"네! 괜찮으십니까?"

괜찮냐고? 최고였다.

'후보 1번을 바로 잡아냈군.'

역시 이놈이 눈치와는 별개로 이런 감각은 있다. 자기가 하고 싶은 재밌는 걸 잘 고르는 감각 말이다.

"마음에 든다."

"…!"

"다들 어떠신지 궁금한데요."

"전 좋아요!"

"물론 저도 그렇습니다!"

찬성표가 꽤 선선히 나온다. 걱정하던 부분이 많이 해소된 데다가 신선한 도전이라 흥미를 느낀 놈들이 많은 것 같았다.

마지막으로 큰세진도 웃으며 입을 열었다.

"그래요, 열심히 해봅시다~"

"음, 그럼 결론이 나왔네."

우리는 서브컬처의 정수 같은 할리우드 히어로 영화 OST 참여를 노리기로 했다. 여기저기서 산발적인 박수가 나왔다.

"레, 레이블 대표님 되실 분께 연락드려서… 같이, 일하고 싶다고 말씀드리는 거죠…?"

"맞아."

"와."

"저 그 게임 괜찮았어요. 영화는 잘 만들면 좋아요."

배세진은 떨떠름히 중얼거렸다.

"그런데, 안 받아주면…?"

"So what? Limestone 손해예요."

"…그런가."

대상 가수면서 왜 이렇게 쫄았냐며 차유진이 어깨를 으쓱거린다. 분위기가 좀 가벼워졌다.

'좋아.'

타이밍 좋군. 나는 입을 열었다.

"그럼 이번 타이틀도 게임 원작 기반 히어로 영화로 유입된 분들이 재밌어할 만한 느낌이면 좋겠네요."

"그렇지."

"굉장히 재밌는 작업이 될 것 같습니다."

"음, 좋아."

나는 웃었다.

"그럼 지금부터 그쪽에 잘 먹히면서 너무 노린 것 같지 않으며, 테스타의 색을 잘 표현할 컨셉을 뽑아봅시다. 실시."

"……."

"실시…."

그렇게 브레인스토밍이 난무하는 KPOP 지옥 캠프가 시작되었다.

다만 문제가 있었다. 취미용 작곡 캠프와 달리, 우등생과 열등생의 차이가 도드라졌다는 것이다.

김래빈 격려용 산장 작곡 캠프에서는 오로지 칭찬 피드백만 가능했다. 그러니 초보자가 좀 개발새발 해도 다들 웃고 넘어가는 분위기였지. 그냥 놀려고 간 거니까.

그런데 '일'이 되면 말이 달라진다. 여기 배세진이 조심스럽게 꺼낸 의견을 한번 보자.

"…저기, 어쨌든 대상을 받은 건 〈약속〉 곡이잖아. 그럼 이걸 기본으로 연작처럼 하는 건 어때?"

"상식적인 제안이십니다!"

피드백이 이렇게 훈훈하게 끝날 것 같지만, 아니다.

"네. 성적이 제일 좋은 걸 미는 건 좋죠. 그런데 대상 곡치곤 해외 반응은 별 이변 없이 그냥 그래서요."

"그, 그래?"

"그러게요. 해외에선 〈Drill〉같이 센 걸 더 좋아할 것 같은데~"

"맞아요. 전 반대예요!"

순식간에 이렇게 가차 없이 죽죽 갈리는 것이다.

"…알았어. 취소하면 되잖아!"

"난 좋았는데. 세진아, 아쉽다."

"크흠. 그래. 뭐, 그럼 너흰 어떻게 생각하는데!"

특별히 비난은 없다. 다만 과반에게 까이면 자연스럽게 넘어간다.

"또 신선한 거 없나?"

"독특한 아이디어가 떠올랐습니다! 미디와 일렉트릭 노이즈로 기계음을 살려서 로봇 컨셉을…."

"우우~ cheesy~~"

아니다, 노골적으로 야유하는 놈도 있군.

"차유진 넌 아까부터 의견도 안 내고 비판만 하고 있으니 아주 부적절한 태도야!"

"Ok! 나 말할게. 저는 변신 히어로 좋아요!"

"〈아주사〉 때 했고, OST를 하게 되면 너무 겹치잖아. 기각."

"우…."

셀프 야유나 보내라.

어쨌든, 이런 식으로 멤버 대부분은 센스가 있는 발언을 했다. 단지 현 상황에 맞지 않아 암묵적으로 빨리빨리 쳐냈을 뿐이다. 그러다 보니 브레인스토밍 회전율이 남다르다.

"이야기가 너무 난립하니까 한번 도표로 만져보죠. 가장 해외 반응이 좋았던 컨셉, 그리고 히어로 영화 OST 컨셉의 핵심만 잡아서요."

"오케이~ 문대가 만들어주는 거지?"

일도 자연스럽게 떠넘기는군.

"미안해. 문대야. 이런 걸 나도 좀 배워놔야겠네."

"괜찮습니다. 하는 것도 많으시면서 무슨."

결국 우리가 노려야 할 컨셉 특성을 뽑는 데에 딱 반나절 걸렸다.

-1. 강렬함 (히어로 영화)

-2. 독특함 (테스타)

-3. 친근함 (미국적)

나는 숨도 쉬지 않고 정리했다.

"강렬한 액션 비트를 기반으로 미국 친화적이며, 테스타 특유의 독특함을 가진 컨셉."

"……."

"……."

"와."

회사에서 이런 요청이 내려왔으면 상사를 때려죽이러 갈 만한 명제가 완성되었다.

하지만 해야 한다. 예체능이란 원래 그런 것이다.

"앞으론 이걸 중심 틀로… 원하는 컨셉과 곡을 이야기해 봅니다."

"넵……."

그렇게 미친 듯이 핑퐁되던 살벌한 회의는 잠시 소강상태에 접어들었다.

"목이 아파요…."

"유진아, 앞으론 소리를 지르지 말고 속삭이도록 하자. 콘서트에서 쉰 목소리로 공연할 수는 없으니까."

류청우가 조곤조곤 차유진을 팩트로 때리는 것을 들으며, 나는 다른 놈들을 점검했다.

'일단 김래빈은 잘하고.'

이쪽은 거의 군계일학 수준이다. 패스.

'큰세진도 시야가 좋아.'

도리어 무작정 취미용이던 창작 캠프보다 여기서 더 유능한 놈이었다. 좋은 의견 솎아내고 여론 모는 게 수준급이다.

'차유진은 활력을 넣는다.'

반대를 기분 안 나쁜 수준에서 거침없이 말하니 계속 회의가 돌아가게 해준단 말이지.

'…괜찮은 그룹이다.'

이젠 그냥 좋은 아이디어를 떠올리는 게 아니라, 틀로 제한을 두고 몰아가도 기죽지 않고 쓸 만한 이야기를 뱉는 게 기꺼웠다.

그리고 작곡 파트로 접어들자 예상치 않은 한 놈도 크게 선방했다. 바로 배세진이다.

"…미국적이라고 하니까, 메타포를 미국 문학에서 좀 따오는 건 어때."

아무도 생각하지 못했던 접근을 한 것이다.

"미국 문학이요?"

'느낌이 좋은데.'

나는 곧바로 되물었다.

"구체적으로 생각하신 게 있나요."

"나는… 고전 소설 중에 에드거 앨런 포 소설들 생각했는데."

"…!"

에드거 앨런 포. 미국 추리소설과 호러소설의 선구자였다.

"그, 괴기한 거 있잖아. 굉장히 유명하고 특징적이기도 하고…."

"오오오."

호응 덕인지, 배세진은 약간 상기된 얼굴로 빠르게 말했다.

"그 작가가 쓴 '검은 고양이' 알지? 오싹하면서 반전도 있고… 테스타가 하려는 독특함이 딱 그런 유 아니야?"

"…!"

"그, 그런 것 같아요…!"

오.

책 많이 읽는 놈답게 상징주의적 발상을 꽤 그럴싸하게 말한다.

‘고전적 호러 문학인가.’

괜찮네. 일단 김래빈이 눈을 번쩍대고 있다.

“컨셉만 맞으면 랩 가사에 인용해도 굉장히 멋진 구성이 나올 것 같습니다. 꼭 적어두겠습니다.”

“…그래.”

배세진 본인이 직접 나서서 프로듀싱 의견을 낸 건 거의 처음이었다.

‘의외로 재능이 있군.’

이렇게 잘 받아들여질 줄 몰랐는지, 배세진의 얼굴에는 얼떨떨한 뿌듯함이 보였다. 류청우가 웃으면서 정리했다.

“그럼 할리우드 영화 같은 느낌에 미국 고전 문학을 베이스로 해서, 거기에 우리 세계관을 잘 믹스해 보는 걸로?”

“일단은 그렇게 프로듀싱 가닥을 잡죠.”

나는 턱을 문질렀다. 솔직히 이대로는 좀… 부족하다만.

‘어딘가 딱 오는 느낌이 없단 말이야.’

일단 가닥을 잡고 착안을 했다는 데 의의를 두기로 했다.

‘핵심은 영화 OST 병행하면서 완성해 가도 되니까.’

사실 이 캠프를 밀어붙인 건 딱히 당장 고퀄리티 결과물을 뽑아내려던 의도는 아니었다. 그보단 멤버 각각의 프로듀싱 능력치 점검과 독려에 더 가까웠다.

‘레이블이 잘 돌아갈까 보려던 거지.’

이젠 정말 그룹이 반쯤 홀로서기를 하게 됐으니까.

독립 레이블이 되면 의사결정 권한이 더 커지는데, 거기에 적응 기간이 필요한 놈들이 분명 있다. 그리고 지금까지 봐서는 대다수의 멤버가 선방이었다. 다들 잘 떠들고 협조적이다.

'류청우야 조율에 재능이 있으니 됐고.'

나는 거의 모두에게 합격점을 줬다.

하지만 그렇게 쭉 둘러보고 나니, 한 명이 남는 것이다.

"……."

"선아현."

"으응…!"

거의 오늘 내내 맞장구만 쳤던 놈이 고개를 들었다.

"지금 나온 시안들 말인데, 넌 어떻게 생각하는지 궁금해서."

"으응… 다들, 조, 좋은 의견인 것 같아…!"

"어떤 부분이?"

선아현은 움찔했으나, 천천히 대답했다.

"하, 할리우드 영화는… 굉장히 대중적인, 느낌이니까. 고전 문학같이 깊은 느낌을 더하는 게, 좋다고 생각해…."

"……그래."

그래. 이렇게 대놓고 하나씩 천천히 물어보면 꽤 괜찮은 피드백을 내놓는다. 문제는… 일하는 데에 있어 제일 중요한 실시간이 안 된다는 점이다.

'의견을 못 내.'

선아현은 주어진 과제를 잘 표현하는 건 기가 막히게 하는데, 기발한 발상이나 아이디어 부분은 안 그래도 좀 약했다.

그런데 심지어 도덕적인 문제가 아니라면 반대 의견이 생겨도 잘 싸우려 들지 않는다. 배려심 때문에 한발 물러나서 다른 사람의 의견을 경청하려다 보니, 아예 끼어들 타이밍을 못 잡는 것이다.
한마디로 이런 일에선 그냥 다수결에 머릿수만 더할 뿐이다.
그걸 본인도 안다.

—형! 의견 없어요?
—나, 나는… 아직은.
—음~ OK.
—…….

차유진과 이 대화 후에 선아현은 고개를 푹 숙였었다.
나는 놈의 옆에 앉았다.
"천천히 해도 괜찮아."
"……응."
선아현은 썩 동의하는 얼굴은 아니었으나, 일단 고개를 끄덕이긴 했다. 그게 오히려 괜찮았다.
'나름대로 자존심이 있군.'
못하는 것에 묘한 경쟁의식을 느끼긴 하나 보다. 발전의 여지가 있….
"뭐야, 분위기 왜 이래?"
"…!"
큰세진이 웃으며 끼어들었다.
"아~ 아현이 의견 많이 못 냈다고 문대가 뭐라고 했구나!"
"……."
"아, 아니야…!"

선아현은 한 박자 늦게 반응했다. 아무래도 그렇게 느낀 것 같다….

"에이 뭘 그런 걸 신경 써~ 이렇게 프로듀싱 잘하는 친구들이 많은데. 그냥 즐기자 아현아!"

물론 선아현에게 이 말은 먹히지 않았다.

"내, 내가 직접 해야 하는 순간도, 올 테니까…."

큰세진이 씩 웃었다.

"그땐 문대가 해주면 되지!"

"…!"

"문대 나중에 아현이 솔로 프로듀싱 안 해줄 거야?"

"내, 내 솔로??"

"그래! 나중엔 우리도 한 번씩은 유닛이나 솔로 할 거 아냐~"

'다른 멤버들이 군대 갔을 때'란 슬픈 상황 설명은 교묘히 생략했군.

어쨌든, 나는 피식 웃었다.

"원하면 당연히 해줘야지."

"…!"

"거봐, 마음 편해져도 된다?"

"…응."

선아현은 희미한 미소를 짓더니, 한결 편한 얼굴로 자리에서 일어났다.

"고, 고마워."

"뭘."

그래도 눈을 보니 '해보려는 심리'는 안 죽은 것 같았다. 그냥 마음은 좀 편해졌다 이거 같군.

"들어가, 볼게."

"그래."
"아현이 내일 봐~"
오늘의 캠프가 거의 종료된 분위기라, 몇 놈은 이미 자리를 뜬 상태였다. 선아현은 생각에 잠긴 얼굴로 놈들을 따라 스위트룸 거실을 떴다.
"……."
큰세진은 선아현이 사라질 때까지 입을 다물고 있었다. 그리고 불쑥 말을 꺼냈다.
"아현이 엄청 신경 써주네, 매번."
"멤버니까."
"음~ 그래?"
큰세진은 편한 어조로 덧붙였다.
"문대, 아현이 또 막상 프로듀싱 다 나오고 준비하기 시작하면 엄청 잘하는 거 알지?"
안다. 그래도 좀 성장시키고 싶다 이거지.
"동갑 친구 걱정할 시간에 우리나 잘하자, 우리나~"
"그래."
아니, 사실 너희는 다 나보다 어리다. 나는 큰세진이 킬킬 웃으며 등을 두드리는 것을 감내했다.
'이놈 아직 멀쩡하군.'
체력이 남아 있는 것 같으니 지금 개소리했다간 뼈도 못 추릴 것이다. 나는 내일도 다시 내 '사정'을 털어놓을 타이밍을 봐야겠다고 생각하며, 자리에서 일어났다.
"어디 가?"

"화장실."

마침 스마트폰에 별로 예상 못 한 문자가 왔거든.

[콘서트 너무 멋졌어요 최고였어요ㅠㅠ]

"……."

큰달이다.

[투어 따라왔냐]

[네! 옆 나라니까 주말에 열심히 시간 내봤는데 정말 잘한 것 같아요 이게 바로 힐링이에요...]

"……."

그래, 비행기를 아주 퍼스트클래스만 타도 괜찮을 만큼 돈 있는 놈이지. 나는 이놈이 가진 재산을 추산해 보다가 어깨를 으쓱했다. 사기만 안 당하면 어떻게 쓰든 상관없다.

그러나 연달아 또 문자가 도착했다.

[저 혹시 화상통화 괜찮으세요? 확인하고 싶은 게 있어서요.]

음.

이건 무슨 일이 있는 것 같은데.

[그래. 잠시만]

[네!!]

나는 류청우가 노트북을 두드리고 있는 작은 방으로 들어갔다.

"잠깐 류건우 형이랑 화상 통화 좀 할게요."

"음, 그래."

아예 새 룸 잡아서 통화할 생각도 해봤으나, 그게 더 수상한 오해를 받을 것 같아서 관뒀다. 이 스위트룸이 내 방이었거든. 이놈이 있으면 알아서 다른 놈이 기웃거려도 컷 해주겠지.

'…아는 놈이 있으니 든든하긴 하군.'

"나도 인사해도 될까?"

"편한 대로 하시면 됩니다."

나는 큰달에게 화상 통화를 걸었고, 통화음이 가기 무섭게 수락되었다.

-안녕하세요!

"…형, 자꾸 반대로 말씀하시는데요."

-아, 그, 미안…. 밖이니?

"예."

이번엔 저번 같은 돌발 사고는 어림도 없다.

-잘 지냈어?

"그럼요."

큰달은 바로 말투를 고쳤고, 나는 그제야 놈의 안부를 묻고 바로 본론으로 들어가려고 했다.

"왜 통화를 하자고…."

그때, 류청우가 등 뒤에서 불렀다.

"문대야?"

인사해도 된다니까 굳이 또 허락을?

"아니, 그게 아니라… 세진이가 자기도 인사하고 싶다는데."

"…!"

"아, 동생 세진이 말고 배세진이."

고개를 돌리자, 좀 긴장한 기색의 배세진이 문 너머에 서 있는 게 보인다. 류청우는 좀 당황한 기색이다.

"본인이 따로 아는 사람이라고 주장해서… 맞아?"

미치겠다. 나는 배세진을 보았고, 배세진은 헛기침을 했다.

"그… 이렇게 화상 통화 자주 하나 봐. 나도 인사나 할까 하고…."

"…음, 네."

여기서 아무 생각 없이 오케이하면 계속 쓸데없는 거짓말을 할 것 같은데. 나는 이 환장스러운 사태를 끊을 방법을 찾아 머리를 굴렸다.

그때였다.

"다들 거기서 뭐 하… 음?"

문 앞에 세 놈이 뭉쳐 있는 꼴을 본 큰세진이 다가온 것이다.

나는 곧바로 통화 종료 버튼을 눌렀다. 띠링.

"박문대, 너 통화…!"

"아."

실수인 줄 알았는지, 배세진이 기겁했다. 큰세진은 헛웃음을 터뜨렸다.

"통화 중이었어? 화장실 간다면서 어디 갔나 했네."

"잠깐 아는 사람한테 연락이 와서."

"그래?"

큰세진은 류청우와 배세진을 돌아보더니, 어깨를 으쓱했다.

"…다들 아는 사이예요?"

"아… 어릴 때 문대 도와주셨던 분이야."

"…아아~ 그래요."

"박문대가 작년부터 찾았던 사람 있잖아. 그… 아."

배세진은 분위기를 보고 뒤늦게 입을 다물었다.

'망할.'

당연히 큰세진이 알 거라 생각하고 말을 꺼내다가 아닌 걸 깨달은 모양인데, 안 하느니만 못한 짓이었다.

"아무튼, 어쩌다 보니 나도 안면이 좀 있어서…."

"아… 네."

"……."

큰세진은 입을 다물었다. 이유 모를 어색한 침묵이 방문 사이에 깔린다.

"…일단, 우리도 쉬러 갈까? 여기 원래 문대 방이잖아."

"그, 그래."

배세진은 실수했다는 표정으로 나를 돌아보았으나, 내가 고개를 젓자 조용히 입을 다물고 류청우를 따라 방을 나갔다.

"세진아, 너도 들어가자."

"……."

큰세진은 류청우의 부름에 대꾸하는 대신 자신의 어깨를 주물렀다. 그리고 잠시 후 몸을 돌리려는 것 같더니, 갑자기 입을 열었다.

"좀… 너무하지 않나?"

"…!"

울컥한 투였다.

"내가 지금 몇 번을…, 다들 아는데 나만 모르는 것 같은데."

X발.

오해할 만했다.

"아니, 다들 아는 건 아니야. 그런 종류가 아니라 전에 상황이…."

"그럼 설명하기 어렵다면서 왜 다 아는데? 지금 저 형까지…."

큰세진은 순간 다음 말을 참은 것 같았다. 그리고 입을 다물었다.

"……."

'입 열어.'

나는 가까스로 할 말을 떠올렸다. 그리고 최대한 침착하게 입을 열었다.

"그러니까…."

"박문대 당황만 했네. 너 지금 나한테 하나도 안 미안하냐?"

"…!"

반사적으로 말이 튀어나온다.

"아니야."

"그래? 근데…."

큰세진은 쏘아붙이려는 것처럼 입을 열었으나… 다시 가라앉는다.

"…아니, 지금 내가 좀… 나중에 이야기하자."

"잠깐. 너…."

"나중에."

큰세진은 그렇게 화난 것도 아닌 목소리로 혼자 중얼거리더니, 순식간에 방을 열고 나갔다.

쾅.

얼마나 빠르게 나간 건지, 바로 현관 닫히는 소리가 들렸다.

복도에서 배세진이 중얼거렸다.

"…미안."

"……."

망했다.

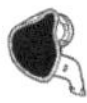

이게 대체 무슨 상황인가.

나는 침대에 누워 있다. 특별히 잘 생각은 없다. 그냥 되새김질이나 하고 있을 뿐이지.

캠프용 호텔 룸에서 나간 큰세진을 찾아갔던, 바로 직전 상황을.

—삐이익.

큰세진의 호텔 개인 방 초인종을 눌렀으나 반응은 없었다.

—…….

혹시 방에 없나 싶었다. 하지만 큰세진이 빡 돈 상태에서 밖에 나가서 구설수를 만들 놈인가? 분명 안에 있다.

-이세진.

나는 잠시 기다렸다가, 다시 초인종을 눌렀다. 그러자 반응이 왔다.
드르륵. 문이 아니라, 스마트폰에서.

[문대야 다음에 이야기하자 지금은 좀 피곤해]

그게 끝이었다.

"……."
나는 베개에서 손을 떼고 문자를 한번 확인한 뒤, 스와이프로 날렸다.
-형, 괜찮아요?
"어."
그러자 이제 화면에는 류건우 면상이 떠 있다. 아까 내가 끊은 통화를 도로 진행하는 중이니까.
……할 일을, 해야지.
"하려던 이야기가 뭔데."
-…잠시만요.
화면의 놈이 움직인다. 그리고 양손을 들어 허공을 가리킨다.
-이거 보이세요?
"아니."

화면의 놈이 조심스럽게 손을 내린다.

–안 보이시는구나….

"……."

–그, 제가 지난번에 형 '보상 수령' 팝업 내리려고 접속했을 때 이후로 조금 연구를 했어요.

그런가.

–며칠 전에 형 상태창을 제 쪽에서 불러와서 띄울 수 있게 됐거든요. 그래서 혹시 화면으로는 보이시나 하고….

"그래."

화상 통화를 걸 만한 건이었다. 나는 이해했다.

그리고 입을 다물자 다시 방이 조용해졌다.

"……."

조심스러운 목소리가 들렸다.

–저, 형. 역시 아까 무슨 일 있었죠?

"아니."

그건 그만 좀 물어보면 안 되나? 순간 짜증이 치밀어오를 뻔했으나, 그럴 필요가 없다는 것을 인지하고 눌렀다. …이놈 입장에선 갑자기 전화가 끊겼으니 당연히 물어볼 수 있지.

"사정 모르는 놈이 와서 끊었던 건데, 좀 오해가 생겨서."

–아….

짧은 감탄사 이후로 놈은 다시 말이 없어졌다. 대충 상황을 파악한 모양이다.

'할 이야기는 끝인가.'

이제 슬슬 통화를 정리하고 끊어도 괜찮지 않을까 싶을 때.

–저… 그럼 사정을 말씀드려도 괜찮지 않을까요?

"뭐?"

–이세진 님 맞죠? 형 친한 친구분이셨잖아요. 그럼….

"내가 남의 몸으로 과거로 돌아와서 아이돌을 하는데, 안 하면 죽으니 레벨업을 해서 여기까지 왔다는 이야기를 그냥 하라고."

–…….

"상식적으로 이게… 아니, 미안하다."

그 순간, 큰세진이 왜 대화를 중단하고 나갔는지 깨달았다. 쓸데없이 고함이나 지르지 않으려고 그랬던 거군. 나는 머리를 휘저으며 말을 이었다.

"방금 네가 말한 상태창 문제는 생각 정리하고 분석해 볼 테니까, 너도 오늘은 쉬는 게……."

–아뇨. 형.

놈이 말을 끊었다.

–형이 시스템 이야기에 이렇게 신경을 못 쓰시는 건 진짜 처음인 것 같아요. 평소라면 이것저것 많이 질문하셨을 거잖아요.

"…!"

–그만큼 지금 상황이 신경 쓰이시는 것 같아요.

"……."

그리고 작은 목소리가 들렸다.

–그럼 그냥 말하고… 편하게 지내시는 건 어떨까요?

나는 무심코 주먹을 쥐었다.

그 순간이었다. 나는 갑자기, 그 말로부터 파생된 잔상들을 떠올렸다. 이놈이 지금까지 나와 만날 때마다 했던 실수들.

–형!
–건우 형이, 으, 으음….

호칭이나 어미의 오류.

워낙 남 속이는 걸 잘못하는 놈이라 그런 건 줄 알았다. 그런데 지금 생각하니, 류건우 몸으로 몇 년이나 산 놈이 그런 실수를 매번 했다는 건 어쩐지….

부자연스럽지 않나.

"너, 설마 멤버들 있을 때마다 말실수한 게…."

–…….

"내가 들키길 바라서였나."

잠시 정적이 흐른 후.

화면에서 목소리가 흘러나왔다.

–아마도요….

"…!"

–할 당시엔 의식한 건 아닌데, 무의식중에 좀 그랬던 것 같아요……. 그게 형한테 도움이 될 것 같아서요.

"무슨."

–테스타는 형과 몇 년이나 같이 산 가까운 사람들이잖아요. 비밀을 털어놓고 형이 마음 편히 지내셨으면 해서….

호의에 기반한 행동이다. 하지만 상대의 의사와 심정을 전혀 고려하지 않는다는 점에서, 뭔가를 생각나게 한다.

그리고 그걸 본인도 이야기한다.

—근데 그건 시스템이 하는 짓이잖아요.

그래.

—형 생각이나 감정을 무시하고 막 하는 거요.

이건 이 무른 놈이 하기엔 지나치게 기계적이고 비인간적인 충동이었다. 나는 천천히 입을 열었다.

"…그래서, 시스템에 영향을 받고 있는 것 같다고 짐작한 건가?"

지난번에 만났을 때, 유독 시스템을 무서워하던 놈이 떠올랐다.

—시스템과 동화된 부분이 강해지는 게 느껴지거든요. 그게 다른 몸으로 옮겨가서도 무슨 영향을 주나 봐요.

그리고 화면에서 좀 기가 죽은 듯, 씁쓸한 목소리가 나온다.

—네. 그래서, 눈치챈 다음부턴 실수하지 않으려고 정말 노력하고 있어요….

"……."

—정말 고의는 아니었어요. 형이 불편하셨을 텐데 정말 죄송해요. 앞으로도 안 휘둘리도록 정말 조심할게요…….

"…그래."

화면에서 안도의 한숨을 쉬는 소리가 들렸다.

'고생하는군.'

뭔지 모를 것에게 영향을 받는 건 꽤 기분 더러운 일일 것 같았다.

'앞으론 이놈 상태도 좀 유심히 봐야겠어.'

나는 찬물을 맞은 듯이 좀 정신을 차린 채로 큰달을 보았다. 그러나 화제는 도로 돌아왔다.

–그, 근데 형, 그래도 이건 진짜 별개로 드리는 말씀이에요. 그 친구분은 분명 형을 믿을 거예요.

미치겠군. 나는 침음을 참으며 말했다.

"그놈이 이런 공상과학 같은 소리를 믿을 만한 성격이었으면 벌써 정리 끝났겠지."

하지만 이세진은 이 안에서도 가장 현실적인 성격이었다. 나는 인정했다.

'그래서… 미루고 있었던 거야.'

일을 해야 하니까, 타이밍이 맞지 않으니까. 그런 핑계를 대면서 내가 입 다물고 질질 끄는 상황을 합리화하고 있던 것이다. 분위기에 취해서 '때 되면 너에게 말하겠다'고 말하긴 했으니, 말은 해야겠는데… 어떻게 전달해도 안 믿을 확률이 너무 커 보여서.

나는 한숨을 쉬었다. 그러자 화면에서 좀 어처구니없어하는 듯한 목소리가… 뭐, 어처구니가 없다고?

–형, 혹시 잊어버리셨나 해서 말해보는 건데요… 저, 형 상태창이었거든요??

그건 나도 알지.

–저도 이세진 님이랑 형이 어떻게 지냈는지 다 안다고요!

"…!!"

–형들 싸우고 그런 것도… 아무튼 정보를 다 아는 제3자의 입장에서 드리는 말씀이에요. 좀 믿어주세요…!

"……."

그 꼴을 다 봤다니 상당히 민망한 이야기였다. 그러나 큰달은 민망이고 나발이고 이제 거의 곡소리를 내고 있었다.

–그 친구분이 현실적인 만큼, 형을 잘 알기도 하잖아요…! 그리고 서로 많이 믿고요.

그리고 나는 웃기지만, 그 말에 귀를 기울이고 있다.

–형이 진지하게, 솔직하게 설명만 한다면 믿어주실 거예요.

"……."

나는 한 팔을 베고 누웠다.

–형….

모르겠다.

"어떻게 말 꺼내야 할지도 모르겠다. 일이 이렇게 돼서."

–아….

"일단… 상황을 좀 보고."

지금 진실을 토로하고 나발이고 이놈이 당장 내일 어떻게 나올지도 모르니까. 당장 감정이 격해져서 그런 거지, 별일 아닐 가능성도 있긴 했다. 머리 좀 식으면 오해를 설명하고 좀 머쓱해하다가 끝날 수도 있다.

–형, 그러니까….

화면 속 놈은 나름대로 격려의 말을 하려 노력하는 것 같았으나, 썩 와닿진 않았다.

"그래."

나는 곧 통화를 종료하고, 갈등하다가 큰세진의 문자에 답장했다.

[미안하다. 잘 쉬어.]

그리고 웃기지만, 정말 별일 아니게 되었다.
바로 다음 날 앨범용 야근 캠프는 순조롭게 진행되었으니까.

"비트에 폭파음을 넣었는데 어떠십니까?"
"좋은데? 근데 후렴 포인트에만 넣고 벌스엔 다른 소리로 대체하는 건 어떨까? 귀가 빨리 피로해질 수도 있으니까."
"알겠습니다!"
큰세진은 전날과 별로 다를 것 없이 피드백을 주며 상황을 잘 조율했다. 좋은 의견을 밀어주고 부적절한 의견은 쳐내고.
"4번 데모 기본으로 수록곡 하나 뽑고 싶은데, 어때."
"…그거 괜찮네. 근데 3번이 더 나은 것 같아."
"그래."
전에 내가 화를 내서 사이가 어색해졌을 때처럼 무작정 웃으며 잘 구는 것도 아니다. 그냥…… 거리감이 두꺼워진 거지.
'망할.'
사적인 대화를 할 틈을 안 주는군. 이건 뭐, 사과하기도 애매했다. '뭐가 미안한데'든 '괜찮아'든 대화 전개가 불가능하니까.

"좀 쉬고 하자."

"넵."

그리고 쉬는 시간. 나는 어제보다 자유롭게 스위트룸 여기저기로 흩어지는 놈들을 눈으로 좇다가, 일어났다.

'찬물이라도 끼얹자.'

혹시라도 답답하다고 집중을 못 하면 멍청한 짓이다. 냉수마찰이라도 해서 정신 차리고 앨범이나 보자. 그렇게 현관 옆 세면대를 쓰고 돌아오던 길이었다.

"…이세진."

"네?"

복도 옆 부엌에서 목소리가 들렸다. 큰세진을 부르는 배세진.

드문 일이었다. 그래서 바로 어제, 큰세진이 나간 뒤 배세진과의 대화가 떠올랐다.

—내가… 말을 이상하게 했나?

—…아뇨. 저랑 좀 오해가 있어서 그런 거예요. 말려들게 만들어서 죄송합니다.

—아니, 아냐.

누가 들어도 그 화제를 꺼낼 것 같은 상황이다. 복도 모서리 너머에서 두 동명이인의 목소리가 계속 들렸다.

"저기… 어제 말인데. 내가 실수한 거면, 미안."

"네? 아뇨. 그런 거 아니에요. 저 혼자 난리 친 건데요."

"…문제 생겨서 그런 거 아니야?"

"아, 그냥 제 문제예요. 그때 제가 좀 예의 없게 말했죠? 죄송해요, 형."

"아니, 그건 괜찮은데…."

잠시 침묵이 흐른 후.

"음, 형. 제가 따로 할 일이 있어서 그런데 여기까지만 말해도 괜찮을까요?"

"……잠깐만."

배세진이 침을 삼키는 소리가 들렸다.

"…저기, 어제 말인데. 박문대가 찾던 사람, 박문대가 알려줘서 내가 안 건 아니야. 우연히 그 자리에 있어서 안 거지."

"……."

"굳이 말 안 했을…."

"형."

큰세진이 말을 끊었다.

"이런 건 본인한테 직접 이야기 들어야 할 것 같은데요."

"…!"

"저 진짜 형 잘못이라고 생각 안 하니까 걱정 안 하셔도 돼요. 오히려 덕분에 알았잖아요. 상황을."

배세진이 앓는 소리가 들렸다. 무슨 상황이었는지 말하고 싶은 심정과 더 끼어들면 오지랖이란 생각이 교차하는 것 같았다.

그리고 결국 말했다.

"그래. 그… 박문대랑 이야기 잘하길 바라고."

"……."

평소라면 '네'라고 하고 끝냈을 놈은, 그 대신 좀 지치고 날카로운 말투로 툭 말을 뱉었다.

"…모르죠. 할지."

"…!"

"아무튼… 네. 알겠습니다."

그때 알았다.

분명히 이놈도 지금 상황을 정도 이상으로 신경 쓰고 있었다. 그리고 지금 더럽게 열 받아서 그렇지, 이야기를 들어보고 싶다는 충동도 있었다.

'그렇다면.'

나는 문득 어제, '이 꼴이 나서 어떻게 될지 모르겠다'는 내 말에 답변했던 큰달의 마지막 말을 떠올렸다. 그때는 별로 와닿지 않았던 발언을.

—상황이 이러니까 말하면 더 믿지 않을까요? 형이 화난 사람한테 말도 안 되는 소리를 할 성격은 아니잖아요.

—…!

—형을 아니까 오히려 이상한 소리일수록 변명이나 장난이라고 생각 안 할 거예요!

"……."

X발, 그래. 나는 전화기를 들어서 매니저에게 연락을 넣었다.

다른 방법도 없다. 해보자.

이세진은 콘서트를 좋아했다.

그와 안면이 있는 사람이라면 이세진 같은 사람은 예능이나 유명 유튜브 채널 출연을 더 좋아할 거라고 착각하기 쉽겠지만 말이다. 원래 사람이 머리로 생각하는 것과 가슴으로 느끼는 게 다른 법이었다.

콘서트는 아이돌로서의 자기 증명이나 다름없었다.

꿈과 야망의 실존.

'그래서 좋지….'

하지만 오늘은 그 좋은 콘서트를 완벽히 즐기진 못했다.

원래 콘서트에서는 앵콜 쯤엔 멤버들이 뭉쳐 다니며 해후를 즐기는 것이 보통이다. 그게 아니더라도 중간중간 같이 스테이지 위에 올라와 있는 멤버들과 합을 기가 막히게 맞추면 그것도 몰입과 소속감을 고취했다.

그러나 오늘은 그게 불가능했다.

'하….'

며칠 전에 그 난리 이후로, 박문대와 제대로 된 대화를 해본 적도 없는 상태로 같이 무대에 섰기 때문이다. 그걸 신발에 돌멩이라도 들어간 것처럼 순간순간 의식하고, 그때마다 기분이 침체한다.

'왜….'

사실 박문대가 다른 멤버들한테만큼 자신을 '너그럽게 봐주지' 않는다는 건 이미 알고 있었다. 그게 오히려 기꺼웠다. 일종의 관계 정립처럼 느껴졌기 때문이다.

'대등한 친구.'

좀 으쓱하기도 했다.

혹시 그룹이 없어지더라도, 다른 사람은 몰라도 자신과 박문대는 계속 함께 일하고 친구로 지낼 수 있겠다는 확신. 그 든든함.

하지만 착각이라는 걸 알고 나면 그 확신만큼… 배신감이 든다.

'진짜 웃기네.'

아니, 박문대가 자신에게 널 제일 믿는다고 말한 것도 아닌데, 무슨 놈의 배신감이란 말인가? 이세진은 헛웃음을 지었다. 원래 사람이란 게 환경에 따라 쉽게 쉽게 입장을 바꾼다는 건 잘 알고 있다. 그리고 거기에 특별히 서운할 것도 없었다.

'이 업계는 더 그렇잖아.'

그런데 왜 이렇게 박문대와 대단한 친구라도 된 것처럼 서운해하게 됐는지, 자신도 도무지 이해가 안 됐다.

하지만 또 생각해 보면 충분히 그럴 만하지 않나?

'우리가 그냥 적당히 그룹만 한 것도 아니고.'

온갖 고민에 사고에, 별 이야기를 다 하고 개인사까지 털어놓으며 지냈는데 말이다. 그런데도….

이세진은 주먹을 쥐었다.

'문자로 사과 한마디하고 끝이지.'

박문대는 지금 별로 아쉬운 게 없다는 뜻이다. 더 웃긴 건, 지금이라도 먼저 말을 걸고 상황을 풀어볼까 고민하는 자신이지만.

와아아아!

스테이지 옆에서 터지는 꽃보라를 보며, 이세진은 심호흡했다. 숨이 차서만은 아니었다.

'짜증 나네.'

이 좋은 날, 수많은 관객을 앞에 두고 멤버 하나랑 싸웠다고 컨디션이 나빠진 자신이 어처구니가 없었다. 그런 종류의 공사 구분 못 하는 얼간이를 제일 깔보았기 때문이다.

그래서 더 퍼포먼스와 라이브에 신경을 썼다. 몰입이 부족하다면 정교하게라도 해야 하니까.

"수고하셨습니다~"

"고생하셨어요!"

그래서 콘서트를 끝내고 내려왔을 때, 평소처럼 충만한 기쁨보다는 어떤 허탈함이 더 컸다. 무대 위에서 그나마 넘치던 에너지가 자취를 감춘 느낌이었다.

"……."

"어, 문대는요?"

"뭐 한다고 빨리 가셨어요!"

그 와중에 상대방은 멀쩡히 갔다는 게 어쩐지 더 열 받았다.

'왜 나만 감정 소모하냐고.'

이세진은 열과 피로 사이에서 갈등하다가, 결국 한숨을 참으며 자리를 떴다. 차를 타고 호텔로 얼른 돌아가서 자버릴 생각이었다.

띠릭.

하지만, 호텔 방문을 열고 들어갔을 때.
"왔냐."
"…?!"
방 안에는 이미 누군가 앉아 있었다.
"매니저 형한테 키 받았어."
탁자에 손을 올리고 있던 그 누군가는…… 박문대였다. 이세진은 순간 눈을 의심했다.
'이게….'
무슨 상황이지? 먼저 들어갔다던 놈이 대체 왜 여기 있단 말인가.
그 순간, 번쩍 머릿속에 기대가 지나간다.
'설마?'
사과를 각 잡고 해보려고….
"무단 침입은 미안하다."
"아, 그게 미안해?"
X발 X발. 큰세진은 스스로의 입을 치고 싶은 기분을 느꼈다. 왜 굳이 이따위로 말을 하고 있는지 자신도 모르겠다. 애초에 기분 상한 기색을 드러내는 것 자체가 지는 것 같았다.
그리고… 그래서 관계가 이상해지는 것도 두려웠고.
"그것도 미안하고, 다른 것도 미안하단 거지."
하지만 이 말에도 박문대는 다른 대꾸 없이 침착하게 대답했다. 침착해서 어쩐지 더 마음에 안 들었다.
"뭐가."
'아니, 정말 침착… 한 건가?'

그는 울컥할 뻔했으나, 순간 박문대의 얼굴과 자세를 확인했다. 표정은 여전히 진지했지만, 손은 손가락을 만지고, 어깨를 작게 움직이고 있었다.

"…!"

박문대는… 대단히 긴장하고 있었다.

"어제 너한테 제대로 설명하지 못한 점이 말이지."

"……."

"형들이 내 사정을 전부 제대로 아는 건 아니야. 일부분을 들킨 것뿐이다."

"들켰다고?"

"그래. 그러니까 지금 내가 내 입으로 말하는 건 처음이라는 뜻이지."

"……."

이세진은 순간, 모든 복잡함과 짜증을 잊고 대화에 집중했다.

대체 무슨 말을 하려는 건지.

"일단… 이것부터 말하고 시작하는 게 맞을 것 같다."

박문대는 눈을 빛냈다.

"나는 박문대가 아니야."

"…??"

"그리고 과거로 돌아왔어."

이세진은 자신이 사실 차에서 잠들었나 의심하기 시작했다.

그도 나름대로 박문대의 '비밀'에 대해 추측해 봤었다. 그리고 그중엔 비현실적이지만 제법 말은 된다고 생각했던 것도 있었다.

'혹시 박문대의 사촌 형인가?'

사실 자신이 아는 박문대는 나이가 더 많은 사람인데, 상황상 어린 동생의 신분을 쓰고 있지 않나 하는 추측이었다. 물론 그 이유를 떠올리자면 얼토당토않은 수준까지 추리가 흐지부지되어서 금방 그만두곤 했지만 말이다.

'말해준다고 했으니까.'

그 말을 듣는 도중에 그간 박문대의 위화감을 정확하게 집어내고 본인에게 인정받았지 않은가. 그래도 한동안 별 추측을 다 했던 탓에, 한 번은 북한에서 내려온 간첩까지 불쑥 추리가 튄 적도 있었다.

기억상실증에, 결과를 내기 위해 무리하는 모습에, 여론을 조정하는 모습까지 딱 맞아떨어졌으니까. 물론 그 즉시 웃고 넘겼지만 말이다.

'무슨 드라마도 아니고 웬 간첩이야?'

그런데 지금 박문대는 그보다 더 비현실적인 말을 했다.

-나는 박문대가 아니며 과거로 돌아왔다.

사이비 교주나 할 만한 발언이었다. 식은땀이 다 났다.

'뭐지?'

꿈… 꿈이 보통 이렇지 않나. 이세진은 자기도 모르게 손을 뒤로 돌려서 허벅지를 꼬집었다.

'아, 망할.'

…아팠다. 그 와중에 박문대는 말을 계속했다.

"…나는 원래 류건우라는 공시생이었어."

"……."

"네가 어제 본 화상 통화는 그 몸이랑 했던 거고. 원래 박문대가 지금 거기 들어가 있거든."

이세진은 애써 침착하게 대답했다.

"아… 그래?"

'그래'는 무슨 얼어 죽을 '그래'란 말인가. 좀 제대로 된 생각을 해서 반응을 해야 하는데, 이건 순 입에 나오는 대로 지껄이고 있었다. 이세진은 가만히 선 채로 박문대가 무슨 의도인지 파악하려 애썼…

"그래. 원하면 지금이라도 화상 통화를 다시 걸어줄 수도 있는데. 확인해 볼까."

미치겠다.

"…음."

이세진은 그만 혼미해졌다. 이젠 말도 턱 막혔다.

그 순간, 얼빠진 자신을 보고 있던 박문대가 쓴웃음을 지었다.

"못 믿겠지."

"…!"

"뭐… 그럴 줄 알았다."

박문대는 대수롭지 않은 것처럼 말했다.

"그래서 지금까지 말을 계속 미뤘던 거고. 특별히 눈에 보이는 증거가 없거든. 다 증언뿐이야."

그러나 상대의 보디랭귀지는 다른 말을 했다.

그의 친구는 식은땀을 흘리고 있었다.

'아….'

이세진은 정신이 다 아찔해졌다. 그리고 모순적이지만, 동시에 감전

되거나 얼음이라도 문 것처럼 정신이 확 깨어났다. 자신이 아는 박문대가 이런 상황에서 되지도 않는 소리를 할 사람인가?

'아니.'

절대 아니었다. 갈비뼈에 금이 가도 천연덕스럽게 콘서트를 했던 녀석이, 꿈자리가 뒤숭숭한지 잠을 못 자면서도 꼬박꼬박 스케줄을 처리했던 녀석이 그럴 리가 없었다.

그는 여전히 박문대만큼 치열히 사는 사람을 본 적이 없었다. 그리고 자신이 뭘 착각한 게 아니라면, 자신의 친구는 지금 진심이었다.

"정신병이라고 의심할 줄은 알았어. 그러니까…."

"아니."

"……."

이세진은 다리를 옮겨서 걸어갔다. 그리고 탁자를 사이에 두고 박문대의 맞은편에 앉았다.

"나 들을 테니까, 천천히 말해봐."

"…!"

그러자 짧은 놀라움을 지나, 박문대의 얼굴에 희미한 표현이 지나갔다.

웃음. 짧은 안도였다.

"그럴까."

그리고 박문대의 말은 조금 자연스러워졌다.

"그럼… 처음부터 이야기를 하자면, 내가 박문대로 깨어난 건 〈아주사〉 몇 달 전이었어."

그때부터 시작한 이야기는 이세진도 잘 아는 이야기를 전혀 예상하지 못한 관점에서 풀어나가기 시작했다. 〈재상장! 아이돌 주식회사〉에 참가해서 승승장구했던 박문대의 참가 사정.

물론 도저히 납득하기 어려운 이야기도 있었다.

"아이돌을 못 하면 죽는다고 해서 말이야."

"으음."

무슨 지시 같은 게 허공에 뜬다고 하는데, 정말로 정신병 증상이 떠올라서 이세진은 꽉 입을 다물었다.

'그게… 조현병이었던가?'

물론 이세진은 이런 분야에 관심이 없고 그간 알아볼 생각도 없었기에 확신할 수는 없었지만, 다행히 곧 그 인상을 누그러뜨릴 수 있었다. 박문대는 어딜 봐도 피해망상에 시달리거나 정신이 오락가락해 보이지 않았기 때문이다.

무엇보다 지금 박문대에게 그런 의심을 하고 싶지 않았다. 그러면 안 될 것 같았다.

그래서 대신 경청만 했다. 가벼운 맞장구와 함께.

"그래."

"음, 그렇구나."

심지어 이런 농담까지 했다.

"그럼 나랑 아현이랑 친해진 것도 그것 때문이야? 미래에 잘나가서?"

물론 뼈가 있었지만.

박문대는 그때는 약간 편한 얼굴로 자신을 보며 피식 웃었다.

"친해질 생각도 없었는데 묶어서 취급하던 놈이 무슨."

박문대는 공시생이었던 자신이 얼추 들어본 데뷔자 일부에 이세진이나 선아현은 없었다고 했다.

"아."

이런 상황에서 할 생각은 아니지만 조금 유쾌했다. 결국 무엇이 진실이든, 자신의 담배 합성 사진을 해결한 건 정말로 박문대의 순수한 호의였다는 뜻이니까.

'웃기네 진짜.'

이런 비현실적인 이야기를 들으면서도 결국 몰입해서 이런 거나 따지고 있었다.

그사이, 박문대의 이야기는 데뷔를 지나 테스타 활동기에 접어들었다. 그리고 그중엔 지나치게 비현실적이라 도리어 퍼즐 빈자리 하나를 딱 맞춘 것 같은 내용도 있었다.

"내 전에 과거로 돌아온 놈이야."

"…!"

VTIC 청려.

"……청려가."

"선배님은 안 붙이기로 했나 보지."

"이 판에 무슨 선배야. 진짜…."

결국 그놈은 진짜 미친놈이었다는 것이다.

박문대는 적당히 청려가 과거로 돌아온 것만을 알려줬다. 그리고 미래 지식을 알기 위해 자신을 협박한 정도로 뭉뚱그렸지만, 이세진은 행간을 읽었다. 청려의 비상식성을.

'…사이코패스 아니야?'

혹시 박문대가 미래 지식을 제대로 알려주지 않으면 홧김에 진짜 죽이려 했던 것 아닌가. 등골에 소름이 올랐다.

하지만 박문대의 태도는 기이할 만큼 유했다.

"지금은 그럭저럭 정신 차렸으니까 걱정 말고."

단순히 '신고하면 우리도 손해니 넘어가자'는 투가 아니었다. 가까운 인간관계에서 보이는 박문대 특유의 관용.

'…같은 경험을 공유했다 이거지.'

이세진은 짧게 치고 올라오는 반감을 눌렀다. 사실 지금도 자신의 현실감은 허용치를 훌쩍 넘은 지 오래니, 따지는 대신 넘어가야 할 순간이었다.

게다가 다음 폭탄이 기다리고 있었다.

"그리고 청우 형 말인데… 내 친척이더라."

"…!"

"같은 풍산 류씨야. 생각보다 촌수가 가깝더라고."

또 다른 퍼즐을 맞추는 듯, 상황은 더 선명해졌다. 왜 박문대가 초창기에 류청우를 꺼렸고 최근 룸메이트가 된 후에는 급속히 친해졌는지.

그리고 둘이 외출했을 때.

"…류건우를 만나러 나간 거였지."

"……."

박문대는 자신의 부모님과 류청우의 사고에 대해서는 굳이 언급하지 않았으나, 그것만으로도 구조는 충분히 완성되었다.

'그래서 청우 형이….'

묘하게 최근 박문대를 대하는 태도가 달라졌던 건가.

모든 정황이 들어맞았다. 결국 이세진은 '들켰다'는 박문대의 변명을 심정적으로 인정했다. 게다가 박문대는 그다음 사람에 대한 설명도 챙겼다.

“배세진 형은 마침 그때가 추석이라 안 거야. 내가 그 형 집에 있었잖아. 자세한 사정은 전혀 몰라.”

“…….”

거기까지 가니, 이제 이세진은 약한 부끄러움까지 느끼기 시작했다.

‘별것도 아니었는데 괜히…….’

그가 지금까지 들은 박문대 설명은 귀를 의심할 만큼 비현실적이었으나 고뇌로부터 나온 깔끔함이 있었다. 이 말도 안 되는 이야기를 자신에게 하기 위해 얼마나 초조했을지 이세진은 쉽게 그려볼 수 있었다.

‘그러지 말걸.’

그는 솔직히 중얼거렸다.

“…미안해. 재촉해서.”

박문대는 피식 웃었다.

“넌 그럴 만했지. 말 꺼낸 게 언젠데.”

그 후로도 박문대의 경험은 쭉 입을 통해 정리되었다.

실제로 박문대는 굳이 말할 필요 없는 코마 속 백일몽이나 몇몇 진실확인을 생략했지만, 그래도 내용은 방대했다. 그리고 박문대는 시종일관 진지했고 이세진이 질문하는 것에 대해서 얼버무리는 것 없이 진솔히 대답해 주려 애쓰는 게 보였다.

흔히 허풍을 떨거나 거짓말할 때 보이는… 쓸데없는 디테일에 집착하거나 같은 말을 반복하는 증상도 없었다.

“…….”

덕분에, 이세진은 어느새 이 비현실적인 이야기에 완전히 몰두해 있는 자신을 발견했다.

그리고 이야기는 어느새 가장 최근의 사건까지 흘러갔다. 류건우의 몸으로 짧게 돌아갔던 박문대.

"…그렇게, 나는 대상을 타고 있는 시점으로 돌아와서 수상 소감을 하게 됐지. 내가 춤을 갑자기 잊어버린 건 그것 때문이고."

그렇게 마지막을 정리했을 한 박문대는 후련한 듯이 말을 끝마쳤다.

"이게… 내 '사정'이야."

"……."

이세진은 박문대를 보았다.

그리고 일어나서 물을 가져왔다. 박문대는 사양하지 않고 페트병을 받아 입에 가져다 댔다. 박문대가 거의 물 반 통을 비울 때까지 이세진은 말없이 자신의 생각을 정리했다.

'어때?'

어떻긴. 혼란스러워 죽겠다. 도저히 이해할 수도 없고… 이렇게까지 비현실적일 수 있나 싶은 사정이다.

'드라마도 이 정도까진 아니겠어.'

말하는 이의 태도 때문에 몰입했지만, 머리는 다른 말을 하는 것이다. 하다못해 박문대의 말대로 눈에 보이는 증거도 없는 상황.

하지만….

"이제 알겠다. 내가 이런 말 못 믿을 것 같아서 미룬 거지?"

"……."

"확실히 문대가 날 잘 안다니까. 근데… 이것도 알지 그랬어."

이세진은 씩 웃었다.

"내가 문대 말은 또 잘 믿잖아~"

"……!"

이세진이 성공적으로 데뷔해서 잘나가는 1군 아이돌로, 몇만 명 앞에서 콘서트하며 투어하고 있다는 건 어디 현실적인가? 아마 〈아주사〉 나오기 반년 전 자신이 미래를 알았다면 알려준 상대를 내심 비웃고 가망이 안 보이는 현실을 곱씹기나 했을 것이다.

하지만 했지 않은가.

'얘랑 같이했어.'

어쩌면 이세진에게는 그게 더 비현실적이었다. 그래서 그는 웃음을 멈추고 진지하게 대답했다.

"계속 그랬잖아. 그러니까 이것도 똑같이 할게. 나 믿는다, 박문대."

"……."

이세진은 농담처럼 덧붙였다.

"또 네 말 믿으면 언제나 결과 좋잖아. 멤버들도 다 그런다니까? 박문대가 좀 잘했어야지."

그 순간, 박문대가 웃었다.

"…고맙다."

박문대는 남은 물 반 통을 마저 비웠다. 페트병을 잡은 손이 얕게 떨리는 걸 이세진은 모른 척했다. 대신 자신이 얼마나 어처구니없는 소리를 듣고서도 납득하고 있는지 다시금 깨달았다.

'잠은 다 잤다.'

오늘 밤 내내 온갖 생각과 추리가 다 들 것 같았지만, 이세진은 티 내지 않았다. 그러자 박문대 쪽에서 본인의 온갖 생각을 말하기 시작한 것 같았다.

"들으면서 알았겠지만."

페트병을 구긴 그의 친구는 머뭇거리다가 중얼거렸다.

"난 원래 아이돌을 하려던 게 아니야. 실망했을 수도 있겠다만."

대체 얘는 무슨 소리를 하는 거지?

"박문대 바보야?"

"뭐?"

"너 아이돌 하는 거 그렇게 좋아하면서 무슨 '원래 하려던 거 아닌데~' 같은 소리를 해."

"…!"

"여기 뭐 처음부터 아이돌 하겠다고 했던 사람이 어딨다고… 살려고 한 거면 양호해, 양호해."

박문대는 답지 않게 좀 얼빠진 표정이 되었다.

"그것보다 호칭은 어떻게 해. 너 건우라고 불러줘? 건우건우?"

박문대가 일부러 질색하라고 한 것답게, 실제로 박문대는 좀 진저리를 쳤다. 분위기가 좀 가벼워졌다.

"됐어. 이 상태로 산 게 몇 년인데."

"그래. 우리가 서바이벌 출신이라 그렇지 요샌 다들 예명 쓰는데 뭐. 박문대도 네 이름이야."

"……."

"그렇지 문대문대?"

"…그래."

이세진은 씩 웃고 말았다. 사실 과거로 돌아오기 전, 자신에 대해 정말

하나도 들은 게 없냐고 물어보고 싶다는 충동이 불쑥 일었으나 참았다.

'좋진 않았겠지.'

박문대가 없었으면 자신은 분명 학교 폭력 논란으로 자진 하차했을 것이고… 혹시 박문대가 자신에 대해 알고 있었다고 해도 썩 좋은 소식은 아니었을 것 같았다. 그래서 대신 이렇게 말했다.

"고마워. 말하기 힘들었을 텐데 말해줘서."

"……."

"솔직히 문대 '이 세상엔 나에게만 보이는 글자가 있다~' 그런 말 하려니까 아찔했지? 완전 창피해하는 게 눈에 다 보인… 왑!"

"시끄러워."

"하하!"

박문대의 손을 피하며, 큰세진은 시원하게 웃었다.

그날, 박문대와 이세진은 콘서트 컨디션을 위해 자러 가기 전까지 꽤 긴 대화를 나눴다.

"그럼 원래 몇 살이었어?"

"…돌아오기 직전엔 29살."

"오~ 형이라도 불러줄까? 형님?"

"됐어."

"와… 그렇지. 역시 프로 아이돌이야 연장자 대우보단 역시 어린 게 최고… 왁! 이번엔 피했다!"

"칫."

대부분 시답잖은 이야기였다. 하지만 지금까지 들은 적 없던 개인적

이야기가 은근히 풀리는 것은 묘한 느낌이었다.

"…문대문대 완전 명문대 출신이잖아! 안 아까워?"

"안 아까워. 돈도 아니고."

박문대는 편안해 보였다. 그래서 이세진은 친구에게 쓸데없는 일로 화를 낸 것을 더 후회하지 않아도 되었다. 술 한 방울 없었지만, 대화는 잘 흘러가서 깊은 토대를 만들며 마무리되었다.

새롭게 층을 쌓은 신뢰였다.

그리고 다음 날. 어제와 달리 거치적거리는 거북함 없이 올라간 무대에서 이세진은 본래의 감각을 회복했다.

'좋아, 좋아!'

그는 차유진과 선아현을 양쪽에 끼고 근사한 애드립을 선보인 뒤, 화려한 앵콜을 끝내고 흥얼거리며 내려왔다. 그리고 박문대를 찾으려던 순간.

"화해 잘했나 보구나."

"…!"

이세진은 자신의 어깨를 잠깐 두드린 그룹의 리더를 돌아보았다. 류청우는 작게 웃고 있었다.

'티 났구나.'

이세진은 즉각 머리를 숙였다.

"형 정말 죄송합니다! 요 며칠 제가 좀 그랬죠?"

"아냐. 멀쩡했어. 그냥 직접 봤으니까… 혹시 둘이 힘들지 않을까 오지랖 좀 부려본 거야."

"……."

오지랖?

그러고 보니, 갑자기 어젯밤에 다음 날 집합 시간이 세 시간쯤 늦춰졌다. 스케줄 조정 때문인 줄 알았는데.

"설마 집합 시간 늦춘 게…."

"응, 뭐… 체력도 회복할 겸 다들 그랬지."

둘이 편히 대화하도록 배려한 것이다.

"…감사합니다."

"우리 같은 그룹이잖아. 이런 건 당연히 서로 맞춰야 오래 가지. 다들 바로 그러자고 했어."

류청우는 웃었다. 이세진은 잠깐 말문이 막혔다. 이 그룹이 가능한 최대수명까지 잘 유지되도록 정성을 다하는 것에 자신만큼 진심인 사람이 없을 거라 생각했던 탓이다.

'…아무리 그래도, 연차 차면 개인 활동으로 다 빠지지 않을까 걱정했는데.'

그건… 좀 자만한 생각이었을 수도 있겠다고, 이세진은 인정했다. 그 사이에 류청우의 말이 이어졌다.

"세진이, 배세진이가 먼저 건의했던 거야. 둘 걱정을 많이 했거든."

"……."

"잘 해결됐다니까 다행이다. 아, 저기 있네."

류청우의 턱짓을 따라 고개를 돌리자, 철골 구조물 옆에서 수건을 든 박문대와 대화 중인 배세진이 보였다.

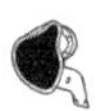

큰세진이 믿었다.

'이게 어떻게 됐냐.'

나도 모르겠다. 어젯밤에 내가 무슨 보정이라도 받았나 싶어서 상태창까지 켜봤지만 별일 없었다. 완전히 평시 상태에서 큰세진은 내 사정을 납득했다.

'이게… 된다고.'

아직도 얼떨떨하다. 하지만… 당연히 싫은 건 아니다.

좀 이상하긴 했다. 이렇게까지 솔직하게 말해본 적이 없었으니까. 모든 이야기를 다 듣고 나서도 태도가 변하지 않을 거란 예측도 하지 않았으니까.

덕분에 오늘 콘서트를 좀… 과하게 한 것 같다만.

'폐 떨어질 것 같네.'

"여기요!"

"감사, 합니다."

나는 숨을 몰아쉬며 스탭에게 받은 수건과 스마트폰을 내려다보았다.

'심지어… 여기까지도 안 갔어.'

사실, 이 안에는 내가 어젯밤 폭로를 위해 마련한 대비책이 있었다. 큰세진은 현실적인 성격이다. 그리고 그런 놈이 웹소설에나 나올 개소리를 납득하려면 실물 증거라도 들이밀어야 한다고 생각했다.

그런데 그런 게 있을 리가 있나. 그나마 있는 건 정황뿐이다.

'관계자들의 증언.'

내가 쓸 수 있는 패가 말뿐이니, 그거라도 다양하게 수종별로 확보

하려고 했었지.

일단 류청우.

–내가 도움이 되면 당연히 해야지.

그러면서도 일단 둘이 대화부터 해보라고 했지.

다음은 큰달.

–저… 이세진 님이랑 화상 통화해요?

이놈이야 대환영이었다. 뭐 더 말할 것도 없다. 더불어 큰달과는 나중에 한번 만나기로 큰세진을 끼고 약속까지 잡아놨다.

다음이 문제다.

"……."

나와 우호적이거나, 큰세진 본인이 잘 모르는 놈만 섭외해 봤자 의심할 구석이 있지 않은가. 큰세진이 봤을 때 적대관계인 관계자도 하나 섭외해야 스펙트럼이 맞았다.

청려.

–그래요?

놈은 '굳이 그 짓을 왜 하냐'고 의아해하는 것 같았지만 거절하진 않았다. 다만 이렇게 말했을 뿐이지.

—상관은 없지만… 난 추천은 안 하는데요.

—안 믿을 테니까.

그래 X발. 사실 나도 그렇게 의심했다. 그런데 믿었다.

'내 설명만 듣고 믿었다고.'

부정하진 않겠다. 졸려서 제정신이 아닌 탓일 수도 있겠지만, 다 끝나고 야밤에 내 방으로 돌아가는데 정수리까지 짜릿했다. 덕분에 나는 어제 인터넷에 올라오면 논란으로 매장당할 짓을 했다.

잠들기 전 새벽, 대선배에게 문자를 넣은 것이다.

[믿었는데요]

그리고 오늘 아침에 온 답장이 이것이다.

[그래요?]

[다음에 한 번 데려와요^^]

미쳤나.

'뭘 자연스럽게 초대를 하고 있어.'

무슨 속셈인지 모르겠군. 나는 찜찜한 눈으로 스마트폰에서 눈을 뗐다. 그때였다.

"…뭐 해?"

"뭐 연락 온 건 없나 해서요."

"그렇구나."

배세진이 마침 말을 걸었다. 녀석은 뜸을 들이더니, 결국 기대에 찬 얼굴로 말했다.

"너희… 화해한 거지?"

나는 웃었다. 콘서트 준비하느라 말할 타이밍이 없다 싶더니, 끝나자마자 물어보는군.

"네."

"후우우…."

배세진은 긴장이 풀린 듯이 길게 안도의 한숨을 쉬었다.

땅 꺼지겠다. 나는 새삼스레 놈을 쳐다보았다. 이 녀석 덕에 집합 시간을 늦춰줬다고 했지.

"고맙습니다."

"뭘."

"시간도 그렇고, 이세진한테 저랑 대화하라고 말해주신 거요."

"…! 드, 들었어?"

"네. 일부러는 아니고 우연히. 덕분에 저도 사과할 용기가 생겼거든요."

배세진 얼굴이 터질 듯이 벌게졌다. 나는 피식 웃었다.

"근데 형까지 걔한테 사과하실 필요는 없었는데."

"나도 알아, 그냥 말 트려고 한 얘기지…!"

"……."

그랬냐.

"걔 완전 너랑 분위기가…."

"……."

그렇게까지 티가 났냐. 배세진은 거의 입에서 혼이라도 나올 것 같은 몰골이었다.

"내가, 내가 이런 상황이 처음이라…. 잘한 건지 모르겠는데."

"잘하셨다니까요."

지금까지 그 이야기를 하고 있었는데 무슨 소리냐.

그래도 배세진의 말 자체는 무슨 뜻인지 이해했다. 저놈이 또래 사이를 중재하려고 시도해 본 역사가 있겠는가. 학교 다닐 때도 본인이 자발적으로 다른 놈들을 다 따돌리고 다닌 것 같던데, 저놈도 자기 첫 시도가 이렇게 잘 먹힐 줄은 몰랐나 보다.

"그래, 아무튼… 화해해서 다행이고…."

배세진은 색다른 경험에 생명력이라도 소모했는지 하얗게 불탄 것 같았으나, 썩 뿌듯해 보였다.

'야식이라도 하나 만들어줘야 하나.'

나는 입을 열려다가, 큰세진이 류청우와 대화하다 말고 이쪽으로 접근하는 것을 확인했다.

'설마 류청우랑 하나씩 나눠서 마크했냐.'

이런 취급은 또 처음이다. 그리고 다가온 큰세진은 내게 몇 번 눈짓한 뒤, 배세진에게 말을 걸었다.

"저기, 형."

"어어?"

"감사합니다. 청우 형한테 들었어요. 집합 시간 늦춰주셨다면서요?"

'그걸 너한테도 말했냐'는 얼굴이 배세진의 얼굴을 스쳐 지나갔으나,

곧 뿌듯함이 이긴 것 같았다.

"큼, 우린 그룹이잖아. 이런 건 다 같이 그, 양해하는 게 좋지. …그리고! 나만 생각한 건 아니고… 다들 동의했어."

"……."

"뭐, 음, 너는 왜 일에 지장을 줬냐, 뭐 그럴 수도 있겠지만 이것도…."

"그런 생각 안 해요."

"…!"

큰세진은 목을 만지작거렸다. 저 새끼 쪽팔리나 본데.

"형이 여기 그렇게 신경 쓸 줄은 몰랐거든요. 아니, 비꼬는 게 아니라, 진짜요."

"……."

놔두고 슬쩍 빠져나갈까 했으나, 혹시 또 개싸움이 날 수도 있으니 일단 있어 보기로 했다. 배세진은 화가 난 것 같지는 않았으나 표정이 차분히 가라앉긴 했다.

"왜… 내가 신경 안 쓸 줄 알았다는 건데?"

"다른 멤버 일을 신경은 쓰셔도 피하실 줄 알았어요. 거북하잖아요."

"…!"

참고로 놀란 건 나다.

'이 새끼가 웬일로 대가리에 든 그대로 말하고 있냐.'

심지어 억지로 필터를 거쳐 말하던 배세진의 입도 슬슬 자유분방해지기 시작했다.

"거북하긴 하지."

"네."

"그런데 내일 콘서트기도 했고, 내가 너희 싸운 데 끼기도 했으니까… 할 수 있는 일을 해본 거야."

"……."

"너도 그랬을 거잖아."

"…!"

큰세진은 한 대 맞은 것 같은 얼굴이 됐다. 배세진은 제법 그럴싸한 표정으로 말했다.

"뭐, 아니야?"

"…아뇨."

그 순간, 큰세진이 표정을 풀고 씩 웃었다.

"당연히 그랬겠죠. 형, 아무튼 제가 쓸데없이 오해한 거였네요. 죄송해요."

"……."

"그리고 감사해요. 정말요."

"그래. 음, 고생했어."

분위기가 훅 가벼워졌다. 나는 어깨를 으쓱했다.

"…박문대! 너도 고생했고!"

민망하니까 날 끌어들이는군.

"뭘요. 저희 슬슬 내려가죠."

"아, 그래."

그제야 우리 셋은 복도를 빠른 걸음으로 걷기 시작했다. 다른 놈들은 이미 다 대기실로 간 후였다. 그 와중에 큰세진은 문득 피식피식 웃더니, 농담까지 던졌다.

"혹시 형 저희 룸메이트 할 때 거실에 나가 있던 것도 그래서예요? 할 수 있는 일을 해본다?"

"아니… 그건 불편한 거 맞는데."

"……."

"……."

"예. 뭐."

"크흠, 다음에 룸메이트 되면… 그, 대화도 좀 해보고 하자."

큰세진이 한 번 더 도전했다.

"형 제가 말 걸어도 제대로 대답도 안 하셨으면서!"

"아니! 그건 진짜 할 말이 없어서!"

이럴 줄 알았다. 그래도 솔직히 마음에 안 드는 점을 말하니까 훨씬 낫군. 서로 악의가 없다는 걸 머리로는 알면서도 실감을 못 했나 본데 지금 체감한 모양이다. 나는 어깨를 으쓱했다.

"저 가끔 형 진짜 이해가 안 되는 거 아시죠?"

"알아. 나도 그래."

큰세진과 배세진은 이번엔 저 정도 선에서 정리될 모양이다. 큰 진전이었다.

'같이 붙여놔도 폭발하진 않겠어.'

나는 의외의 소득을 제법 기껍게 받아들였다.

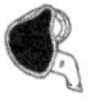

대기실에 들어와 돌아갈 준비를 하면서도 비슷한 과정을 거쳤다.

—형들! 잘 오셨습니다!

—형 이거 맛있어요. 먹어요!

나름대로 감추려고 하지만 이놈들 다 티가 나더라고. '난 너희가 싸웠고 화해한 걸 알고 있으며 거기 나름 기여한 것 같아 뿌듯하다'… 분위기 말이다. 심지어 스탭까지 소문이 났는지 싱글벙글 웃으며 지나간다. 아 망할.

—아하하, 고마워~

큰세진은 웃음을 멈추지 않았다. 다 알고 있었다는 게 상당히 쪽팔린 모양이군. 안다. 나도 그러거든.

그러면서도 놈은 내게 조용히 말을 남겼다.

—박문대 문제 생기면 언제든 말해라? 소개해 준다던 분도 얼른 보고 싶네~

그래. 눈으로 확인하고 싶다면야 나쁘지 않다.

'류청우랑은 알아서 대화한 것 같고.'

…좀 홀가분했다. 나는 어깨를 폈다. 그러다 눈에 다른 놈이 들어왔다. 선아현이 혼자 구석에 앉아서 뭔가를 보다가, 나와 눈이 마주치자 소스라치게 놀랐다.

"…? 왜, 왜…?"

"아니."

그러고 보니 이 녀석 입장에서는 팀에서 본인을 제외한 동갑 둘이 싸웠다가 화해한 건데, 가시방석 아니었을까 싶다.

'이렇게까지 다 알 줄은 몰랐는데.'

게다가 앞으로도 좀… 이놈을 빼놓고 말할 일이 또 생기게 생겼군. 나는 일단 얼버무렸다.

"신경 쓰이게 해서 미안하다고."

"아, 아냐…! 걱정은 했지만, 화, 화해할 줄 알았어."

선아현은 작게 웃더니, 곧 작은 목소리로 덧붙였다.

"저기… 무, 문대가 고민 생기면, 나한테도, 언제든지 말해도 괜찮아."

"……."

이놈 설마 다 알고 떠보는… 건 당연히 아니겠지.

"고마워."

"뭐, 뭘."

선아현은 웃으며 자신의 짐을 챙기기 시작했다. 나는 무심코 고민했다. 혹시 이놈이 알게 되면 어떻게 반응할지는…… 모르겠다. 애초에 큰세진도 믿을지 몰랐는데 무슨.

뭐, 어차피 큰세진을 이 판에 그렇게 끌어들일 생각도 없으니 크게 선아현이 소외될 일은 없겠지. 나도 놈의 옆에서 내 소지품이나 들어 올리기도 했다.

그러다 발견했다. 배세진의 전자기기… 음, 전자책 리더기인가.

"이거 형 거죠."

"어? 그래."

나는 그것을 든 김에 놈에게 건넸고, 그 과정에서 기기 화면에 불이 들어왔다. 잠금이 걸려 있었으나 책 제목은 보였다.

[싸워도 괜찮은 하루]

"……."

"…참고삼아서!"

"네."

자기계발서다. 진짜… 열심히 했나 본데.

'여기서 칭찬 안 박으면 웃기겠군.'

나는 당장 입을 열었다.

"형이 확실히… 일단 하면 잘하시는 것 같아요."

"…!"

놀랍게도 배세진은 이 말에 기겁하지 않았다. 그 대신, 약간 들뜬 목소리로 중얼거렸다.

"그러게. 프로듀싱도 그렇고. 그, 내가 못 할 것 같았는데 일단 시도하면 잘되는 것도 있었구나 싶어서… 놀랐어."

"……."

"앞으로… 좀 적극적으로 해보려고."

"좋은 생각입니다."

"응."

배세진은 새롭게 다짐한 것 같았다. 그리고 그 다짐을 실행할 만한 기회는 머지않아 찾아왔다.

며칠 후.

"영화사에서 답변이 왔어."

"오오오."

폐허공장의 게임 세계관을 차용해 만드는 영화의 OST 문의는 T1을 타고 무사히 전달된 모양이었다. 그러나 회사의 연락을 받은 류청우가 난감하게 웃었다.

'…난감?'

"긍정적이야."

"대박!"

"Woooow!"

제일 기대하던 차유진이 휘파람을 불었다. 그러나 류청우의 난감한 기색은 사라지지 않았다.

"근데… 기한이 엄청 촉박해."

"예?"

설마.

"지금 우리가 밀고 들어가는 상황인가 봐. 그래서 진짜 참여할 마음이 있다면…."

"있다면?"

"나흘 안에 데모를 내놔야 한다는데?"

"…!"

미친 소리였다.

모두가 반사적으로 김래빈을 보았다. 전문가의 고견이 필요한 상황이 맞았으니까. 그러나 난 이미 답을 알았다.

'안 봐도 뻔하지.'

예상대로 김래빈은… 눈을 번쩍이고 있었다.

"과연 문대 형님이십니다. 이 사태를 우려하셔서 일주일에 사흘간 합숙이라는 강력한 정책을 가져오셨군요!"

"……."

그렇다고 치자.

케이팝 불지옥 캠프… 재개장.

이번엔 OST니, 기존에 만들던 앨범 곡과는 좀 다른 접근이 필요하다는 것엔 다들 동의했다.

"게임처럼 콜라보도 아니니까 그냥 영화에 맞게 만들어줘야지."

"그러면서 테스타 색은 딱 보여주는 것도 중요하잖아요~"

중심을 영화에 두고 테스타는 알아볼 수 있을 정도로만 베이스로 깔리는 것. 다만 문제가 있다.

"으응… 게, 게임처럼 메인 멜로디가 있다면, 더 좋을 텐데."

"…자료를 줘야 만들든 말든 하지."

영화사에서 제공한 게 별로 없었다. '유출 문제로 제한'이라면서 준 키워드와 시나리오 요약 일부는 생각보다도 부실했다.

키워드부터 보자.

[우주, 사이버펑크, 초능력, 전투, 포커스]

줄거리는 뻔한 SF 히어로 영화 수준이다. 세계관 설명도 거의 없다.
'아무리 그래도 지나친데.'
나는 인상을 찌푸렸다. 비밀유지 각서라도 쓰면 되지, 오디션 보러 오는 놈들에게 알려주는 것보다도 적을 것 같다.
"우선 영화 OST 작법에 맞게 배경 음악이라는 것을 의식한 상태에서 작곡을 진행해 보겠습니다…."
그러니 김래빈은 비장하게 외치고 작업에 돌입해도 나머지 멤버들은 딱히 맡을 게 없어졌다. OST 작법을 모르는데 제로베이스에서 뭐 할 게 있나. 나흘 남았는데 이제 와서 속성으로 배워서 벼락치기 하기도 힘들다.
'기껏해야 멜로디나 만져야겠군….'
브레인스토밍할 거리도 없다. 이대론 잉여 인력으로 김래빈이 만든 것에 피드백이나 하게 생겼다. 이 사태를 피하려고 캠프를 시작했는데, 지금 OST 작곡에서는 별수 없이 전을 답습하는 게 입이 좀 쓰다. 나는 목을 돌리며 자리에서 일어났다.
"문대 형 어디 가요?"
"물 마시러."
"저도 가요!"
차유진이 따라붙었다. 어쩐지 주방에만 가면 따라오는 것 같은데…

착각은 아닌 것 같군.

"이거 먹어도 돼요?"

"그래."

어차피 비용처리 되니 사실상 절반은 네가 내는 거나 다름없다는 건 굳이 말해주지 말자. 이놈도 돈은 충분하니까. 그렇게 호텔 냉장고 속 스낵을 찾아서 입에 털어 넣던 차유진은 갑자기 말을 던졌다.

"형 얼굴에서 고민이 보이는데요?"

"…뭐."

"이거 맛있어요! 받아요!"

필요 없다. 나는 얼결에 놈이 내미는 견과류를 받아 씹으며 중얼거렸다.

"고민 있어요?"

뭐, 뻔하지 않나.

"나흘 만에 OST 뽑기가 강행군이라 그렇지. 회사가 준 재료도 별로 없고."

현실적인 말에 휘둘리는 놈은 아니니 이 정도 말은 해도 괜찮겠지. 예상대로 차유진은 멀쩡해 보였으나, 어깨를 으쓱했다.

그리고 폭탄 발언을 했다.

"저 회사 일부러 그러는 거예요!"

"…!"

차유진은 스낵 봉투를 구겨서 쓰레기통에 던졌다. 탕.

"일부러라고."

"그렇죠. 이건 완전히 명확한데요. 음, 이 회사는 우리에게 일을 주

기 싫은 것 같죠?"

"……."

계속 말해봐라. 나는 벽에 기대섰다. 차유진은 마찬가지로 벽에 기댔다.

"우리가 갑자기 끼어들어서 불쾌하단 거예요. 뭐, 약간의 편견이 작용했을 수도 있죠."

아, 인종 차별 쪽인가. 현지인이었던 놈이니 도리어 잘 알겠군.

"경험담이냐?"

"없지 않아요! 근데 신경 안 써요."

이젠 이중부정도 쓰는군. 뭐 차유진의 한국어 실력이 어쨌든, 대수롭지 않다는 놈의 표정을 보니 심각한 일은 없던 모양이었다.

"그래서 이것도 알아요. 잘하면 말 못 해요."

오.

"그리고 안 해도 돼요. 우리는 OST 안 해도 멋져요!"

"너 미국 가고 싶어 했잖아."

"뭐, 언제나 다른 옵션이 있잖아요!"

여전하다. 쿨하게 거절해도 손해 볼 건 없다 이거군. 이놈이 이렇게 적극적으로 머리 쓰는 티를 내는 건 오랜만이라 좀 흥미롭다. 부추겨 볼까.

"그럼 그만두긴 싫은데, 이 새끼들이 괘씸하면?"

"그럼 뭐, 나는 100% 제대로 된 의뢰서를 원한다고 소리를 지르는 거죠. 스타들은 원래 그렇잖아요. 그리고 저는 하고 싶어요! 우리 회사가 메일 보내요."

흠. 확실히 시원한 방법이긴 하다만… 우리가 T1 라인을 타고 비집고 들어간 것도 맞으니, 굳이 상대에게 대놓고 반박할 빌미를 줄 건 없지. 나는 씩 웃었다.

"더 조용하고 시원한 방법이 있다면?"

"…! 저 알려줘요!"

그래.

"음… 이놈들이 일을 주는 척 부당하게 나오는 것부터 보자면."

오히려 좋은 상황이다. 나는 웃으며 페트병을 땄다.

"그렇게 돌려 말할 정도라는 데 주목해야지."

"두 개가 달라요?"

"달라."

나는 물을 마셨다.

"딱 잘라 거절 못 하는 상태라는 거야."

그러니까 아닌 척 무리한 요구나 하는 거 아니냐.

"Oh…."

차유진이 심드렁하게 고개를 끄덕였다.

"근데 왜 좋아요?"

"우리 회사가 힘 좀 쓰고 있다는 뜻이야."

"우리 회사 라임스톤보다 강해요?"

그 미친 저작권 대기업을 상대로 아무리 T1이라도 그럴 리가 있냐.

"그건 아니고 유착 관계라 그렇지. 한국에서 라임스톤 영화 배급을 다 T1 엔터가 하거든."

"오우."

분명 영화사가 거절 못 한 이유가 있다. 뭔진 몰라도 T1이 예상보다 괜찮은 딜을 내놓은 것이다. 아마도 T1은 우리가 한 제안을 '잘 부탁드립니다'라며 보내는 아부의 청신호로 본 거겠지.

'직속 레이블 제안이 무산돼서 빈정 상하려던 참에, 우리가 알아서 숙이고 들어왔다고 생각했나.'

완전히 오해지만 써먹기 좋게 됐다.

아무튼 대상 가수의 해외 파이를 키우고 싶은 건 T1도 마찬가지였을 테니 신나서 영화사와 컨택해 빅딜은 한 것 같다. 근데 영화사는 T1과 사이를 고려해서 일단 오케이는 했는데, 막상 실무진은 뜬금없이 미국인도 아닌 KPOP 아이돌이 끼어드니 짜증 났다 이거지.

나는 턱을 만졌다.

'영화사 중간선 어딘가에서 누가 장난치고 있군.'

기껏해야 외국 놈들에 OST 한 곡 정도니 이래도 된다고 생각했나.

"라임스톤 쪽 실무진 대가리 중에 누가 우릴 고깝게 보나 본데."

"알았어요! 근데 방법 언제 알려줘요?"

"지금."

보채긴. 나는 씩 웃었다.

"그래. 지금까지 한 설명의 뜻은…."

"알려주세요!"

당당하군.

"일단 이놈들이 부른 터무니없는 조건을 맞추면, 무조건 우릴 오케이할 수밖에 없다는 뜻이야."

"음?"

"윗사람들끼리는 다 합의된 상황이잖아. 명분 없으면 거절 못 해. 수정 요청이라면 모를까.”

그럼 질러도 된다는 뜻이다.

“그러니까 방법은… 일단 잘 만든 완성본을 보내는 거야.”

“부우우우. 그거 지는 거예요.”

이놈이.

“그냥 잘 만드는 게 아니라, 자체적으로 키워드 이상을 덧붙여서 만드는 거지.”

나는 물을 마셨다.

“이 영화사의 기존 히어로 영화와 게임사의 게임 세계관 키워드를 자체적으로 추가해서, 정교하게 추가 작업을 하는 거야.”

“왜 그렇게 해줘요?”

“부끄럽게 만들어야 해서.”

“음?”

나는 빈 페트병을 구겼다.

“그걸 보내면서 솔직히 덧붙이는 거지. 너희가 뭘 너무 안 보내줘서 알아서 자료를 수집해 만들었다고.”

“Uuuuuh!”

“그리고 다음 말이 중요해.”

“뭐예요?”

나는 웃었다.

“담당자가 잘 모르는 것 같은데, OST 데모 의뢰할 때 보통 이런 수준의 정보와 기간이 필요하다고 친절히 알려주는 거야.”

“…!”

나는 어깨를 으쓱했다.

"그리고 미팅할 때는 이런 걸 준비해야 한다고 유치원생 가르치듯이 알려주면 된다. 그럼 끝이야."

아무리 OST 한 곡이라도 외부인 첫 미팅 준비를 윗선 보고 없이 누락할 수는 없을 테지. 그럼 장난친 놈이 누군지 몰라도 도망칠 구석은 없다. 무슨 일이 벌어진 건지 양측 회사에 스스로 설명해야 할 것이다.

"WOW."

차유진이 태세를 전환했다.

"형 그거 완전 Badass예요!"

"마음에 드냐."

"저 좋아요!"

마음에 든다니 다행이군. 차유진은 하이파이브를 요청하더니, 심지어 호텔 응접실로 달려가서 자기가 먼저 설명하기 시작했다.

"저희 멋진 OST 만들어서 부끄럽게 만들어요!"

"뭐?"

이럴 줄 알았다. 나는 차유진의 말을 보충해 가며 설명을 완성했다. 멤버들은 얼떨떨한 얼굴이었으나 곧 진지해졌다.

"품위 있는 방법이네."

"괜찮네요~ 혹시 일 틀어져도 저희는 최선을 다한 거잖아요."

이러면 혹시 일 틀어지더라도 여론전에서 무조건 이길 수 있다는 뜻이다. 그래, 그것도 고려했지.

"다수결 한번 해볼까요?"

"그래."

즉각 만장일치로 오케이가 떨어지는 순간, 차유진은 휘파람을 불었다.
"우리 멤버들 정말 멋져요!"
그리고 김래빈은 또 신나기 시작했다.
"그럼 얼른 작업에 착수해야겠군요."
"그래. 우리가 얼른 영화랑 게임 레퍼런스 끌어올게~ 우리 래빈이 화이팅!"
"예!"
그렇게 김래빈을 제외한 잉여 인력도 할 일이 생겼다.
"음, 그럼 그쪽에 보낼 설명문은 회사에 말씀드려 놓을까?"
"음, 그것도 우리가 써야 더 효과가 좋을 것 같긴 한데요."
이 단기간에 미묘한 뉘앙스를 다 살리는 통역사를 붙여줄 것 같지도 않고 말이다. 차라리 당사자인 우리가 품을 좀 더 들이는 게 낫다.
'마침 적임자도 있고.'
"저 해요??"
"아니. 넌 레퍼런스 모아라. 미국 문화를 잘 아니까."
"OK~"
차유진은 아니다. 적극적이긴 하다만 솔직히 공문서 어휘를 잘 쓸 것 같진 않고. 나는 고개를 돌렸다.
"아현아."
"으응…?"
"영문으로 우리 작업 설명문 만들 수 있을까."
선아현의 얼굴이 환해졌다.
"으으응…!"

해외 명문 사립에서 유학하고 영문 어휘도 고급스러우니 이쪽이 낫겠지. 보내기 전에 전문가에게 검수 한번 받으면 된다. 게다가 선아현은 프로듀싱에 잘 참여하지 못하니, 본인이 할 수 있는 일이 생겼다는 것이 기꺼운 모양이다.

"열심히, 할게…!"

"좋아."

이걸로 선아현도 마음의 부담을 좀 던 것 같군. 큰세진이 씩 웃었다.

"아~ 다 정리된 것 같은데, 다시 우리 화이팅하고 가볼까요?"

"그러자!"

공기가 다시 활기차졌다. 그리고 그 분위기에서, 김래빈은 이제 깨달았다는 듯이 중얼거렸다.

"그럼 설명문과 번역을 고려해서… 데드라인이 한나절 줄었군요."

"……."

"……."

김래빈은 엄지를 들었다.

"예정 캠프 일자가 애초에 사흘이었으니 딱 맞을 것 같습니다!"

그래, 네가 괜찮다면 우리는 다 괜찮다.

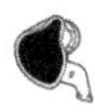

"아… 피곤한데."

T1 ENT의 대외협력부서 당직 근무자는 한숨을 쉬었다. 국외 연락은 한국 시간으로 새벽에도 오니, 어쩔 수 없이 주에 하루 긴급 대기를 서는

게 최악이었다. 쪽잠도 자고 넷플러스도 보긴 하지만 그래도 지루했다.

'애초에 이 시간에 오는 건 나한테 열람 권한도 거의 없고.'

당부받은 몇 가지 거래처에서 긴급이 오면 빨리 연락 돌리는 것 외에는 할 게 없다. 근무자는 한숨과 함께 회사 ERP 시스템을 굴렸다.

그러다가 문서가 하나 보였다.

[테스타(TeSTAR) 영화 협력 건]

워낙 핫한 아이돌이라 알음알음 부서 내 소문을 듣긴 했다.

'라임스톤이랑 일하겠다고 먼저 말했지.'

그리고 그저께쯤 실제 데모를 보냈다고 들은 것 같다. 열람 권한이 없어서 어깨너머로 살짝 확인한 정도지만, 부록으로 붙은 설명문까지 굉장히 정성껏 만들었다는 건 알 수 있었다.

그래서 찜찜했다.

'이렇게까지 하나….'

솔직히, 좀 비굴해 보일 정도였다.

'누가 봐도 얘네 무시하는 것 같았는데 우리나라에서 대상까지 탄 아이돌이….'

회사가 시킨 게 아닐까? 어쩐지 대리로 자존심이 상해서 근무자는 핑계 삼아 신나게 회사 욕이나 했다. 그리고 앞으로의 미래도 짬을 바탕으로 짧게 예측했다.

'간택하듯이 오케이 사인 주면 그걸로 또 언플이나 싸 갈기겠지, 이 망할 회사….'

그때였다. 새 메일이 도착했다.

[Fw: In response to your request of……]

수신자부터 눈에 들어왔다.

'라임스톤!'

얼른 클릭해 보… 고 싶어도 권한은 없었다. 그래서 아쉬운 대로 겉 핥기라도 하고 있는 근무자의 눈에, 하나가 들어왔다.

첨부 파일 용량.

'어….'

도착한 것은, 테스타가 보낸 수준으로 볼륨이 큰 파일 더미였다…!

'대체 뭘 보내서 그런 거지?'

단순한 오케이 사인이라면 이렇게 클 리가 없고, 계약 조항이라도 마찬가지였다.

'아이씨!'

열람 권한이 없어서 볼 수 없다는 게 답답할 지경이었다…! 당직자는 한숨을 쉬었다.

그리고 날이 밝은 뒤, 당직자는 기어코 메일의 사정을 얻어듣게 된다. 그것이 돌려돌려 보낸 자진 납세 및 화해의 제스처라는 것을.

'우아아악!'

시원한 대리 사이다였다.

'대체 뭐라고 보낸 거지? 아니, 그보다 얼마나 곡을 잘 만든 거야?'

“제대로 된 의뢰서가 왔어.”

“오.”

통했군.

물론 실제로 미팅 자리 나가면 또 무슨 소리를 할지는 모르겠지만 말이다. 아니, 이렇게 되면 미팅 없이 그냥 메일만 주고받을 수도 있겠는데… 그래도 나는 멤버들이 웃으며 하이파이브를 하는 것을 굳이 말리지 않았다.

‘1승은 1승이지.’

류청우는 웃으며 브리핑을 계속했다.

“수정 요청은 거의 없고, 곡 구조 관련해서 편곡 요청만 좀 있어.”

“어렵지 않습니다!”

김래빈은 거의 날아다니고 있다. 사흘간 카페인 음료를 물처럼 들이켜며 작업한 놈이라곤 믿을 수 없는 적극성을 보여준다.

‘재밌나 보군.’

그때였다. 류청우가 의아한 기색을 내비친 것이.

“그리고… 카메오 출연까지 묶어서 계약하자는데?”

“…?”

“진짜요? 영화 카메오?”

“응.”

나는 감탄했다. 이 새끼들… 일이 이렇게 됐다고 정말 한국 흥행 뽕을 뽑아먹으려 드는군.

"이 영화 말씀하시는 거 맞죠?"

"응. 그냥 배경에 지나가듯이 나오나 봐."

"그 정도라면…."

"괜찮나?"

그리고 자연스럽게 우리는 다 같이 한 놈을 쳐다보았다.

"왜, 왜…?"

"형만 믿을게요."

"…!?"

천재 아역배우 배세진. 할리우드 도전의 때가 왔다.

"믿지 마!"

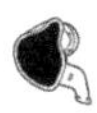

영화 제작사는 테스타가 오퍼를 받아들이자마자 열흘 만에 미국으로 불렀다.

이미 촬영이 한창이었던 것 같다. 일정이 꽤 진행된 상태에서 우리가 끼어든 건 확실한가 본데, 여기에 카메오 제안까지 줬다고? 이게 화해와 야망의 제스처라고 생각했는데 다른 가능성도 더 열어둬야겠군.

'물 먹이려는 용도일 수도 있겠어.'

마음의 준비라도 하라고 언급할까 했으나, 굳이 그럴 필요도 없었다.

"스쳐 지나가는 한 신이라도 순서가 어떻게 될지 모르니까 몇 시간 대기할 수도 있어. 괜히 그날 하루를 다 빼둔 게 아닐 거야."

"오오."
"물론 할리우드는 시스템이 다를 수도 있지만 우리가 우선순위에서 분명 밀릴 테니까 고려…."
배세진이 알아서 폭격처럼 현장 문제점을 쏟고 있기 때문이다. '투어 중간에 리프레시를 위해 영화 카메오도 나가고~' 하는 분위기는 덕분에 싹 가셨다. 다들 미팅 나가는 신입처럼 새 일감 맞이하는 각이 잡혔다.
그 와중에 배세진은 이제 와서 수습하려고도 하지만.
"…근데 좋을 수도 있어! 필름 연기도 확실히 매력이 있거든!"
효과는 미미했다.
"그렇겠죠."
"저희가 잘 수행해 낼 수 있냐와는 또 다른 문제일 것 같습니다만."
"…나도 아이돌 했잖아! 너도 할 수 있어!"
"같은 사람의 사례가 아니기 때문에 일반화하긴 힘들…."
"그렇죠~ 힘냅시다!"
"…??"
김래빈을 틀어막고 큰세진이 분위기를 수습했다.
'잘 막았다.'
배세진은 끝까지 설득하고 싶던 눈치지만 뭐 이쯤하고. 나는 이놈들이 보내준 OST용 자료를 훑으며 비행기에서 시간을 보냈다.
물론 영어다.
'번역 안 해줄 줄 알긴 했다만.'
시간이 촉박하니까.
소속사가 요약 번역을 주긴 했다만 질이 별로 좋지 않았다. 레이블 독립 끝나는 대로 정규직 전문 통역사부터 구해야겠다. 그나마 다행인 점은 차유진과 선아현이 브리핑을 해서 다들 영화 내용을 잘 숙지했다는 거겠지.
요약해 보자면 이거다.

–지구가 반쯤 망한 뒤, 자연 발생한 워프 게이트를 통해 얼떨결에 우주로 나가 위험천만하고 신나는 모험을 하는 배달부의 이야기!

SF 형식을 차용만 했지, 실제 스타일은 서부극과 히어로 영화를 섞은 것 같고.
'그리고 이 지구 망한 스토리에 우주 체계가 〈폐허공장〉식 게임 시리즈 세계관이군.'
나는 〈127 Section〉을 모니터링하며 몇 번 봤던 단어들과 신작 게임에 등장했던 호칭들을 확인했다. 영문이라 좀 헷갈리긴 하는데….
"다, 단어 설명 필요하면, 내가 말해줘도…."
"그럼 고맙지."
"으응!"
나는 비행기 옆자리 선아현의 설명을 들으며 짜임새를 맞춰갔다. 카메오로 우리가 무슨 역할을 하게 될지도 한 번 더 확인하고.
'음… 전에 콜라보했던 게임 스타팅 캐릭터들을 오마주해 달라 이건가.'
전투 신에 잠깐 등장하는 모양이다. 딱히 준비해 달라는 것도 없다. 대사가 하나뿐이더라고. 영화사가 세계관 판권을 사 가서 저작권 문제가 없으니 이럴 줄 알았다. 예상했던 시안이었기에 쉽게 작용과 부작용을 머릿속에 쭉 정리할 수 있었다.

"…흠."

그리고 예측한다.

'까딱하면 조롱감 될 것 같은데.'

지나치게 1차원적인 해석과 개입이지 않은가. 그리고 분장도 걱정이다. 주요 등장인물 중에 동북아시아인이 없었다. 그 판에 우리 7명이 한꺼번에 나와 봤자 좋은 임팩트를 만들긴 어려운데, 위화감을 피하기도 어려울 것 같은 위치.

"흐음."

"무, 문대야?"

"아, 시나리오집 좀 보려고."

나는 우리의 등장 장면 관련 서류를 뒤로하고 시나리오 요약본을 다시 꺼내 들었다. 뇌가 팽팽히 돌아갔다.

미국 도착 12시간 전이었다.

그리고 마침내 도착한 미국. 우리는 비공개적으로 조용히 들어가서 이동했다. 다행히 T1이 벌써 김칫국 마시며 언플을 때리진 않았는지 별일은 없었다.

그 후에 먼저 들어간 곳은… 다짜고짜 영화 촬영장이다. 재밌군.

"어… OST 미팅부터 안 하고요?"

"촬영장 스케줄을 바꿀 수가 없다고 하더라구요. 완전히 시간 단위로 일정이 다 쪼개져 있다고 해요."

확실히, 스케일과는 별개로 현장은 자기 할 일 알아서 하는 사람들에 의해 조용히 부드럽게 돌아가고 있었다.

"……."

"…소란스러울 줄 알았는데."

배세진까지 약간 당황한 모양이었다. 잠시 현장 안내인으로 붙은 사람이 웃으며 한국어로 말했다.

"이런 전문 분업화가 할리우드만의 장점이죠."

"아, 네."

그리고 몇 마디 설명을 듣고 조감독과 인사를 한 후에는… 무작정 트레일러에서 기다리기 시작했다.

"……."

"으음."

이쯤 되자 다들 분위기를 눈치챘는지, 멤버들 사이에서도 쓴웃음이 오갔다.

"방치네."

"그러게."

담요나 먹을 걸 꽤 잘 챙겨주기는 한다만, 하다못해 분장도 아직 시작을 안 했다. 우리 매니저와 관계자들만 열심히 뛰어다니고 있는 것 같은데.

'예상대로 흘러가나.'

제대로 체킹이 안 된 모양이었다. 1군 된 이후로 한국에서 받아본 적 없는 덤 취급이다. 이것도 재밌군.

"매니저님이 고생하시겠네~"

"소통이 잘 안 되나 보다. 내가 한번 나갔다 올까?"

몇 녀석들이 나름대로 이야기하는 것을 들으며 나도 나름의 계획을 세우고 있을 때였다. 옆자리의 차유진이 허리를 찌른다.

"…?"

뭐냐. 쳐다보자 놈은 불퉁하게 중얼거렸다.

"이거 보통 아니에요!"

"그럼?"

"나쁜 짓이에요."

차유진은 이어서 입 모양으로만 말했다.

'못 들은 척하기.'

"…!"

"꽤 고전적인 방법이에요."

오… 그러니까, 지금 우리 쪽 스탭을 고의가 아닌 것처럼 무시하고 있다는 건가. 이건 재미 선을 넘었는데.

나는 팔짱을 꼈다.

"근거는?"

"할리우드에선 기본적으로 배우가 최고라고요. 그런데 이 대우를 봐요. 저쪽은 우리를 배우가 아니라 완전히 엑스트라나 소품 취급하는 거라니까요."

"……."

그럴싸하군. 아까 보니 시간 스케줄을 그렇게 신경 쓰던데, 우린 계약서에 특약도 없고 시간을 넉넉히 잡아놨으니 이 정도는 홀대해도 된다 이건가.

"왜, 유진이 무슨 일이야?"

"음."

차유진이 어깨를 으쓱하고 나를 쳐다보았다. 뭐, 나더러 번역하라 이거냐. 나는 현실만 짧게 이야기했다.

"이 사람들 일부러 우리 막판의 막판까지 미뤄뒀다가 찍게 해줄 생각인 것 같다는데요."

"…아."

"어휴."

분위기상 대충 짐작은 했는지 다들 한숨부터 쉰다. 류청우는 쓴웃음을 지었다.

"배세진이 말대로네."

"…아니야. 난 한국에서 찍었던 걸 생각하면서 말한 건데, 여긴…… 사정이 달라 보여."

배세진이 굳은 표정으로 말을 이었다.

"일부러 이러는 거라면… 괴롭힘이잖아."

그리고 김래빈은 경악했다.

"…! 이게 그 인종차별입니까?"

그래. 그거다.

"뭐, 급하게 끼어든 것도 있고… 외국인에, 인종이나 인지도도 한몫했겠지."

스케줄 다 정해진 마당에 갑자기 튀어나온 일감을 어떻게 대우해 줄지는 원래 힘에 달려 있어서 말이다. 그리고 저놈들의 인식 속에서 우린 별 힘이 없어 보인다는 거고.

"……."

나는 목을 꺾으며 다른 놈들을 확인했다. 격분하는 놈은 없군. 하기야 우리도 100만 장 팔기 전까지는 어디서 이런 대우 아예 안 받아본 것도 아니고.

"〈아주사〉 때 생각나네."

"와, 맞아요."

결정적으로 어지간한 경험은 데뷔 프로그램보다 약해서 말이다. 데뷔 전부터 수라장을 헤쳐온 놈들답게 차분하다. 나는 어깨를 으쓱했다.

"어차피 저녁에 미팅이라니까 미팅부터 하고 다시 이야기하자고 할까요."

나는 말 꺼낸 놈에게 물어보았다.

"어때."

"여기서 빠지면 일정 넘어갔다고 너희가 거부해서 못 찍은 거다, 이렇게 계약 위반으로 끝날걸요?"

"그, 그렇겠구나."

"네!"

선아현부터 바로 납득했다. 그렇다면 외국물 먹은 두 놈이 같은 결론을 내렸다는 건데.

"흐으음."

"아, 난감하네."

열 받은 것과 별개로 일 좋아하는 놈들답게 펑크에 알레르기 반응을 보이는군.

"문대문대는 어떻게 생각해?"

나야 뭐. 나는 팔짱을 꼈다.

"저는… 계약 위반해도 상관없을 것 같은데요."

"…!"

"뭐, 카메오 하고 싶어서 미치겠다는 것도 아니고."

나는 굳은 얼굴의 배세진을 보았다.

"형은 할리우드 진출이 무산되면 굉장히 아쉽겠지만…."

"야!"

배세진이 발끈했다. 순간 분위기가 가벼워졌으나, 녀석은 곧 침착해졌다.

"나도 아무리 그래도 이런 상황에 굳이 촬영하고 싶지 않아. 나 혼자 이름도 아니고 그룹 이름 달고 하는 거니까."

"형……."

요 며칠 저놈이 조언을 아끼지 않으면서도 아닌 척 설렜다는 걸 아는 놈들에게서 자동으로 리액션이 터진다.

"맞아. 세진이가 나오기엔 너무 작은 역할이긴 해."

"그건 아니고!"

나는 피식 웃었다.

"농담이었어요. 사실 계약 위반까지는 안 갈 것 같은데요."

"…?"

"왜, 왜?"

"애네 웬만해선 OST 못 포기할 거거든요."

"…!"

"그거까지 파투 내진 않으려고 저녁 미팅에선 꽤 우호적으로 나올 것 같은데."

그 완성본을 듣고 빼겠다고 하면 그 새끼들이 X신이지. 현장에서 일하는 인력과 그쪽 인력이 아예 분업화되어서 여기 대우가 이렇다고 해도, 이제 OST 담당자들은 절대 장난질 못 한다. 한번 크게 물리기도 했고….

"김래빈이 워낙 잘 만들었잖아요."

내가 설명문으로 무슨 정치질을 했든 간에, 사실 완성본이 좋아서 통했던 거거든.

"오우…."

"역시 래빈이야, 천재지."

"과분한 칭찬이십니다, 정진하겠습니다."

그래. 숨은 쉬고 말해라.

분위기는 그렇게 정리되었다. 사실 결론이 나온 것이나 다름없었다. 큰세진이 어깨를 으쓱한다.

"그럼… 우리 나가요?"

멤버들은 서로 몇 번 고개를 돌아보더니, 곧 선아현까지 고개를 끄덕였다.

"나가자."

"OK~"

그 순간 차유진이 기다렸다는 듯이 트레일러를 박차고 나갔다.

"…!?"

이게 뭔 일인지 돌아보는 놈들은 무시한다.

"매니저부터 찾자."

"넵."

그리고 우리는 뭐든 미팅 후에 다시 이야기하겠다는 말로 차단하며, 정말로 회사 스탭들을 챙겨서 촬영장을 이탈했다. 스탭들이 말리는 시늉만 하고 따라 나오더라.

'고생 좀 했나 본데.'

"여차하면 우리도 정신적 충격 때문에 투어 일정에 문제가 생겨서 손해 배상 청구할 거라고 말하죠."

"좋아."

덕분에 다들 전투력이 상승했다. 심지어 배세진은 호텔에 들어가면서도 씩씩거렸다.

"우리가 그런… 무례함을 참을 필요는 없잖아. 안 그래?"

"그렇죠."

게다가 말이다. 사실, 촬영장에 처음 안내하는 순간부터 미팅까지 촬영 빼고 질질 끌자고 설득할 계획이었는데… 도리어 도와주는군. 나는 어깨를 으쓱했다. 계획을 실행도 안 했는데 알아서 원활히 진행되어 주고 있다.

'고맙다, 텃세야.'

그렇게 우리는 첫날 카메오 촬영을 탈주했다.

테스타 그룹생 처음 있는 스케줄 펑크였다.

〈10권에서 계속〉